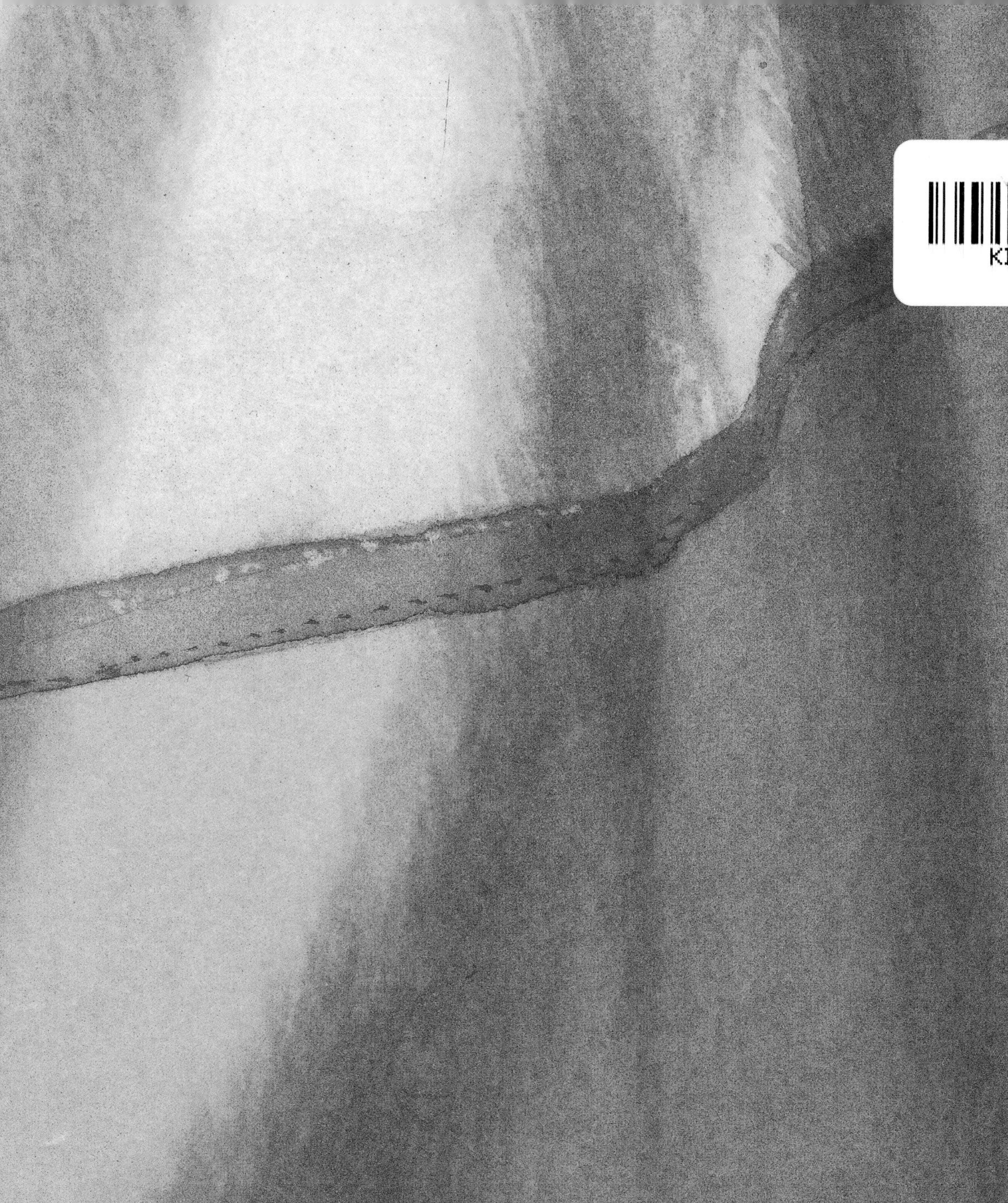

KB217002

Une Bible
written by Philippe Lechermeier and illustrated by Rébecca Dautremer,
graphic creation and page setup by Taï-Marc Le Thanh

© Hachette Livre / Gautier-Languereau, 2014
All Rights Reserved.
Korean translation ©2023 by Nikebooks

Korean translation rights arranged with Hachette Livre through Orange Agency.

이 책의 한국어판 저작권은 오렌지에이전시를 통해 저작권자와 독점 계약한 니케북스에 있습니다.
저작권법에 의하여 한국 내에서 보호를 받는 저작물이므로 무단전재 및 복제를 금합니다.

바이블
신과 인간이 만들어온 이야기

초판 1쇄 발행 2023년 1월 5일

지은이 필리프 르셰르메이에르
그린이 레베카 도트르메르
옮긴이 전경훈

펴낸이 이혜경
펴낸곳 니케북스
출판등록 2014년 4월 7일 제300-2014-102호
주소 서울시 종로구 새문안로 92 광화문 오피시아 1717호
전화 (02) 735-9515~6
팩스 (02) 6499-9518
전자우편 nikebooks@naver.com
블로그 nikebooks.co.kr
페이스북 www.facebook.com/nikebooks
인스타그램 www.instagram.com/nike_books

한국어판출판권 ⓒ 니케북스, 2023

ISBN 979-11-89722-65-4 (03860)

책값은 뒤표지에 있습니다.
잘못된 책은 구입한 서점에서 바꿔 드립니다.

une 바이블
bible

아버지를 기억하며

_필리프 르셰르메이에르

아파치 추장에게, 애정을 담아

_레베카 도트르메르

une bible 바이블

필리프 르셰르메이에르 지음
레베카 도트르메르 그림
전경훈 옮김

니케북스

일러두기

· [ ] 안의 주는 옮긴이가 넣은 것이다.
· 인명과 지명은 한국 천주교회 공용 번역본 성경(한국천주교주교회의, 2005)의 표기를 따랐다.

머리말

왜 이 책 《바이블》을 쓰는가?
성경을 이야기한다는 건 우리의 이야기를 하는 것이기 때문이다.
수천 개의 신화와 설화와 전설로 이루어진 하나의 이야기.
이 모든 이야기가 없다면 세상을 어떻게 이해할 수 있을까?
아브라함, 골리앗, 시바의 여왕, 마리아 막달레나를 알지 못한다면
어떻게 세상을 파악할 수 있을까?
우리 사회의 신화적 토대를 알아보지 못한다면
예술과 건축과 문학을 어떻게 해독할 수 있을까?
성경은 오로지 종교에만 속하는 것은 아니다.
성경은 우리 모두의 공동 자산이다.
신자이든 아니든, 원하든 원치 않든,
성경의 신화들은 우리 사회를 형성했고,
우리 일상의 삶에 개입하며 우리 무의식 안에서 순환한다.
이 글을 쓰면서, 나는 우리 각자가 자신에게 속한 것을 되찾을 수 있기를 바랐다.
《바이블》은 '그 성경'이 아니다.
《바이블》은 되풀이되며 다시 지어지는 이야기들로 만들어졌다.
우리가 하는 이야기들.
우리에게 이야기하는 이야기들.

–필리프 르세르메이에르

un ancient testament 구약 옛 약속

창세기

La Genèse

어떻게 모든 것이
시작되었을까

어떻게 이 모든 것이 시작되었을까
어떻게 세상이 만들어졌을까
어떻게 최초의 인간이 태어났을까
그리고 어떻게 최초의 여자가 최초의 남자와 하나가 되었을까.

어떻게 이 세상은 파괴될 뻔했을까
그리고 어떻게 파멸을 면하게 되었을까.

마지막으로, 어떻게 하느님은
아브라함과 그 자손들에게 땅을 주기로 약속하셨을까.

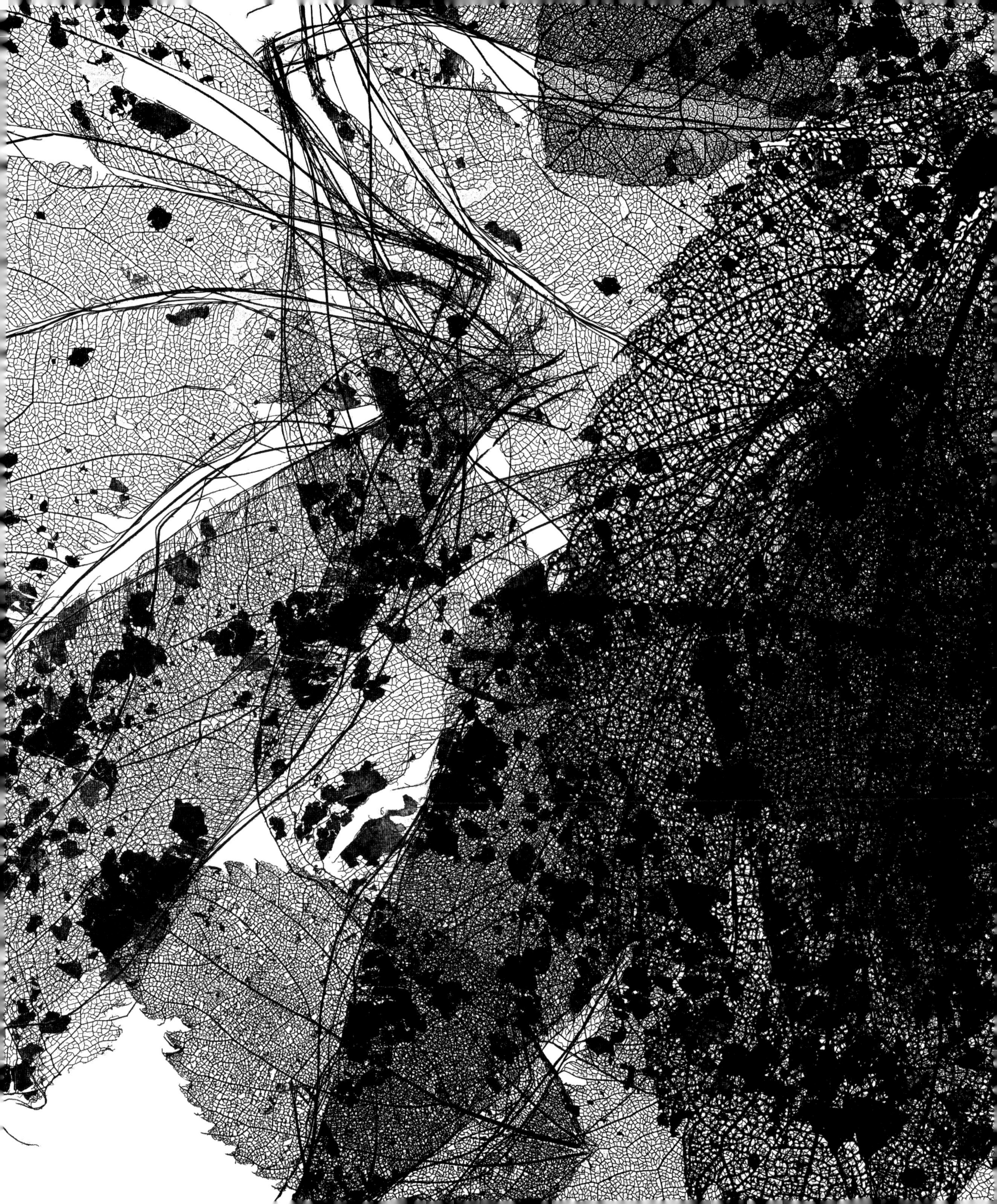

123456789012
ASPIRINE
HEINZ
Tout ce que l'on connait / Cuanto es conocido / Alles was wir kennen / Alles wat we kennen / Tutto quello che conosciamo / 우리가 아는 모든 것

monde
세상은 어떻게 만들어졌을까

옛날 옛적에 세상에는
아무것도 없었다.

무無

우리가 아는 모든 것이 존재하지 않았다.
바람조차 없어 불어오지 않고,
태양조차 없어 따뜻하지 않고,
물조차 없어 적셔주지 않고,
추위조차 없어 떨게 하지 않았다.

무無

절대적인 무.

17. mars . 2014

그러나
무엇보다도
서랍 바닥이나 막다른 복도처럼
칠흑같이 어두웠다.
그때 하느님이 빛을 만들기로 하시고
빛을 암흑에서 갈라내셨다.
하느님은 우리가 암흑과 빛을 혼동하지 않게 이름을 붙여주셨다.
그리하여 어둠은 밤이 되고, 밝음은 낮이 되었다.
동시에 하느님은 첫째 날을 만드셨으니
아침에서 저녁까지는 낮이 되고 저녁에서 아침까지는 밤이 되었다.

그리고
하늘이 물에 섞여들자
하느님은 수평선을 길게 그어
하늘과 물을 구분하셨다.
그리하여 위로는 하늘이
아래로는 물이 자리했다.
이렇게 둘째 날이 지났다.

그러고 나서
땅이 물과 섞여들자
하느님은 둘을 서로 갈라내
한쪽에는 큰 땅을 모으시고
다른 쪽에는 큰 물을 모으셨다.
하느님이 땅 위로 풀과 나무가 돋게 하시니
풀과 나무가 제각기 씨를 품고
그 씨들이 다시 나무와 풀이 되었다.
시간은 잘도 흘러
이렇게 셋째 날이 지났다.

그런 다음

하느님은 빛을 취하시어
밤과 낮으로 나누셨다.
낮을 위해 크고 둥근 빛 덩어리를 만드시어
땅을 덥히고 환하게 밝히셨다.
그리고 밤을 위해
하늘에 반짝이는 빛 가루를 뿌리셨다.
빛 가루 가운데 빛을 조금 모아 머물게 하셨다.
깨닫지도 못하는 사이에
넷째 날이 지났다.

그런데

하늘에서는 아무것도 펄럭이지 않고
물에서는 아무것도 굼실대지 않았으므로
하느님이 하늘에 새를 두시고
물에 물고기를 두시며
또한 그들이 서로 뒤섞이지 않도록 살피셨다.
다섯째 날은 이러하였다.

그리고

땅이 메마른 사막이 되지 않도록
하느님은 먼지를 취하시어
하느님의 모습대로 손수 사람을 지으셨다.
그런 다음, 사람이 심심하고 외롭지 않게
여기저기 들짐승들을 데려다 놓으시니
큰 짐승도 있고 작은 짐승도 있고
작은 짐승도 있고 큰 짐승도 있었다.
여섯째 날 또한 이렇게 지났다.

일곱째 날 해가 솟아오를 때
하느님은 고단하셨다.
잠시 멈추어 창조한 것들을 바라보시니
몹시 만족스러워 이를 기리고자
이날에는 사람들이 절대 일하지 않게 하기로
결정하셨다.

세상은 바로 이렇게 만들어졌다.
대략 이러하게,
아주 오래전에,

옛날 옛적에…

한 남자 & 한 여자

하느님이 땅을 만드신 날에 땅은 마치 거대한 사막 같았다.
가느다란 들풀 한 줄기 땅에서 나오지 않고, 수풀도 자라지 않고, 작디작은 나무 한 그루 지평선 위로 솟아나지 않았다.
눈길이 닿는 어느 곳에도 비 한 방울 내리지 않고, 먼지만 일었다.
어떤 곳은 흐르는 물이 많아 강이 되고 바다가 되었지만 아무도 돌보지 않는 땅은 바싹 말라 있었다.
하느님이 이 먼지를 손에 쥐고 물을 적셔 반죽한 다음, 그것으로 작은 형상을 만드셨다.
그리고 형상을 땅에 놓으셨는데 아직은 텅 빈 껍데기처럼 보였다.
하느님은 형상에게 생명을 주시려고 형상을 붙잡고 그 콧구멍으로 천천히 숨을 불어넣으셨다.
형상에 조금씩 생기가 돌았다. 형상은 곧 길게 기지개를 켜더니, 돌아다니며 뛰어올랐다. 처음에는 서툴렀지만 이내 아름답고 섬세해졌다.
이렇게 해서 이 땅에 최초의 사람이 생겨났다.
먼지와 하느님의 숨으로 만들어진 이 사람은 아담이라 불렸다.

어느 날 하느님은 아담이 사막에 홀로 있는 것을 보시고 아주 커다란 동산이 생겨나게 하셨다.
이전에 아무것도 없었지만 이제 아담은 크고 작은 온갖 나무가 땅에서 솟아나는 것을 보았다. 이전에 아무것도 없었지만 이제 아담은 이런저런 온갖 수풀이 땅에서 자라는 것을 보았다.
이전에 아무것도 없었지만 이제 아담은 온갖 색깔과 향기를 지닌 꽃들이 땅에서 피어나는 것을 보았다.
이 동산은 에덴이라 불렸고, 이제 아담은 먼지 속에서 살지 않게 되었다.
아담은 신선한 풀을 밟고 지날 때마다 풀이 자기 발을 어루만지는 걸 느낄 수 있었다.
나무에 열린 열매를 따서 그 달콤한 맛을 실컷 즐길 수도 있었다. 자기를 둘러싼 꽃들의 향기를 흠뻑 들이마시고 동산을 적시는 개울물로 마른 목을 축일 수도 있었다.
하느님은 동산 한가운데에도 멋진 나무 두 그루가 솟아나게 하셨으니, 삶의 나무와 앎의 나무였다. 두 나무 모두 둥치가 튼튼하고 가지에는 생기가 가득했다.
아담이 두 나무를 찾아내자 하느님은 그에게 경고하셨다.

"너는 모든 나무의 열매를 먹고 싶은 만큼 먹어도 된다. 하지만 앎의 나무에 열리는 열매는 절대로 먹어서는 안 된다! 네가 그 열매를 먹는 날, 너는 어쩔 수 없이 죽을 것이다."

시간이 조금 흐른 뒤에, 하느님은 아담이 심심해하고 외로워하는 것을 보셨다. 하느님이 만든 아름다운 동산도 아담의 삶을 풍요롭게 채워주기에는 충분하지 않았다.

그래서 하느님은 다시 흙을 취하시어 온갖 동물들을 만드셨다. 날아다니는 것, 기어다니는 것, 뛰어오르는 것을 만드셨다. 노래하는 것, 으르렁거리는 것, 깃털이나 털이나 비늘을 지닌 것을 만드셨다. 풀을 뜯어 먹는 것, 헤엄을 치는 것, 땅을 파고 들어가는 것을 만드셨다.

이 일을 모두 마치신 하느님은 아담에게 동물들의 이름을 지으라고 시키셨다.

동물들의 이름을 짓는 일이 처음에는 쉽고 재미있었다. 코에 뿔이 있는 것은 코뿔소, 늘 쉭쉭 소리를 내는 것은 뱀, 자주 물을 마시는 것은 물소라고 불렀다. 울부짖는 것에게는 늑대라는 이름을 주고, 입을 삐쭉거리는 것에게는 누라는 이름을 주었다. 딱따구리, 달팽이, 쓰르라미처럼 재미있는 이름도 찾아냈다. 그리고 마침내 적당한 이름을 찾을 수 없게 되자 머리에 떠오르는 대로 이름을 주었다.

이 일을 모두 마친 아담은 다시 심심하고 외로워졌다. 하느님은 새로운 장난감에 물린 아기 같은 아담의 모습을 보셨다. 동물들이 늘 아담 곁에 있었지만 아담과 말이 통하지 않았고 원하는 것도 필요한 것도 서로 달랐다.

아담은 온종일 하릴없이 정원을 거닐었다. 나무의 줄기와 매끄러운 이파리를 손가락으로 훑곤 했다. 강물 속에서 반짝이는 물고기의 비늘을 가만히 바라보기도 하고, 숲속 그늘의 푸른 이끼 위에 누워 있기도 했다. 주위를 둘러보면 끝없는 권태가 몰려왔다. 그는 외롭고 심심했다.

심심하고 외로웠다…

어느 날, 아담이 설핏 잠이 들었을 때, 하느님이 그에게서 갈비뼈 하나를 조심스레 꺼내, 아담을 만들 때와 비슷하지만 완전히 똑같지는 않게 작은 형상을 만드셨다. 그리고 콧구멍에 숨을 불어넣어 생명을 주신 다음 형상을 땅에 내려놓으셨다.
형상에 조금씩 생기가 돌았다. 길게 기지개를 켜더니, 돌아다니며 뛰어올랐다. 처음에는 서툴렀지만 이내 아름답고 섬세해졌다.
이렇게 해서 이 땅에 최초의 여자가 생겨났다.
여자는 아담의 갈비뼈와 하느님의 숨으로 만들어졌다.

아담이 잠에서 깨어보니 여자가 그 곁에 누워 있었다.
둘은 말없이 서로를 바라보았다.
둘은 서로를 살펴보다가 깜짝 놀랐다. 서로 많이 닮았지만, 완전히 똑같지는 않았다.
둘은 상대의 몸이 그리는 곡선을 자신의 두 눈으로 따라갔다.
아담은 여자를 바라보았고 여자는 아담을 바라보았다.
천천히, 어떤 난처함이나 거북함도 없이.
그렇게 긴 시간이 흘렀다. 머리부터 발끝까지 벌거벗은 채로, 둘은 에덴동산을 거닐었다. 이슬이 촉촉이 몸을 적셨다. 꽃들은 피부를 살짝 스치고 햇살은 따사롭게 어루만져주었다.

serpent

뱀이 쉭쉭 혀를 날름거렸을 때— 금지된 열매의 맛

여자는 종종 에덴동산 한가운데 숨어서 쉬는 것을 즐겼다. 튼튼한 앎의 나무 밑동에 기대어 자신이 아는 것 몇 가지를 헤아려보았다. 여자 곁에서 살고 있는 남자의 이름은 아담이다. 아담은 여자와 많이 닮았지만 완전히 똑같지는 않았다. 여자는 자신이 좋아하는 것들을 알았다. 산앵두의 맛, 잎사귀 사이로 비치는 빛, 시원한 그늘, 하늘을 나는 새들의 움직임. 그러다 갑자기, 어쩌면 시간이 많이 지났는지도 모르겠지만, 여자는 자신이 알지 못하는 모든 것을 생각해보았다. 하늘은 왜 파랄까, 물은 왜 움켜쥐면 손에서 빠져나갈까, 꽃향기는 어디에서 날아올까, 여자에게는 왜 아담과 같은 이름이 없을까?

여자가 앎의 나무에 기대어 있을 때면 종종 뱀이 혀를 날름거리며 지나가곤 했다. 뱀이 쉭쉭 소리를 낼 때마다 여자는 그 안에서 어떤 속삭임을 들었다.

"그거 알아? 그거 알아? 그거 알아?"

뱀의 물음에 여자는 매번 아니, 아니, 아니라고만 대답했다. 여자는 정말 알지 못했다.

그러면 뱀은 앎의 나무 나뭇가지에 자기 몸을 휘감고 잘 익은 열매들을 가리키며 다시 쉭쉭 소리를 냈다.

"이 열매를 맛본 적은 있니?"

여자는 매번 아니, 아니라고만 대답했다. 여자는 정말 맛본 적이 없었다.

뱀이 말을 이었다.

"먹어봐야 할 거야… 그러면 알게 될 테니까."

그러고는 떠나갔다.

여러 날이 지나는 동안 여자는 뱀과 만난 일을 잊으려 애썼지만, 밤에 잠이 들면 뱀의 물음이 끊임없이 떠올랐다.

"그거 알아? 그거 알아? 그거 알아? 그거 알아? 그거 알아?"

마치 뱀이 여자의 머릿속에 들어와 쉭쉭 혀를 날름거리는 것만 같았다.

그렇게 시간이 흐른 뒤에, 여자는 더 이상 그 생각을 하지 않게 되었다. 하지만 전혀 이해할 수 없게도, 여자의 발이 앎의 나무로 여자를 이끌었다. 그리고 다시 시작되었다. 여자가 알고 있는 몇 가지, 여자가 알지 못하는 그 모든 것, 그리고 나뭇가지에 몸을 감고 쉭쉭 혀를 날름거리는 뱀.

"그거 알아? 그거 알아? 그거 알아?"

어느 날, 그 물음이 여자의 머릿속을 밤새 맴돌았을 때 여자는 아담의 손을 잡아끌며 앎의 나무로 갔다. 여자는 나무에 다가가 열매 하나를 땄다.

"난 알고 싶어."

이렇게 말하고 한입 크게 베어 물었다.

하느님이 이 나무의 열매를 먹지 말라고 한 것을 기억한 아담은 여자를 말리고 싶었지만, 여자는 이미 열매를 아작아작 씹고 있었다.
둘은 잠시 말없이 있었다.
"맛있니?" 아담이 먼저 침묵을 깨고 물었다.
"응." 여자가 고개를 끄덕였다.
그리고 아담에게 열매를 내밀었다.
아담도 열매를 베어 물었다.

열매를 다 먹고, 둘은 아무 말 없이 머물렀다.
그러자 불안이 찾아왔다.
둘은 서로를 마주 보고 발가벗었음을 알았다.
둘은 늘 그렇게 머리끝에서 발끝까지 발가벗고 있었지만, 그때까지는 전혀 알아차리지 못했다.
"오!"
여자가 탄식했다.
"아!"
아담은 어디에 눈을 두어야 할지 알 수 없었다.
너무나 당황스러워, 무화과나무 잎들을 모아다가 알몸을 가렸다.

하느님이 둘에게 다가오는 소리가 들렸다.
둘은 미끄러지듯 덤불 속으로 숨어들었다.
"아담, 어디 있느냐!" 커다란 목소리로 하느님이 아담을 부르셨다.
하지만 아담은 둘이 저지른 일이 너무도 부끄러워서 계속 숨어 있었다.

"너 어디 있느냐!" 하느님이 다시 한번 부르셨다.
이번에는 아담이 모습을 드러냈다.
쭈뼛거리며 앞으로 나서기는 했지만 계속 나무 뒤에 서서 몸을 가리려고 했다.
"거기에서 무엇을 하느냐? 왜 너를 내게 보여주려 하지 않느냐?"
"제가… 제가 알몸이기 때문입니다."
쩌렁쩌렁 울리는 목소리로 하느님이 물었다.

누가 알려주더냐, 네가 알몸인 것을?

아담은 손가락을 뻗어 여자를 가리켰다.
이제 하느님은 여자를 향해 말씀하셨다.

누가
알려주더냐,
네가
알몸인
것을?

이번에는 여자가 아담을 가리켰다.

하느님이 노여워하며 꾸짖으시자 여자가 뱀을 가리켰다. 하지만 하느님의 노여움은 가라앉지 않았다. 하느님은 아담과 여자가 앎의 나무에서 열매를 따 먹었기에 화가 난 것이었다.
하느님은 먼저 뱀에게 화를 내고 단죄하여, 뱀은 모두 배로 땅을 기고 먼지를 삼키며 살아갈 것이라고 말씀하셨다. 그리고 덧붙이셨다.
"사람은 너를 볼 때마다 밟아 으깨려 할 것이고, 너는 사람의 발뒤꿈치를 물려 할 것이다. 이는 모두 영원토록 그러할 것이다!"

그런 다음, 하느님은 여자를 단죄하셨다. 여자들은 모두 아이를 배었을 때 고생하고, 아이를 낳을 때 더 고생할 것이다. 그리고 하느님은 잠시 생각하신 뒤에 다시 여자를 단죄하셨다. 여자들은 주인에게 순종하듯 남자에게 순종해야 한다. 이는 모두 영원토록 그러할 것이다.
마지막으로 하느님은 아담을 단죄하셨다. 남자들은 땅이 먹을 것을 내도록 매일 땅을 일구며 일해야 할 것이다. 손을 뻗어 따 먹던 과일과 줍기만 해도 되었던 열매는 모두 끝이다.
하느님은 아담과 여자의 눈을 바라보며 말씀하셨다.
"사람은 먼지에서 왔으니, 고생하며 일하는 세월이 지난 뒤에는 모두 먼지로 돌아갈 것이다."
그리고 다시 한번 분명히 해두고자 커다란 목소리로 되풀이하여 말씀하셨다.
"이는 모두 영원토록 그러할 것이다!"

이제 하느님은 아담과 여자를 에덴동산에서 내쫓으셨다.
그리고 다시 돌아오지 못하도록 아담과 여자 모두 방향을 잃고 다리가 후들거릴 때까지 제자리에서 빙빙 돌게 하셨다. 그리하여 둘은 본래 어디에서 왔는지를 더 이상 알지 못하게 되었다.

정신을 차리고 보니 아담과 여자는 마르고 거친 땅에 와 있었다. 눈길이 가닿는 저 멀리까지 보이는 건 오직 가시나무와 엉겅퀴뿐이었다.
아담과 여자는 처음으로 추위를 느끼고 서로를 껴안았다.
정말로 모든 것이 시작된 것은 바로 이때였다.
아담과 여자는 땅에서 가시나무와 엉겅퀴를 치우고 첫 곡식을 싹틔웠다.
둘이 움트게 한 첫 밀이삭.
처음으로 아담은 여자에게 이름을 주었고, 그래서 여자는 단지 여자이거나 아담의 동반자에 그치지 않는 이브가 되었다.
처음으로 둘은 한 몸을 이루었다.
처음으로 여자는 자기 배 속에 들어선 아이의 움직임을 느꼈다.
처음으로 여자가 낳은 첫 아이.
처음으로 엄청난 고통이 지나간 뒤에 찾아온 첫 웃음.
그리고 여전히 머리카락이 땀에 젖어 있는 아담의 귀에 대고 여자가 했던 말.
"이제, 나는… 알겠어."

카인과 아벨의 끔찍한 이야기

에덴동산에서 쫓겨난 이브와 아담에게 아이가 둘 생겼습니다.
아이들은 작은 기쁨과 큰 고통을 가져다주었지요.
질투와 시기, 그리고 살인이 이 암울한 전설을 이룬답니다.
형제의 이름은 카인과 아벨. 이제 그들의 이야기를 들어보세요.

아주 어릴 때부터 엄마는 아벨을 더 사랑했습니다.
금발에 푸른 눈을 지닌 아벨을 사랑하지 않기란 불가능했지요.
카인은 수완이 좋았습니다. 하지만 사람들은 그의 어두운 눈빛과 음울한 기운을 멀리했답니다.
그래서 카인은 사람들과 떨어져 홀로 지내는 일이 많았습니다. 밝은 빛보다 어스름을 좋아했어요.

자라는 동안에도 아벨은 양떼와 함께 거니는 것을 좋아했습니다.
양들을 이끌고 풀밭에서 풀을 뜯어 먹게 하고 개울에서 물을 마시게도 했지요.
낮이면 신선한 풀밭에 누워 꿈을 꾸었답니다.
저녁이면 야트막한 담장에 등을 기대고 별을 바라보았어요.

카인은 몸이 부서져라 땅을 일구었습니다.
먹고살 것을 거두려면 김을 매고 흙을 골라야 했지요.
가난뱅이처럼 온종일 씨를 뿌려야 했답니다. 밀, 보리, 조를.
일을 마치고 나면 기진맥진 잠이 들었고 다음 날이면 같은 일을 다시 시작했어요.

들어보세요, 이제 이야기가 재밌어질 테니까요.
들어보세요, 이제 이야기가 잔혹해질 테니까요!

어느 날 하느님이 그곳을 지나실 때, 두 형제는 일해서 얻은 것들을 하느님께 바쳤습니다.
아벨은 어린 양 한 마리를, 카인은 곡식 한 단을 드렸지요.
하느님은 아벨에게 고마워하며 양떼를 잘 돌보았노라고 칭찬하셨답니다.
하지만 카인에게는 아무런 말씀도 하지 않으셨어요.

하느님이 떠나신 뒤에 아벨은 형을 위로하려 했습니다.
"하느님이 형 기분을 상하게 하려고 그러신 건 아니야. 다만 신경을 쓰지 못하신 것뿐이야."

아벨은 진심으로 말했지요.
하지만 불에 기름을 붓듯, 아벨의 위로는 카인의 화를 돋우었답니다.
화를 참지 못한 카인은 괭이로 동생을 내리쳐 땅바닥에 쓰러뜨렸어요.

시간이 조금 흐른 뒤에, 하느님은 아벨이 보이지 않자
카인을 불러 아벨의 소식을 물으셨지요.
"제가 어떻게 알겠습니까?" 카인은 짜증을 내며 건성으로 대답했답니다.
아마 저기 어디쯤 있을 거라고, 지평선 어딘가를 가리키며 말했어요.

"네가 감히 나에게 이런 식으로 말하느냐?" 하느님이 천둥처럼 큰 소리로 말씀하셨습니다.
"너는 동생을 죽였다. 그것은 추악한 행동이니
너는 이곳에서 멀리 달아나라. 어서 떠나라. 너는 저주받을 것이다!
나는 너를 이 땅에서 쫓아내고 몰아낼 것이다!"

"제가 어떻게 하기를 바라십니까?" 카인이 털썩 주저앉아 대꾸했습니다.
"제가 늘 세상을 떠돌며 헤매길 바라십니까?
이렇게 아무것도 없이 떠난다면 저와 처음 마주치는 이가 저를 죽일 테니,
저의 고통은 감당하기에 너무 버겁습니다. 저는 그저 모두에게 배척받는 이가 되었습니다."

들어보세요, 이제 하느님이 어떻게 자신을 드러내시는지 보게 될 테니까요.
들어보세요, 이제 하느님의 지혜, 하느님 법의 위력에 감탄하게 될 테니까요.

하느님은 카인의 이마에 손가락으로 표시를 해주셨습니다.
그리고 카인의 손에 소리가 나는 방울을 쥐여주셨지요.
그리하여 이 저주받은 아들과 마주치는 이는 누구나
그에게 달려들어서는 안 된다는 것을 알게 되었답니다.

아벨과 카인의 끔찍한 이야기는 이렇게 마무리됩니다.
아벨은 땅속 깊은 곳에 머물고 카인은 길 위에서 떠돌게 되었지요.
오랜 세월 동안 카인은 낡은 자루를 등에 지고 다녔답니다.
동생의 죽음이라는 무거운 짐을 지고 다녔어요.

들어보세요, 이렇게 이야기는 끝이 났어요.
들어보세요, 듣지 않았다면 더 좋았겠지만요.

세상에 닥친 재앙과 구원받은 노아

Noé

"두 아들 카인과 아벨을 잃은 슬픔을 달래시고자 하느님은 이브와 아담에게 셋째아들을 주셨단다. 이브와 아담은 이 아들의 이름을 셋이라 지었지." 노아가 기억을 떠올리며 이야기했다.

그가 다시 이야기를 이어갔다. "내 말을 잘 들어라. 이제부터 이야기가 복잡해지니까. 셋은 부모 곁에서 장성하여 아이들을 낳았어. 첫아이의 이름은 에노스라고 했다. 에노스도 장성하여 아들딸을 많이 낳아 길렀지. 그중 첫째가 케난이었는데, 케난 또한 장성하여 아버지가 되었다. 케난의 아들 마할랄렐도 자기 아버지를 따라 살았어. 그렇게 해서 마할랄렐에서 예렛으로, 므투셀라로, 라멕으로 이어졌지.

라멕이 바로 나의 아버지란다. 힘 있고 강한 분이셨지. 아버지는 칠백칠십칠 년을 사셨다. 놀랍지 않으냐? 하지만 그 시절에는 그렇게 오래 사는 일이 드물지 않았거든. 하느님이 아직 사람의 수명을 제한하지 않으셨기 때문이지. 에녹은 삼백육십오 년을 살았지만, 아담은 구백삼십 년을 살았고 므투셀라는 구백육십구 년을 살았다.

사람들이 오래 살았을 때는 자식을 많이 낳았고, 또 그 자식들도 그만큼 자식을 많이 낳았지. 땅은 비어 있었고 채워져야만 했단다." 노아는 마른기침을 하고 이야기를 잠시 멈추었다. 마치 먼 길을 달려온 듯 숨을 돌려야 했다.

"카인을 잊지 않았겠지? 아담과 이브의 아들 말이다. 그래, 카인은 자기 동생 아벨을 죽였지. 그랬던 카인이 오랜 세월 온 땅을 두루 돌아다닌 끝에, 하루는 걸음을 멈추고 높고 푸른 풀밭에 드러누웠단다. 발에 난 상처에선 피가 흘렀지. 그토록 오래 걸었으니까. 카인은 상처를 치료하고 그곳에서 쉬었다. 그리고

조금씩 하나의 도시를 이루어나갔지. 카인은 이 도시에 맏아들 에녹의 이름을 붙였다. 다른 자식들이 태어나면서 그에 따라 도시도 점점 커졌고, 시간이 흐르자 아주 큰 도시가 되었지. 어떤 이들은 도시에서 멀리 떠나 사막으로 들어갔고, 어떤 이들은 산으로 올라갔고, 또 어떤 이들은 강가나 바닷가로 향했다. 조금씩 사람들이 땅을 더 많이 차지하기 시작했어. 어떨 때는 모두가 사랑으로 뭉치기도 했지만, 질투와 심술로 갈라질 때가 점점 더 많아졌지. 사람들은 미움 때문에 훔치고, 싸우고 죽이게 되었단다."

노아는 다시 이야기를 잠시 멈추었다. 크고 길게 한숨을 쉬면서 자기 존재 밑바닥에서 기억을 길어 올리려는 듯했다. 노아의 두 눈이 새롭게 반짝이더니 이야기가 이어졌다.

"정말로 내 이야기가 시작되는 것은 여기부터야. 미움이 사랑을 압도하던 그 순간 말이다. 사람들이 저지르는 악행과 폭력을 더는 참을 수 없게 된 하느님이 결정을 내리셨지. 그분이 어떻게 하셨는지 아니? 그래, 하느님은 이 땅에서 처음부터 마지막까지 모든 사람을 없애고, 작은 것부터 큰 것까지 모든 짐승을 없애기로 하셨단다.

하지만 마지막에, 하느님은 창조된 이 세상이 여러 면에서 아름다웠고 모든 것이 근본적으로 악하지는 않았기에, 나와 아내, 나의 세 아들 셈, 함, 야펫과 며느리들을 남겨두시기로 하셨지. 그리고 앞으로 닥칠 일을 내게 알려주셨다. 사람들에게는 오직 처벌만이 예정되어 있었거든. 그래서 그 처벌을 피하려면 내가 어떻게 해야 하는지 알려주셨던 거야.

하지만 나에게 주어진 시간이 많지는 않았어. 그래서 가족들은 빠르게 일을 시작했지. 거대한 배를 만들어야 했다. 우리도 타고, 또 짐승을 그 종류대로 한 쌍씩 태워야 했으니까. 여우에서 매미까지, 하마에서 벌새까지 모두 다. 하느님은 인간을 그 악행에 대해 벌하기를 원하셨지만, 그럼에도 자신이 창조한 작품 일부는 남겨놓기를 바라셨던 거야. 완성된 방주는 길이가 삼백 큐빗[1큐빗은 약 50센티미터], 폭이 오십 큐빗, 높이가 삼십 큐빗이나 되었다. 내부는 삼층으로 지어졌고, 지붕에는 역청을 발라 비와 폭풍을 막았어. 우리 집 뒤에서 방주를 지었는데 방주가 우리 땅을 거의 다 차지했지. 사람들이 방주를 구경하려고 멀리에서 찾아오곤 했다.

어떤 이들은 우리가 한 일을 보고 감탄하기도 했지만, 대체로는 재미있는 구경거리로 여겼지. 우리를 놀리며 이렇게 말하는 사람들도 있었으니까.

'노아 씨, 정말 멋진 배를 지으시는군요! 그런데 항해하려면 배가 물에 있어야 한다는 걸 깜빡 잊으신 거 같네요!'
'노아 씨, 원하신다면 저희가 다음에 올 때 바닷물을 가져다드릴 수도 있는데, 어떠신가요?'
우리가 지은 배를 비웃는 듯 바라보면서 구경꾼들이 이렇게 소리를 질러대곤 했다.
그 가운데는 우리 이웃들도 끼어 있었지. 매일 아침이면 우리 밭에 물고기가 자라났냐고, 물 주는 걸 잊지는 않았느냐고 물어댔어.
그래, 근처에는 가느다란 강줄기 하나밖에 흐르지 않는데 그렇게 큰 방주를 짓는다는 게 어처구니없는 일처럼 보였을 수 있지. 하지만 우리는 하느님의 말씀을 믿고 따르면서 쉬지 않고 우리의 일을 계속했고 조롱과 야유를 차분하게 견뎌냈다. 그리고 하느님이 알려주신 그날이 닥치기 이레 전에 방주가 완성되었지.
이제 동물들을 모아들여야 했는데, 결코 쉬운 일이 아니었다. 늑대 곁에 양이 있고, 고양이 옆에 개가 있고, 코끼리 옆에 생쥐가 있고, 지렁이 옆에 새가 있어야 하는 식이었으니까. 기는 것들은 걸어 다니는 것들을 경계했고, 되새김질하는 것들은 쉭쉭거리는 것들을 경계했으며, 날아다니는 것들은 헤엄치는 것들을 경계했다.
이번에도 이웃 사람들이 간섭했어. 어떤 이웃들은 전갈을 무서워했고, 다른 이웃들은 물소가 밭을 망쳐놓을까봐 걱정했지. 호랑이가 자기네 새끼 양들을 잡아먹을 거라고 생각하는 사람들도 있었어.
그렇지만 비가 오기 시작했을 때 우리는 이미 준비가 다 되어 있었지. 네가 알고 있는 것과 같은 그런 비가 아니었단다. 정말 두껍게 짜인 옷감처럼 빗방울이 촘촘하게 끝도 없이 쏟아졌으니까. 마치 하느님이 하늘의 수문을 열어놓으신 것 같았지. 그렇게 사십 일 동안 조금도 잦아들지 않고 세차게 비가 내렸어. 우리 밭을 가로지르던 가느다란 개울이 금세 넘치더니 정말로 거대한 물바다가 되었다. 그러자 땅바닥에 고정되어 있던 방주가 떠오르기 시작했어.
곧이어 대양이 땅을 뒤덮고 산을 뒤덮었다. 가장 작은 생명의 흔적조차 물에 뒤덮여, 살아 있던 모든 것이 결국엔 거센 파도 아래로 사라져버렸지. 한번 상상해보렴. 그렇게 차오른 물이 조금도 줄지 않고 백오십 일 동안이나 그대로 머물렀다는 걸.
식량이 부족해지기 시작했어. 하지만 비가 그치고 바람이 불면서 차오른 물이 아주 조금씩 빠졌단다. 땅이 조금이라도 드러난 곳을 찾을 수 있겠다는 희망으로, 수평선을 향해 비둘기 한 마리를 날려 보냈지.

그런데 몇 시간 동안 내려앉을 곳을 찾지 못해 비둘기가 되돌아왔을 때 우리가 얼마나 실망했을지 생각해봐. 아들들은 탄식하고 며느리들은 머리카락을 뜯으며 눈물을 흘렸다. 아내는 나의 순진함을 원망했지. 너무 오랫동안 좁은 공간에 갇혀 있던 동물들은 신경과민 증상을 보였다. 풍요로운 땅을 다시 누빌 날이 오리라는 희망은 사라진 것만 같았어.

이레 뒤에, 절망이 우리를 짓누르고 있을 때 방주가 암초에 스치는 것 같았어. 알고 보니 그건 암초가 아니라 커다란 산의 정상이었지. 우리는 주변을 둘러보았다. 하지만 아직 눈이 닿는 동서남북 어디에나 물이 가득했어. 그래도 다시 한번 비둘기를 날려보기로 했다.

두 눈을 하늘로 향한 채, 우리는 온종일 어린아이처럼 안달했지. 오래 기다리며 햇빛을 본 탓에 정신이 몽롱해질 정도였다. 하지만 곧 저무는 해의 남은 빛살이 대양의 수면 위에 반사되었어. 그 아름다운 광경을 보고 있자니 하느님이 우리를 버리셨다는 느낌을 지워버릴 수도 있을 것 같았지.

가족들이 하나둘씩 잠자리에 들었어. 아내도 내 곁을 떠났어. 나는 그 노을의 풍광 앞에 홀로 남겨졌지. 너무 오랫동안 수평선을 뚫어지게 보았더니 두 눈이 타는 듯 아파왔다. 나도 희망을 잃게 될 것만 같았지. 하지만 바로 그 순간이었어. 마지막 남은 햇살 속에서 비둘기의 모습이 눈에 들어왔다. 우리가 그날 새벽부터 돌아오기를 하염없이 바라고 기다렸던 바로 그 비둘기였어.

비둘기는 날개를 접고 나의 손가락에 내려앉았다. 비둘기가 올리브나무 가지를 부리에 물고 있는 걸 보았을 때 얼마나 기뻤던지! 우리가 느꼈던 안도감에 대해서는 따로 말하지 않겠다. 아들들은 활기를 되찾았고, 며느리들의 얼굴에선 꽃이 피었단다.

다시 이레가 지난 뒤에, 한 번 더 비둘기를 날려보았다. 내가 예상했던 대로 이제 비둘기는 돌아오지 않았어. 틀림없이 물 위로 다시 드러난 땅 위에 둥지를 짓느라 바빴을 테지.

그때부터는 모든 일이 잇달아 빠르게 일어났다. 이제 우리는 처음 방주를 지었을 때처럼 다시 방주를 땅에 단단히 고정했어. 문을 열어젖히자 온갖 동물들이 다른 하늘, 다른 땅, 다른 사막, 다른 바다로 제각기 원하는 대로 떠나갔지."

다시 노아는 오래도록 말이 없었다. 마치 그 기나긴 동물들의 행렬을 지금 눈앞에서 다시 보는 듯했다. 그리고 동물들이 다시 번성하여 평야와 바다와 사막을 차지할 수 있으리라는 것을 절대 잊지 않았음을 입증하려는 듯했다.
그 순간, 미소를 지으며 다시 이야기를 시작하는 걸 보니, 노아는 틀림없이 자기 아들들을 생각했던 것 같다.
"이제 땅 위에 더 이상 사람들이 없었기 때문에, 내 아들들과 며느리들은 자식을 많이 낳아 인구를 늘려야 했지. 내가 너에게 이미 말했던 것처럼, 그때는 정말 아이를 많이 낳았고, 또 새로 태어난 아이들은 자라나 부모가 되고, 조부모가 되었다. 땅은 비어 있었고 다시 채워져야만 했으니까.
그래서 야펫은 고메르, 마곡, 마다이, 야완, 투발, 메섹, 티라스를 낳았고,
고메르는 아스크나즈, 리팟, 토가르마를 낳았고,
야완은 엘리사아, 타르시스, 키팀, 도다님을 낳았다.
이들 모두가 땅 위로 퍼져나가 민족들을 이루었단다.
함은 쿠시, 미즈라임, 풋, 가나안을 낳고,
쿠시는 스바, 하윌라, 삽타, 라아마, 삽트카를 낳고,
라아마는 세바와 드단을 낳았다.
어떤 이들은 사냥꾼이 되고, 다른 이들은 도시를 지었으며, 또 다른 이들은 동방의 산으로 올라갔단다.

셈은 엘람, 아시리아, 아르팍삿, 루드, 아람을 낳고,
아람은 우츠, 훌, 게테르, 마스를 낳고,
아르팍삿은 셀라흐를 낳고,
셀라흐는 에베르를 낳고,
에베르는 펠렉을 낳았다.
이들 또한 멀리 세상의 경계까지 나아갔단다."

이 모두를 기억해내느라 피곤해진 노아는 숨을 가다듬고 이야기를 마무리했다.
"자, 내 이야기는 여기에서 끝나지만, 세상의 이야기는 이제 운을 뗐을 뿐이지. 내가 들려준 것은 시작일 뿐이란다. 어떻게 말하면 좋을까? 시작의 시작이랄까. 시작의 시작의 시작의 시작…

이어지는 이야기는 이 책의 페이지들 위에 조금씩 쓸 거란다."

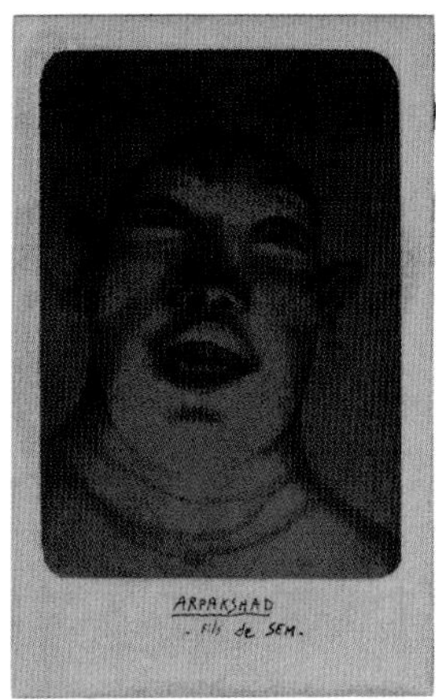
ARPAKSHAD
. fils de SEM.

HUL.
fils d'Aram
(petit fils de Sem)

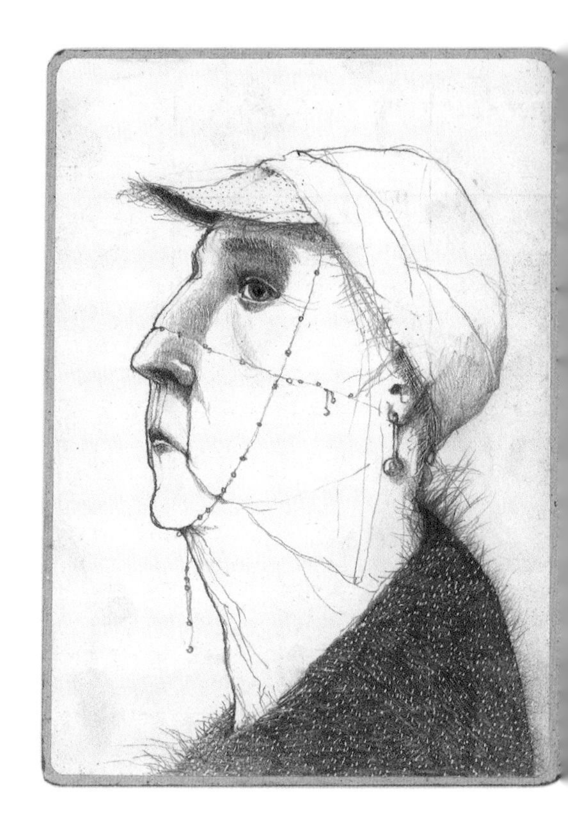

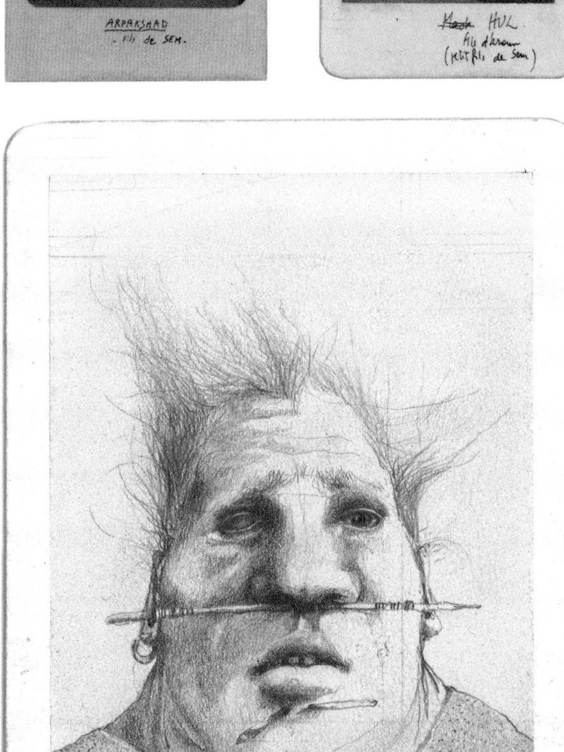

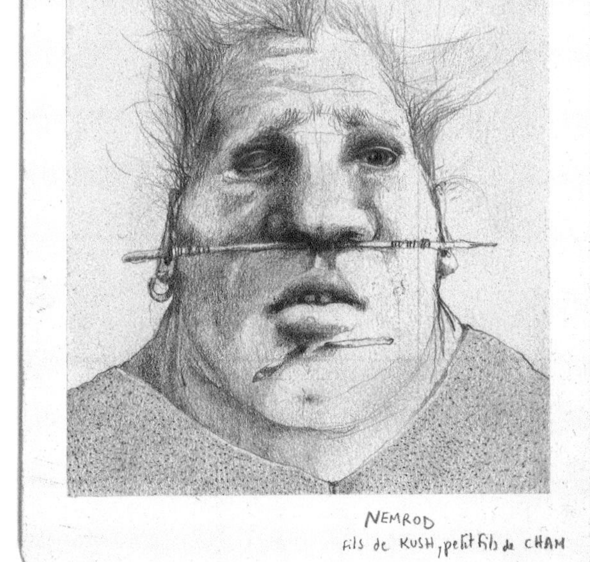
NEMROD
fils de KUSH, petit fils de CHAM

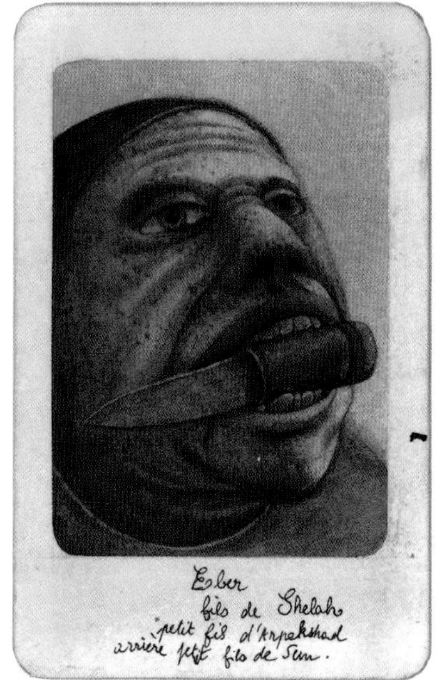
Eber
fils de Shelah
petit fils d'Arpakshad
arrière petit fils de Sem.

RAMA
FILS DE KUSH
PETIT FILS DE CHAM
ARRIÈRE PETIT FILS DE NOAH

x

?

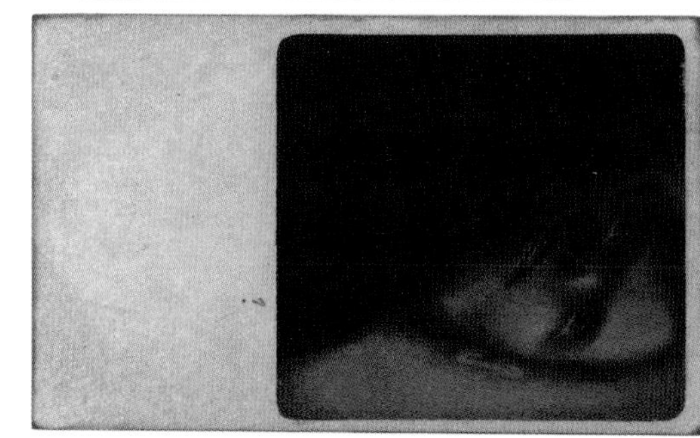

- japhet.

*

PELEG
(fils d'EBER
petit fils de SHELAH
arrière petit fils d'ARPAKSHAD
arrière arrière petit fils de SEM)

Elisha (fils de Javan)

(CHAM)

-Sem-

Shebe et Dedân
(fils de Rama).

SIDON

Ashkenaz
(fils de Japhet)

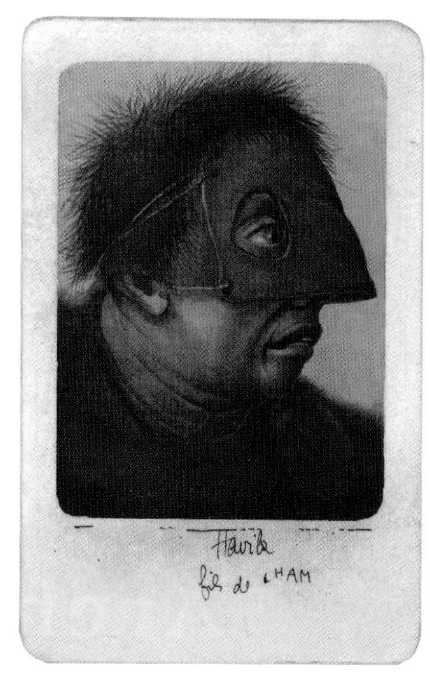
Havila
fils de CHAM

?

- Magog -

바벨 Babel

"이봐, 바벨에 대해 사람들이 하는 얘기 들어본 적 있어?"
"바벨? 푯… 사기꾼이나 도둑놈들이 말하는 그 도시 잖아. 자기들 말로는 하늘에 닿는다고 하는 그 도시 말이야. 자네도 내 돈주머니가 탐나는 거야, 뭐야?"
"이 바보! 자네 비루한 돈주머니에 내가 관심이나 있는 줄 알아?"
"그래? 그럼 나한테 원하는 게 뭐야? 나한테 자네가 하는 쓸데없는 이야기를 들어줄 시간이나 있을 것 같아? 하늘까지 닿은 도시라니… 파리라도 날아들어서 윙윙거리는 소리로 자네 목소리 좀 안 들리게 해줬으면 좋겠군!"
"도시가 그렇다는 게 아니라고, 이 멍청이! 그 도시 한가운데 탑이 있단 말이야. 바벨탑! 그 탑이 그냥 하늘에만 닿은 게 아니라, 하늘에 있는 하느님 나라까지 닿았다니까."
"하느님 나라? 진짜 그만 좀 하게! 자네 때문에 병이 날 것 같네. 지난번에 마지막 남은 열매를 따느라고 나무 꼭대기에 올라갔을 때도 새장에 갇힌 새마냥 심장이 쿵쾅거렸는데, 뭐? 하느님 나라에 닿았다니…"
"그렇다면 자네는 그냥 계속 흙바닥에 주저앉아 있어. 아무것도 모르는 채로. 나는 그냥 내 갈 길을 갈 테니까."
"그래. 자네 길은 계속 가고, 자네 이야기는 아껴놨다가 바보들한테나 들려줘."
"자네 정말 딱하군. 사람들이 어떻게 하늘에 닿았는지 영영 알 수 없을 테니까."
"그 사람들이 어떻게… 이 우스운 친구야, 잘 좀 들어봐. 내가 자네 속셈을 모를 거라고 생각하나? 이 길에는 자네 같은 허풍쟁이들이 떼로 몰려다닌다고. 어제만 해도 어떤 장사꾼이 와서 달 4분의 1쪽이랑 내 빵 반쪽을 바꾸자고 했어. 마치 달이 자기 거라도 되는 양, 마음대로 처분할 수 있는 듯이 굴더라니까. 달이 자꾸 커졌다 작아졌다 하는 게 자기 때문이라는 거야. 자기가 한 조각을 내다 팔면 작아지고, 다시 한 조각을 되사면 커진다는 거지. 그런데 오늘은 자네가 와서, 사람들이 하느님 나라에 닿는 탑을 자기들 손으로 직접 만들었다고 이야기하는군. 지금 나더러 그걸 믿으라는 거야?"
"이런, 당나귀 아들 같은 놈! 도대체 무슨 생각을 하는 건가? 혹시 그 사람들이 탑을 땅에 심고 물을 줘서 하늘에 닿을 때까지 키웠다고 생각하는 건 아니겠지? 이 동네 사람들은 다 자네 같나?"
"내 형제들을 모욕하지는 마! 그 사람들이 땅에 물을 줘서 그 탑이 자라난 게 아니라면 도대체 그 탑이 어떻게 나왔겠어?"
"좋아, 이제 알겠네. 자네 머릿속에 숭숭 바람이 통해서 거북한 모양인데, 그래서 더 확실한 무언가를 머릿속에 정렬해놓고 싶은 거로군. 그럼 우선 바벨이 신아르 지방 한 벌판에 지어졌다는 걸 알아둬. 당시에는 사람들이 온갖 지방에서 몰려왔어. 이리저리 돌아다니며 살다 지친 탓에 한 곳에 자리를 잡고 살려 했던 거지."

"나 같으면 절대로 그런 곳에 정착하지 않을 거야. 사람들이 그러는데, 거긴 사막보다도 안 좋다고 하더군. 돌멩이 하나 찾을 수 없다던걸. 그러니 자네 이야기는 도무지 말이 되질 않아. 그 탑이라는 건 술 취한 사람 눈에나 보이는 신기루일 뿐이야."
"자네는 새끼강아지보다도 참을성이 없군, 이 노새 같은 사람아! 나대기 전에 내 이야기를 끝까지 잘 들어보란 말일세. 그래, 거기에는 작은 돌조각 하나 없는 게 사실이야. 하지만 거기 사람들은 흙이랑 지푸라기를 섞어서 햇볕에 말리면 제법 튼튼한 건축 자재를 만들 수가 있다는 걸 알아냈지. 바로 그렇게 해서 그 도시를 건설했던 거라고."
"진흙이라니! 전능하신 하느님 나라까지 솟아오른 탑을 진흙만 가지고 만들었다고? 그걸 지금 나한테 믿으라고 하는 이야기인가?"
"이런 불쌍한 무식쟁이 같으니라고! 자네는 내가 생각했던 것보다 더 한심하군. 자네한테라면 구멍으로 드나드는 바람도 팔 수 있겠어! 그 지역에서는 건축 기술이 정말 빨리 발전했다니깐. 여기저기 어딘지도 모를 곳에서 몰려온 사람들이 서로 약속하고 하나가 돼서 가장 높은 탑을 건설하기로 한 거야. 산보다 높고 구름 위로 솟아서 하느님 나라에까지 닿는 탑!"
"여기저기서 몰려든 일꾼들이 진흙을 말려가지고? 그 사람들이 서로 다른 말을 할 텐데 어떻게 함께 일을 했겠나? 공사장이라는 데는 엄청 복잡하다고. 말이 서로 통하지 않는 사람들끼리 공사장에서 같이 일을 했다니, 그럼 안이랑 밖을 혼동하기밖에 더 하겠어?"
"자네도 똑같군. 다른 사람들도 자네가 생각한 것처럼 위아래를 혼동했을 거라고 말했거든. 그러니 머리가 아니라 발로 생각을 하는 모양이야. 자네는 그 당시 사람들이 같은 언어를 사용했다는 것도 모르나? 북쪽에서 온 사람이랑 남쪽에서 온 사람이랑 서로의 말을 완벽하게 알아들었다니까. 여기저기 어디에서나 같은 말로 같은 뜻을 나타냈다고."
"자네 나를 놀려먹고 싶은 거지, 그렇지? 사람이 순진하다고 그렇게 속이려고 들면 안 되는 법이야."
"입 다물어. 자꾸 지껄이다 입안에 파리 들어가겠어. 그럼 파리가 길을 잃고 머릿속을 헤집고 다니다가 결국엔 자네 골이 텅 비었다는 것만 알게 되겠지! 내 말 좀 들어봐. 탑을 짓는 일은 정말 빠르게 진행되었어. 일꾼들, 벽돌공들, 건축가들이 아주 척척 잘 맞았으니까. 탑이 너무 빨리 올라가서 하느님 나라까지 얼마 남지 않게 되었어. 그런데 그렇게 인간의 능력이 발전하는 게 하느님의 신경을 건드렸던 거야. 그래서 하느님은 그냥 손짓 한 번으로 그 공든 탑을 무너뜨리셨지. 그리고 다시는 그런 식으로 자기를 귀찮게 할 생각조차 하지 못하게끔 사람들을 지구 표면에 흩어버리고 각기 다른 언어를 쓰게 하셨어. 더 이상 서로 이해하지 못하고 새로운 공동 사업은 아예 불가능해 보이도록 말이야."
"아, 그래. 그래도 자네 덕분에 내가 뭔가를 알게 되긴 하는군. 이방인이라는 거 말이야. 내가 저기로 지나가는 사람들이 지껄이는 이야기를 하나도 못 알아듣는 이유를 이제 알겠군."
"그래, 바로 그거야! 자, 이제 나는 다시 가던 길을 가야겠어. 떠나기 전에 마지막으로 충고 하나 할게. 매일 아침, 자네 머리에다 물 주는 걸 잊지 말라고. 그래야 지혜와 영혼이 자라나지. 그럼, 친구, 잘 있어! 안녕!"
"응, 고마웠네. 잘 가. 자네가 얘기하느라 고생했으니까 내가 은전 하나를 주지. 이런, 그런데 내 돈주머니가 어디로 간 거야? 헉! 너 이리 와! 이 사기꾼 놈아! 도둑이다! 도둑! 도둑… "

바벨탑이 무너진 뒤 사람들은 더 이상 서로 이해하지 못하고
서로 다른 민족을 이루어 경쟁했다.
그 민족들 가운데, 하느님은 히브리 민족을 택하셨다.

아브라함 Abraham 이야기

1

하느님이 아브라함이라는 한 남자를 찾아오셨다.
살던 곳을 떠나 가나안 지방으로 가라고 명하셨다.
아브라함은 순종하여 아내 사라와 조카 롯을 부르고
가진 재산과 가축과 종들을 모두 모아 길을 떠났다.
그들은 산을 넘고 사막을 가로질렀다.
베텔의 동쪽에 이르러 커다란 참나무 아래 장막을 세우고 쉬었다.
그곳에서 하느님은 아브라함을 칭찬하며 그에게 약속하셨다.
언젠가 이 땅을 그의 자손들이 차지할 것이라고.
그의 자손들이.

2

아브라함은 한동안 남쪽으로 향했다.
그리고 이 새로운 땅을 발견했다.
하지만 그곳에 가뭄이 들어 이집트까지 내려가야 했다.
사라는 몹시 아름다웠기에 파라오에게 불려 갔고
이집트의 주군은 사라를 아내로 삼았다.
파라오가 질투에 눈이 멀어 아브라함을 죽이는 일이 없도록
사라는 그가 남편임을 숨기고 오빠라고 소개했다.
이러한 이유로 파라오는 아브라함을 후하게 대접하고
많은 가축과 낙타와 종들을 주었다.
하느님은 파라오가 사라를 아내로 삼은 것을 보시고 그를 벌하시려고
여러 가지 재앙을 연달아 퍼부으셨다.
이를 표징으로 읽은 파라오는 자신이 실수했음을 깨닫고
사라와 아브라함을 쫓아냈다.
사라와 아브라함을.

3

아브라함은 재산이 크게 불어나 이제 부자가 되었고 가축도 많고 금과 은도 많았다.

그를 따라왔던 조카 롯 또한 그렇게 부자가 되었다.

아브라함과 롯의 가축들이 뒤섞이고 목동들이 서로 혼동되어

싸움과 불화가 일었다.

삼촌과 조카는 서로 떨어져 살기로 하였다.

두 사람이 멀리 지평선까지 둘러보았다.

롯은 해 뜨는 쪽 요르단 평야로 떠났다.

그리고 소돔이라는 도시에 장막을 쳤다.

아브라함은 해 지는 쪽으로 떠나 가나안 지방을 향해 돌아갔다.

가나안 지방을 향해.

4

아브라함이 가나안 땅으로 돌아오자 하느님은 새롭게 약속하셨다.

언젠가 이 땅을 아브라함의 자손들이 차지할 것이라고.

아브라함은 하느님께 자신의 걱정을 아뢰었다.

그에게는 자손이 없었던 것이다.

아내 사라는 아브라함에게 아이를 낳아주지 못했다.

하느님은 그를 안심시켜주셨다.

언젠가, 이 땅에 있는 먼지의 수를 세는 것이

아브라함의 아이들과 아이들의 아이들의 수를 세는 것보다 쉬울 것이다.

그의 아이들과 아이들의 아이들의 수.

5

신아르 임금 아므라펠과 엘라사르 임금 아르욕과
엘람 임금 크도를라오메르와 고임 임금 티드알이 연합하여,
소돔 임금 베라와 고모라 임금 비르사와 아드마 임금 신압과
츠보임 임금 세므에베르와 벨라 곧 초아르 임금에 맞서 전쟁을 벌였다.
앞의 네 임금이 뒤의 다섯 임금보다 더 강했으므로 다섯 임금은 달아나야 했다.
소돔 임금과 고모라 임금은 두려움에 사로잡혀 역청 수렁에 빠지고 말았다.
간신히 수렁에서 나왔지만 검고 끈적이는 역청을 온몸에 뒤집어쓴 다음이었다.
다른 세 임금은 산으로 들어가 숨었다.
승리한 이들이 패배한 이들의 재산을 모두 앗아갔다.
그때 소돔에 살고 있던 롯도 모든 것을 잃고 포로가 되었다.
도망쳐 나온 어떤 이에게서 소식을 듣고 아브라함은 군대를 일으켜
네 임금을 쫓아가 싸우고 그들이 앗아간 롯의 재산과 그 이웃들의 재산을 모두 되찾았다.
롯의 재산과 그 이웃들의 재산을.

6

아브라함은 자식이 없음을 늘 한탄하였다.
하느님이 약속하신 땅을 언젠가 물려받을 자식이 없었던 것이다.
사라는 남편에게 자신의 여종 하가르를 아내로 맞아들이라고 했다.
얼마간 시간이 흐른 뒤,
이 여종이 아이를 잉태했고
바로 그날로부터 그녀는 안주인의 말을 듣지 않았다.
사라는 그녀와 그녀가 잉태한 아들을 내쫓았다.
그녀와 그녀가 잉태한 아들을.

7

그런 일이 있고 나서 하느님이 아브라함을 찾아와 그가 곧 아버지가 되리라고 알려주셨다.

사라의 여종 하가르도, 또한 사라 자신도 아이를 낳을 것이라고 말씀하셨다.

사라는 자신이 임신하리라는 말에 웃음을 터뜨렸다.

이미 아이를 갖기에는 너무 나이가 많았기 때문이다.

하지만 몇 달이 지나 사라는 이사악을 낳았다.

하느님은 새로이 약속하셨다. 가나안 땅을 주시겠다고.

이사악에게가 아니라, 이사악의 자식들에게가 아니라, 이사악의 손자들에게가 아니라,

아브라함의 자손들에게 주시겠다고 약속하셨다.

하가르의 아들 이스마엘은 이사악보다 먼저 태어났다.

하느님은 하가르에게 이스마엘 또한 큰 민족을 이루리라고 약속하셨다.

큰 민족을.

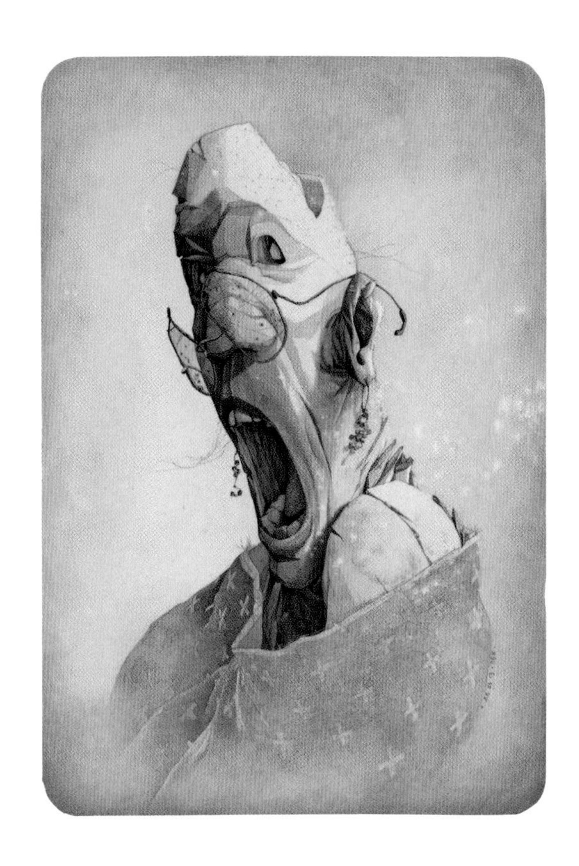

8

하느님은 소돔과 고모라를 보시고
두 도시가 더 이상 선과 악을 구별하지 못한다고 생각하셨다.
그리하여 하느님은 두 도시를 멸하여 그곳에 사는 이들을 벌하시기로 결심하셨다.
아브라함은 불안했다. 소돔에 사는 조카 롯은 선한 사람이었기 때문이다.
아브라함은 이해할 수 없었다. 하느님은 왜 선한 이들과 악한 이들을
나누지 않으시고 모두에게 벌을 내리시려는지.
하느님은 롯에게 세 천사를 보내셨다.
롯은 서둘러 가족들과 함께 그 도시를 떠나야 했다.
천사들은 분명히 경고했다. 어떤 경우에도 달아나는 중에 뒤돌아서
하느님이 그 도시에 내리는 징벌을 보려 해서는 절대로 안 된다고.
이렇게 주의를 주었음에도, 롯의 아내는 호기심을 참을 수 없었다.
뒤돌아선 바로 그 순간, 그녀는 기다란 소금 기둥이 되어버렸다.
기다란 소금 기둥.

9

어느 날, 하느님은 아브라함의 믿음을 시험하시고자
아들 이사악을 데리고 모리야 땅으로 가라고 이르셨다.
사흘간의 여행이 끝난 뒤에, 하느님은 아브라함에게 산 하나를 가리키셨다.
그곳에서 아브라함은 아들 이사악을 제물로 바쳐야 했다.
아브라함은 불 피울 장작을 쌓아두고 칼을 쥐었다.
그리고 하느님이 요구하신 대로 손을 들어 올렸다.
아브라함의 손이 이사악을 내리치려는 순간, 하느님이 그를 멈추셨다.
하느님은 아브라함의 순종을 칭찬하시며, 그에게 지난번 약속을 상기시키셨다.
아브라함의 자손들에게 땅을 줄 것이며, 아브라함의 자손들은 많을 것이다.
하늘의 별과 바닷가의 모래알처럼.
하늘의 별과 바닷가의 모래알처럼.

10

사라가 죽었을 때 이사악은 거의 어른이 다 되었다.
이제 나이가 많이 든 아브라함은
가장 충실한 종을 불러 자기 아들에게 아내를 찾아주라고 일렀다.
하느님의 뜻을 존중하여
아브라함은 종을 메소포타미아로 보내어 아우인 나호르가 사는 성읍으로 가게 했다.
종은 아브라함의 뜻을 따라 그 고장에 도착하자마자 한 우물로 향했다.
그때는 여자들이 물을 길으러 오는 시간이었다.
종은 그에게 마실 물을 권할 뿐 아니라
그의 낙타들도 물을 마시게 해주겠다고 하는 첫 번째 여자를 선택하기로 했다.
젊고 아름다운 레베카가 물동이를 가지고서 가까이 다가와 종에게 물을 따라주고,
종의 낙타들도 물을 마시게 해주었다.
그리하여 아브라함의 종은 레베카를 이사악에게 데려왔고, 두 사람은 남편과 아내가 되었다.
남편과 아내.

역시나 끔찍한 두 형제 이야기 –에사우와 야곱

이사악과 레베카는 아들 둘을 낳았다.
큰아들 에사우는 머리털이 타오르듯 붉었고 온몸이 털투성이였다.
작은아들 야곱의 머리는 무르익은 밀밭 같은 금발이었고 피부는 조약돌처럼 매끈했다.

에사우는 거의 벌거벗고 들과 숲을 가로지르며 뛰어다니길 좋아했다.
손에 활을 쥐고 사냥하며 하루하루를 보냈다.
그가 오랫동안 집에서 멀리 나가 있다가 피부는 검게 타고 더러워지고 상처 난 몸으로 돌아올 때면, 사람들은 그와 그가 쫓는 짐승들을 혼동할 정도였다.

야곱은 부모님이 사는 장막 근처에서 평화롭게 살았다.
자기 가축들에게서 멀리 떠나는 일도 거의 없었고, 어머니 레베카와 함께 있는 것을 좋아했으며, 다른 사람들과 어울리는 것을 즐겼다.

에사우는 사냥에서 돌아올 때면 잡은 짐승들을 아버지 이사악의 발아래 두었다.
이사악은 에사우를 칭찬하며 그에게 축복을 약속했다. 아버지는 큰아들의 팔을 쓰다듬으며 말했다.
"내가 너를 축복하는 날, 너와 네 자손들은 시간이 다할 때까지 풍요롭게 살 것이다."
그런 다음 이사악은 큰아들이 가져온 사냥감을 내어주어 요리하게 했다.

사냥이 유별나게 힘들었던 어느 날, 아버지 이사악은 마침 장막을 비우고 출타 중이었다. 에사우는 팔다리에 상처를 입은 채 기진맥진한 몸을 이끌고 야곱의 장막으로 왔다. 야곱은 밥을 먹는 중이었다.

"밥 좀 주라." 녹초가 된 에사우가 동생에게 애걸했다.

야곱은 콩죽을 퍼서 한 사발 내놓았다.

하지만 형이 사발을 잡으려고 하자 형의 손을 막았다.

"형이 먹고 싶은 만큼 먹어도 돼. 하지만 그 대가로 장자권을 나에게 넘겨줘."

여러 날 동안 아무것도 먹지 못한 에사우는 거의 기절할 지경이었기에 별 생각 없이 자신의 권리를 포기했고, 야곱은 형에게 먹을 것을 주고 기운을 차리도록 보살폈다.

이렇게 여러 해가 지나갔다. 에사우는 숲을 가로지르며 짐승들을 쫓았다. 야곱은 밭을 일구고 가축을 돌보았다.

하지만 시간은 흐르면서 사람들에게 흔적을 남기는 법이다. 이사악은 이제 죽음이 가까웠음을 느끼고 에사우를 불러오게 했다.

"때가 되었구나. 나는 곧 죽을 것이다. 이제는 눈도 보이질 않으니, 조만간 심장도 멈출 것이다. 내가 떠나기 전에 네게 축복해주고 싶구나. 그런데 그러기 전에 네 사냥감으로 만든 음식을 마지막으로 한번 먹었으면 좋겠다. 가라. 어서 사냥을 해가지고 와서 나에게 음식을 해다오. 그러면 내가 너를 축복해주마."

아버지의 장막 옆을 지나던 야곱은 두 사람의 대화를 듣고 서둘러 어머니에게 알렸다. 어머니는 작은아들에게 단단히 일렀다.

"그냥 가만히 보고만 있어서는 안 된다. 아버지의 축복은 네 몫이다. 네 형이 장자권을 콩죽 한 사발이랑 바꾸지 않았니?"

"아버지는 절대 나를 축복하지 않을 거예요. 아버지는 형을 훨씬 더 사랑하니까요."

"나한테 맡겨라. 염소 두 마리만 가져오렴. 필요한 건 그것뿐이다."

야곱은 어머니가 시키는 대로 했다. 레베카는 염소를 가지고 맛있는 요리를 준비했다. 염소 가죽으로는 야곱의 몸을 덮어서 형 에사우처럼 보이게 했다.

"이제 가서 아버지에게 에사우인 척하면서 이 음식을 드려라."

야곱이 이사악의 장막에 들어가니 이사악은 에사우가 그리 빨리 돌아온 줄 알고 놀라워했다.

"사냥이 아주 쉬웠나보구나. 어떻게 이리도 빨리 돌아올 수가 있었니?"

그러자 야곱이 형의 목소리를 흉내 내어 대답했다.

"아버지의 하느님께서 저를 도와주셨어요."
"이리 가까이 오너라. 내가 너를 못 알아보겠구나."

야곱이 가까이 다가가니, 눈먼 아버지는 에사우에게 늘 그렇게 했듯이 아들의 팔을 다정하게 쓰다듬었다.
"참 이상하구나. 목소리는 야곱의 것인데, 팔은 에사우의 것이고 냄새도 그러하구나. 우선 먹자. 그러고 나서 너를 축복해주마."

두 사람은 향신료를 넣은 신선한 포도주를 마시며 음식을 먹었다. 이사악은 그것이 에사우가 사냥해 온 짐승으로 만든 것인 줄 알았다. 음식을 다 먹은 뒤에 아버지는 아들을 향해 돌아앉았다.
"하느님께서 네게 하늘의 이슬을 내려주시리라.
네게 기름진 땅을 주시어 밀 수확을 풍성하게 하시리라.
네 포도나무에서 포도주가 흘러나오게 하시리라.
뭇 민족이 너를 섬기고 뭇 겨레가 네 앞에서 절하리라.
너를 저주하는 이는 저주받고, 너를 축복하는 이는 축복받으리라!"

야곱이 아버지의 장막에서 급히 나왔을 때 에사우가 사냥에서 돌아왔다.
에사우가 잡아 온 짐승을 내놓자 이사악은 깜짝 놀랐다.
"에사우 행세를 하는 너는 누구냐? 에사우는 방금 나의 축복을 받고 나갔다."
그러자 에사우가 분노에 제정신을 잃고 소리쳤다.
"뭐라고 하시는 겁니까? 다른 사람을 축복했단 말입니까? 내가 바로 아버지 아들 에사우란 말입니다. 아버지의 장남이요! 아버지가 축복해주기로 약속한 사람은 바로 납니다!"

이사악은 야곱이 축복을 가로챈 걸 깨닫고 에사우를 품에 안았다.
"내가 더 조심했어야 했다. 네 동생이 네 모습과 네 냄새를 흉내 냈지만, 그 목소리만은 네 목소리가 아니었는데. 내가 정말 어리석었구나!"
에사우는 한참을 흐느껴 울다가 아버지에게 물었다.
"제게 주실 축복은 조금도 남지 않은 건가요?"

이사악은 에사우도 축복해주었다. 하지만 이미 거의 모든 축복을 야곱에게 주었으므로, 에사우게는 축복해줄 것이 거의 없었다.

고통이 지나가자 증오가 남았다.
에사우는 타오르듯 붉은 머리칼을 흔들며 활과 검을 손에 쥐고 복수를 맹세했다.
아무도 그를 말리지 못했다. 아버지도 어머니도 어쩔 수 없었다.
에사우는 으르렁대며 말했다.
"아버지가 돌아가시기만 하면 애도가 끝나기를 기다릴 것도 없이 야곱을 죽여버리겠어. 숲에서 짐승을 사냥하듯이 그렇게 죽여버리고 말 거야."

이사악은 자신을 속인 야곱에게 화가 났지만, 그럼에도 아들을 보호하기로 마음먹었다.
에사우의 분노를 이해했지만, 아들을 잃을 수는 없었다.
이사악이 레베카를 보고 말했다.
"야곱이 죽는다면, 내 축복 또한 사라지게 될 테니까. 더욱이 에사우가 야곱을 죽인다면, 에사우는 영원히 저주받게 될 테니까. 그러면 결국 우리는 아들 둘을 모두 잃게 될 테니까."

레베카는 두 아들을 멀리 떨어뜨려놓는 것을 해결책으로 제시했다.
"당신 아버지 아브라함이 우리에게 약속했던 그 땅으로 야곱을 보내서, 거기서 결혼하게 합시다. 그렇게 해서 멀리 떨어져 지내면 형의 화살을 피할 수 있을 거예요."

이 충고를 따라 야곱은 밤을 틈타 아무도 모르게 장막을 떠났다.
에사우는 사냥감이 달아난 걸 알고는 분노가 치미는 것을 느꼈다.
하지만 동생이 어디로 갔는지 전혀 알 수 없었기에 그를 찾아 나설 수도 없었다.
에사우는 분노를 삭이며 무기를 챙겨 사냥을 떠났다.

사람들 말로는 그가 여러 해 동안 숲에서 지냈다고 한다.
귀를 기울이면 그가 울부짖는 소리가 들렸다고도 한다.

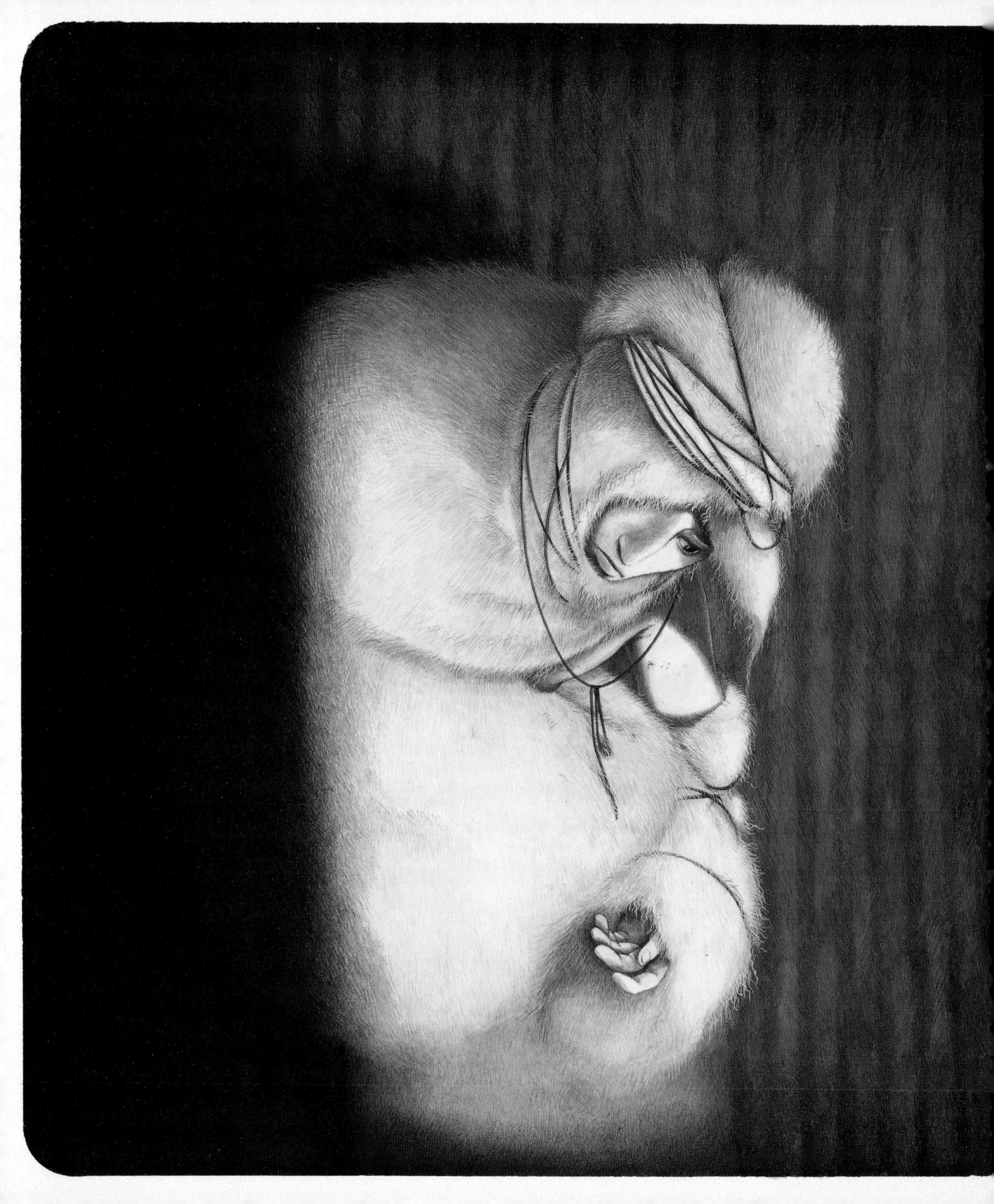

Jacob Rachel 야곱과 라헬

두 아들이 서로 죽이는 꼴을 보게 될까 두려웠던 이사악은
야곱을 외삼촌 라반의 집으로 보내 형에게서 멀리 떨어뜨리고
그곳에서 아내를 맞이하게 했다.

그리고 야곱은 지팡이를 짚고 먹을거리를 챙겨서 길을 떠났다.

그리고 밤이 되자 길 위에서 돌을 베개 삼아 베고 누웠다.

그리고 흙을 이불 삼았다.

그리고 잠이 들었다.

그리고 꿈에 사다리가 나타났는데 그 끝이 얼마나 높은지 하늘까지 닿아 있었다.

그리고 저 높은 곳에 하느님이 계셨는데 천사들에게 둘러싸인 그분이 야곱에게 말씀하셨다.
"나는 너의 할아버지 아브라함과 너의 아버지 이사악의 하느님이다. 네가 누운 땅은 내가 너의 할아버지와 아버지에게 준 땅이다. 오늘, 그 땅은 또한 네 것이 되었다. 나는 너를 버리지 않고 보살필 것이다."

그리고 잠에서 깬 야곱은 자기가 보았던 것이 꿈인지 생시인지 혼란스러웠다.

그리고 하느님을 경배하고 지켜주신 데 감사드리려고 베고 자던 돌을 세웠다.

그리고 돌에 기름을 부었다. 아버지의 집으로 무사히 돌아가게만 된다면 지난밤 나타나셨던 이 하느님을 자신의 하느님으로 받아들이겠다고 맹세했다.
그리고 야곱은 삼촌 라반의 집을 향해 다시 길을 떠났다.

그리고 마침내 그곳에 도착하자 라반의 두 딸이 문 앞에서 야곱을 맞아들였다.

그리고 바로 그 순간부터 야곱은 라헬에게서 눈을 뗄 수 없었다.

그리고 라헬의 언니 레아는 늘 곁에 있는데도 전혀 눈에 들어오지 않았다.

그리고 야곱은 라반에게 자신이 라헬을 너무나 사랑한다고 말했다.

그리고 그 자리에서 당장 결혼할 준비가 되어 있다고도 말했다.

그리고 라반은 협상을 시작했다.

그리고 자신에게 무엇을 줄 준비가 되어 있느냐고 물었다.

그리고 야곱은 7년 동안 자신의 힘을, 자신의 노동을 라반에게 주겠다고 했다.

그리고 7년이 지났다.

그리고 혼인 잔칫날이 되었다.

그리고 라반은 야곱을 속이고 라헬이 아니라, 신랑감을 찾지 못한 레아를 주었다.

그리고 야곱은 당혹했다.

그리고 라헬은 울었다.

그리고 야곱은 다시 7년을 더 일해주기로 약속했다.

그리고 7년이 지나 야곱은 마침내 라헬과 결혼할 수 있게 되었다.

그리고 사랑을 나누었다.

그리고 레아만이 그에게 아이를 낳아주었으므로 슬퍼했다.

그리고 르우벤, 시메온, 레위, 유다, 단, 납탈리, 가드, 아세르, 이사카르, 즈불룬, 디나가 태어났다.

그리고 주님께서 라헬을 불쌍히 여겨 라헬도 아이를 낳았다.

그리고 부모는 아이를 요셉이라 불렀다.

그리고 요셉은 라헬이 낳은 아이였기에 야곱에게 가장 사랑받았다.

그리고 여러 날이 지나고 야곱은 라반을 위해 일하는 동안 부자가 되었다.

그리고 야곱의 종들도 점점 더 늘었다.

그리고 야곱의 염소와 양과 낙타의 무리도 점점 더 늘어났다.

그리고 라반의 아들들이 질투하여 아버지의 재산을 야곱이 도둑질했다고 비난했다.

그리고 야곱은 다시 하느님의 말씀을 들었다.

그리고 하느님은 야곱에게 달아나라고 하셨다.

그리고 어느 날 밤 야곱은 떠났다.
라헬과 레아와 열두 자녀와 종들과 수많은 가축을 함께 데리고 갔다.

그리고 라반과 그의 아들들은 이레 동안 야곱을 쫓았다. 유프라테스강을 건너 길앗산 산악지방에서 야곱을 따라잡았다.

그리고 하느님이 라반의 꿈에 나타나 야곱을 가게 내버려두도록 하셨다.

그리고 그것으로 끝이 아니었다.
가나안으로 가는 길 위에서 야곱은 형 에사우가 자기를 만나러 온다는 것을 알았다.

그리고 시간이 흘러 숲에서 나온 에사우는 수많은 짐승과 함께 가축을 길렀다.

그리고 수천 명의 종을 거느렸다.

그리고 야곱은 두려워 떨었다.

그리고 야곱은 자기 아버지의 하느님을 향해 보호를 간청했다.

그리고 먼저 종들을 보내 에사우에게 선물을 전했다.
아버지 이사악이 내린 축복을 가로챈 일을 용서해주기를 바랐다.

그리고 에사우는 선물을 받아들였다.

그리고 그의 마음에서 증오가 씻은 듯 사라졌다.

그리고 야곱은 가나안으로 돌아갔다.

그리고 그곳에서 할아버지 아브라함이 받아들였고 아버지 이사악이 받아들인 그분을 자신의 하느님으로 받아들였다.

그리고 야곱의 이야기는 끝이 난다.

야곱의 아들 중에 요셉은 막내였다.
요셉은 야곱이 가장 사랑하는 아들이기도 했다.
자, 이제 요셉이 겪는 불행의 3막극이 시작된다.

등장인물

요셉: 야곱의 아들

납탈리, 아세르, 르우벤, 유다, 이사카르, 가드, 단, 즈불룬, 시메온, 레위, 벤야민: 요셉의 형제

파라오: 이집트의 주군

포티파르: 파라오의 경호대장

에즈나: 포티파르의 아내

표범: 에즈나의 반려동물

시종들

경비들

코러스

LES SONGES DE JOSEPH

요셉의 꿈

Piece en trois actes avec choeur
de Phillipe Lechermeier

코러스가 등장하는 필리프 르셰르메이에르의 3막극

"Faut-il que je porte monsieur le prince sur mes epaules pour qu il ne se salisse pas dans les pâturages ?"

"우리 왕자님께서 풀밭에 옷을 더럽히지 않으시도록 내가 어깨에 태워드려야겠는걸요?"

풀밭과 그늘이 흔치 않은 가나안의 방목지.

코러스

양들이 우는 소리
칼이 바람을 가르는 소리
바보들이 키득거리며 웃는 소리
세상은 욕설로 가득하고
형제들의 마음은 질투로 가득 차니
카인과 아벨 이후 에사우와 야곱처럼 이제는 요셉에게,
꿈을 통해 하느님이 말씀하시는 그 아이에게
장자권에 짓눌리는 운명이 찾아왔다.

1장

(정오가 가까운 시간. 요셉의 형들이 부산하게 움직이고 있다. 어떤 이들은 나뭇가지를 모아다가 불을 피워 식사를 준비하고, 다른 이들은 놓아기르는 가축들이 풀을 뜯게 한다.)

아세르 (짜증 난 목소리로)
그런데 요셉은? 아직 안 왔나?
(해가 떠 있는 쪽으로 고개를 든다.)
정오가 다 되었는데. 아침에 가축들을 준비시켜놓아야 했던 건 요셉이잖아, 그렇지?

납탈리 그래, 그래… 요셉 차례였을 거야. 그런데 어제 벌써 르우벤이 요셉 대신 해버렸어.

아세르 오늘 아침에 가축들을 풀밭으로 데려온 건 나야. 그냥 더 잘 수도 있었는데 말이야. 아니면 내기를 몇 판 더 하러 갈 수도 있었다고.

납탈리 그래, 그래…
적어도 그때까지는 늦잠을 잘 수 있었는데, 요셉 때문에 다 망쳤지.

르우벤 요셉이 늦는 건 아버지 때문인 것 같다. 새벽에 우리가 출발할 때 내가 보니까 요셉이랑 아버지가 식탁에 앉아서 이야기를 나누고 있던걸.

납탈리 그래, 그래…
우리가 한 일을 아버지한테 일러바치고 있었겠지!

아세르 (야유를 보내며)
그놈은 비열한 작은 첩자라니까!
지난번 일도 기억나지?
우리가 골짜기에서 암양 네 마리를 잃어버렸을 때.
도탄 근처에서 말이야. 아버지가 알아버리는 바람에 우리는 몸을 씻을 시간도 없었잖아.

납탈리 그래, 그래…
그때 우리 모두 벌을 받았지.
우리 모두… 요셉만 빼고.

아세르 말해 뭐 하겠냐, 걔는 아버지의 심복이잖아!
이 집구석에서는, 여기서도 요셉, 저기서도 요셉, 요셉뿐이잖아.

르우벤 솔직히, 네 말에 좀 악의가 있는 것 같다.
양을 잃어버렸던 걸 요셉이 고자질한 건 사실이야.
그렇지만 우리가 벌을 받았던 건 그 계곡에 내려갔던 이유 때문이지.
너희 말이야, 자스페의 그 여자들 이야기를 다시 듣고 싶은 거야?

납탈리 그래, 그래…
자스페의 여자들.
도탄의 폭포에 와서 목욕을 했지.
발가벗고서.
마치 낙원에서처럼.

아세르 (생각에 잠긴 채로)
마치 낙원에서처럼이라니… 글쎄, 그때 우린 그렇게 심각하지 않았다고. 그렇다고 요셉을 말릴 수는 없었지만. 아무튼 그래서 요셉은 특별대우를 받았지.

납탈리 그래, 그래…
마치 왕자나 되는 양.

아세르 아버지가 준 그 옷은 또 어떻고?
그게 증거 아니겠어? 색색의 최고급 옷감으로 짠 거잖아.
소매도 길고 장식도 화려하고!

납탈리 그래, 그래…
우리는 맨날 거친 마로 된 낡은 옷만 걸치고 사는데,

아세르 우리는 형이 입던 걸 동생이 물려 입고, 또 물려주고…
(자기가 입고 있는 옷을 가리키며)
내 옷 좀 보라고. 다 해졌잖아.

르우벤 넌 맨날 부풀려서 말하더라. 아버지가 요셉을 특별히 다정하게 대하는 건 이상할 게 없어.
요셉은 막내잖아.
(유다를 향해서)
넌 어떻게 생각하니?

유다 아버지가 요셉을 왕자처럼 대하신다면
요셉은 왕자인 거지, 뭐.

납탈리 그래, 그래!
그럼 나는 이집트의 파라오다!
(오가는 대화를 건성으로 듣고 있던 다른 형제들 대부분과 아세르가 웃음을 터뜨린다.)

유다 다들 조용히 하라고! 너희 혀는 뱀처럼 갈라진 모양이구나.

(손으로 햇빛을 가리며 지평선까지 멀리 쳐다본다.)
봐! 저기 요셉이 오고 있는 것 같은데.
(납탈리가 땅에 침을 뱉는다. 아세르와 다른 형제들도 그를 따라서 침을 뱉는다.)

2장

요셉 형들, 안녕.
(르우벤과 유다는 같이 인사하지만 다른 형제들은 차갑게 무시하거나, 수염에 가린 입으로 잘 들리지도 않게 '안녕'이라고 웅얼거린다. '살살이', '심복', '골칫덩어리' 같이 듣기에 별로 좋지 않은 말들도 들린다.)

요셉 (아세르에게 말을 걸며)
가축들을 미리 준비시켜놓지 못해서 미안해요. 내 차례라는 건 알았는데 아빠한테 계속 붙잡혀 있었거든요. 형이 괜찮으면 내일은 내가 할게요.

납탈리 (요셉의 말투를 흉내 내며)
우리 아빠 어쩌고저쩌고.

아세르 그런데 말이야, 아버지한테 가서 네가 무슨 말을 했는지 우리가 좀 알 수 있을까?

요셉 물론이죠! 내가 지난밤에 꾼 꿈 이야기를 했어요.

납탈리 (혼잣말로)
이런. 요셉이 또 자기 꿈 이야기를 하려는 모양이군. 하느님이 자기에게 말씀하신 거라는 구실을 내세워서… 어휴.

요셉 (발을 끌면서 다가오는 형들을 불러 모아놓고)
형들, 내 꿈 이야기 좀 들어봐요.
아버지 생각에는 내 꿈이 신성한 것 같대요. 지난밤이었어요. 처음에는 이것저것 뒤섞인 모습들이 정신을 가득 채웠어요. 매일 보는 것들, 염소젖을 짜는 일이며, 신선한 풀밭을 찾아다니는 일이며, 가축들을 이끌고 가는 일 등등. 그러다 사방이 어두워지더니 밤하늘이 보였어요. 해와 달과 열한 개 별이 하늘에 뒤섞여 있었어요. 그런데 이제는 내가 하늘에 있는 거예요. 그 열한 개 별과 해와 달이 내 앞에서 절을 했어요.

유다 네가 마치 왕자라도 되는 양…

요셉 네, 아버지도 그렇게 말씀하셨어요. 해는 아버지고, 달은 우리 어머니고, 별들은 바로 형들이에요.
(요셉의 형들이 서로 이야기하며 웅성거린다. 심기가 불편해 보인다.)

납탈리 (비꼬듯이)
그럼 우리 왕자님께서 풀밭에 옷을 더럽히지 않으시도록 내가 어깨에 태워드려야겠는걸요?

아세르 (납탈리의 말투를 따라 하며)
왕자님의 고운 옷에 얼룩이 묻으면 정말 낭패인걸요…
(르우벤과 유다를 제외한 다른 형제들이 모두 웃는다. 요셉은 형들의 질투 때문에 상처 입은 듯 보인다.)

르우벤
자, 그만하면 됐어! 너희는 창피한 것도 모르니?
아직 어린아이잖아.
요셉 좀 봐. 눈에 눈물이 그득하네.

유다 (요셉의 팔을 잡으면서)
이리 오렴. 저기 가서 점심이나 먹자.
(빵과 약간의 치즈를 꺼내 들고, 아직 감정이 가라앉지 않은 요셉과 르우벤을 데리고 나무 그늘에 자리를 잡는다.)

납탈리 (손뼉을 쳐서 식사의 시작을 알린다.)
그래, 그래!
이것도 다 아빠한테 말하려무나.
어쩌고저쩌고….
(웃음. 여섯 형제가 납탈리와 아세르 주변에 둘러앉아 먹기 시작한다.)

아세르 (입안에 음식이 가득한 채로)
너도 곧 알게 될 거다. 이 별 이야기 때문에 결국 우리는 일만 더 하게 될 거란 말이야.
(다른 형제들을 향한다.)
다들 어떻게 생각해? 이게 지금 정상인 거 같아?
(다른 형제들이 구시렁거리며 불만을 표시한다.)
이런 식으로 계속 있을 수는 없어. 행동할 때가 됐어.
아버지가 요셉을 진짜 왕자라고 믿게 됐으니, 짜증나는 일들도 계속될 거라고.

납탈리 그래, 그래…
그 말이 맞는 것 같다. 하지만 걱정하지 마.
나한테 좋은 생각이 있으니까.
(잠깐 골똘히 생각한 다음 다른 형제들에게 말한다.)
다들 요셉을 치워버리고 싶지 않아?
(다른 형제들 모두 한목소리로 긍정한다. 납탈리가 이번엔 길게 생각에 잠긴다.)
그래, 그래… (막대기를 잡고 갑자기 일어선다.)
아세르가 전에 말한 적이 있지? 아랍 상인들이 낙타를 타고 지나가다가 길앗 근처에서 장막을 친다고 말이야.

아세르 그래, 사흘 전에 도착했는데, 오늘 저녁에 이집트로 떠난댔어.
불볕더위는 지나갔으니까.

납탈리 좋아! 그럼, 다들 일단 가서 낮잠을 자도록 해. 하지만 짐승들이 흩어지지 않게 신경을 써야 돼!
내가 돌아올 때는 문제가 해결되어 있을 거야. 확실히 그렇게만 되면 우리도 은화를 좀 챙길 수 있을 테고, 그 은화야말로 바로 우리의 별들일 거야!
(동쪽을 향해 나간다. 다른 형제들은 편안하게 드러눕는다.)

3장

(시간이 조금 지난 뒤 납탈리가 요셉의 찢어진 옷과 돈주머니를 손에 들고 돌아온다. 형제들은 깊이 잠들어 있다. 형제들 사이로 파리들이 윙윙대며 날아다니지만 그들의 단잠을 방해하지 못한다.)

납탈리 (잠들어 있는 형제들의 귀에 대고 돈주머니를 짤랑짤랑 흔들어댄다.)
은화 스무 세켈이야…
다들 이렇게 많은 은화를 본 적이나 있어?
(단과 아세르가 깨어나 반짝이는 동전들에 달려든다.)

아세르 이거 어디서 난 거야?
이걸 얻으려고 무슨 짓을 한 거지?
(납탈리를 뚫어지게 쳐다본다. 그리고 찢어진 요셉의 옷을 눈치챈다.)
요셉을 팔아버렸다고 말하려는 건 아니지?
자기 형제를?

납탈리 내 형제? 우리 형제라고!
그래, 원하지 않는 사람까지 꼭 돈을 가져야 하는 건 아니야. 그러면 남은 사람들 몫은 오히려 많아질 테고, 더 부자가 될 테니까.

아세르 아니, 아니…
아무리 그래도 너무 늦었어. 이제는
(납탈리는 그 자리에 있는 형제들에게 은화 2세켈씩 나누어준다. 남은 은화도 둘로 나눈다.
르우벤과 유다가 아연실색한 얼굴로 도착한다.)

르우벤 아랍 상인들이! 아랍 상인들이 우리 요셉을 데려갔어!

납탈리 그래, 그래… 우리가 봤어.

르우벤 그런데 왜 그냥 보고만 있었던 거야?

납탈리 우리는 일하는 중이었으니까.
(르우벤과 유다에게 은화를 가리킨다.)
가져가, 이건 형들 몫이야.

유다 이게 도대체 무슨 돈이지?

납탈리 형들 몫이라니까.

르우벤 (무슨 일이 일어났는지를 이해하고 얼굴을 찡그린다.)
짐승만도 못한 놈! 요셉을 팔아버리다니! 어떻게 그럴 수가 있어?
(납탈리에게 달려든다. 두 사람이 땅바닥을 구른다.
하지만 납탈리가 빠르게 르우벤을 제압한다.
그동안 다른 형제들은 유다를 움직이지 못하게 붙잡아 싸움에 끼어들지 못하게 한다.)

납탈리 (먼지를 털며 일어선다.)
개떼가 그런 거라고! 도대체 무슨 상상을 한 거야?
우리가 그 어린애랑 그 멍청한 꿈에 휘둘리게 생겼었다고!
(르우벤과 유다를 향해 돌아선다.)

형들, 내 말 잘 들어!
무슨 일이 일어났는지 아버지에게 한마디라도 하는 날에는…
(목을 베는 시늉을 한다.)
그러니까 이제 이 돈을 가지라고!
(르우벤과 유다의 주머니에 은화를 억지로 집어넣는다.)

아세르 그럼 아버지에게는 뭐라고 말하지?

납탈리 걱정하지 마. 나한테 다 생각이 있으니까.
(가드에게 말한다.)
저기 가서 숫염소의 멱을 따.
(이번엔 아세르에게 말한다.)
요셉의 옷을 가져다 염소 피에 적셔.
(가드와 아세르가 시킨 대로 하는 동안, 납탈리는 잇새로 씩씩거리고 있다.)

아세르 (피에 젖은 요셉의 옷을 납탈리에게 내밀며)
자, 다 됐어.

납탈리 (요셉의 옷을 손에 쥐고)
그래, 그래….
아주 그럴듯해…
(형제들 모두를 향해)
이제 내 말을 잘 들어. 오늘 저녁,
집에 돌아가면 우리는 아버지에게 이렇게 말하는 거야.
어떤 사나운 짐승이 와서 요셉을 잡아먹었다고.
굶주린 호랑이나 상처 입은 사자가 사람을 공격한 건 이게 처음이 아닐 거라고.
그렇게 확신하게 하는 증거는 바로 이 옷이라고.
이걸 분명히 해야 돼. 이게 우리가 입 밖으로 낼 이야기의 전부라는 거지.
절대, 절대로 다른 어떤 이야기도 해서는 안 돼.
반대 의견 있나? 없지?
그럼 다시 일을 해야지. 가서 짐승들을 불러 모으라고!

(각자 자기 하던 일로 돌아간다. 르우벤과 유다만 납탈리의 행동을 비난하는 듯하다.)

2막

Acte II

코러스

어린 새는 가볍게 둥지를 나섰다가
처음으로 위험에 맞닥뜨린다.
그 작은 심장은 여전히 빠르게 뛰고 있으니
사냥꾼의 화살을 피한 기쁨에 차오른 탓이다.
승리자가 되어 높다란 가지 끝에서 세상을 굽어보느라
등 뒤로 어리는 수상쩍은 그림자를 짐작조차 하지 못한다.
날카로운 이빨을 드러낸 담비가 나무둥치를 살금살금 기어오르고 있는데…

1장

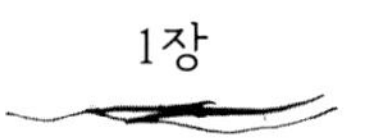

(몇 년 후, 포티파르의 저택. 포티파르와 그의 아내 에즈나가 짐승 가죽 위에 누워 있다. 에즈나는 발이 사슬에 묶여 있는 표범을 쓰다듬는다.)

포티파르 그날은 정말 아무리 축복해도 모자랄 거요! 내가 길에서 아랍 상인들을 만났던 그날 말이오.

에즈나 신들이 축복하신 일이고말고요! 여보, 누더기를 걸친 어린아이였던 요셉을 살 때 얼마를 줬다고 했지요?

포티파르 빵 한 덩어리. 요즘 이집트에서는 모두가 나를 부러워한다오. 지난번에 파라오도 내가 부럽다고 하셨다니까. 그렇게 믿음직한데다 일 처리까지 능숙한 사람을 가졌다고 말이오.

에즈나 당신을 파라오 앞에 소개해서 경호대장을 맡게 한 것도 요셉인데, 이제는 요셉이 거의 모든 일을 다 처리하고 있잖아요.

포티파르 그래, 전부라고 할 수 있지! 어제부터 내가 요셉에게 전권을 주었으니까. 이제는 내가 관할하는 일 전부를 요셉이 관리하는 거요. 난 정말 요셉을 전적으로 신뢰하고 있거든. 이제부터는 내 개인적인 일에 대해서도 요셉이 모든 결정을 뜻대로 내릴 수 있다오.
당신, 지금 내 말 잘 듣고 있는 거요?

에즈나 (생각에 잠긴 채)
그럼요, 잘 듣고 있지요, 여보.

포티파르 (잠시 후에)
당신, 당신도 사람들이 요셉에 대해 하는 말을 믿소?

에즈나 사람들이 뭐라고 하는데요?

포티파르 요셉은 하느님이 보호해주시는 사람이라잖소. 그게 바로 요셉이 성공을 거둔 비결이라는 거요.

에즈나 가능한 얘기네요. 더구나 요셉은 젊고 특출나게 잘생겼으니…
(표범을 향해)
그렇지 않니, 우리 아가?

표범 가르릉!

포티파르 내가 지금 요셉이 잘생겼다고 하는 게 아니잖소. 요셉이 내가 관할하는 일을 얼마나 똑똑하게 처리하는지를 말하는 거요. 우리 집안이 이렇게 번성한 적도 없지 않소?

에즈나 신이 하나든 여럿이든…
운명이든 숙명이든 상관없고요…
중요한 건 요셉이 우리 집에 있다는 사실이지요.

포티파르 그래, 당신 말이 맞소. 그런 관리인이 우리 집에 있으니, 얼마나 안심이 되는지!
파라오의 조카 말인데, 그 집 종들이 재산을 다 훔쳐 갔다고 하질 않소.
믿을 만한 사람한테 맡길 수만 있으면 안심이 되고 좋을 텐데.
(에즈나에게 다가가자 표범이 심하게 으르렁대기 시작한다.)
이놈이! 앉아! 더러운 짐승 같으니라고.
(마음이 놓이지 않는 듯한 모습으로 에즈나를 향해 말한다.)
당신이 말한 대로 이놈이 위험하지 않다는 게 확실하긴 한 거요?

에즈나 아, 포티파르, 겁낼 거 없어요.
게다가 얘가 있어서 내가 심심하지 않다고요. 얘는 내 동반자예요.
나는 무료하단 말이에요. 하루 종일 혼자 있어야 하니까.
(종들이 방에 들어와 여러 가지 음식을 가져다 놓는다.)

포티파르 이걸 좀 보시오! 정말 훌륭하다니까.
내가 말했지요, 이 요셉이란 사람은 정말 신들의 축복을 받았다고.

에즈나 (세련된 요리들을 집어서 입으로 가져가며)
흐음! 당신 말이 맞아요. 우리에게 이렇게 굉장한 식사를 내오다니!
(고기 한 조각을 표범에게 던져주자 표범이 뛰어올라 덥석 문다.)
자, 우리 집 큰 고양이! 여보, 요셉을 불러와서 같이 식사하면 어떨까요?

포티파르 당신, 지금 정신이 나간 거요? 잘 알다시피, 이집트 사람이랑 히브리 사람은 함께 식사할 수가 없다니까.

에즈나 아! 또 그 우스꽝스러운 관습이라니…

포티파르 (입에 음식을 가득 넣은 채로)
흐음! 맛있군…
(하인이 다가와 포티파르에게 메시지를 전한다.)
이런! 뭔가 예감이 좋지 않은걸.

에즈나 여보, 무슨 일 있어요?

포티파르 문제가 생겼다오, 궁궐에. 파라오의 궁에 지금 당장 가봐야겠소.

에즈나 아, 안됐군요…
그럼 나는 저녁식사를 끝내도록 할게요, 나의 커다란 수코양이랑 함께…

포티파르 (황급히 밖으로 나가며)
그래요. 나는 밤중에나 돌아올 테니.

에즈나 나의 커다란 수코양이랑 함께… 그리고 요셉과 함께…

표범 가르릉!

2장

에즈나 (시종에게)
요셉에게 이리 오라고 해.

시종 네, 마님.
(요셉이 오기를 기다리는 동안 에즈나는 재빨리 옷과 머리를 가다듬는다.)

요셉 뭐 시키실 일이라도 있으신가요?

에즈나 (방석을 가리키며)
이리 와서 앉아봐, 요셉.

요셉 제가 이집트인과 식사를 함께 할 수 없다는 것은 아실 테지요.

에즈나 누가 식사를 같이 하자고 했나?
여기 와서 앉아보라고 한 게 다인데.
말동무를 좀 해줘. 나를 좀 재미있게 해달라고!

요셉 (거북한 자세로 다가가며)
아시다시피, 저는 할 일이 많습니다. 내일은 경호대장님의 경리관을 접견해야 하는데, 아직 회계 장부를 다 확인하지 못했거든요.

에즈나 아, 요셉! 그런 말은 그만해. 내가 지루해지잖아.
뭔가 좀 기분전환이 되는 이야기를 해줘. 이렇게 잘생긴 청년이 어떻게 더 재미있는 이야기를 알지 못할까? 그 입에서는 여자들을 기쁘게 해주는 말들이 나와야 할 텐데. 나는 잘 모르지만, 시라든가, 사랑의 말이라든가…

요셉 (얼굴을 붉히며) 저를 놀리시는군요…

에즈나 어머, 귀여워라!
(표범에게)
너도 봤지, 내 야옹이, 이 사람 웃기지 않니?
어린아이처럼 얼굴이 빨개지는 것 좀 봐.
(요셉에게)
자, 나에게 가까이 와보라니까. 좀 더 잘 보이게.

요셉 (망설이며 다가간다)
마님…

에즈나 (손으로 요셉의 머리를 쓰다듬으며)
정말 예쁜 곱슬머리야!
사람들이 천사라고 하겠는걸…
(요셉을 찬찬히 훑어본다.)

요셉 (마치 마비가 오는 듯 말을 더듬거리며)
저… 저… 저를… 놀리지 마세요…

에즈나 이런 바보!
이리 와, 아무도 모를 거야.
포티파르는 파라오의 궁에 불려 갔으니, 집에 돌아오려면 멀었어.
자, 이리 와서 나를 안아줘.

요셉 하, 하, 하, 하지만…. 저의… 주인님의… 아내시잖아요!

에즈나 자, 그런 말은 하지 말고…
(요셉에게 다가가 몸을 던져 요셉을 껴안는다.)

요셉 (벌떡 일어서며)
아! 놓아주세요!

(갑작스러운 움직임에 깜짝 놀란 표범이 으르렁거리며 일어선다. 요셉의 겉옷이 표범의 발톱에 걸린다.)

에즈나 놓아달라고?
놓아달라니?
지금 자기를 누구라고 생각하는 거야?
나를 밀치면서? 파라오의 경호대장 포티파르의 아내인 나를?

요셉 마님, 오해하신 거예요.
저는 마님 기분을 상하게 하려고 그런 게 아니에요…

에즈나 조용히 해!
넌 내가 네 출신을 상기시켜주길 바라는 모양이구나!

요셉 마님…

에즈나 넌 진짜 아무것도 아니야.
넌 노예일 뿐이잖아.
노예는 주인마님이 시키는 건 다 해야 하는 법이고.

요셉 하지만, 마님은 제 주인님의 아내이시니…

에즈나 (요셉의 말을 끊으며)
그래, 그래서? 도대체 무슨 상상을 하는 거지? 은근히 무슨 말을 하려는 거야?
아! 네가 생각하는 대로 되지는 않을걸!
넌 지금 포티파르가 출타 중일 때 나를 희롱하려고 했잖아!
기다려보라고, 포티파르도 이 모든 걸 알게 될 테니.
그이는 너를 전적으로 믿었는데 말이야!

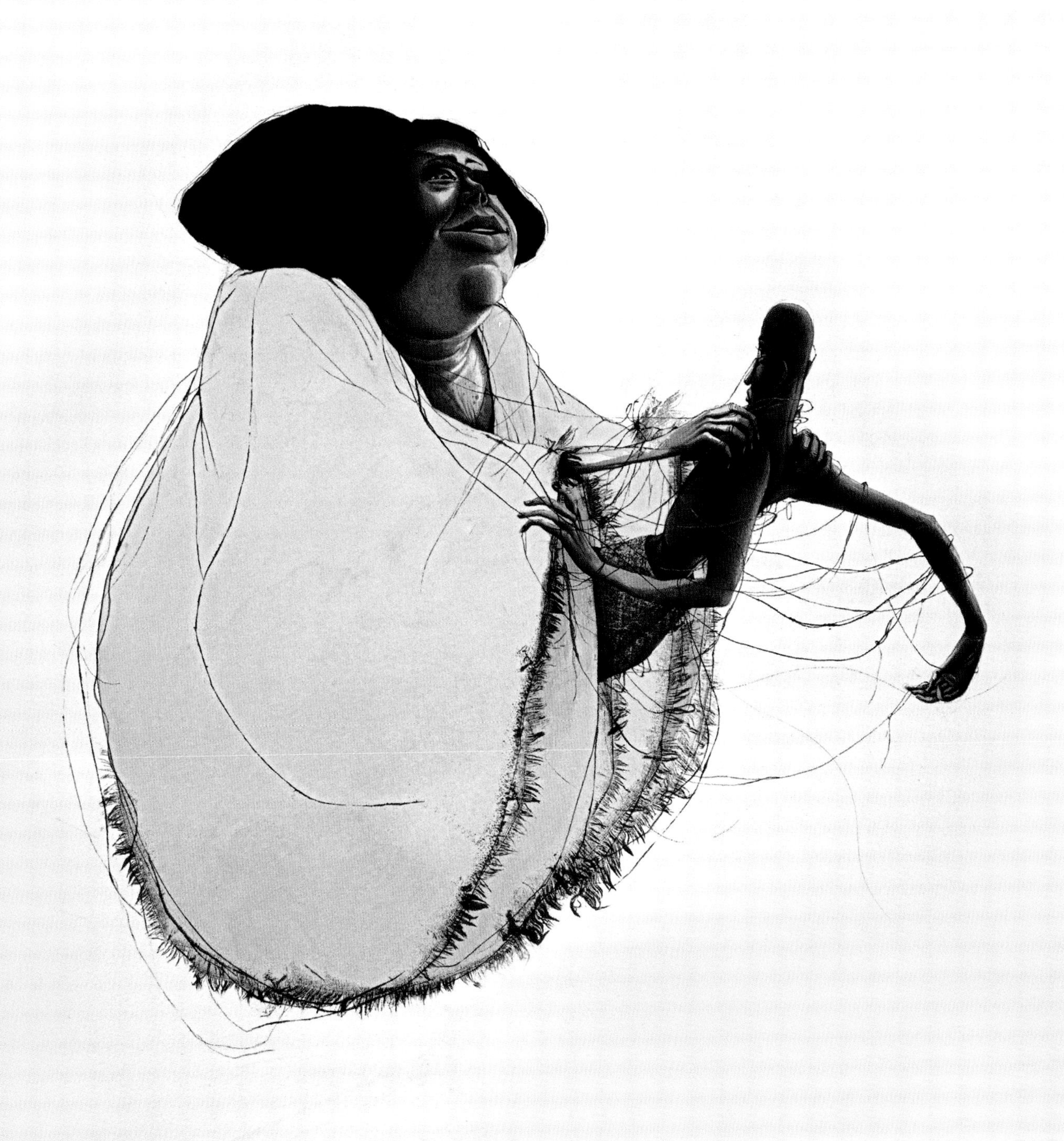

요셉 하지만… 이건 모함이에요!
마님은 지금 사실을 왜곡하고 있다고요!

에즈나 뭐? 지금 나를 행실이 나쁜 여자에다가 거짓 말쟁이로 몰아가는 건가?
(실신하는 척 연기하더니, 점점 더 히스테릭하게 소리를 질러댄다.)
여봐라! 시종들!
도와줘! 이놈이 나를 해치려고 한다! 나를 능욕한다!
살려줘! 살려줘!
(공포에 사로잡힌 요셉은 표범 발톱에 걸린 자기 옷을 빼내려고 한다. 허둥지둥 옷을 찢어버리고 창문을 통해 그 방에서 벗어난다. 바로 그 순간 시종들이 몽둥이를 들고 방으로 들어온다.)

에즈나 (창문을 가리키며)
저리로 나갔다!
저 창문으로. 어서 가서 그놈을 잡아 와!

시종 어떻게 된 일입니까?

에즈나 그 짐승 같은 놈이 나를 덮쳤어.
완전히 벌거벗은 채로.
(우는 척한다.)
나를 겁탈하려고 했어.
유부녀인 나를…
(눈물을 닦는다.)
포티파르는 요셉을 완전히 믿었는데.
우리 남편은 너무 착해… 그 흉악한 놈이 그걸 이용한 거야.
그놈이 일을 하면서 우리를 속여 먹었다고 해도 전혀 놀랍지 않을 것 같아.

시종 (요셉의 옷을 손에 들고)
증거가 아주 확실하군요. 이렇게 빠져나가지는 못할 겁니다. 저를 믿어주십시오.

에즈나 (표범의 귀에 대고)
그놈이 나를 모욕했으니 큰 대가를 치르게 될 거야.

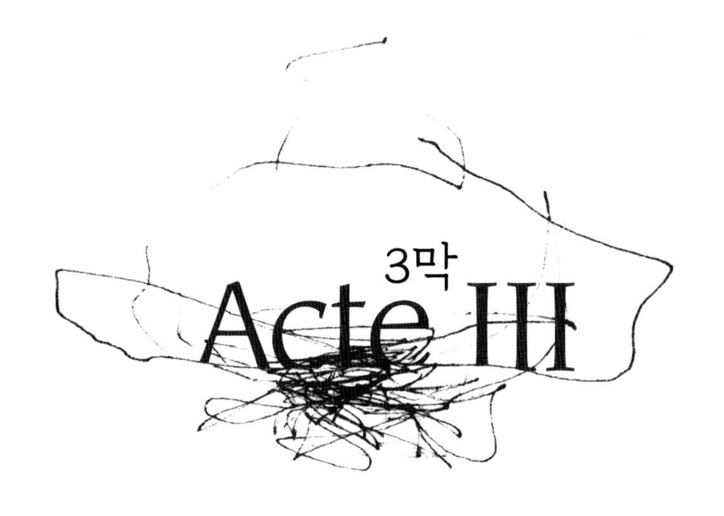

3막 Acte III

9년 뒤, 파라오의 궁전

코러스

동전이 공중에서 돌다가 땅에 떨어지는데 매번 뒷면이 나온다.
그 바보는 얼마나 멍청한지! 그 동전은 오직 한 면만 나온다고 혼잣말을 했다.
그런데 이번에는 정말 크게 놀랐다.
이번에는 운명이 동전의 다른 면을 선택한 것이다.

1장

파라오가 왕좌에 앉아 있고, 곁에 두 노예가 서서 야자나무 잎으로 부채질을 한다. 요셉이 들어와 파라오 앞에 절한다.

파라오 요셉, 나의 소중한 요셉. 일어서라. 내 발밑은 네가 있을 자리가 아니다.

요셉 그러면 파라오께서는 제가 어디에 있기를 바라십니까?
제가 할 일은 다만 파라오를 섬기는 것입니다.
그리고 다시 말씀드립니다만, 제 이름은 이제 더 이상 요셉이 아닙니다.
제 이름을 바꾸신 분도 바로 파라오 당신이십니다.
이제 10년이 다 되어가는 일이군요.
그때 저를 감옥에서 꺼내 재상으로 삼아주셨지요.
그리고 온 세상이 지켜보는 가운데 저에게 차프넷 파네아라는 새 이름을 주셨습니다.

파라오 차프넷 파네아! 그때는 내가 참 웃긴 생각을 했군! 차프넷 파네아라니, 너무 길잖아… 게다가 좀…
(참지 못하고 웃음을 터뜨린다.)
나는 요셉이라고 부르는 게 더 좋다. 다른 사람이 너를 부를 땐 차프넷 파네아라고 부르라고 하고.
(다시 한번 웃음을 터뜨린다.)
좋아, 좀 진지해지자꾸나.

이리 와서 내 옆에 앉아라.
(파라오가 노예들에게 손짓해 물러가게 한다. 요셉은 일어나 파라오의 곁에 자리를 잡는다.)
이제 나에게 진실을 말해보라. 온 이집트에 기근이 창궐한다는 것이 정말인가?

요셉 올해도 다른 해와 마찬가지입니다.

파라오 그렇다면 내 꿈이 현실이 될 거라고 말하고 싶은 건가?

요셉 바로 그렇습니다.
살진 소 일곱 마리가 나일강에서 올라오는 꿈을 꾸셨지요. 그러자 이집트는 7년 동안 풍요와 번영을 누렸습니다.

파라오 그래, 나도 기억한다. 아주 크고 통통한 밀 이삭 일곱 개의 꿈도 꾸었지.

요셉 그렇습니다! 그런데 그 뒤에 마르고 굶주린 소 일곱 마리의 꿈도 꾸셨지요.

파라오 …그리고 가냘프고 보잘것없는 밀 이삭 일곱 개가 동풍에 타버리는 꿈도 꾸었고…

요셉 …그래서 이제 이집트에는 7년 동안 가뭄과 기근이 드는 것입니다. 파라오께서 전에 꾸신 꿈이 현실로 나타나는 것이지요.

파라오 나는 네가 어찌 그렇게 풀이했는지 도무지 알 수가 없구나. 그 당시에 나는 이 꿈을 도무지 이해할 수가 없었다. 대체 너의 방법은 무엇이냐? 자, 이만큼 세월이 흘렀으니 이제 그 비결을 내게 말해줄 수 있겠지.

요셉 뭐라 말씀드려야 할지 모르겠습니다. 그냥 늘 이렇게 되어왔습니다. 어릴 적부터 저는 사람들이 꿈 이야기를 하면 그 속에 담긴 뜻을 설명할 수가 있었습니다. 그냥 그렇게 된 것입니다. 저는 꿈 이야기를 듣고 메시지를 받는 겁니다.

파라오 어떤 마법사에게 배운 적도 없단 말인가? 어떤 사제나 주술사한테라도?

요셉 네, 단연코 전혀 없습니다.

파라오 (열렬하게)
내가 너를 감옥에서 나오게 했다는 것이 무척이나 기쁘구나. 자기 아내를 겁탈하려고 했다면서 그 멍청한 포티파르가 너를 감옥에 던져 넣었었지. 얼마나 웃기는 생각이었는지! 난 정말 그 여자라면 질색인데.

요셉 맞는 말씀이십니다.
조심하는 편이 더 좋겠지요.
그리고 저의 해몽에 대해서는 주술이랑은 전혀 관계가 없다는 걸… 말씀드리고 싶습니다.

파라오 주술이 아니라면 무어라 부르겠나? 뭔가 설명할 수 없는 것, 그게 바로 주술이지.

요셉 아니요, 제가 해몽하는 건 주술을 통해서가 아닙니다.
신이 저에게 알려주실 뿐입니다.

파라오 신? 이시스? 오시리스? 아니면 아누비스인가?

요셉 아니요, 그런 신이 아닙니다. 유일하신 저의 하느님이십니다. 바로 그분이 저를 통해 말씀하십니다.

파라오 (궁금해하며)
이런… 유일한 신이라니! 얼마나 우스운 생각인지…
하지만, 또 아니라는 법도 없지…
아무튼 중요한 것은 내가 너를 감옥에서 풀어주자 네가 나의 꿈을 풀이해주었다는 것이다.
그리고 무엇보다도 내가 너를 재상으로 임명했다는 사실이다. 그 어리석은 포티파르는 모든 것을 잃었지. 결국 아내만 빼고 전부 잃었지…
(키득키득 웃는다. 그리고 다시 말을 이어간다. 더욱 진지하게)
그건 그렇고, 이집트에 이제 기근이 닥쳐오는데, 나는 지난밤 꿈을 너에게 이야기조차 하지 않았구나.

요셉 (시선을 피하려고 하며)
지난밤 꿈이라고요?
아시다시피, 모든 꿈이 특별한 관심을 기울여서 해몽해야 할 만큼 가치가 있는 건 아닙니다. 아무 의미 없는 꿈도 있지요.

파라오 나도 알아, 안다고. 하지만 내 이야기를 귀 기울여 들어줄 누군가가 있는 것만으로도 아주 만족스럽단 말이지. 아내는 그걸 아주 싫어한다고. 지난번 아침에 내가 아내에게 말했지. "여보, 내 말 좀 들어봐요. 내가 간밤에 내가 아주 놀라운 꿈을 꾸었거든. 무슨 꿈을 꾸었는지 듣고 싶지 않소?" 그랬더니 아내가 나에게 뭐라고 대답했는지 아나?
(다시 한번 키득키득 웃는다.)

요셉, 아내가 내게 뭐라고 답했는지 이미 알고 있겠지, 그렇지?

요셉 (지루함을 감추고)
아니요. 뭐라고 답하셨나요?

파라오 음, 그러니까 아내가 이렇게 말하더군. "당신은 정말 꿈으로 나를 녹초가 되게 하는군요!"
이해되나? 나한테 어떻게 그렇게 말할 수가 있지? 이래 봬도 내가 파라오가 아닌가?
자, 보라고. 요셉 너만큼은 내 손안에 있으니 나는 참지 않고 다 말하겠다.

요셉 (단념하고)
좋습니다. 어서 말씀해보시지요…
(시종이 왕좌가 있는 방으로 들어온다. 절을 한 뒤 요셉을 향해 말한다.)

시종 외국에서 온 사절단이 재상을 뵙고자 합니다.

파라오 (한숨을 내쉬며)
너무해! 정말이지 나에게 말할 기회를 주지 않는군!
좋아, 꿈 이야기는 다음에 하도록 하지. 나는 갈 테니, 요셉, 너는 일들을 처리하도록 해. 정말 성가신 이 모든 의무라는 것들…

요셉 (안도의 표정을 감추지 못하고)
걱정하지 마십시오. 모든 일은 제가 처리해놓을 테니. 꿈에 대해서는 다음에 기회가 되면 그때…

2장

(파라오가 퇴장하면 요셉은 시종에게 신호를 보내어 외국인 사절단을 맞이한다. 너무나 놀랍게도 이 사절단은 요셉의 열한 명의 형제다. 형제들은 요셉을 알아보지 못하고 그 앞에 무릎을 꿇는다.)

아세르 차프낫 파네아 님, 그 이름이 축복받으시기를!

납탈리 또한 제 축복과 다른 열 형제의 축복을 받아주십시오.

벤야민 (납탈리에게)
차프낫 파네아? 이상한 이름인걸. 형은 그렇게 생각하지 않아?

납탈리 (벤야민에게)
쉿! 잠자코 있어!

요셉 그대들의 축복을 기쁘게 받아들이겠소.
그런데 어디에서들 오셨는지?

아세르 우리는 가나안에서 왔습니다.
우리 하느님께서 약속하신 땅입니다. 우리 증조부 아브라함에게…

납탈리 …그리고 우리 조부 이사악에게…

벤야민 …그리고 우리 아버지 야곱에게.

요셉 그래, 무슨 좋은 바람이 불어 여기까지 오셨소?

아세르 우리를 이곳으로 몰고 온 바람은 결코 좋은 바람이 아니었습니다. 우리보다 더 잘 아시겠지만 온 땅에 기근이 들었습니다. 그래서 우리가 이곳으로 왔습니다. 이집트인들은 안 좋을 때를 대비해 곡식을 따로 저장해두었다고 들었습니다.

납탈리 그래, 그렇습니다. 사람들이 그렇게 이야기하는 것을 우리도 들었습니다.
그러니, 차프낫 파네아 님,
(벤야민이 큭큭 웃음을 터뜨렸다가 납탈리의 눈총을 받고 금세 멈춘다.)
…이집트의 재상께서 우리에게 밀 몇 가마니를 파실 수 있겠습니까? 우리에게는 그 값을 치를 돈이 있습니다.

아세르 서른 가마니 정도를 사고 싶습니다.
그 정도면 우리도 당분간은 버틸 수 있겠습니다.
우리 가족은 고향에 머물러 있습니다.
늙으신 아버지 야곱은 지금 고향에 계십니다.

요셉 대가족이로군! 열한 형제라니!
댁의 아버님께서는 자손을 많이도 두셨소!

유다 (가까이 다가가며)
열한 명이 전부가 아닙니다. 우리는 본래 열두 형제였습니다.

르우벤 (가까이 다가가며)
그렇습니다. 본래 열둘입니다.

납탈리 형님들!
차프낫 파네아 님은 우리 가족의 일과는 아무 상관이 없지 않습니까.

아세르 (서둘러 빠르게 대답한다.)
요셉이란 형제가 있었습니다. 그런데 죽었지요.
사나운 짐승들에게 먹혀버렸습니다.

요셉 그런 슬픈 사연이!
무척 상심하였겠소.

유다 네, 물론입니다. 우리는 그 일로 마음의 짐을 얻었습니다.
바로 오늘 이 자리에서도 엄청난 죄책감이 느껴집니다.

르우벤 가장 고통을 겪으신 분은 우리 아버지시죠.
그래서 이제 거의 돌아가실 지경이 되었습니다. 요셉은 아버지가 가장 아끼는 막내아들이었으니까요.
왕자님이라고까지 부르셨으니….

요셉 (목소리에서 감정의 동요가 느껴진다.)
이런 슬픈 일이! 참으로…
하지만 내가 이해할 수 없는 것이 한 가지 있소.
요셉이 막내아들이라고 하였는데
(벤야민을 가리키며)
이 아이는 누구요? 이 아이는 같은 형제가 아니라 이 중 누군가의 아들이오?

아세르 이 아이는 그 일이 있고 나서… 그러니까 우리 형제 요셉이 죽은 뒤에 태어났습니다.

르우벤 제 생각에는, 이 아이 덕분에 아버지가 아직 살아 계신 것 같습니다. 벤야민이 없었더라면 아버지는 깊은 슬픔으로 벌써 돌아가셨을 겁니다.

요셉 정말 극적인 이야기로군요! 아버님은 참으로 강한 분이신 듯하오.

납탈리 (화제를 바꾸려고 애쓰면서)
그래, 그렇습니다.
그럼 이제 본래 용무를 이야기하는 것이 좋지 않겠습니까? 우리 가족은 배가 고픈 상황입니다. 서로 합의가 되면 우리는 나귀에 밀을 싣고 몇 시간 안에 다시 길을 떠나겠습니다.

요셉 옳은 말이오.
지금 말한 그대가 맏이요? 듣기로, 결정을 내리는 것은 그대라고 하던데?

아세르 아닙니다. 제가 맏이입니다.
결정을 내리는 것도 저입니다… 대부분의 경우에는…

납탈리 그래, 그렇습니다!
형이 혼자 하지 못할 때는 제가 거들기도 합니다.
(잇새로 쉭쉭 소리를 내며 웃는다.)
그럼, 말씀해주십시오… 차프낫 파네아 님
(벤야민이 웃지 않는지 확인하느라 곁눈질로 그를 바라본다.)
밀 서른 가마니를 얼마에 파시겠습니까?

요셉 밀 서른 가마니라고 했소? 원하는 양이 정확히 서른 가마니가 맞소?

밀 서른 가마니면 정확히 스무 셰켈이오. 은화 스무 셰켈.

납탈리 얼마라고 하셨습니까?

요셉 은화 스무 셰켈이라고 했소. 너무 비싸다고 생각하는 것이오? 알겠지만, 이렇게 곡식이 모자란 시기에는 아주 좋은 가격이오. 다른 곳에서도 더 나은 조건을 찾을 수 없을 거요. 아니, 다른 곳에서는 아예 곡식을 구하질 못할 테니까.

납탈리 아니, 아닙니다. 그런 게 아닙니다.
스무 셰켈이면 공정한 가격입니다. 다만 뭔가 이상야릇한 느낌이 들어서 그렇습니다.
기억 속에서 뭔가가 떠오르는 듯합니다만…

요셉 행복했던 기억이겠소, 내가 생각하기에는.
은화 스무 셰켈에 관한 행복했던 기억이라…

납탈리 아, 아닙니다.
정말 슬픈 기억입니다. 15년이나 지났지만 매일 밤 다시 찾아오는 끔찍한 기억이지요.

요셉 매일 밤 다시 찾아오는 기억이라니…?
나를 믿고 그 이야기를 들려준다면 내가 도움을 줄 수도 있을 텐데. 나는 꿈풀이를 할 줄 안다오. 꿈속에 담긴 진짜 의미를 찾아낸단 말이오. 매일 밤 꾼다는 그 꿈 이야기를 해보시오. 그럼 내가 그 의미를 설명해주겠소.

납탈리 꿈이요? 그건 꿈이 아닙니다. 악몽조차 아니지요. 그보다 더 어두운 것, 너무도 무시무시한 것입니다.
그건 마치 제게서 깊은 잠, 공정하고 정직한 자의 단잠을 앗아가는 유령 같답니다.
(방금 자신이 한 말에 압도되어, 잠시 생각에 잠긴다.)
그래, 그렇습니다…
하지만 그게 전부가 아니지요!
(아세르를 향해 돌아선다.)
형! 은화 스무 셰켈을 세어서 드려. 우리는 이제 할 일을 하자고!

요셉 밀을 모두 나귀 등에 실어놓으라고 말해두겠소.
(손뼉을 치자 시종 하나가 들어온다. 다른 사람들은 들을 수 없도록 요셉이 시종에게 나지막한 목소리로 지시한다.)

시종 부르셨습니까?

요셉 이들의 나귀에 밀 서른 가마니가 제대로 실리는지 확인하라.

시종 네, 늘 하던 대로 확인해보겠습니다.
(다른 시종들에게 신호를 보내 밀 가마니를 열한 명의 형제에게 가져다주기 시작한다.)

요셉 (보자기로 감싼 물건을 몰래 시종에게 건네며)
표시가 나지 않도록 이 잔을 저 어린아이의 짐 속에 넣어라.
(벤야민을 가리킨다)
이것은 파라오께서 나에게 주신 잔이다.
조심해라. 실수하지 않도록 하라!

시종 알겠습니다. 분부하신 대로 하겠습니다.

요셉 (형제들을 향해 말을 건넨다.)
이제 다 된 것 같소. 거래를 할 수 있어서 기뻤소. 안녕히 돌아가길 바라오.
(열한 형제 역시 요셉에게 인사를 하고, 밀 가마니를 가지고 퇴장한다. 요셉의 시종들이 그들을 따른다. 벤야민은 가장 마지막에 퇴장한다. 벤야민이 자기 앞을 지날 때 요셉이 손으로 아이의 머리를 헝클어뜨린다.)

벤야민
안녕히 계세요, 차프낫 파네아 님.
(크큭 웃으며 퇴장한다.)

3장

요셉 됐어! 형제들이 도시의 성문에 이르면 거기에서 멈추게 하고 다시 나에게 데려오라고 명령해야지. 그럼 형제들이 잔을 훔친 건 자기들이 아니고, 자기들은 정말 아무 상관도 없다고 맹세하며, 이건 음모라고 주장하겠지. 그래도 나는 단호하게 굴면서 형제들을 절도죄로 고발할 거야. 형제들이 한동안 변명을 하도록 내버려둔 다음, 그들의 주장에 넘어가는 척할 거야. 그리고 마지막에는 아주 관대하게 형제들을 다시 보내주는 거지. 단, 벤야민의 짐 속에서 잔이 발견되었으니 벤야민은 남아야 한다는 조건으로. 그러면 형제들이 막내를 두고 어떤 결정을 내릴지 지켜보겠어.
(왕좌에 앉아서 파라오의 손짓과 몸짓을 우스꽝스럽게 따라 해본다. 시종이 들어온다.)

시종 (아무것도 보지 못한 척하며)
말씀하신 대로 모두 처리했습니다.
경비병들이 그들을 이리로 데려오고 있습니다.

요셉 아주 좋다. 그들을 들여보내라.

시종 안으로 들여보내라고 하신다!
(경비병들이 요셉의 형제들을 마구 밀어서 안으로 들여보낸다. 그들이 저마다 시끄럽게 항의하는 소리가 넓은 방 안을 가득 채운다.)

요셉 정숙하시오! 정숙!

아세르 무언가 오해가 있었습니다! 아주 끔찍한 오해가!

요셉 정숙하라고 말했소!

아세르 하지만…

요셉 정숙! (형제들이 잠잠해지기를 기다린다.)
그대들이 사실은 도둑 떼였단 말인가?

(다시 항의하는 목소리들이 들린다.)

르우벤 제가 확실하게 말씀드릴 수 있습니다…

요셉 됐소!
그대들은 도둑 떼에 불과하오. 파라오의 궁에 들어오려고 기근을 이용한 것이오. 밀을 사겠다고 나의 호의를 구하는 척하면서!
더구나 슬픈 가족사를 가지고 나에게 동정심까지 불러일으켰지. 그런데 그건 다 내 주의를 흩트리고 내게 가장 소중한 것을 훔쳐 가기 위해서였소. 그 잔은 내가 파라오를 충성스럽게 잘 섬긴 것을 치하하는 뜻에서 파라오께서 나에게 직접 내리신 것이오!
(경비병에게 손가락을 튕기자 경비병이 그에게 와서 잔을 건넨다.)

르우벤 한마디만 할 수 있게 해주십시오. 우리를 변호할 수 있도록.

유다 제발 부탁드립니다. 우리 말을 좀 들어주십시오.

요셉 (잔이 훼손되지 않았는지 살펴보면서)
2분 주겠소! 2분 안에 끝내시오!

르우벤 분명히 말씀드립니다만, 우리는 도둑질이라고는 조금도 알지 못합니다.
이 잔이 어떻게 우리 짐 속에 들어왔는지 정말 모르겠습니다.
그야말로 이상한 일입니다. 하지만 이 모든 일에 책임이 있는 사람이 우리 중에 있다면 제 손을 불로 지지겠습니다.

요셉 그대는 가족들의 정직함을 무척이나 확신하고 있군.
(납탈리를 가리킨다.)
하지만 모두가 그대 같은 맑은 양심을 가진 건 아니오. 그대 동생을 보시오. 이 형제는 15년 전부터 제대로 잠을 잔 적이 거의 없다고 말했소! 마음이 평화로운 사람이라면 그럴 수가 있겠소?

아세르 모든 가정에는 비밀이 있기 마련입니다. 우리 가정의 비밀은 전혀 영광스러운 것이 아닙니다. 하지만 저는 맹세할 수 있습니다. 이집트 재상의 재산 중에 가장 작은 것이라도 훔치겠다고 생각할 사람은 우리 중에 아무도 없습니다. 우리가 구입한 밀에 대해서 재상께서 요구한 금액을 정확히 현장에서 지불하지 않았습니까?
가나안에 있는 사람들에게 물어보십시오. 그러면 우리의 정직함에 대해 누구도 의심하지 않는다는 걸 알게 되실 겁니다.

요셉 내가 밀사를 보내서 그대 가족의 도덕성에 대해 알아볼 만큼 한가하다고 생각하오? 그대들이 단죄받게 할 만한 증거들이 이미 내게는 충분히 있소.
이 잔이 형제들 가운데 막내의 짐 속에서 발견되었다는 사실을 부정하는 것이오? 그 막내가 끌고 가는 나귀의 등에 실린 짐 속에 이 잔이 숨겨져 있던 걸 부정한단 말이오?
(모든 형제가 대꾸하지 못하고 침묵한다.)
좋소! 이 경우는 이론의 여지가 없으니, 절도에 해당하오. 그리고 그대들은 나와 마찬가지로 각각의 범죄에는 그에 걸맞은 징벌이 따라야 한다는 걸 모두 잘 알고 있소. 평상시 같으면 세상이 그대들 모두를 잊을 때까지 여러 해 동안 지하 독방에 가두어둘 테지만, 지금은 위기 상황이니 그대들의 아버지와 아내들과 자녀들을 불쌍히 여겨 자비를 베풀겠소. 범죄를 저지른 장본인만 여기 남고, 범죄에 관련된 다른 이들은 모두 자유로이 돌아가도 좋소.
경비병, 가장 나이 어린 자를 잡아라. 벤야민이라고 부르면 응답하는 자다. 그리고 이 도둑 떼는 성문 밖으로 당장 내쫓아라.
(형제들이 모두 거친 숨을 몰아쉬며 탄식한다.)

유다 제발, 부탁입니다. 그렇게는 하지 말아주십시오!

요셉 어째서인가? 그대는 여전히 내 판결에 이의를 제기하는 것이오? 입을 다무시오, 그대들 모두를 가두기 전에!

유다 이렇게 애원합니다! 우리 막내는 풀어주시고 차라리 저를 가두십시오. 잔을 훔친 것은 막내가 아니라 바로 접니다. 제가 막내 모르게 막내의 짐 속에 숨겼습니다.

르우벤 그리고 제가 도왔습니다. 저도 공범입니다. 막내는 아무런 상관도 없습니다. 우리 막내를 고향으로 돌아가게 해주십시오. 막내가 돌아오는 걸 보지 못하시면 필시 아버지는 시련을 견디지 못하실 것입니다. 또 한 번 아들을 잃는다는 건 아버지에겐 너무 가혹한 일이니까요.

가드 저도 그렇습니다. 저도 범인입니다!

이사카르 저도 마찬가지입니다! 저야말로 투옥되어야 마땅합니다.

납탈리 우리 모두가 죄인입니다.
우리 모두를 가두십시오. 우리는 투옥되어야 마땅합니다.
옥에 가둘 이유가 없는 사람은 오히려 우리 막내뿐입니다. 막내는 집으로 돌아가게 해주십시오.
그 대신 우리를 모두 가두십시오.
그것이 재상께도 이득일 것입니다.
우리를 노예로 쓰셔도 됩니다.
우리는 힘이 세고 일도 잘합니다.
(요셉은 잠시 침묵했다가 벤야민의 손을 잡는다.)

요셉 이리 와보아라. 무서워할 것 없다. 해치지 않을 테니까.
입은 옷이 예쁘구나. 나도 어릴 때는 이런 색동옷을 입었다.
아버지가 주신 옷이었지.
소매가 길고 장식이 달려 있었다. 정말로 예쁜 옷이어서 다른 형제들이 질투할 정도였어.
어찌나 질투했던지 형들은 나를 상인들에게 팔아버렸다. 정확히 은화 스무 셰켈을 받고.
내겐 너무도 절망스러운 일이었고, 또 아버지에게도 그랬겠지.
나의 아버지 야곱에게도.
(약간의 시간이 흐른 뒤, 요셉의 형제들이 그들 앞에 서 있는 사람이 누구인지 깨닫는다.)
납탈리! 아세르! 이사카르, 르우벤, 유다, 그리고 다른 형들 모두!
접니다, 요셉이에요! 형들의 동생이요.
꿈을 꾸고 풀이하던 그 동생입니다.
아버지가 왕자처럼 생각하시던 그 요셉이에요.
(형제들은 너무 놀라 말을 잃은 채로 요셉을 바라본다.)

유다 하느님, 어떻게 이런 일이!

납탈리 (무릎을 꿇으며)
그날, 내가 너를 상인들에게 넘겨버린 그날을 지워버리길 간절히 바랐다.
기적이 일어났구나!
(모든 형제가 다가와 요셉을 얼싸안는다.)

아세르 어떻게 네가 우리를 용서할 수 있겠니?

요셉 나는 형들을 이미 용서했어요. 형들이 한 일은 하느님의 뜻이었어요.
형들이 나를 상인들에게 넘기지 않았다면 나는 지금 이 자리에 있지 못했을 것이고 그랬다면 기근을 대비하지 못했을 거예요.
오래전에 형들이 나를 버린 것이 이제 우리를 구하는 일이 되었네요.

르우벤 이런 기적 같은 순간이 오다니!
아버지가 이걸 아시면 얼마나 기뻐하실까.
요셉, 반드시 우리와 함께 가나안으로 돌아가야 한다.

요셉 아니요, 그보다 더 좋은 방법이 있어요.
형들이 고향으로 가서 아버지와 다른 가족들을 모두 데리고 이곳으로 돌아오는 게 낫습니다.
나의 집과 나의 땅에 들어와서 앞으로 5년 동안 더 계속될 기근을 이집트에서 견디는 겁니다.
그리고 기근이 끝나면 그때 다시 길을 떠나 하느님이 우리에게 약속해주신 땅으로 돌아가면 됩니다.
(형제들이 모두 환호한다. 경비병들과 시종들도 형제들의 해후에 감동한 듯하다.)

벤야민 그럼, 차프낫 파네아 님, 우리 모두 여기서 함께 살게 되는 건가요?

요셉 그래, 그렇단다.
아, 그리고 이제는 나를 그렇게 부르지 않아도 된다.
내 진짜 이름은 요셉이니까.

벤야민 그럼 차프낫 파네아는 어떻게 되는 건가요?
정말 미안하지만, 너무 웃긴 이름이에요.
(벤야민이 키득키득 웃자 모두가 웃음을 터뜨린다.)

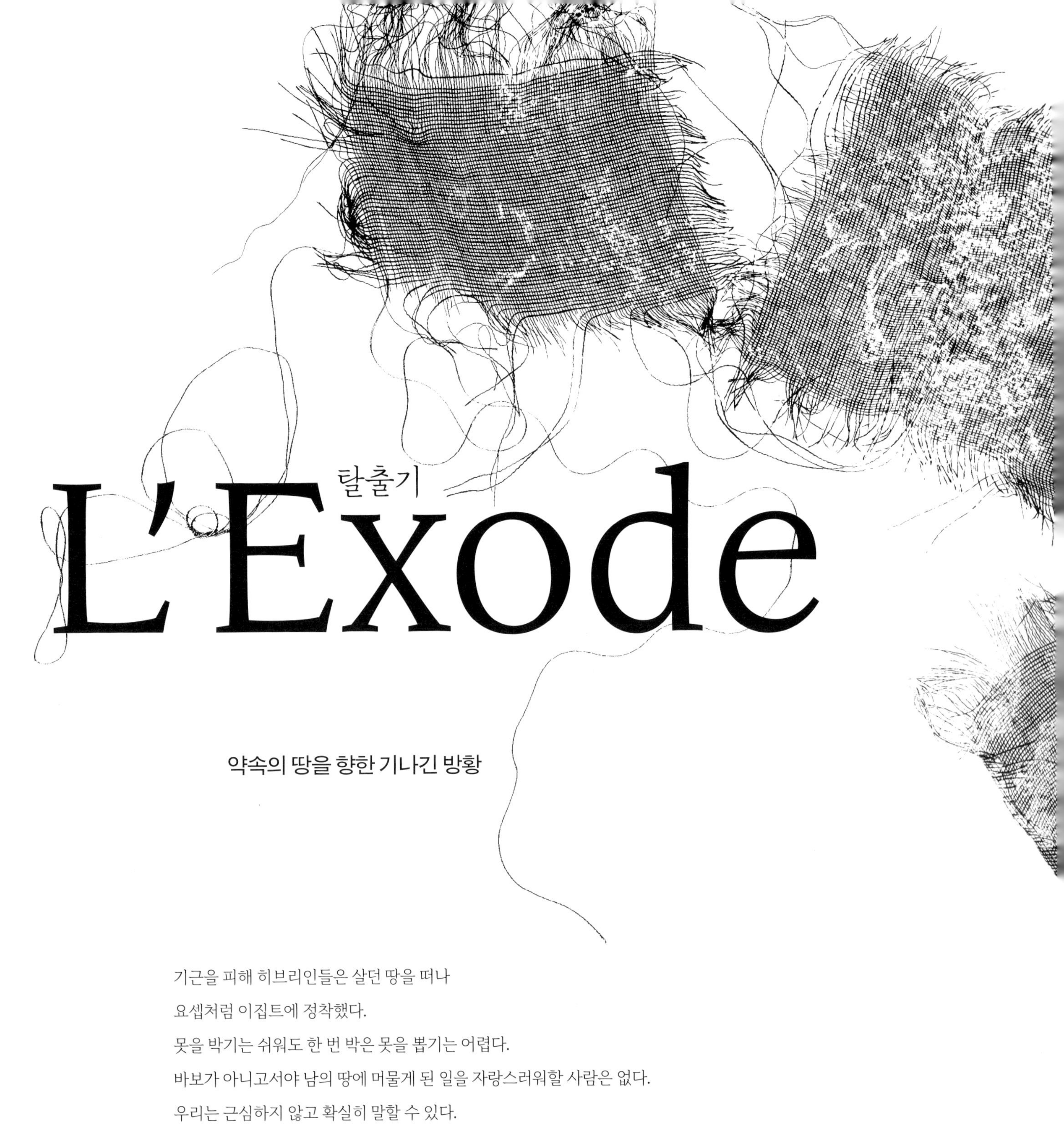

탈출기
L'Exode

약속의 땅을 향한 기나긴 방황

기근을 피해 히브리인들은 살던 땅을 떠나
요셉처럼 이집트에 정착했다.
못을 박기는 쉬워도 한 번 박은 못을 뽑기는 어렵다.
바보가 아니고서야 남의 땅에 머물게 된 일을 자랑스러워할 사람은 없다.
우리는 근심하지 않고 확실히 말할 수 있다.
하느님이 아니었다면, 모세가 아니었다면,
히브리인들은 절대 약속의 땅을 되찾지 못했을 것이다.
그 탈출에 관한 이야기,
그 기나긴 여행에 관한 이야기가 이제 곧 시작된다.

약속의 땅—초파리가 전하는 이야기

모세 이야기는 이미 들어보았지요?
하느님께서 약속하신 땅을 히브리인들이 되찾을 수 있도록 모세가 어떻게 했는지는 다들 알고 있지 않습니까?
그래요, 여러분이 모두 알고 있다고 인정해드리겠습니다. 워낙 많이 알려진 이야기니까요.
아주 오래된 이야기이기도 하고요.
다들 초파리는 그저 날아다니기만 하고 어디에든 내려앉지 않았으면 좋겠다고 생각하죠? 하지만 어디에 내려앉을지는 나도 모르는걸요. 여러분은 내 이야기를 듣는 게 무슨 쓸모가 있을까 자문하겠지요. 내가 붕붕거리는 소리를 내지 못하게 손을 휘저어 쫓아버리는 게 더 낫지 않을까 생각하겠지요. 여러분, 그러면 실수하는 겁니다. 나는 그냥 아무것도 아닌 초파리일 뿐이지만, 내 이야기를 듣다 보면 여러분도 깜짝 놀랄 테니까요.
쉿! 이제 내가 하는 이야기를 잘 들어보세요. 브즈즈즈! 브즈즈즈! 브즈즈즈…

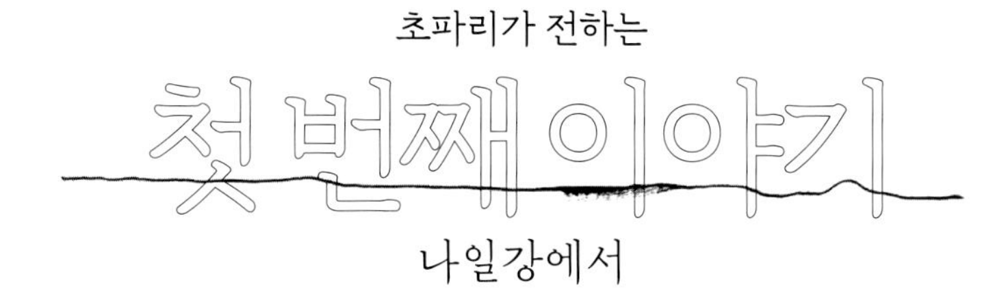

초파리가 전하는 첫 번째 이야기 나일강에서

먼 옛날, 모든 일이 시작되었습니다. 정말 오래된 일입니다.
기억하시겠지만, 히브리인들이 이집트로 내려와 요셉과 함께 살게 되었지요. 그들이 본래 살던 고장에서 맹위를 떨치던 기근을 피하려던 것이었습니다. 그들은 온 가족을 데려와 이집트에 자리를 잡았습니다. 그리고 그 뒤로 사백 년이라는 시간이 흐르는 동안 히브리인들은 빠르게 불어났습니다.
파라오는 불안했습니다. 언젠가 히브리인들이 이집트인들보다 많아질까 봐 두려웠던 거지요. 더구나 파라오는 히브리인들을 믿지 않았습니다. 분쟁이 생길 경우 히브리인들이 하나로 뭉쳐 이집트인들을 대적할 수 있을 테니 걱정이 되었습니다.
히브리인들에 대한 학대와 모욕이 시작되었습니다. 파라오는 히브리인들을 강제로 들에서 일하게 했습니다. 거대한 궁전을 건축하는 일도 맡겼습니다. 히브리인들에게 채찍을 휘둘러 수레로 돌을 나르고 바위를 굴려서 산을 옮기게 했습니다. 히브리인들을 노예로 삼은 것이죠. 하지만 이렇게 점점 더 고통스러워지는 상황에서도 히브리인들은 꾸준히 늘었습니다.
파라오는 오랫동안 깊이 생각한 끝에 해결책을 찾아냈습니다. 어느 날, 왕실 고문들을 모아놓고 자신의 결정을 발표했습니다. 그건 정말 끔찍한 결정이었지요. 파라오는 왕명을 통해 이제부터 히브리인 가정에 태어나는 사내아이는 나일강에 던져버려야 한다고 포고했습니다.

히브리인들의 가정에서 아기가 태어나는 일은 언제나 기쁨의 근원이었지만, 이제는 끔찍한 고통을 불러일으키게 되었습니다.
사내아이가 태어나면 그건 정말 가족들의 마음을 찢어놓는 일이 된 겁니다. 사람들은 모든 수단을 동원해서 아이를 살리려고 했습니다. 어떤 엄마들은 부풀어 오른 배를 감추고, 다른 엄마들은 아들에게 딸의 옷을 입혔습니다. 밤이면 사람들의 이목을 끌지 않도록 갓난아이의 울음소리를 막아야 했고요. 하지만 파라오의 경비대는 극도로 효율적인 조직이었습니다. 도시의 각 구역에 첩자들을 심어놓았거든요. 경비대의 정보망은 가장 외진 마을에까지 펼쳐졌습니다. 히브리 사내아이의 출생을 감춘 자들에게 가해지는 형벌은 무시무시했습니다. 도대체 무슨 일이 일어났는지 알 수도 없게 일가족 전체가 사라지곤 했습니다. 정말 끔찍한 상황이었습니다. 고통스러운 울음과 외침이 여기저기에서 들려왔으니까요.

나는 잔혹한 장면들을 그저 무력하게 지켜봤습니다. 하지만 나 같은 초파리 한 마리가 인간들의 만행에 맞서 무엇을 할 수 있겠습니까? 그런데 그 많은 장면 중에서도 한 장면이 특히 잊히질 않습니다.
나는 그때 미리암이라는 계집아이의 집 주변을 붕붕거리며 날아다니고 있었지요. 그 계집아이가 요리하던 음식들은 그 동네에서 아주 이름이 났기 때문에 나는 부엌으로 미끄러지듯 날아들었습니다. 맛있는 음식 냄새가 나를 잡아끌었거든요. 석 달 전에 계집아이의 어머니는 아주 잘생긴 사내아이를 낳았습니다. 온갖 방법을 동원하고 신중에 신중을 기해서 사내아이가 태어난 걸 감출 수 있었습니다. 하지만 불행하게도 밀고자가 있어서 어머니는 파라오의 결정을 따르라는 명령을 받았습니다. 온 가족이 살육당하는 일을 피하려면 아이를 버려야만 했지요. 누군가 가슴을 찢고 심장을 도려낸 것처럼 거의 초주검이 된 어머니는 아이를 버들가지로 짠 바구니에 넣었습니다. 하지만 다리가 떨려서 도저히 바구니를 들고 걸어갈 수가 없었어요. 그래서 미리암을 불러 바구니를 들고 가서 강물에 버리라고 시켰습니다.
나는 아직도 그 장면을 아주 잘 기억하고 있습니다. 미리암은 절박한 상황에 놓인 아이들에게서 흔히 볼 수 있는 체념한 듯한 슬픔을 안고 나일강으로 향했습니다. 강가에 도착한 다음에는 젖먹이를 마지막으로 꼭 안아주고 다시 바구니에 담아 강물 위에 띄웠습니다. 미리암은 마치 다리가 마비된 것처럼 꼼짝도 하지 않고 그 자리에서 서서 한참을 멍하니 강물을 바라보았어요.
아기가 든 바구니는 강물을 따라 흘러갔습니다. 나는 물 위로 미끄러지듯 날아가면서 어렵지 않게 아기를 잘 살펴볼 수 있었지요. 아기는 두 눈을 크게 뜨고 있었어요. 강가의 나뭇잎 사이로 햇빛이 새어들었고, 얼굴에 어리는 빛살 때문에 아기는 기분이 좋은 듯했습니다.

아주 멀지 않은 곳에 강이 크게 휘어드는 곳이 있었어요. 물결이 잔잔하고 강물은 맑아서, 종종 파라오의 딸이 시녀들과 함께 목욕하러 오는 곳이었습니다.

아기가 든 바구니가 물결을 따라 떠내려가는 동안에 나는 얼른 바구니 안으로 내려가서 날개로 아기를 성가시게 했어요. 아기가 울면 사람들이 그 소리를 들을 수 있을 거라고 생각했거든요. 나는 이전에 그렇게 오랫동안 분주하고 재빠르게 움직여본 적이 없었을 만큼 열심히 날갯짓했어요. 마침내 윙윙거리는 내 날갯짓 소리에 아기가 짜증을 내며 칭얼거리기 시작했답니다. 그곳에 머물던 달콤한 고요함이 한순간에 깨져버렸지요.

공주님은 잠깐 놀란 듯했지만, 원래 수영을 워낙 잘하는 분이라 바구니가 있는 곳까지 단번에 헤엄쳐 와서 바구니를 가지고 강가로 향했습니다. 몇 분쯤 흘렀을까, 공주는 아기를 품에 안고 물 밖으로 나왔습니다. 곧바로 시녀들이 모두 다가와 공주님을 둘러싸고 몸을 기울여 그 작은 아기를 들여다보며 감탄했습니다. 아기가 너무 귀여워서 불쌍히 여기지 않을 수가 없었습니다. 공주님은 계속 아기를 품에 안고서 기분 좋은 젖내를 맡았습니다. 결정을 내리는 데는 오랜 시간이 걸리지 않았습니다.

"이 아기를 입양해야겠어." 공주님은 아버지 파라오의 명령을 개의치 않고 혼자 결정을 내린 겁니다.

아기를 가슴에 꼭 끌어안으면서 말을 이었습니다.

"아기의 이름은 모세라고 해야지. 이 이름은 '구원받았다'는 뜻이고, 내가 이 아기를 나일강에서 구했으니까."

공주님을 둘러싼 시녀들이 모두 손뼉을 치며 축하했습니다. 시녀들에게 그런 권한이 있는 것은 아니었지만 공주님이 선택한 아기의 이름을 승인해주는 듯했습니다.

그냥 가만히 있을 수가 없어서 몰래 바구니를 따라온 미리암이 불쑥 모습을 드러냈습니다. 미리암은 시녀들 틈에 끼어서 공주님께 말을 걸었습니다. 그리고 유모를 소개해드리겠다고 제안했지요. 공주님이 허락하자 미리암은 즉각 자기 어머니를 찾으러 갔습니다.

미리암의 어머니가 도착하자 공주님은 아기를 어머니의 품에 안겨주었습니다. 이제 유모가 된 어머니는 정말 자기 눈을 믿을 수가 없었습니다. 그녀는 아기를 위해 미친 듯이 기도했지만, 그 기도에서조차 자기 아들을 다시 만나리라고는 꿈도 꾸지 못했으니까요.

공주님이 모세의 어머니에게 말했습니다. "이제 네가 모세를 돌보도록 해라. 네 젖을 먹이고, 더욱더 정성을 쏟아야 한다. 이제 이 아기는 너의 아기일 뿐 아니라 나의 아기이기도 하기 때문이다."

일이 이렇게 행복하게 풀린 것에 너무나 들뜨고 기쁜 나머지, 나는 바구니 주변을 정신없이 뱅글뱅글 돌았답니다. 그랬더니 거기 함께 있던 어떤 숙녀분이 손을 휘저으며 나를 쫓아버렸지요.

브즈즈즈, 브즈즈즈, 여기까지가 나의 첫째 이야기입니다. 다음 이야기가 궁금하다면, 계속해서 두 번째 이야기로 넘어가주세요!

초파리가 전하는

불타는 떨기나무

한동안은 모세의 소식을 알 수가 없었습니다. 내가 아는 거라곤 두 어머니 사이에서 모세가 성장했다는 것뿐이에요. 한 어머니는 모세에게 생명을 주었고, 다른 어머니는 모세가 생명을 잃지 않게 구해주었죠.

나는 몇 년이 지난 뒤에야 모세를 우연한 기회에 다시 만나게 되었습니다. 내가 미디안 지방을 지나고 있었는데, 그때 모세는 한 이집트인과 싸우고서 그곳에 도피 중이었어요. 이집트인이 히브리인을 못살게 구는 것을 보고 모세가 약자를 보호해주려다가 그 이집트인을 죽이고 말았던 겁니다. 파라오의 분노를 피하기 위해서는 사막으로 도망쳐야만 했고, 그곳에서 치포라라는 여인을 알게 되어 결혼했습니다.

이 시기부터 모세는 자기 민족이 처한 상황을 걱정하기 시작했어요. 비록 파라오의 딸이 모세를 키워주고 보살펴주었지만, 모세는 이집트의 주군이 만들어놓은 동포들의 비참한 상황에 마음을 쓰지 않을 수 없었습니다. 고된 노동과 부당한 대우에 짓눌린 히브리인들은 이집트의 노예가 되어 있었으니까요. 그런데 아주 범상치 않은 사건이 일어나게 됩니다. 어느 날 저녁, 모세가 이끌고 다니며 풀을 먹이는 가축들 사이로 내가 날고 있었는데, 멀찍이 있던 떨기나무에서 불이 타오르기 시작했습니다. 불을 붙인 사람도 없고 벼락이 치지도 않았는데 말입니다. 당황한 모세는 조심스레 떨기나무에 다가갔습니다. 그랬더니 불꽃 한가운데에서 하느님이 나타나셨습니다. 너무 놀란 것은 모세만이 아니었습니다. 솔직히 말하면 내가 보인 첫 번째 반응은 숨는 것이었으니까요. 초파리가 어린 시절부터 배우는 여러 가지 중 하나는 오래 살려면 모습을 드러내는 일에 신중해야 한다는 것입니다.

그렇지만 나는 하느님과 모세가 나누는 대화를 부분부분 들을 수 있었어요. 하느님은 모세가 자신의 전령이 되기를 원하셨습니다. 파라오에게 가서 히브리인들을 놓아주라고 설득하라는 것이었죠. 내가 이해하기로 하느님은 오래전에 히브리인들에게 땅을 주겠다고 약속하셨고 이제 그들이 그곳에서 사는 모습을 보길 바라셨습니다. 하느님은 이렇게 말씀하셨습니다. "그 땅은 내가 너의 조상 아브라함과 이사악과 야곱에게 약속한 땅이다. 그곳에는 젖과 꿀이 흐르고, 낙원의 새들이 노래한다. 나는 파라오가 너희를 놓아주기를 원한다!"

모세는 망설였습니다. 자신의 힘을 믿을 수가 없었거든요. 히브리인들이 자기 말을 듣지 않을까 봐 걱정되었고, 이집트 왕을 설득할 권위도 자신에게 전혀 없다는 것이 염려되었습니다. 그래서 하느님은 군중이 감탄하며 모세를 우러러볼 수 있게 모세에게 경이를 일으키는 능력을 주셨습니다. 그리고 말을 유창하게 하지 못하는 모세를 위해 형 아론을 협력자로 삼으라는 조언도 해주셨어요. 아론은 훨씬 수월하게 말을 할 줄 아는 사람이었거든요. 그의 말에는 강한 설득력이 있어서, 사람들이 웃으며 말하기로는, 낙타를 부리는 사람들이 욕설을 멈추게 하고 구두쇠가 재산을 탕진하게 만들 수 있을 정도였다고 합니다. 모세가 하느님의 말씀을 받아들이자, 하느님은 나타나셨던 대로 사라지셨습니다. 불타던 떨기나무도 원래 모습으로 남았습니다. 모세는 자기 민족과 파라오를 다시 만나기 위해 아론과 함께 길을 떠났습니다. 하느님이 주신 사명을 완수할 준비가 되었던 것입니다.

브ㅈㅈㅈ, 브ㅈㅈㅈ, 브ㅈㅈㅈ, 여기까지가 내 둘째 이야기입니다. 다음 이야기가 궁금하다면 세 번째 이야기로 넘어가주세요!

초파리가 전하는

이집트에 내린 재앙

이날부터 모세에 대한 나의 관심은 그치질 않았어요. 그래서 나는 끊임없이 모세 곁에 머물렀답니다. 모세는 의지가 굳고 강한 사나이가 되었어요. 하지만 다정함과 친절함이 모자라지도 않았습니다. 행동은 언제나 차분했어요. 내가 얼굴이나 수염에 너무 가까이 다가갈 때면 커다란 몸짓으로 나를 쫓았습니다. 무척 단호하지만 전혀 폭력적이지 않은 행동으로, 나라는 존재가 그를 불편하게 한다는 것을 아주 잘 이해할 수 있게 해주었어요. 모세의 형 아론은 별로 볼 게 없었습니다. 아론은 늘 신경이 과민한 상태라서 여러 번 나를 눌러 죽이려고 했어요. 이 말은 꼭 해야겠네요. 아론은 윙윙거리는 내 날갯짓 소리가 들리는 것만으로도 안절부절못했어요. 무엇이든 바로 손에 잡히는 대로 휘두르면서 저를 쫓아대고 욕을 했답니다.

모세는 아론의 도움을 받아 별 어려움 없이 히브리인들을 설득하여 자신을 따르게 하는 데 성공했습니다. 반면 파라오는 모세가 말하는 바를 알려고도 하지 않았지요. 두 형제의 주장을 격렬하게 거부했답니다. 아무 거리낌 없이 마구 부리던 노예들을 풀어준다는 것은 파라오에겐 상상조차 할 수 없는 일이었으니까요.

파라오의 완강한 고집에 맞닥뜨리자 모세는 하느님이 주신 마법의 능력을 이용하기로 결심했습니다. 모세는 파라오와 그 대신들 앞에서 평소 가지고 다니던 굵고 기다란 나무 지팡이에 손가락을 스치고 알아들을 수 없는 말들을 속삭였습니다. 그러자 그 지팡이가 검고 윤이 나는 기다란 뱀으로 변했습니다. 모세는 그 뱀이 사람들을 향해 스르륵 기어가도록 한동안 내버려두었습니다. 모두 소스라치게 놀랐습니다. 모세가 빠르게 손짓을 하니 뱀은 본래 모습으로 돌아왔습니다. 뱀은 사라졌고, 모세는 그 자리에서 다시 기다란 나무 지팡이를 집어 들었습니다.

모세는 파라오와 그의 대신들을 나일강까지 따라오게 했습니다. 강가에 이르자 모세는 나무 지팡이로 강물을 쳤습니다. 물방울이 공중으로 튀어 올랐다가 강으로 다시 떨어졌고, 강물이 곧 피로 변했습니다.

눈앞에서 벌어진 이 놀라운 이적에 모두가 두려움에 떨었습니다. 어두운 색깔의 끈적한 액체가 발치까지 흘러오자 파라오의 대신들은 뒷걸음질했습니다. 그들은 파라오에게 모세의 요구를 들어주라고 권고했습니다. 하지만 파라오는 꿈쩍도 하지 않았어요. 히브리인들을 놓아주는 것을 거부했고, 그들이 자신들의 땅으로 돌아가는 것에 반대했습니다.

그래서 모세는 나무 지팡이로 다시 나일강을 힘차게 내리쳤습니다. 몇 초가 지나자 검은 구름이 하늘을 뒤덮더니 하늘에서 개구리 비가 내리기 시작했습니다. 개구리 수만 마리가 삽시간에 온 땅을 덮었습니다. 맨땅은 모두 개구리 차지가 되었고, 심지어 집 안에도, 침상에도 개구리들이 돌아다녔습니다. 얼마나 끔찍했는지 모른답니다! 나는 이 저주받은 양서류들이 나를 꿀꺽 삼켜버릴까 봐 며칠 동안 땅에서 몇 미터 떨어진 공중으로 날아다녀야만 했지요!

하지만 파라오는 여전히 아무것도 알려고 하지 않았습니다. 이번에는 모세가 지팡이로 땅바닥을 내리쳤습니다. 그러자 흙먼지가 변하여 모기가 되었습니다. 수만 마리의 모기떼가 이집트 온 땅을 덮쳤습니다. 사람들도 짐승들도 모두 모기들의 먹잇감이 되었습니다. 밤이면 모기와 전쟁을 벌여야 했고 낮이면 모기에 물린 상처 때문에 모두 울상이었습니다.
하지만 이번에도 파라오는 꿈쩍도 하지 않았어요.
모세는 다시 한번 지팡이를 내리쳐 수많은 등에를 불러들였습니다. 일주일도 넘게 등에가 남녀노소를 가리지 않고 공격했습니다. 가축들도 등에의 공격에 미칠 지경이 되었습니다. 그럼에도 파라오는 꿈쩍도 하지 않았습니다.
그런 다음에 하느님은 모세가 파라오를 꺾을 수 있도록 도움을 주시고자 이집트에 흑사병을 퍼트리셨습니다. 이 재앙으로 소와 낙타, 양과 염소 가릴 것 없이 목숨을 잃었습니다. 다만 히브리인들에게 속한 짐승들만 화를 면할 수 있었습니다. 그러나 파라오는 꿈쩍도 하지 않았습니다.
모세는 화덕에서 타고 남은 재를 몇 줌 가져다가 공중에 뿌렸습니다. 그러자 이집트인들의 몸이 온통 종기로 뒤덮이고 고름이 흘렀습니다. 모두가 부스럼이 일어 지독하게 고생했고, 여자들은 몰골이 흉해졌으며 아이들은 피가 나도록 살을 긁어댔습니다.
하지만 파라오는 더욱 완강해졌어요.
모세가 다시 나무 지팡이를 집어 들었습니다.
그러자 우박이 비처럼 쏟아졌는데 우박 하나가 주먹보다 컸습니다. 수확을 앞둔 작물들이 우박에 맞아 못쓰게 될 정도였어요. 노새처럼 고집이 세고 목석처럼 반응할 줄 모르는 파라오는 이번에도 꿈쩍하지 않았습니다.
모세가 다시 지팡이를 휘두르자 메뚜기떼가 구름같이 일어나 남아 있던 모든 작물을 휩쓸고 마지막 이파리까지 먹어치웠습니다.
하지만 파라오는 여전히 모세의 요청을 들어주지 않았습니다.
모세가 또 한 번 지팡이를 휘두르자 이집트는 사흘 동안 깊은 어둠에 잠겼습니다. 칠흑 같은 어둠 속에서 온 나라가 마비되고 백성들이 고통을 받았지만 여전히 파라오는 꿈쩍도 하지 않았습니다.
모세는 온 힘을 다해 지팡이로 다시 땅을 내리쳤습니다. 얼마나 세게 내리쳤던지 땅이 흔들리기 시작했어요. 이제까지 닥친 재앙들보다 훨씬 더 끔찍한 재앙이 이집트에 들이닥쳤습니다. 이집트의 모든 가정에서 맏아들이 병에 걸려 갑작스레 죽어갔습니다. 파라오도 자신의 뒤를 이어 왕좌에 오를 맏아들을 잃었습니다. 파라오 주위의 모든 가정이 큰 슬픔에 빠졌습니다. 곡식을 빻던 하인들도, 밀을 거두어들이던 일꾼들도, 파도를 가르던 어부들도, 맹수와 싸우던 사냥꾼들도 마찬가지였습니다.
온 나라 안에 고통이 극심하여 거대한 울음소리가 울려 퍼지고 아우성이 어찌나 거세게 일었던지, 죽음의 숨결이 나까지 데려갈 뻔했지요. 수만 개의 관이 무덤에 묻히는 것을 보고 자신의 슬픔과 백성의 슬픔에 짓눌린 파라오는 마침내 고집을 꺾었습니다.

벌써 여러 해 동안 이 순간을 기다려온 히브리인들은 지체하지 않고 길을 떠났습니다. 수많은 남자, 여자, 아이들이 큰 무리를 이루어 먼지구름을 일으키며 약속의 땅을 향해 출발한 것입니다.
하지만 불행하게도, 히브리인들이 떠난 지 며칠도 되지 않아 파라오는 말을 뒤집었습니다. 백성들은 더 이상 신음하지 않았고 오히려 건강해졌으며, 초목은 다시 푸르러지기 시작했거든요. 파라오는 히브리인들이 노예로 남아 있어야 한다고 생각했습니다. 그래서 병사와 전차를 무장시켜 모세와 그 민족을 쫓아가게 했습니다. 자, 이제 그들에게 어떤 일이 닥쳐올까요. 그들이 사막에서 어떤 일을 겪는지 궁금하시다면, 브즈즈즈 브즈즈즈 브즈즈즈, 계속해서 네 번째 이야기를 잘 들어주세요!

초파리가 전하는

네 번째 이야기

홍해를 건너다

이제 이집트 탈출 이야기에서 가장 멋지고 놀라운 대목을 이야기할 때가 되었군요. 귀를 활짝 열고 내 이야기를 잘 들어주세요!

히브리인들이 모세를 따라 겨우겨우 사막을 가로지르고 있을 때 파라오의 군대가 빠른 속도로 그들을 뒤쫓기 시작했습니다. 히브리인들은 두렵기도 하고 지치기도 해서 점점 더 많은 이가 힘든 상황에 대해 불평하기 시작했습니다. 그러다 앞은 홍해 바다에 막히고 뒤는 파라오의 군대에 막히게 되자 히브리인들의 짜증과 분노가 폭발했습니다. 이쪽으로든 저쪽으로든 죽음만이 그들을 기다리고 있다고 생각하게 되자 모두 공포에 사로잡혀 처지를 한탄하며 모세에 대한 비난을 쏟아냈습니다.

"우리를 모두 죽게 하려고 여기까지 끌고 온 겁니까? 이집트에는 무덤이 부족해서 그랬습니까?" 어떤 히브리 남자가 신경질을 내며 말했습니다.

"여기서 죽느니 차라리 이집트인들을 섬기며 사는 게 낫겠어요!" 어떤 히브리 여자가 소리쳤습니다. 또 다른 여자는 이러다 모두가 이곳에서 살육당할 거라고 한탄했습니다.

모세와 아론은 히브리인들을 안심시키려고 애를 썼지만 소용이 없었습니다. 히브리인들이 두 사람을 따르게 하려면 하느님이 개입하셔야만 했습니다. 이미 이집트 병사들의 번쩍이는 칼이 눈에 들어왔지만 모세는 마치 아무런 위험도 없다는 듯이 커다란 몸짓으로 지팡이를 바다 위로 뻗었습니다. 그러자 소용돌이와 거품이 일더니 바닷물이 갈라져 히브리인들이 지나갈 수 있는 길이 났습니다.

히브리인들은 할 수 있는 한 빠르게 바다에 난 길을 통과했습니다. 그러는 동안 바닷물은 사슬에 묶인 맹수처럼 그들을 금방이라도 집어삼킬 듯이 길의 양편에서 파도치고 있었습니다. 가까스로 마지막 사람까지 홍해를 건넜을 때, 그들을 잡으러 온 파라오의 군대가 바다에 난 길로 빠르게 들어섰습니다. 모세가 다시 지팡이를 높이 들자, 마치 커다란 상자의 뚜껑이 닫히듯이 바닷물이 이집트 병사들을 덮어버렸고 그들 중 대부분은 익사했습니다.

이제 바다는 다시 본래 모습으로 돌아갔습니다.

그날 밤은 잊을 수 없는 밤이 되었습니다. 마침내 파라오의 굴레에서 완전히 해방된 히브리 민족은 이 사건을 기리며 전능하신 하느님을 찬양했습니다. 북 치는 소리가 아침까지 계속 이어지는 바람에 나는 도무지 잠을 잘 수가 없을 정도였어요. 히브리 민족은 희열과 열광으로 떠들썩했습니다. 많은 이들이 이것으로 가장 힘든 일은 지나갔다고, 이제 약속의 땅을 빠르게 되찾을 수 있을 거라고 생각했습니다. 하지만 그들이 그때 알았더라면! 그들의 이야기는 끝나려면 아직도 멀었답니다.

여러분, 다음 이야기가 궁금하신가요? 그런데 이번 이야기는 너무 짧았다고 생각하시는군요? 제 이야기는 길이로 팔리는 싸구려가 아니라 최고급이라는 걸 알아두세요.

그리고 무슨 일이 일어났는지 알고 싶다면, 다음 이야기를 잘 들으셔야 할 거예요. 그럼 다섯 번째 이야기에서 만나요.

<u>브즈즈즈</u>, <u>브즈즈즈</u>, <u>브즈즈즈</u>, 그럼 이만.

초파리가 전하는

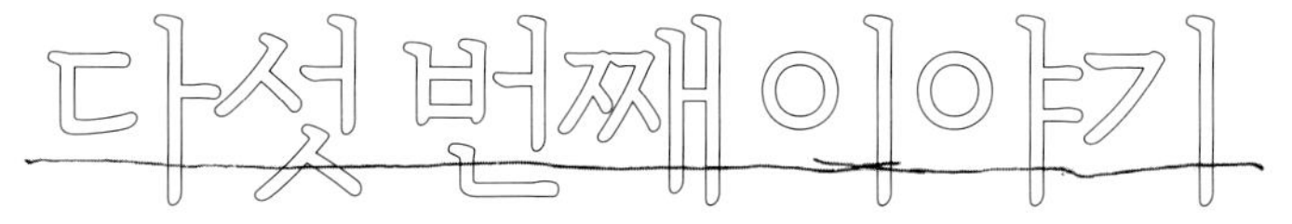

돌판에 새겨진 율법

이제 이집트인들의 위협에서 완전히 벗어난 히브리인들은 훨씬 더 편안하게 약속의 땅을 향해 나아갔습니다. 그들 위로 날아다니면 각자의 마음이 달콤한 행복으로 가득하다는 게 느껴졌답니다. 하지만 불행하게도, 사막의 산악지대로 깊이 들어가게 되면서 하루하루 환희도 사라져갔습니다. 이제 물도 없고, 먹을 것도 떨어져갔습니다. 더위는 참을 수 없을 정도였습니다. 히브리인들은 하느님이 그들을 위해 일으키셨던 이적들을 잊었습니다. 매일 사람들은 더 격렬하게 모세를 비난했습니다. 그들이 자유를 위해 치러야 하는 대가가 너무 많다고 불평했습니다. 히브리인들 사이에 긴장이 너무나 높았던 데다, 내 존재는 사람들을 짜증 나게 했기 때문에 몇 차례나 손바닥에 맞아 죽을 뻔했지요. 불만이 더 커지는 일을 막으려고 모세는 하느님의 도움을 받아 사람들에게 부족한 것이 없도록 살폈습니다. 사람들이 갈증을 참지 못했을 때는 지팡이로 바위를 쳐서 물이 나오게 했습니다. 목이 말랐던 사람들은 바위에서 흐르는 맑은 물을 마실 수 있었습니다. 사람들이 너무 굶주렸을 때는 지팡이로 땅을 쳤습니다. 그러자 하늘에서 빵이 비처럼 내려와 모두가 배를 채울 수 있었습니다.

그렇게 고생하며 석 달 동안 걸어간 끝에 히브리인들은 사막에서 가장 높은 지역에 이르렀습니다. 하느님은 모세에게 히브리 민족을 한 명도 빠짐없이 불러 모으게 했습니다. 그들에게 하실 말씀이 있었거든요.

히브리인들은 어렵게 시나이산에 올랐습니다. 밝게 빛나던 태양이 갑자기 사라지고 검은 구름이 하늘을 뒤덮어 깜깜해졌습니다. 천둥이 우르릉거리고 번개가 번쩍이며 산을 밝게 비추었습니다. 그리고 나팔 소리가 울렸습니다. 여기저기에서 연기가 피어오르고 불꽃이 산의 정상을 둘러쌌습니다.

많은 이가 무릎을 꿇었습니다. 나는 사람들 위로 날아올라, 하느님의 메시지를 기다리며 한 민족 전체가 모여 있는 멋진 광경을 지켜볼 수 있었습니다. 물론 이 연기와 불꽃은 나를 안심시키는 것이 절대 아니었지요. 그러니 하느님이 모세를 불렀을 때 내가 모세를 따라가지 못한 걸 여러분도 이해할 수 있을 거예요. 아무튼 때가 되었을 때 모세는 이미 산속으로 사라지고 없었답니다. 기다리고 기다렸지만 기다림은 끝나지 않을 것만 같았습니다. 많은 이들이 모세가 돌아오지 않을 거라고 생각하기 시작했어요. 계속 번쩍거리는 산 정상이 모세를 집어삼켰다고 생각하는 사람들도 있었습니다. 그러다 연기의 장막이 걷히는 것이 보였을 때 커다란 고함 소리가 들리고 사람들이 모여들었습니다. 모세는 사람들이 기쁨을 표현하도록 잠시 내버려두었다가 하늘을 향해 두 팔을 들어 올렸습니다. 그러자 사람들이 금세 조용해졌습니다. 모세는 확신에 찬 강한 목소리로 하느님의 뜻을 전했습니다.

"하느님은 히브리 민족을 선택하셨습니다.

그분은 이 민족이 번성하고 평화롭게 살아갈 수 있는 땅을 약속하셨습니다.

그분은 이 민족이 이집트에서 탈출하도록 도와주셨습니다.

그분은 이 민족을 보호해주실 겁니다."

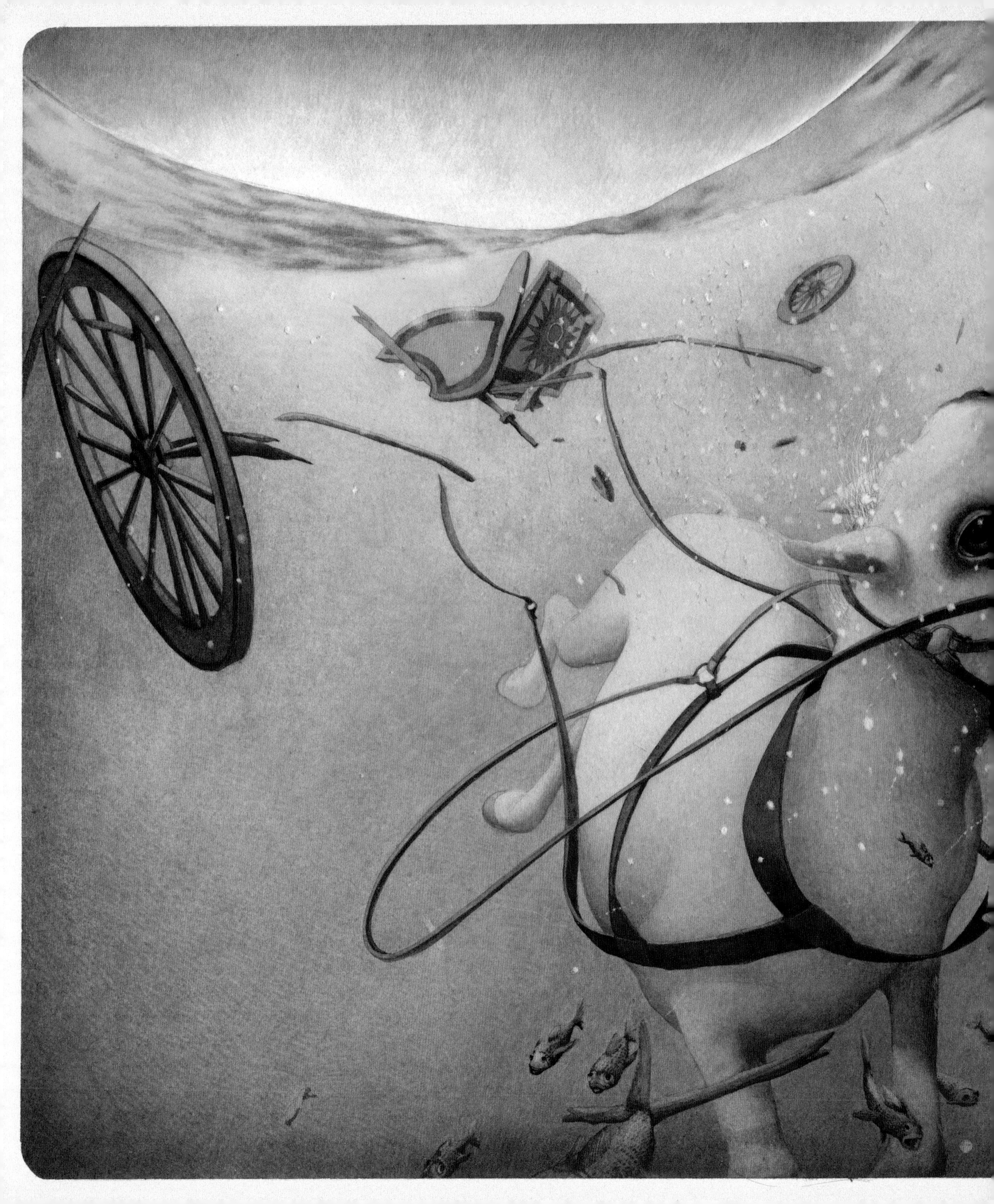

이 말을 듣고 군중은 다시 모세에게 환호하기 시작했습니다. 어떤 이들은 눈물을 흘렸고 다른 이들은 엎드려 절했습니다.
모세는 다시 하늘을 향해 두 팔을 들었습니다.
군중은 다시 조용해졌습니다.
모세는 하느님과 히브리 민족 사이에 맺어진 이 계약의 조건들을 발표했습니다.
모두 열 가지였습니다.
이 열 가지 조건, 혹은 열 가지 명령, 혹은 열 가지 규칙을 히브리 민족은 반드시 지켜야 했습니다.
아주 분명한 목소리로 모세는 자신이 들은 하느님의 말씀을 되풀이하기 시작했습니다.

너는, 단 한 번이라도,
나 말고 다른 신들을 네게 두어서는 안 된다.
또한 너는 어떠한 형상도 절대 공경해서는 안 된다.
내 이름을 공경하지 않고 이유 없이 불러서는 안 된다.
엿새 동안 일하고 일곱째 날에는 나에게 영광을 돌려야 한다.
언제나 네 아버지와 네 어머니를 공경해야 한다.
절대 살인해서는 안 된다.
네 부인이나 네 남편을 속여서는 안 된다.
도둑질해서는 안 된다.
거짓 증언을 해서는 안 된다.
집이나 여자나 종이나 짐승이나 그 어떤 것이라도 다른 이에게 속한 것을 탐내서는 안 된다.

모세가 말을 마치자 여기저기서 하느님과 모세를 찬양하는 목소리들이 들려왔어요.
군중이 모두 열광했습니다.
그때 모세가 무거운 돌판을 들어 보였습니다. 하느님께서는 모세가 방금 발표한 십계명을 이 돌판에 직접 새겨주셨습니다. 이것이 바로 율법의 돌판이었습니다. 모세가 이 돌판을 가리키자 히브리 민족 전체가 한목소리로 그것을 지키겠다고 응답했습니다.
"우리는 하느님께서 요구하시는 모든 것을 행할 것입니다." 히브리인들이 한목소리로 선언했습니다.
이렇게 해서 하느님과 그분이 택한 민족 사이에 계약이 성립되었습니다.

초파리는 무척 끈질깁니다. 일단 누군가의 주변을 맴돌았다면 그 사람을 포기하는 일은 거의 없거든요. 정말 심각한 위협을 가하지 않는 한 초파리를 단념하게 할 수 없습니다.
인간은 한결같지 않고 변덕이 심합니다. 아침에 확실하게 말했던 것도 다음 날이면 잊어버리니까요.
히브리 민족을 보세요.
십계명을 지키기로 하고 얼마 되지도 않아서 무척이나 태만해졌습니다.
여러분은 황금송아지에 대해 들어본 적이 없으신가요?
좋아요, 그럼 잘 들어보세요…
이 히브리 민족 중에 많은 이가 하느님께 기도할 때 하느님의 형상을 만들어 경배할 수 없는 것을 두고 불평했습니다.
모세가 다시 산에 들어가서 오랜 시간이 지나도록 돌아오지 않자, 히브리인들은 모세의 형 아론을 찾아갔습니다. 하느님께 기도하기 위해 하느님의 형상을 하나 만든다? 아론 또한 그것이 좋은 생각이라고 했습니다. 그리고 남자와 여자 모두에게 반지, 목걸이, 팔찌를 비롯

하여 소유한 금을 가져오라고 했습니다. 아론은 이렇게 모인 금을 녹여서 송아지 모양으로 된 틀에 부었습니다. 며칠 동안 그 송아지 형상은 큰 인기를 누렸습니다. 하지만 산에서 내려온 모세는 히브리 민족이 무릎을 꿇고 황금 송아지 앞에서 기도하는 것을 알게 되자 엄청나게 화를 내며 율법의 돌판을 땅에 던져 깨뜨렸습니다. 그리고 히브리인들에게 소리쳤습니다.

"그대들은 벌써 둘째 계명을 잊었는가? '또한 너는 어떠한 **형상**도 절대 공경해서는 안 된다.' 창조주께서 명령하신 것이다!"

모세는 황금 송아지를 불에 던졌습니다. 황금 송아지가 모두 타버리고 재만 남자 그 남은 재조차 물에 던져 넣었습니다. 그러고도 화가 가라앉지 않은 모세는 그 쓴 잿물을 사람들에게 마시게 하여 신성모독의 맛을 입안에 간직하게 했습니다.

그럼에도 이 일이 히브리인들에게 교훈을 주지는 못했습니다. 그러니까… 시간이 흘러서 그들이 마침내 약속의 땅 가까이에 이르렀을 때였습니다. 약속의 땅에서 흘러오는 향내를 맡을 수 있었고, 그곳에서 날아다니는 새들의 울음소리도 들렸으며, 떠오르는 태양도 보였습니다. 모세는 몇 사람을 보내 아무런 위험 없이 그곳에 들어갈 수 있을지 살펴보게 했습니다.

사십 일이 지난 뒤 이 사람들이 다시 돌아왔습니다. 그 중 어떤 이들은 하느님의 약속을 확인해주었습니다. 그곳이 정말 젖과 꿀이 흐르고, 포도와 석류와 무화과가 무르익는 멋진 땅이라는 것이었습니다. 그곳은 바로 하느님께서 그들의 조상 아브라함과 이사악과 야곱에게 주신 땅이었습니다.

하지만 그곳을 보고 온 사람들 중에는 다르게 말하는 이들도 있었습니다. 그들은 특히 그곳에 이미 다른 민족들이 정착해 살고 있음을 강조했습니다. 그 민족들에 맞선 전쟁을 피하려고 온갖 무서운 이야기를 지어내기까지 했지요.

"그곳은 사람들을 집어삼키는 곳입니다. 거인들이 살고 있다고요. 그 거인들 옆에 서면 우리는 완전히 메뚜기밖에 되지 않습니다!"

그들은 계속해서 황폐한 땅에 대한 묘사를 이어갔습니다.

그러자 여기저기서 사람들이 항의하고 모세에 대한 비난을 다시 시작했습니다.

하느님은 자신이 택한 민족이 거짓말하고 의심하는 것을 보고 화가 나셨습니다. 너무도 화가 나서 히브리 민족을 벌해야겠다고 결심하고 흑사병이 돌게 하여 끔찍한 고통 속에 모두가 죽게 하실 참이었습니다.

모세가 없었다면 아마 히브리 민족은 그렇게 끝이 났을 겁니다. 하지만 모세는 자신과 함께한 히브리인들을 불쌍히 여겨 그들에게 호의를 베풀어달라고 하느님께 기도했습니다. 하느님은 모세의 기도를 듣고도 한참 지난 뒤에야 화를 누그러뜨리셨습니다. 하느님은 흑사병이 돌게 하지는 않으셨지만 어쨌든 히브리인들에게 벌을 내리기로 결정하셨습니다. 그들은 하느님을 의심하였으므로 약속의 땅을 차지하기까지 사막에서 사십 년을 지내게 되었습니다. 그 땅을 눈앞에 두고도 여전히 사막에서 천막을 치고 살아야 하는 것입니다. 그리하여 하느님께 순종하지 않은 지금 이 세대는 모두 사막에서 죽고, 다음 세대만이 그곳에 발을 딛는 특권을 누릴 겁니다.

여러분은 하느님의 결정이 가혹하다고 생각하나요? 감히 그렇게 생각한다면, 이제 히브리인들이 어떻게 되는지, 이 초파리의 여섯 번째 이야기를 들어주세요. 브즈즈즈, 브즈즈즈, 브즈즈즈…

초파리가 전하는

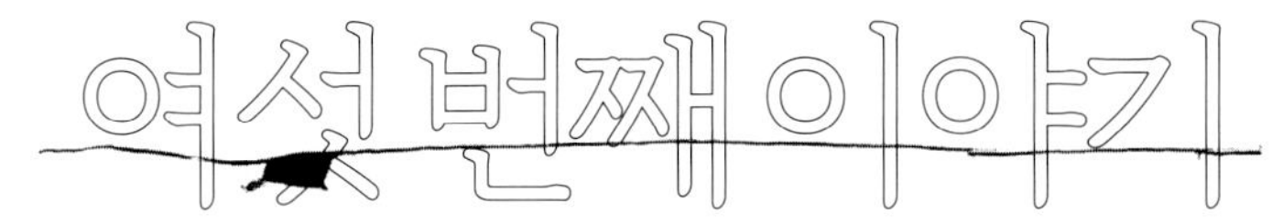

여섯 번째 이야기

약속의 땅에 들어가다

사막에서 사십 년을 지내는 동안 즐거운 일도 불행한 일도 있었고 기쁜 일도 괴로운 일도 있었지요.

그럼에도 눈여겨보아야 할 것은, 좋은 쪽과 나쁜 쪽 사이에 균형이 이루어지지 않았다는 것입니다. 오히려 나쁜 쪽으로 더 기울었지요. 물과 양식이 부족해지는 일이 자주 있었고, 천막의 그늘만으로는 타는 듯한 사막의 더위를 견디기 어려울 때가 많았습니다. 과열된 모래 위에서 뱀들이 번성하기도 했고요.

때때로 히브리인들은 약속의 땅에 바로 들어가지 못하고 사십 년 동안 사막에서 지내야 하는 까닭을 잊곤 했습니다. 그래서 모세가 이미 그들을 위해 했던 일들도 잊고 또다시 모세를 비난했습니다. 그러니까 그들은 정말 기억력이 안 좋았던 겁니다!

그럴 때마다 모세는 하느님과 계약을 유지하고 싶다면 그들이 지켜야 할 율법을 상기시켜주었습니다.

모세는 범죄를 막기 위해 이렇게 말했습니다.

"절대 살인해서는 안 된다, 도둑질해서는 안 된다."

거짓말이 퍼져나가는 것을 막기 위해 이렇게 말했습니다.

"거짓 증언을 해서는 안 된다."

그리고 질투가 히브리인들 사이의 관계를 악화시키는 것을 막기 위해 이렇게 말했습니다.

"집이나 여자나 종이나 짐승이나 그 어떤 것이라도 다른 이에게 속한 것을 탐내서는 안 된다."

그렇게 사십 년이 지났습니다.

말하자면 영원과도 같은 시간이었습니다.

하지만 결국 방랑도 끝나기 마련이지요.

히브리인들은 약속의 땅을 향해 전진했습니다. 일단은 므리바에 진을 쳤습니다. 그런데 이번에도 마실 물이 모자라자 사람들이 모세를 원망했습니다. 불만을 잠재우려고 모세는 자기 형 아론과 함께 커다란 바위에 갔습니다. 그리고 지팡이로 바위를 내리쳤는데, 늘 하던 것처럼 한 번만 치지 않고 두 번 쳤습니다. 조금 뒤에 바위에서 물이 풍부하게 흘러나왔고 사람들과 짐승들이 모두 갈증을 해결할 수 있었습니다.

이야기는 여기서 끝날 수 있었습니다. 모세는 이미 한 무리의 사람들에게 약속의 땅에 들어갈 준비를 시켰습니다. 그런데 그때 하느님께서 직접 등장하셨습니다. 하느님은 모세와 아론이 하느님의 권능을 의심했다며 호되게 야단치셨습니다. 바위를 칠 때 한 번으로 충분한데 두 번을 쳤기 때문이었습니다.

하느님은 매우 혹독한 벌을 내리셨습니다. 모세와 아론 모두 그토록 바라왔던 그 땅, 조상들과 그들에게 하느님이 약속하신 그 땅에 발을 들여놓지 못하리라는 것이었습니다.

모세는 이러한 결정에 몹시 괴로워했습니다. 자기 생을 모두 바친 위업을 포기해야 했을 때 모세가 느낀 고통을 나 역시 아직도 기억합니다. 모세에게 나의 지지와 위로를 전하고 싶었지만 한낱 초파리가 뭘 할 수 있었겠어요? 초파리가 위로해주겠다고 사람에게 다가간다면 사람은 오히려 짜증만 더 날 테고, 초파리는 스스로 죽기로 작정하는 것뿐이잖아요! 이것이 바로 창조주께서 우리에게 주신 잔인한 운명이랍니다!

하지만 모세는 오랫동안 약해지지 않았습니다. 오히려 하느님의 뜻을 다시 물었습니다. 그리고 그의 삶은 끝까지 유일한 목표를 향해 유지되었습니다. 그 목표란 자기 민족이 그분께 돌아오도록 인도하는 것이었습니다.
얼마 지나지 않아 아론이 세상을 떠났고 모세는 형의 죽음으로 괴로워했습니다. 내 입장에서 솔직히 말하자면, 아론의 죽음이 그렇게 애석하지는 않았어요. 아론이 나를 잡아 죽이려고 했던 이야기를 모두 다 한다면 이 이야기가 두 배는 더 길어졌을 테니까요.
형의 장례를 치르고 나서 모세는 정직하고 용감한 청년 여호수아를 자신의 후계자로 세웠습니다. 그리고 히브리인들은 다시 행진하기 시작했습니다. 최종 목표를 이루기까지는 아직 많은 장애물이 남아 있었습니다. 무엇보다도 이미 그 땅에 정착해 살고 있는 민족들과 싸워야만 했습니다. 가장 먼저는 시혼 임금과 그의 군대가 있었습니다. 다음으로는 옥 임금이 있었고, 그 뒤로도 더 많았습니다. 매번 전투는 더 격렬하고 잔혹해졌습니다.
하루는 내가 모세에게 전투가 임박했음을 알리려고 히브리인들의 진영으로 날아갔는데, 모세의 자리에 여호수아가 앉아 있는 것을 보았습니다. 나는 이미 모세가 자기 자리를 여호수아에게 물려줄 준비를 하느라 그와 오랜 시간 이야기를 나눠왔다는 것을 알고 있었습니다. 틀림없이 이제 횃불을 넘겨주어야 할 때가 온 것이었습니다. 천막 주위에서 사람들이 수군거리는 이야기를 듣고, 모세가 마지막으로 자기 민족에게 충고한 뒤 느보산으로 향했다는 것을 알게 되었습니다.
나는 전속력으로 느보산을 올랐습니다. 그리고 산꼭대기에 자리를 잡고 앉은 노인을 보았습니다. 그의 눈앞에는 그토록 간절히 희망했던 약속의 땅이 펼쳐져 있었습니다. 모세는 홀로 깊은 생각에 잠겨 있었습니다. 그 모습에서는 고통만큼이나 만족과 안도의 기운이 느껴지기도 했습니다. 그의 입에서 중얼거리듯 마지막 말이 흘러나왔습니다.
"약속의 땅… 당신이 아브라함과 이사악과 야곱에게 약속하신 땅. 나는 당신이 명하신 대로 그곳을 향해 당신의 백성을 이끌고 여기까지 왔습니다. 내 발은 결코 디뎌볼 수 없을 저 땅."
그는 오랫동안 지평선을 응시하며 그대로 머물렀습니다.
"그렇지만… 그렇지만… 내 발아래 저 땅을 두고 있으니, 거의 그곳에 이른 듯도 합니다."
그 말을 끝으로 모세는 스러졌습니다.
나는 어찌할 줄을 몰라 그저 공중에서 뱅글뱅글 돌기만 했지요. 뱅글뱅글 돌다가, 낮게 날아오르다가, 그의 코끝에 내려앉았습니다… 나는 버들가지로 짠 바구니 안에 담겨 있던 모세를 생각했습니다. 강물을 따라 흘러가던 바구니… 너무나 예뻤던 아기의 미소가 생각나더군요. 나는 또 파라오에 맞선 싸움도 생각했습니다. 그리고 끝날 것 같지 않던 사막에서의 방랑도 생각했습니다. 모세의 기나긴 삶에 진한 자국을 남겼던 수많은 사건을 생각했습니다. 내가 이 모든 이야기를 하기로 결심한 것은 바로 그의 장엄한 시신 앞에서였답니다.

내 이야기는 여기서 끝납니다.
내 이야기를 좋아해주셨던 여러분도 이제는 무척 피곤해 보이는군요.
브즈즈즈 브즈즈즈 브즈… 꼴까닥!!!

Le livre des Juges 판관기

압제자들에 맞선 싸움

모세의 뒤를 이은 것은 여호수아였다.
이제 그가 약속의 땅으로 들어가는 과업을 완수해야 했다.
하지만 비와 바람이 그러하듯 히브리 사람들의 마음은 곧잘 변했다.
어떤 날은 해가 나고 어떤 날은 눈이 내리고
또 어떤 날은 돌풍과 폭풍이 몰아치듯이.
이스라엘 민족의 의심과 약함은
'영원하신 아버지'를 극도로 분노하게 했다.
하느님은 '판관'이라고 하는 지도자를 연이어 지명하시어
적들과 싸우게 하셨다.

Josué
여호수아에 대해 알려진 몇 가지 이야기

진홍색 밧줄

여호수아가 약속의 땅에 대한 정복전쟁을 예리코에서 시작했다는 건 잘 알려진 사실이다. 또한 여호수아가 두 명의 정탐꾼을 보내어 예리코의 거대한 성벽을 어떻게 돌파할지 살펴보고 오게 했다는 것도 잘 알려진 이야기이다. 이 두 정탐꾼은 상인으로 변장하여 어렵지 않게 예리코 성안으로 재빨리 들어갈 수 있었다. 하지만 예리코 임금은 정탐꾼이 들어왔음을 알아채고 경비병들을 보내어 그들을 뒤쫓게 했다. 여호수아의 정탐꾼들은 라합이라는 여자의 집으로 피신했다. 라합은 두 남자를 받아들여 숨겨주기로 하고 집 꼭대기 층으로 가서 사다리를 타고 옥상에 올라가게 했다. 그런 다음 두 남자를 바닥에 눕게 하고 광주리를 엮을 때 쓰는 아마 줄기로 덮었다. 병사들이 찾아왔을 때 그녀는 두 남자가 한참 전에 떠났다고 확실하게 말해주었다.
라합은 두 정탐꾼에게 자신이 그들을 구해주었으니 여호수아와 그의 군대가 이 도시를 공격하는 날 자신과 자기 집안 사람 모두를 구해달라고 부탁했다. 두 정탐꾼은 기꺼이 그러겠다고 약속하면서, 그날 창살에 진홍색 밧줄을 걸어두면 그 집과 집안 사람 모두가 무사할 것이라고 말했다.

요르단강 건너기

여호수아에 대해 사람들이 잘 아는 또 다른 일화가 있다.
예리코에 쳐들어가려면 먼저 요르단강을 건너야 했다. 그런데 그때는 작물을 수확하는 시기였고 강물이 불어나 강을 건너기가 무척이나 위험했다. 하지만 여호수아는 두려워하지 않고 자신의 군대를 보내 강을 건너게 했다. 하느님께서 그의 편에 서겠다고 확실히 말씀해주셨기 때문이다.
실제로 이스라엘 민족이 강가에 이르자 강물이 흐름을 멈추었다. 요동치는 강물을 마치 그물로 막아놓은 듯했다. 강바닥 또한 말라 있어서 마치 늘 그렇게 길이 나 있던 것처럼 보였다.

예리코 함락

예리코라는 도시는 엄청나게 크고 강한 성벽으로 방어되고 있다는 것 또한 이미 잘 알려져 있었다. 성벽이 너무나 거대해서 성벽 아래 선 여호수아와 그의 병사들은 작은 개미처럼 보였다. 그럼에도 그들은 용기를 잃지 않고 하느님께서 그들에게 명령하신 대로 행했다. 완전무장을 하고, 뿔나팔을 든 일곱 명이 선두에 서고 나머지 전사들은 그 뒤를 따라 엿새 동안 매일 성벽 둘레를 한 바퀴씩 돌았다. 그리고 일곱째 날에는, 선두의 일곱 사람은 점점 더 크게 뿔나팔을 불고 나머지 전사들은 다 함께 무시무시한 고함을 질러댔다.

그 결과는 어떻게 되었을까? 하느님께서 말씀하신 그대로 예리코 성벽이 엄청난 굉음과 먼지를 일으키며 무너져내렸다. 그 난공불락의 도시가 여호수아와 그의 군대에게 넘겨진 것이다.

아이 점령

예리코 다음으로 여호수아가 아이라는 도시로 향했다는 것도 잘 알려진 이야기다. 그는 이 도시를 점령하는 일이 쉬울 거라고 확신하고 스스로 군대를 지휘해야겠다고 생각했다. 그래서 그는 병사를 이천 명밖에 파견하지 않았다. 하지만 그건 아이의 주민들을 잘 알지 못했기 때문이었다. 아이 사람들은 손쉽게 히브리 병사들을 물리치고 마지막 한 사람까지 살육했다.

고통으로 미칠 것 같던 여호수아는 옷을 찢고 땅바닥에 뒹굴었다. 결국 하느님께서 그에 대한 당신의 지지를 다시 확인시켜주신 뒤에야 여호수아는 스스로 일어나 새 옷을 입을 수 있었다. 그는 두 손으로 머리를 감싸고 오랜 시간 생각에 생각을 거듭했다. 그리고 마침내 좋은 전략을 세우고 전투를 개시했다. 첫 전투에서처럼 여호수아는 적은 수의 병사들을 전투에 내보냈다. 그들이 후퇴하기 시작하면 적들이 그들을 추격할 것이라고 확신했기 때문이었다. 실제로 전투는 그의 예상대로 전개되었다. 선발대로 보낸 히브리 병사들을 적들이 추격하기 시작하자 여호수아는 자신의 검을 빼어 들고 아이를 향해 진격했다. 남은 그의 병사들이 모두 성안으로 쏟아져 들어가 삽시간에 도시를 전멸시켰다.

히브리 병사들을 추격하던 아이의 병사들이 방향을 틀어 다시 아이로 향했을 때는 이미 도시 안에 돌과 연기 말고는 남은 것이 거의 없었다. 결국 남은 아이의 병사들조차 양 측면에서 공격을 받아 모두 전사했다.

하느님께서 여호수아 곁에 계셨을 때

시간이 흐른 뒤, 여호수아는 서로 연합한 예루살렘, 헤브론, 야르뭇, 라키스, 에글론의 임금들에 맞서 군대를 파견했다. 이번에는 여호수아가 쉽게 승리했다. 하느님께서 커다란 우박을 비처럼 내리게 해서 상당수의 적군이 우박을 맞고 죽게 하신 덕분이었다.

이 다섯 임금과 남은 군사들은 산으로 피신했다. 그들은 어둠을 틈타 깊고 어두운 동굴에 숨으려고 했다. 여호수아는 그들의 전략을 알아채고 하늘을 향해 태양에게 그 진로를 거슬러 움직이라고 명령했다. 밤이 찾아와 지평선 아래로 사라지려던 태양이 다시 솟아올라 대낮처럼 온 땅을 비추었다. 여호수아의 병사들은 마지막 남은 적군에게까지 검을 휘둘렀다.

여호수아가 남긴 마지막 말

사람들은 여호수아가 남쪽에서처럼 북쪽에서도 전투를 수행하여 결국 하느님이 약속하신 모든 땅을 정복했음을 알고 있다. 전쟁이 끝나자 그 땅은 히브리인들에게 분배되었고 휴식의 시기가 찾아왔다. 평화와 번영이 몇 해 동안 계속되었다. 여호수아는 자신의 때가 다 되었음을 느끼고 부족장들을 불러 마지막 권고를 남겼다.

"모세의 율법을 지키십시오. 그러면 하느님께서 여러분에게 여러분의 땅을 지킬 힘을 주실 것입니다. 하지만 반대로 한순간이라도 율법에서 벗어난다면 여러분의 나쁜 습관들이 걸림돌이 되고, 옆구리를 치는 채찍이 되고, 여러분 눈에 엉겅퀴가 될 것입니다."

그러고는 숨을 거두었다.

이것들이 여호수아에 대해 알려진 이야기의 전부다.

- PARIS . 12 avril 2014 - RbK -

기드온 Gédéon에 관한 몇 가지 이야기

첫째, 천사의 날개처럼 하얀 양털을 문제 삼은 일

모든 것은 하느님이 기드온에게 보내신 천사의 출현으로 시작되었다.

"기드온, 이스라엘 땅 위에 더 이상 평화가 유지되지 못할 것이다. 너는 미디안 사람들에 맞서 싸워야 한다. 그들은 가는 곳마다 모든 것을 파멸시키고 있다." 천사는 향엽나무 아래 잠들어 있던 농부에게 속삭였다.

"그런데 하느님이 당신을 보내셨다는 것을 내가 어떻게 확실히 알 수 있겠습니까? 이것 또한 내가 수확해놓은 밀을 훔치려는 미디안 사람들의 계략일 수도 있지 않겠습니까?" 기드온이 물었다. 천사의 요구는 그를 난처하게 했다. 밭에는 할 일이 아직 많이 남아 있었다. 그는 잠시 자루 속을 뒤지더니 하느님이 보내신 천사를 향해 돌아섰다.

"여기 당신의 날개만큼이나 하얀 양털이 있습니다. 이 양털을 땅바닥에 놓을 테니, 만일 내일 와서 다시 보았을 때 양털 위에 이슬이 내리지 않고 주변의 흙도 말라 있다면, 그때는 내가 당신을 믿겠습니다."

밤이 지나고 다음 날이 되었을 때 기드온이 말한 대로 되어 있었다.

하지만 기드온은 완전히 확신할 수가 없었다.

"노여워하지 말고 들어주십시오. 나는 마지막 표징 하나가 필요합니다. 오늘 밤, 내가 그 양털을 같은 장소에 가져다 놓겠습니다. 이번에는 양털만 마른 채로 있고 주변 흙에는 이슬이 내렸는지 보겠습니다."

다시 밤이 지나고, 천사는 기드온이 요청한 일을 그대로 이루어주었다.

그제야 기드온은 이스라엘 민족을 미디안족에게서 해방하기 위해 길을 떠났다.

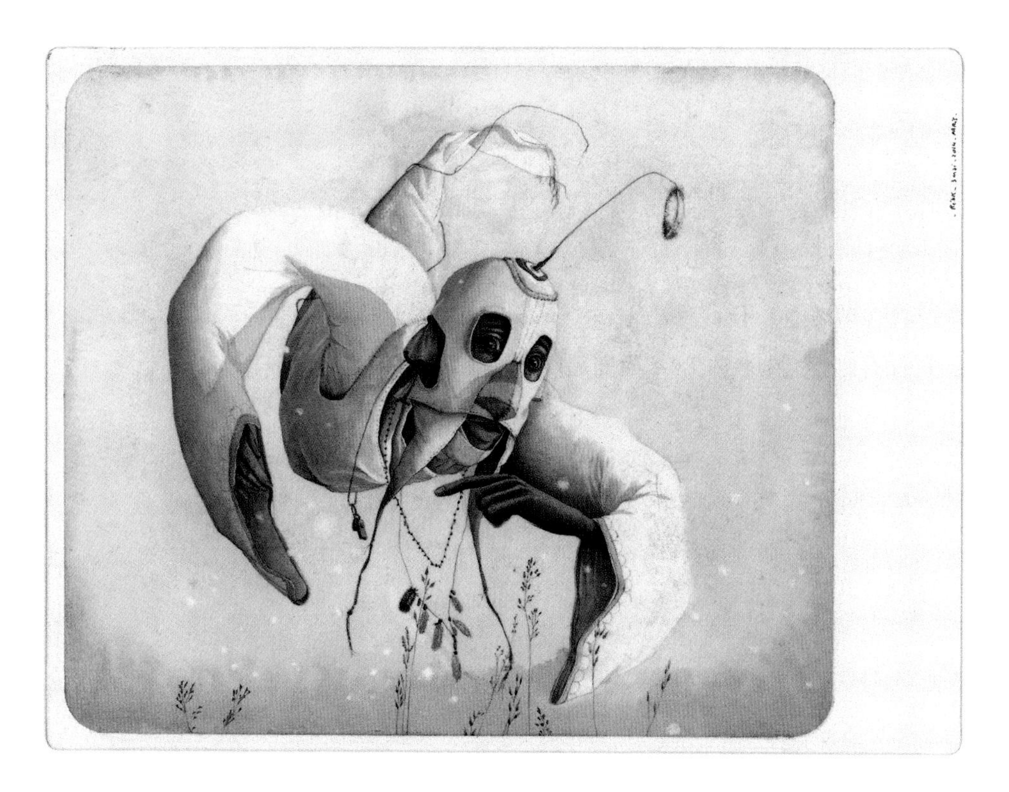

둘째, 물을 마시는 방식으로 사람의 용기를 가늠한 일

기드온은 서둘러 강력한 군사를 모았다.

그는 적들을 무찌를 준비로 분주했다. 하지만 하느님께서는 그를 멈춰 세웠다.

"너희의 승리는 명예롭지 못할 것이다. 너희는 수가 많아서 승리하는 것이지 용기가 많아서 승리하는 것은 아니기 때문이다. 나는 너의 군대에서 두려워 떠는 이들을 모두 내쫓기를 바란다."

기드온은 하느님이 원하시는 대로 했다. 두려워 떠는 이들에게 떠나라고 명령하니 이만이천 명이 돌아갔다. 하지만 아직도 만 명의 병사가 남아 있었다. 하느님이 다시 말씀하셨다.

"아직도 너무 많다. 미디안족의 병사들은 기껏해야 오천 명이다. 네 병사들을 물이 얕은 강가로 데려가 물을 마시게 하여라. 그러면 네가 계속 데리고 있어야 할 병사들을 가려주겠다."

기드온은 이번에도 하느님이 시키는 대로 했다. 모든 병사가 물을 마신 뒤에 하느님은 땅바닥에 엎드려 짐승처럼 물을 혀로 핥은 자들과 무릎을 꿇고 손으로 물을 떠서 마신 자들을 구분하셨다.

땅바닥에 엎드린 이들은 삼백 명밖에 되지 않았다. 하느님께서는 이들을 지명하여 미디안족과 싸울 군대를 이루게 하셨다.

셋째, 때로는 꿈이 현실과 뒤섞인다는 사실을 깨닫게 된 일

이어서 밤이 되자 하느님은 다시 기드온에게 말씀하셨다.

"이제 내가 너의 민족에게 승리를 안겨주려 하니, 미디안족 진영을 공격할 때가 되었다."

"어떻게 우리가 승리한다고 말씀하십니까?" 기드온이 마음속에 불안을 느끼며 하느님께 물었습니다. "우리는 이제 겨우 삼백 명밖에 되지 않는데 오천 명의 적군을 맞서 싸워야 합니다."

"너희의 승리는 내가 보장한다." 하느님은 다시금 확언하셨다. 기드온이 늘 의심하는 것을 보시고 하느님은 그에게 적진에 몰래 들어가 보라고 명하셨다. 기드온은 단단히 신분을 감추고 적진으로 다가갔다. 그런데 그곳에서 한 사람이 꿈 이야기를 하는 소리가 들렸다. 보리빵이 하나 있었는데 바람이 부니까 구르기 시작하더니 지나는 길에 놓인 천막에 부딪쳐 천막을 무너뜨렸다는 이상한 이야기였다. 미디안 사람들은 용맹하고 잔인하기로 이름이 났지만 꿈 이야기를 하며 두려움에 떨고 있었다. 그들이 해석하기로 보리빵은 기드온을 상징했다. 그가 보리를 기르는 사람이었기 때문이다. 또한 무너진 천막은 바로 미디안 군대의 천막을 떠올리게 했다. 이로부터 미디안 진영 전체가 술렁이기 시작했다. 미디안 병사들은 재난이 다가온다는 느낌을 안고 잠자리에 들었다.

넷째, 수가 많다고 우세한 것은 아님을 깨닫게 된 일

기드온은 삼백 명의 병사를 집합시킨 다음 각자에게 뿔나팔과 단지를 하나씩 주었다.
정오 직전에 기드온과 그의 병사들은 적진을 향했다. 기드온이 신호를 주자 병사들은 모두 뿔나팔을 불고 단지를 깨뜨렸다. 야단법석 소음이 일었으므로 미디안 사람들은 급하게 칼을 뽑아 무조건 처음 마주치는 사람에게 휘두르기 시작했다. 공포에 사로잡힌 그들은 자신의 형제들을 죽이고 있었다. 아직 동이 트지 않았는데 미디안 군대에서 살아남은 이들은 요르단강 너머까지 멀리 달아났다.

승리한 기드온과 그의 군대를 히브리인들은 열광적으로 환호하며 맞아들였다. 사람들은 기드온을 임금으로 삼고자 했으나 기드온은 왕이 되기를 거부했다.
"나는 여러분을 다스리지 않을 것입니다. 내 아들들 또한 마찬가지입니다. 하느님만이 우리의 유일한 임금이십니다. 이것을 명심하십시오."
사람들은 기드온에게 감사를 표하고자 바닥에 자홍색 외투를 펼쳤고 각기 금반지를 하나씩 내놓았다.
이후 기드온이 살아 있는 사십 년 동안 이스라엘 온 땅에 평화가 깃들었다.

X 다섯째이자 마지막, 범죄만이 아니라 올리브나무, 무화과나무, 포도나무, 가시나무 또한 문제가 된 일

기드온은 죽었지만 일흔 명의 아들이 남았다. 그들의 영혼은 강물처럼 맑았으나, 아비멜렉이라는 아들만은 그렇지 않았다. 그의 영혼은 마치 진흙투성이 연못 같았다. 아버지가 마지막 숨을 내쉬자마자 아비멜렉은 용병을 모아 형제들을 모두 살해했다. 막내 요탐만이 커다란 솥에 몸을 숨긴 덕에 목숨을 부지할 수 있었다. 아비멜렉은 서둘러 자신을 임금으로 선포하고, 지지자들에게 특권과 번영을 선사하겠노라고 약속했다. 이 소식을 들은 요탐은 사람들을 찾아가 그들이 폭군을 지지했음을 직접 책망하는 대신 매번 똑같은 우화를 들려주었다.

"어느 날 나무들이 모여서 임금을 뽑기로 결정했답니다. 만장일치로 올리브나무가 임금으로 뽑혔습니다. 하지만 올리브나무는 아무것도 원하지 않았습니다. '나는 나무들의 임금이 되기보다는, 다른 나무들을 섬기고 내 기름을 마음껏 주는 것이 더 좋습니다.' 그래서 나무들은 무화과나무를 돌아보았습니다. 무화과나무는 분명하게 자기 의견을 밝혔습니다. '임금이 되라고요? 왜요? 사람들에게 내 달콤한 열매를 맛보도록 하는 것이 내게는 더 낫습니다.' 이제 남은 것은 포도나무였습니다. 다른 나무들이 모두 포도나무에게 기대를 걸었지만 포도나무 또한 거절했습니다. '사람들에게 기쁨을 주는 포도주를 포기하라고요? 여러분도 그래야 한다고는 생각하지 않으실 겁니다.'
나무들은 주변을 둘러보았습니다. 이제 남은 유일한 후보는 땅에서 짧게 돋아난 가시나무뿐이었습니다. 가시나무는 즉시 제안을 수락했습니다. 하지만 가시나무는 임금이 되자마자 다른 나무들에게 자기 그늘에 집합하라고 명령했습니다.
'무슨 그늘이요?' 다른 나무들은 깜짝 놀랐습니다. '삼나무의 이파리 하나가 당신 전체보다 더 시원한 그늘을 드리워줄 텐데요.'
'그런 건 나한테 상관없다! 내가 바로 나무들의 임금이 아닌가? 너희는 눕고 싶으면 눕고, 엎드리고 싶으면 엎드리고, 너희에게 좋아 보이는 대로 행해라. 하지만 오늘부터 너희에게 그늘이란 오직 나의 그늘뿐이다!'
가시나무는 목소리를 낮추어 속삭이듯 말했습니다.
'그리고 너희가 내 결정을 못마땅해한다면, 내 가시들에서 불꽃이 터져 나와 너희들을 모두를 태워버릴 것이다.'"

요탐이 이야기할 때 그 의미를 바로 이해하는 사람은 거의 없었다. 하지만 아비멜렉의 속박 아래서 삼 년을 지낸 뒤에는 모두가 요탐이 말하려던 것이 무엇인지 깨달았다. 왕국 안에서 수많은 분쟁과 갈등이 끊이지 않았고 사방에서 전쟁이 발발했기 때문이다.

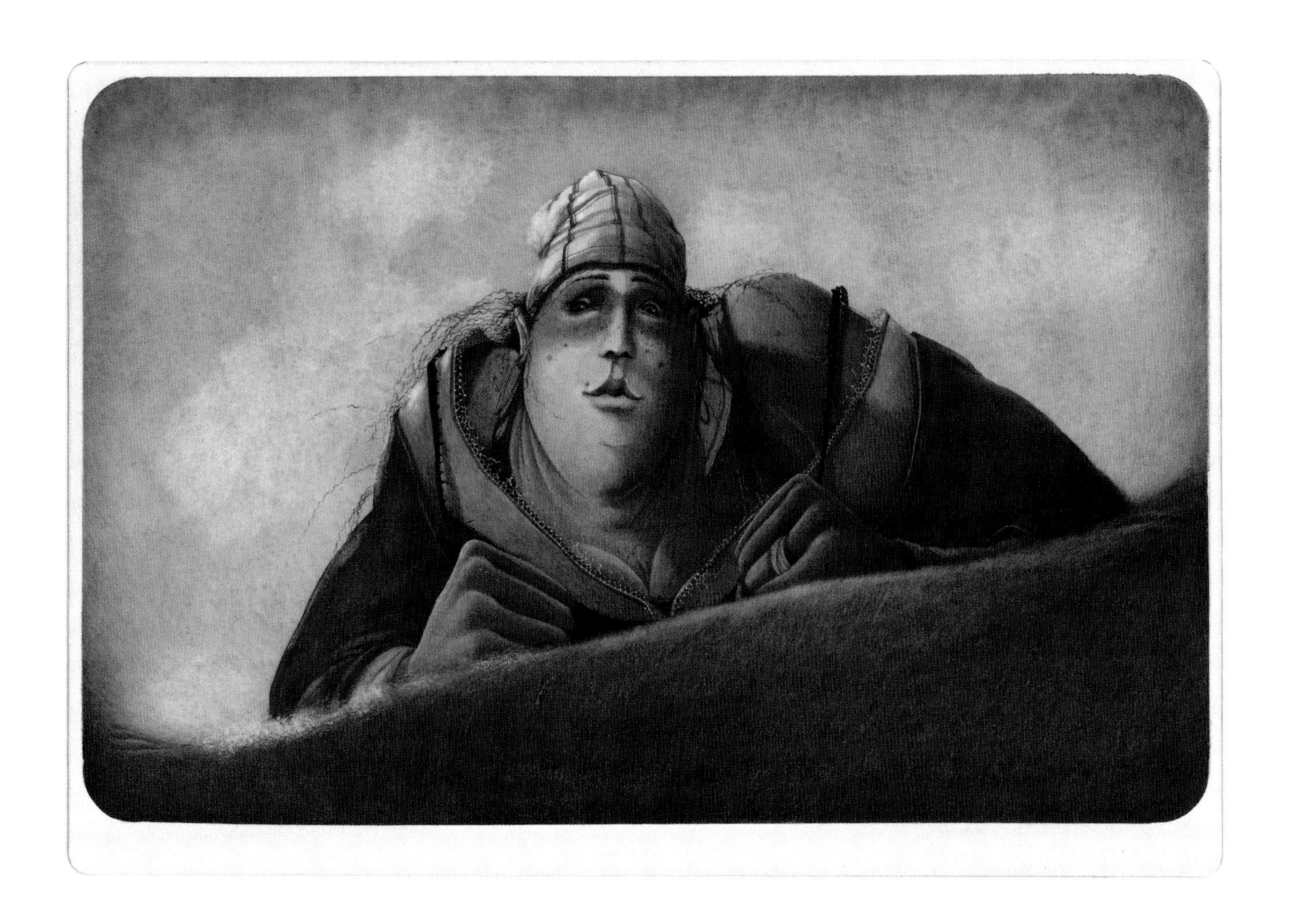

여섯째이자 진짜 마지막, 죽음과 명예, 그리고 조롱이 관건이 된 일

얼마 뒤 아비멜렉이 전투 중에 목숨을 잃자 이스라엘은 다시 적들의 먹잇감이 되었다.
그때 아비멜렉은 병사들에 둘러싸인 채로 한 도성을 포위 공격하고 있었다. 그가 성벽의 틈새를 찾아 돌파하려는데 한 여인이 맷돌을 집어던져 그의 머리를 깨부수는 동시에 그를 수십 미터 아래 땅바닥으로 떨어뜨렸다.
아비멜렉은 죽기 직전에 자신이 여자에게 죽임을 당했다는 이야기를 듣게 될까 두려워서 가까이 있던 이에게 칼로 찔러 자기를 죽여달라고 부탁했다. 그렇게 해서 아비멜렉은 끝장났다.

옛날에 입타라는 사람이 살았다
Jephté

옛날에 입타라는 사람이 살았다.
어느 날 하느님이 이스라엘의 적들과 싸우게 하시려고 그를 부르셨다.
적들을 쳐부수면 임금과 같은 강력한 권한을 주겠다는 조건에 입타는 동의했다.
공격을 개시하기 전, 입타는 용기를 얻기 위해 온몸을 떨며 하느님께 맹세했으나
그 맹세는 기이하고도 경솔한 것이었다.
"입타가 맹세합니다. 이 전투에서 승리자가 되어 돌아온다면,
돌아오는 길에 제 집 문에서 나오는 첫 번째 사람을 죽이겠습니다."

옛날에 입타라는 사람이 살았다.
그는 자신의 힘으로 이스라엘의 적들을 쓰러뜨렸다.
여기에서 한 번, 저기에서 한 번, 그의 칼은 위아래로 오가며
적들의 머리와 팔을 잘라냈다.
하느님은 입타가 승리한 것을 보시고 그의 머리에 관을 씌우고 승리를 축하하셨다.
그리고 마치 하실 말씀은 하나밖에 없다는 듯이 입타에게 말씀하셨다.
"너는 네가 한 맹세를 지켜라.
집으로 돌아가되 네 집의 문에서 나오는 첫 번째 사람을 죽여라."

이 경솔한 자는 자신이 한 맹세에 속박되어 있었으므로,
자기 딸이 집에서 나오는 것을 보고 탄식할 수밖에 없었다.
입타의 딸은 아버지가 승리자가 되어 돌아오는 것을 보고
기쁨에 겨워 노래를 부르고 웃으며 춤을 추었다.
"나는 바보로구나." 입타는 이 말을 입 밖으로 내고는 칼을 뽑았다.
그의 칼에는 아직 마를 새가 없었던 피가 여전히 흐르고 있었다.

옛날에 입타라는 사람이 살았다. 그는 용맹하여 임금과 같이 강력해졌다.
(그리고 그에게는 관을 쓰고 호화로운 장식을 달 수 있는 권리가 있었다.)
옛날에 입타라는 사람이 살았다. 그는 우둔하여 자신의 칼로 딸을 죽였다.
(그리고 그에게는 눈물을 흘릴 두 눈만 남았다.)

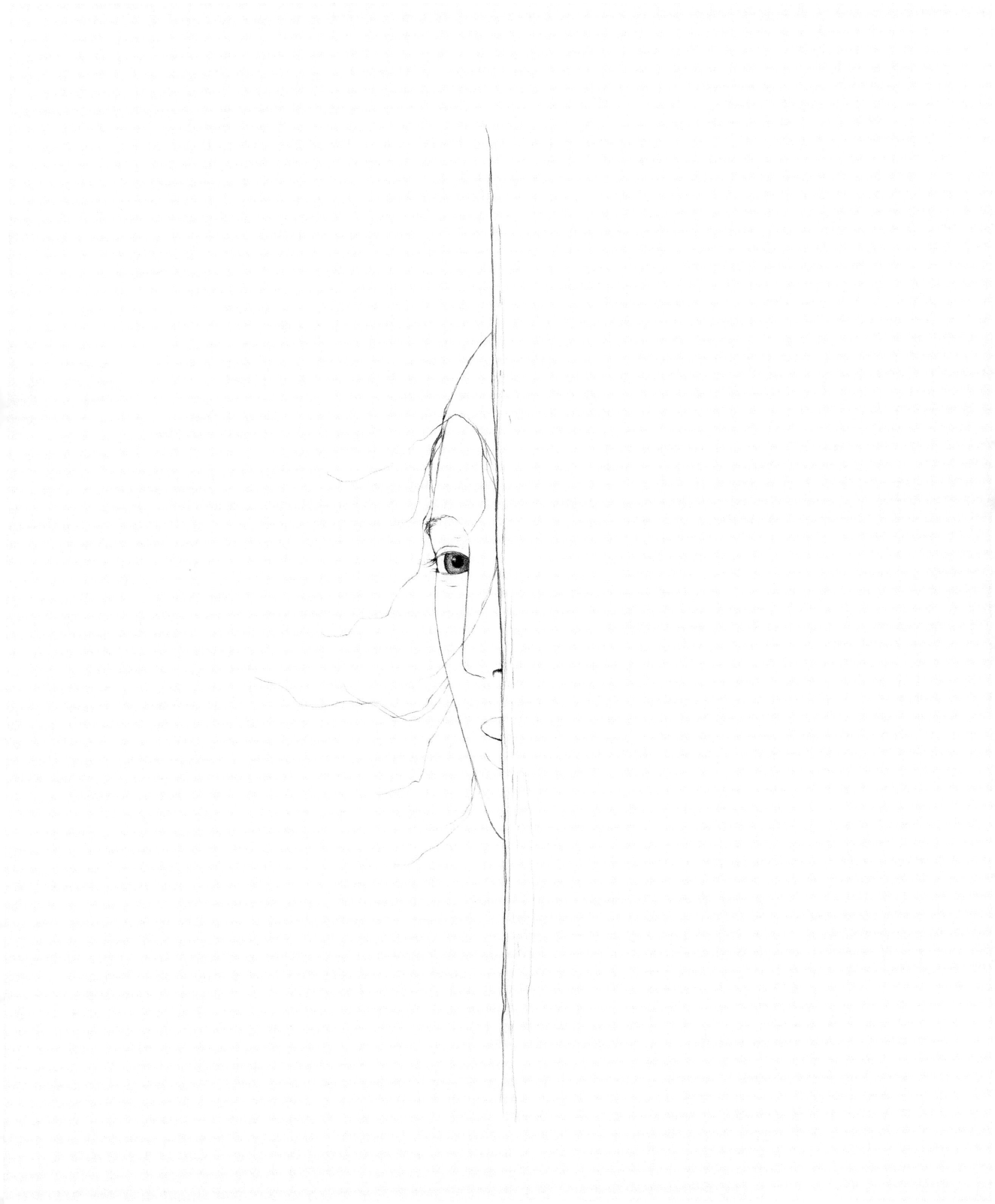

삼손의 비밀 Samson

삼손은 이스라엘 온 땅에서 유명했다. 여러 차례 필리스티아인들과 싸워 이겼기 때문이다. 그는 힘이 워낙 세서 혼자서 수백 명의 전사를 상대해도 승리할 수 있었다. 당연히, 범상치 않은 이런 힘은 적들의 호기심을 자극했다. 하지만 이제까지 적들이 보낸 정탐꾼들과 그들이 매수한 배신자들도 그 힘의 비밀을 알아내지 못했다. 삼손은 필리스티아인들과 여러 차례 싸워 이긴 덕분에 민족의 사랑을 받는 영웅이 되었다. 겉으로 보기에 그는 참으로 행복한 사나이였다. 하지만 겉보기에만 그랬을 뿐이다. 힘과 영광 말고, 그에게는 정말 중요한 한 가지가 없었기 때문이다. 그에게는 연인이 없었다. 긴 하루가 끝날 무렵 태양이 지평선 아래로 사라질 때면 한숨짓는 일이 잦았다.

"내 사랑, 그대는 어디 있나요? 나는 그대가 어딘가에 존재한다는 것을 알고 있어요. 하지만 우리의 길이 서로 만나지 않는군요. 그럼에도 하느님은 알고 계십니다. 내가 여기저기 당신을 찾아다니지 않은 곳이 없다는 것을. 가장 멀고 외떨어진 작은 마을에서도, 소란스러운 도시에서도, 누런 밀밭에서도, 사막의 모래 먼지 속에서도."

하루는 삼손이 소렉 골짜기를 가로질러 가는데 그에게 환호를 보내는 군중 속에 한 여자가 눈에 띄었다. 그녀는 요르단강의 반짝이는 잔물결처럼 눈빛이 빛나고 머리카락은 그믐날의 밤처럼 검었다. 그는 한동안 그녀에게서 눈을 뗄 수가 없었다.

"마침내 당신이 나타났군요. 당신은 내가 기다리던 바로 그 사람입니다. 오늘부터 나는 당신을 절대 떠나지 않을 겁니다."

삼손은 자신의 진영에 도착하자마자 사람을 보내어 그녀에 관해 알아보게 했고 순식간에 그녀의 이름이 무엇이고 어디에 사는지를 알게 되었다.

"들릴라. 얼마나 멋진 이름인가… 당신과 완벽하게 어울리는 사람이 바로 여기에 있답니다."

삼손은 한순간도 지체하지 않고 그녀에게 찾아갔다. 그날부터 삼손은 저녁이면 들릴라의 집으로 가서 매번 소중한 선물을 주고, 매번 새로 지은 시와 이야기로 그녀의 아름다움을 찬양했다.

부드럽고 달콤한 아몬드
터질 것 같은 포도알,
갓 거두어들인 밀이삭

그녀를 만나러 갈 때마다 그는 노래했다. 삼손에게 이토록 많은 영감을 떠오르게 한 여자는 일찍이 없었다.

그러나 얼마간 시간이 흐르자 삼손은 들릴라의 태도에서 거의 알아챌 수 없는 어떤 변화를 감지했다. 그녀는 여전히 삼손의 관심에 민감했고 그가 계속 구애하도록 부추겼다. 하지만 그녀는 어딘가 멀어진 듯했고, 그녀의 생각이 어딘가 다른 곳에서 헤매는 것처럼 보이기도 했다.

삼손은 지체하지 않고 그녀의 생각이 어디를 향하는지 알아냈다.

어느 저녁, 삼손이 사랑하는 여인의 발아래 장미 한 다발을 내려놓았을 때 필리스티아의 젊은 왕자가 기별도 없이 그녀의 집으로 들어왔다. 행동하는 것을 보니 이 장소에 익숙하다는 것을 알 수 있었다. 그가 문을 통과해 안으로 들어오자마자 들릴라는 생기를 띠었다. 그녀의 두 눈에서는 삼손이 이전에 보았던 광채가 다시 빛났다. 질투에 제정신이 아니게 된 삼손은 이 필리스티아 왕자와 싸워서 별 어려움 없이 힘으로 그를 박살 낼 수도 있었다. 그 고운 수염이 바들바들 떨리는 것을 보리라는 생각만으로도 위안이 되었다. 하지만 그렇게 이 왕자를 해치워 버리면 들릴라의 마음 또한 잃게 되리라는 것을 잘 알았다. 지금 삼손에게 필요한 것은 그가 가진 사랑의 힘을 들릴라에게 입증해 보일 기회였다. 그러면 아마도 그녀의 눈 속 깊은 곳에서 빛나던 그 광채를 다시 찾게 될 터였다.

조금 시간이 흐른 뒤 기회가 찾아왔다. 삼손은 들릴라의 마음을 얻겠다는 꿈을 꾼 반면에 들릴라는 매일 필리스티아 왕자가 그의 열정을 고백하길 기대했다. 왕자를 처음 만난 날부터 그녀는 삼손에게 흥미를 잃었다. 그의 힘은 더 이상 인상적이지 않았고, 그의 선물에도 무심해졌다. 일어날 때부터 잠들 때까지 생기를 돌게 하는 단 하나의 생각은 이 필리스티아 왕자를 유혹하여 그와 결혼하겠다는 것뿐이었다. 하지만 들릴라는 잘 속는 바보는 아니어서 이 왕자가 자신을 찾아오는 데는 숨겨진 다른 의도가 있다는 것도 모르지 않았다. 이 왕자는 자기 민족이 원수로 여겨 저주하는 삼손을 덫에 걸리게 할 작정이었다. 그럼에도 들릴라는 그가 자신의 아름다움에 무관심하지 않다고 느꼈다. 그녀가 미소를 지을 때면 그의 두 눈이 방황했고, 그녀의 머리가 찰랑거릴 때면 그의 수염이 파르르 떨렸다. 이미 그녀는 이스라엘의 영웅을 잡아들이는 데 도움을 준다면 필리스티아 왕자의 부인이 되는 기회를 잡을 수 있을 거라고 마음속으로 확신했다.

어느 아침에 들릴라는 필리스티아의 궁궐로 왕자를 만나러 갔다. 그녀는 왕자를 보자마자 몸을 기울여 귀에 대고 속삭였다.

"내가 그 범상치 않은 힘의 비밀을 알아낼 수 있을 것 같아요."

"정말 그 비밀을 알아내기만 한다면야 그대의 모든 소원을 들어주겠소."

왕자는 미래의 성공을 머리에 그리며 들릴라에게 약속했다. 삼손을 잡아들이기만 하면 왕좌와 왕관은 모두 자기 차지가 되리라는 것을 그는 잘 알고 있었다.

같은 날 저녁, 지는 햇살에 물든 포도나무를 함께 바라보다가 들릴라는 부드러운 피리 소리 같은 목소리로 삼손에게 말을 걸었다.
"나의 멋진 영웅, 당신은 왜 나에게 모든 걸 비밀로 감추고 있나요?"
"무슨 비밀? 내 마음이 전부 그대의 것이라는 걸 잘 알지 않소?" 삼손이 물었다.
"정말 그런가요? 당신 마음 전부가 내 것이라고요?" 들릴라는 속삭이듯 말했다. "그럼 내게 당신 힘의 비밀을 말해줘요. 당신이 어떻게 혼자서 백 명을 상대로 싸워 이길 수가 있는지 내게 설명해봐요."
삼손은 들릴라의 요구에 적잖이 당황했다. 어쩌면 이것이 그녀의 마음을 확실하게 얻을 기회일지도 모른다. 아마도 그녀는 자신을 내주기 전에 그의 믿음을 시험해보려고 하는지도 모른다. 그러나 삼손은 주저했다. 비밀을 밝힌다는 건 적들에게 붙잡힐 위험을 감수하는 일이기도 했다.
"사람들이 내게 했던 말을 따르면…" 삼손은 천천히 말하기 시작했다. "일곱 개 활의 일곱 개 활시위로 나를 묶으면 내가 힘을 잃고 여느 사람보다 강하지 않게 된다고 하더군요."
삼손이 비밀을 털어놓자마자 들릴라는 시종들을 불러 삼손에게 포도주를 잔뜩 대접하게 했다. 삼손이 술에 취해 잠들자 들릴라는 들은 대로 삼손을 활시위로 묶었다.
그런 다음 필리스티아 왕자의 부하들을 불렀다. 그리고 삼손이 그녀의 배신을 의심하지 않도록 소리를 질렀다.
"삼손, 큰일 났어요. 여기 필리스티아 사람들이 왔어요!"
하지만 그녀가 왕자를 찾아가 그와 결혼하고 싶다고 말하려 했을 때, 삼손은 이미 간단하게 활시위를 모두 끊고 병사들을 쫓아버리고 있었다.
다음 날, 삼손이 다시 찾아오자 들릴라는 눈물을 흘리며 말했다.
"당신은 내 사랑을 의심하는군요. 당신이 진심으로 나를 사랑한다면 나에게 진실을 말해줄 텐데…"
삼손은 무척 고민이 되었다. 비밀을 나누는 것은 결혼을 약속하는 것과 같지 않은가? 하지만 비밀을 털어놓는 것은 위험한 일이기도 했다. 특히 이곳을 들락거리는 저 필리스티아 왕자가 있으니 더욱 위험했다.
"새 밧줄로 묶어야 하오!" 삼손은 들릴라의 울음을 그치게 하려고 말했다. "한 번도 사용한 적 없는 새 밧줄로 묶으면 모든 힘을 잃게 된다고들 하더군요."
들릴라는 많은 음식을 차려 대접했다. 배가 부른 삼손은 이번에도 잠이 들었다. 그녀는 잠든 삼손을 새 밧줄로 묶어버렸다. 그리고 이제 왕자의 사랑을 차지할 수 있게 되었다고 확신하며 그에게 기별하여 부하들을 보내게 했다. 하지만 이번에도 삼손은 간단히 밧줄을 끊고 적들을 쫓아버렸다.

그 뒤로 며칠 동안 들릴라는 삼손에게 문을 열어주지 않았다.
"나를 사랑한다면 내게 당신 비밀을 알려주세요. 그러지 않을 거면 그냥 가던 길이나 계속 가세요."

삼손은 절망했다. 들릴라에게서 돌아서기 위해 삼손은 그녀가 필리스티아인들에게 밀고하지 않았을까 자문해보았다. 하지만 그는 이미 사랑에 눈이 멀어서 왕자의 부하들이 들이닥친 일을 우연의 일치로만 보았다. 시간이 흐르면 고뇌가 덜해질 것이라고도 생각했지만, 오히려 매일매일 고뇌는 더욱 심해져만 갔다. 거의 밥을 먹지 못했고 일상의 모든 일에 흥미를 잃었다.

"나의 달콤한 아몬드…" 그는 실성한 사람처럼 중얼거리며 거리를 방황했다. "나의 맑고 신선한 강물, 나의 풍성한 포도나무…"

시간이 조금 더 흐른 뒤, 이제 더 이상 참을 수 없게 된 삼손은 비밀을 알려주기로 결심했다. "그래, 그러면 내 마음이 가벼워지겠지. 그러면 들릴라의 두 눈에서 오직 신실한 사랑만이 밝힐 수 있는 그 광채를 다시 볼 수 있겠지."

삼손은 목욕을 하고 가장 좋은 옷을 차려입고서 들릴라의 집으로 갔다. 들릴라는 이번에야말로 삼손이 자신에게 진실을 말해줄 거라고 확신하고 왕자의 부하들을 자기 방의 무거운 커튼 뒤에 숨겨두었다. 슬며시 삼손에게 다가가며 그녀가 말했다.

"그래서요?"

"비밀은 내 머리카락이오." 삼손이 비밀을 털어놓았다. "이 머리카락에 내 모든 힘이 있소. 머리카락을 자르면 나는 그냥 보통 사람에 지나지 않소."

이 말을 듣고 들릴라는 풍성한 식사를 차려냈다. 음식을 먹는 동안 삼손의 술잔이 비지 않도록 계속 신경을 썼다. 달이 이미 높이 떠올랐고 삼손은 사랑하는 들릴라의 무릎을 베고 잠이 들었다. 그녀는 삼손의 긴 머리카락을 잠시 쓰다듬다가 그의 숨소리가 잦아들자 면도날을 들고 머리카락을 밀었다. 커튼 뒤에 숨어 있던 필리스티아인들이 재빨리 나왔다. 삼손은 미친 듯이 애를 써보았지만 그의 힘이 이미 빠져나간 터라 어쩔 수 없이 사슬에 묶이고 말았다. 필리스티아 왕자가 도착하자 들릴라는 마치 자신이 생포한 야수를 팔아넘기듯이 삼손을 왕자에게 넘겼다. 왕자는 성공에 도취되어 부하들에게 명령했다.

"지하 독방에 가두어라!"

왕자의 부하들이 다가와 들릴라의 발아래에서 끌어내자 삼손은 소리쳤다.

"당신이 나를 배신하다니!"

들릴라는 아무런 대꾸도 하지 않았다. 다만 그녀의 두 눈에서 빛나는 광채가 창이 되어 그를 꿰뚫었고, 순식간에 그는 시력을 잃었다.

삼손이 지하 독방에 갇혀 슬픔으로 세월을 보내는 동안, 들릴라와 필리스티아 왕자는 결혼을 약속했다. 하지만 결혼식이 거행되기까지는 여러 달이 필요했다. 매일 새로운 핑계와 구실이 이어졌고 그 때문에 혼인이 계속 미루어졌던 탓이다. 한 번은 귀족 혈통이 아닌 들릴라의 집안이 문제였고, 다음엔 잔치 음식이 문제였으며, 나중엔 하객 숫자가 문제였다. 결국 가까스로 결혼식 날짜가 결정되었다. 두 사람은 그들의 결혼식이 이전의 어떤 결혼식보다도 더 호화롭고 찬란하게 거행되도록 애를 썼으며, 모든 필리스티아 사람을 초대했다.

삼손은 결혼식에 참석할 수 있게 호의를 베풀어달라고 청했다. 이제 삼손은 힘도 없고 앞을 보지 못했으므로 누구도 그를 제지하지 않았다. 오히려 필리스티아 사람들은 삼손이 결혼식에 참석하는 것이 추가적인 형벌이 되리라고 생각했다. 그토록 열정을 다해 사랑했던 여자의 결혼식에 참석하면서 어떻게 고통스럽지 않을 수 있겠는가?

사람들은 한 소년에게 삼손을 이끌어 결혼식이 열리는 신전으로 데려가라고 시켰다. 잔치 음식에 이끌린 필리스티아 사람들이 신전 내부는 물론 그 주변에까지 몰려들었다. 하지만 삼손은 자기를 이끄는 소년의 도움을 받아 군중을 뚫고 신전의 안쪽으로 들어가 중앙 기둥에 기대어 자리를 잡았다. 그는 아무것도 볼 수 없었지만 그가 지나갈 때 아이들이 돌멩이를 던지는 걸 느꼈고, 사람들이 그에 대한 반감을 담아 이야기하는 것을 들었다.

"저기 봐, 삼손이다! 우리를 이스라엘에서 쫓아내려던 놈이야!"

"머리카락이 다시 자라긴 했지만 이제는 하나도 안 무서워! 꼴이 정말 비참하게 됐군!"

결혼식이 시작되자 주위가 조용해졌다. 모두가 신랑과 신부의 서약을 귀담아들었다. 어둠 속에 웅크린 채로 삼손은 들릴라를 생각하고 요르단강의 잔물결처럼 빛나던 그녀의 두 눈을 떠올렸다. 그믐날 밤하늘처럼 검었던 그녀의 머리도 기억했다. 그리고 오늘 가장 아름다운 비단옷을 입고 패물을 걸치고 귀한 보석으로 장식된 관을 머리에 쓰고 있을 모습을 그려보았다.

"나의 달콤한 아몬드, 나의 맑고 신선한 강물, 나의 풍성한 포도나무…" 그는 다시 매료되어 입술 사이로 중얼거렸다.

들릴라는 그를 배신했지만 그는 그녀를 사랑하지 않을 수 없었다.

그는 일어나 온 힘을 다해 신전의 기둥을 밀었다. 아직 예전 같은 힘을 모두 회복하지는 못했지만 성전의 중앙 기둥이 밀려나게 할 수는 있었다. 성전 안에 있던 군중이 무슨 일이 벌어지는지 깨달았을 때는 이미 너무 늦었다. 사람들이 빠져나갈 시간도 없이 건물이 무너져내렸다. 필리스티아인들은 무너진 건물 잔해에 깔렸고, 삼손이 들릴라의 눈에서 보았던 그 끔찍한 광채도 영원히 사라져버렸다.

"나의 달콤한 아몬드, 나의 맑고 신선한 강물, 나의 풍성한 포도나무…" 삼손은 신전의 잔해 속에서 또다시 같은 말을 되풀이하며 마지막 숨을 내쉬었다.

판관들의 시대에 부르는 비가悲歌

Juges

이스라엘에 임금이 없던 잔혹한 시절이었지,
모두가 마음대로 행했지, 그대는 내 말이 들리는지,
모두가 좋을 대로 행했지.

에프라임에 살던 여인이 남편과 다투고
삼십 리 길을 걸어 친정으로 돌아갔더니
넉 달이 지나 슬픔을 견딜 수 없던 남편이 지팡이를
짚고 먹을 것을 챙겨 아내를 찾아갔네.
남편과 아내는 서로 다시 만나 기쁘고 즐거웠네.
부부는 오래도록 성대한 잔치를 벌이고 길을 떠났네.
하지만 갑자기 닥쳐오는 밤을 준비하지 못하고
묵을 곳을 찾아 기브아 성읍으로 들어갔으나 몹시
후회했네.
두드리는 문마다 완강하게 닫힌 채 열리지 않았기
때문이라네.

이스라엘에 임금이 없던 잔혹한 시절이었지,
사람들은 환대의 미덕을 존중하지 않았지,
그대는 내 말이 들리는지,
사람들은 이방인을 업신여겼지.

차가운 밤, 절름발이 노인이 부부를 받아주었네.
노인은 친절하고 정중하게 부부를 집 안으로 들였네.
고기와 메추라기를 대접받은 부부는 기쁘고 즐거
웠네.

아뿔싸, 식사가 끝나기도 전에 불량배 한 무리가 들
이닥쳤고
남자들과 시종들을 때려눕혔네.
칠흑 같은 밤, 그들은 여자를 데리고 떠났네.
이튿날 사람들이 여자를 찾았는데 목이 잘리고
몸도 토막 나 있었네.

이스라엘에 임금이 없던 잔혹한 시절이었지,
연민은 사라졌지, 그대는 내 말이 들리는지,
사람들은 짐승으로 변하곤 했지.

남자는 아내의 시신을 거두어
이스라엘의 열두 곳에 하나씩 보냈다네.

며칠이 지나고, 너무도 큰 화와 분노가 일어
사람들은 땅이 흔들리고 모래가 일어나는 줄 알았네.
"우리가 이집트에서 돌아온 이래로 이토록 끔찍한
일을 본 적이 있던가?"
망자의 손이나 발이나 코를 받은 히브리인들은 소
리쳤네.
온 나라의 마을이 모두 모여 복수를 결의했네.
가을걷이를 하는 편이 낫겠다는 야베스 길앗 사람
들만이 빠졌네.

이스라엘에 임금이 없던 잔혹한 시절이었지,
정의는 사라졌지, 그대는 내 말이 들리는지,

무기의 소리만 울려 퍼졌지.

기브아에서는 이미 궁수들이 활을 갖추고, 창날이 벼려지고, 칼날이 번쩍였네.
누구도 살인자들을 내어주길 원치 않았으니, 그건 이웃을 저버리는 행위라고 했네.
히브리인들이 병력을 집결하고
세차게 전투를 개시하니 피와 공포와 잔혹함이 전장을 뒤덮었네.
몇 주 동안 이어진 싸움 끝에 승자가 결정되었네.
기브아의 전사들은 난투극에서 먼저 빠져나왔고
적들을 모두 칼로 베었네.
하지만 민첩했으나 수가 충분하지 않았네.
적들의 끝없는 공격에 버틸 수 없었네.
피 웅덩이에 무기를 떨구고 항복하고 말았네.

아! 이스라엘에 임금이 없던 잔혹한 시절이었지,
하늘이 어찌나 검었던지, 그대는 내 말이 들리는지,
땅은 어찌나 붉었던지!

사람들은 그와 같이 잔혹한 시절에도 일말의 연민과 몇 조각의 지혜는 남았다고 믿을 수 있었네.
다른 부족들이 살아남은 기브아의 병사들을 살려두었기 때문이라네.
이 혼란한 시절에 기승을 부리는 악을 악으로 갚지 않은 것이었네.
남은 기브아 병사들 중 많은 이들이 아내를 잃었네.
그들은 가을걷이를 끝낸 야베스 길앗의 부족에게로 향했네.
"혹독한 겨울에는 껍질이 있어도 양파는 얼어붙는다네."
사람들의 말이 옳았으니, 일어난 일은 이러하다네.
그들은 야베스로 가서 닥치는 대로 살육했네.
처녀 백 명만 살려두어 기브아의 패배자들에게 나누어 주었네.
그 일은 바로 이렇게 일어났다네.

이스라엘이 임금이 없던 잔혹한 시절이었지,
모두가 마음대로 행했지, 그대는 내 말이 들리는지,
모두가 좋을 대로 행했지.

열왕기 Le livre des Rois

사무엘이 등장하면서 판관들의 시대는 끝났다.
그 모든 정복과 그 모든 전투가 있었음에도
히브리 민족의 적들은 사라지지 않고 늘 존재했다.
하느님께서는 이스라엘 민족에게 임금을 세워주기로 결심하셨다.

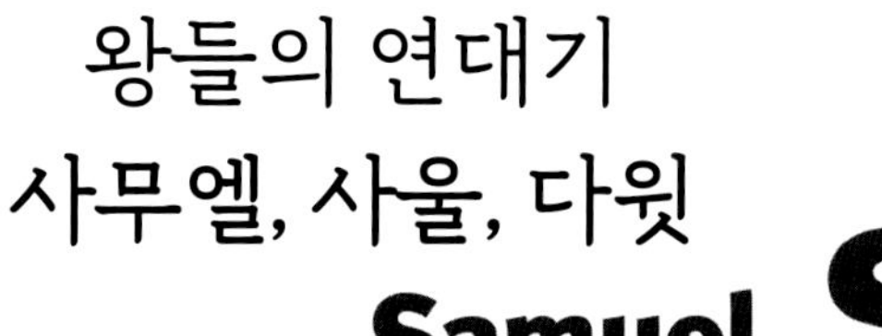

1

엘카나의 아내 한나는 자식이 없어서 아기를 낳게 해달라고 매일 하느님께 기도했다. 시간이 흐른 뒤 그녀는 사내아이를 낳고 이름을 사무엘이라 했다.
아기가 젖을 떼자 한나는 아기를 데리고 실로의 성전으로 갔다. 그리고 엘리 사제에게 맡겨 하느님을 섬기는 사람이 되게 하였다.
"내가 기도할 때, 하느님께서 나의 소원대로 아들을 주신다면 그 아들을 하느님께 바치겠다고 맹세했습니다. 보십시오, 이 아이가 바로 그 아이입니다!"
그 뒤로 한나는 자식을 다섯이나 더 낳았다.

2

어느 밤에, 어린 사무엘이 성전에서 잠을 자고 있는데 그의 이름을 부르는 목소리가 들렸다. 엘리 사제가 자신을 부른다고 생각한 사무엘은 사제의 방으로 찾아갔지만 사제는 침상에 누워 잠들어 있었다. 사무엘은 다시 돌아와 누웠다.
조금 뒤에 같은 목소리가 다시 들려왔다. 사무엘은 또 사제가 자기를 찾는다고 생각하고 사제에게로 갔다. 그렇게 반복하기를 네 번이나 하자 잠이 깬 엘리 사제는 무슨 일이 벌어지고 있는지 깨달았다. 하느님께서 이 어린아이에게 하실 말씀이 있으셨던 것이다. 그리하여 다시 그 목소리를 들었을 때 사무엘은 엘리 사제에게 가지 않고 자기 침상에 그대로 있었다.

3

사무엘이 히브리인들의 새 예언자가 되었는데, 필리스티아인들이 히브리인들을 공격했다. 그들은 히브리인들의 군대를 쳐부수고 실로의 성전에 있던 '계약의 궤'를 훔쳐 갔다. 하느님과 맺은 계약을 상기시키는 계약의 궤를 빼앗긴 것은 이스라엘의 자손들에게 크나큰 패배였다. 하지만 필리스티아인들이 그들의 도시에 계약의 궤를 가져다 놓자마자 그들에게 재앙이 들이닥쳤다. 그들의 신전에 있던 다곤 신의 신상이 목이 잘리고 팔이 떨어져 나갔다. 또 수많은 필리스티아인들의 몸에 종기와 부스럼이 났다.
그렇게 일곱 달이 흐른 뒤에 필리스티아인들은 계약의 궤를 이스라엘 사람들에게 돌려주었다. 그리고 용서를 구하며 금과 다른 보물들도 선물로 주었다.

4

사무엘은 나이가 들자 자신의 아들들을 이스라엘의 판관으로 세웠다. 그러나 불행하게도 그들은 사리사욕에 이끌렸고 분쟁을 해결해야 할 때도 돈을 더 많이 주는 쪽에 유리하도록 판결을 내렸다. 이스라엘 사람들은 이렇게 부패한 판관들의 지배를 받느니 차라리 임금을 세워달라고 요구하기 시작했다.

그즈음에 키스의 젊은 아들 사울이 사무엘을 찾아왔다. 그는 도망간 암나귀들을 찾고 있었는데 이 가축들이 어떻게 되었는지 사무엘이 알려줄 수 있으리라 기대했던 것이다.

사무엘은 사울을 만나자마자 장차 이스라엘의 임금이 될 인물임을 알아보았다. 그는 기름병을 가져와서 축복의 표시로 사울의 머리에 기름을 붓고 입을 맞췄다.

며칠 뒤 사울은 잃어버린 암나귀들을 찾았고, 임금으로 선포되었다.

5

사울은 다시 필리스티아인들과 싸우기 위해 군사를 모았다. 싸움은 치열하고 혹독했다. 병사들이 지쳤으나 사울은 적들을 모두 쳐부술 때까지는 누구도 무엇이든 먹지 않으리라고 맹세했다.

사울의 아들 요나탄은 아버지 편에서 싸우고 있었지만 자신의 말에 줄을 매느라 아버지의 맹세를 듣지 못했다. 그래서 부하들과 숲을 가로질러 갈 때 나뭇가지에서 꿀이 떨어지는 것이 보이자, 누가 말릴 틈도 없이, 손가락으로 꿀을 찍어 먹었다.

그러는 동안에도 전투는 계속되었고, 사울은 전투의 결과를 미리 알고자 하느님을 찾았다. 하지만 하느님께서 침묵하시자 예언자는 누군가가 사울의 맹세를 깼다고 추정했다. 사울은 전투가 끝나면 그 죄인을 죽이겠다고 선언했다.

마침내 전투가 끝났을 때 사울은 그 죄인이 자신의 아들임을 알게 되었다. 하지만 그는 처벌을 취소하려 하지 않았다.

다른 이들이 요나탄을 구해냈다. 그들은 요나탄의 용기를 높이 샀기에 그에게 가해질 형벌에 있는 힘껏 반대하여 요나탄이 죽음을 면하게 했다.

6

이후 몇 달 동안 이스라엘 군대는 사방에서 승리를 거두었다. 모압, 암몬, 에돔, 초바 그리고 필리스티아를 모두 무찔렀다. 이제 약속의 땅을 모두 탈환하기 위해서는 아말렉과의 싸움만 남았다.

사울은 하윌라에서부터 이집트와 마주한 수르의 입구까지 아말렉을 쫓아가 결국 아말렉 임금 아각을 살해했다. 그리고 병사들에게 전리품을 모으게 했다. 하지만 사울은 율법이 정한 대로 가장 좋은 가축들을 하느님께 봉헌하지 않고 부하들과 나누어 가졌다. 이 때문에 하느님은 사울을 내치셨다. 사울은 여전히 임금이었지만 허울뿐인 임금으로 남았다.

7

하느님은 사무엘에게 사울을 대신할 사람을 찾아보게 하셨다. 베들레헴에 있는 이사이라는 사람의 집에 가서 그의 네 아들 가운데 하나를 고르라고 하셨다.

이사이의 집에 간 사무엘은 예의를 차려 인사를 나눈 뒤에, 엘리압, 아비나답, 삼마까지 이사이의 아들들을 차례로 만났으나 하느님께서는 별말씀이 없으셨다. 마지막은 막내 다윗이었다. 다윗은 잘생긴 소년이었다. 눈빛이 다정했고 머리는 다갈색이었다. 다윗은 풀밭에서 양을 치다가 내려오는 길이었다. 풀밭에 있을 때는 무화과나무 그늘에 앉아서 양들을 지켜보며 비파를 연주했다. 하느님은 즉시 다윗을 선택하셨다. 사무엘은 기름병을 가져와 축복의 상징으로 다윗의 머리에 기름을 붓고 입을 맞췄다.

8

하느님에게 버림받은 뒤로 사울은 악령에 시달렸다. 밀려오는 회한으로 침울해지지 않는 날이 없었다.

그의 영혼을 달래고자 시종들이 다윗을 불러들였다. 다윗의 음악이 사울에게 도움이 되리라 기대했기 때문이다. 실제로 다윗이 악기를 들고 연주를 시작하면 사울은 곧 긴장이 풀리고 얼굴에 드러나던 번민도 사라졌다. 다윗이 연주하는 음 하나하나가 사울의 마음에는 위안이 되었고, 나쁜 생각을 모두 사라지게 했다.

9

다윗은 빠르게 사울과 가까워졌다. 하루는 그들이 필리스티아인들과 싸우러 테레빈 골짜기로 떠났다. 그곳에 다다르니 적군의 대열에서 골리앗이라 불리는 거인이 앞으로 나왔다. 몸통에는 비늘갑옷을 두르고, 다리에는 청동 각반을 차고, 허리에는 초승달처럼 길게 휜 검을 매달고, 손에는 무게가 육백 세켈[1세켈은 약 11그램] 나가는 철로 만든 창을 들고 있었다. 거인은 사울의 부하들에게 와서 그들을 도발했다. 이런 장면이 사십 일 동안 계속되었지만 사울의 병사들 중에는 이 거인을 대적할 이가 아무도 없었으므로, 다윗이 거인의 도전에 응하기로 했다.

다윗이 이 싸움을 이긴다는 것은 불가능해 보였다. 골리앗이 손에 검을 들고 공격하자 사울은 차마 다윗이 죽는 모습을 볼 수 없어 고개를 돌렸다.

그런데 다윗은 떨지도 않고 주머니에서 돌멩이 하나를 꺼내 옷에 문질러 닦더니 새총에 끼워 골리앗을 향해 쏘았다. 돌멩이가 날아가 이마 한가운데를 맞히자 골리앗은 정면으로 땅바닥에 쓰러졌다.

거인은 그렇게 죽었다.

10

다윗이 승리하자 사울은 시기에 눈이 멀었다. 그는 온갖 수단을 동원하여 다윗을 제거하려 했다. 어느 아침, 다윗이 비파를 연주하고 있는데 사울이 창을 들어 다윗을 향해 던진 일도 있었다. 다윗은 기적적으로 창을 피해 살아남았다.

힘으로 원하는 바를 이룰 수 없게 되자 사울은 술책을 쓰기 시작했다. 그는 막내딸 미칼이 다윗에게 반했고 다윗 또한 그녀의 아름다움에 무심하지 않다는 것을 알아챘다. 그리고 다윗이 양을 치는 평범한 집안 출신이기에 임금의 딸에게 청혼할 수 없다는 것도 알았다. 그래서 사울은 이렇게 제안했다.

"네가 필리스티아 사람 백 명의 가죽을 벗겨서 가져오면 내 딸의 손을 네게 건네주겠다."

다윗은 여러 날을 싸웠고 필리스티아 사람 이백 명을 죽였다. 사울은 몹시 화를 내며 괴로워했다. 다윗이 필리스티아인들과 싸우다 죽기를 바랐던 것이다. 하지만 이제 다윗에게 자신의 막내딸을 내어주고 둘을 결혼시켜야 했다.

11

다윗에 대한 사울의 증오는 시간이 흐를수록 더욱 커져만 갔다.

어느 밤에, 임금은 다윗이 머무는 곳으로 병사들을 보내어 그를 죽이려 했다.

하지만 미칼은 이불 밑에 옷과 수건을 넣어 남편이 침상에 누워 있는 듯 보이게 했다.

병사들이 다윗의 침상에서 미칼의 술책을 발견했을 때 다윗은 이미 달아나 사무엘의 집에 피신해 있었다.

12

얼마 뒤 사무엘이 죽자, 다윗은 아둘람 동굴 근처의 산으로 들어가 몸을 숨겨야 했다. 그의 가족과 친구들도 지체하지 않고 그에게로 왔다. 그곳에서 다윗은 사울이 미칼을 다른 남자와 재혼시켰다는 소식을 듣게 되었다.

이제 다윗은 방랑과 도주의 삶을 시작했다. 필리스티아인들과 싸워야 했고 사울의 부하들에게서 벗어나기 위해 술책을 부려야 했다.

어느 날 다윗이 부하들과 사막을 걷고 있을 때, 그곳에서 멀지 않은 곳에 나발이란 자가 살고 있음을 알게 되었다. 나발은 가축을 수천수만 마리나 소유한 큰 부자였다. 다윗과 부하들은 여러 날 굶었기에 나발에게 사람을 보내 먹을 것을 좀 달라고 부탁했다. 하지만 나발은 거칠고 억센 사람이어서 그들을 쫓아버리고 욕을 했다. 그리하여 다윗은 부탁 대신 칼의 힘으로 먹을 것을 얻어내기로 했다.

나발의 부인 아비가일은 자기 남편이 어떻게 행동했는지를 알고 음식을 많이 준비해서 다윗을 찾아갔다. 그리고 그 모든 음식을 다윗과 부하들에게 주면서 남편을 살려달라고 부탁했다.

이 일을 알게 되었을 때 나발은 쓰러지고 말았다. 그의 심장이 돌처럼 굳어 즉시 죽어버렸다.

며칠 뒤, 아비가일은 다윗의 아내가 되었다.

13

다윗이 피신해 있던 산 밑에 사울이 와서 진을 쳤다. 어느 밤에, 경비와 병사가 많았음에도 다윗은 왕의 장막에 들어가는 데 성공했다.

그들은 모두 졸거나 자고 있었으므로 다윗이 사울을 죽이기는 쉬운 일이었다. 그러나 다윗은 사울의 창과 물통을 훔치는 것으로 만족했다.

다윗이 자신을 죽일 수 있었음에도 죽이지 않은 것을 깨닫고 사울은 수없이 변명을 늘어놓으며 그와 화해하려고 했다.

하지만 다윗은 이미 피신해 있던 산으로 돌아간 후였다.

14

곧이어 필리스티아인들이 다시 군사를 모았다.

그들의 수가 많은 것을 보고 당황한 사울은 전투의 결과를 알고자 하느님께 아뢰었으나 지난번과 마찬가지로 하느님은 사울에게 아무 말씀도 하지 않으셨다. 사울은 엔도르에 사는 무당을 찾아갔다.

무당은 자욱한 연기 속에서 사무엘의 유령이 나타나게 했다. 하지만 사무엘은 사울에게 암울하고 불길한 말만 해줄 뿐이었다. 하느님은 이미 사울에게서 돌아섰으므로 하느님의 지지를 기대하는 것은 헛일이라는 것이었다.

전투가 시작되자 전세는 빠르게 필리스티아인들에게 유리하게 흘러갔다. 궁지에 몰린 사울과 그 아들들은 길보아산으로 피신했다.

그곳에서 사울은 자신이 길을 잃었으며 하느님께서 그를 버리셨음을 깨닫고 칼끝에 스스로 몸을 던져 목숨을 끊었다.

그의 세 아들 또한 아버지를 따라 죽었고 승리한 필리스티아인들은 이스라엘의 온 땅에 침입했다.

15

다윗은 사울과 요나탄이 죽었다는 소식을 듣고 자기 옷을 찢었다. 그와 함께 있던 이들도 모두 그렇게 했다. 다윗은 눈물을 흘리며 한탄했고 저녁이 되도록 음식을 입에 대지 않았다. 그는 사울을 기리는 기나긴 애가를 지어 깊은 감정을 담아 온 힘을 다해 노래했다.

그런 뒤에 다윗은 축성을 받고 임금이 되었다.

하지만 칠 년 반 동안 다윗은 나라의 일부만 다스렸다. 사울의 장군 아브넬과 사울의 막내아들 이스보셋이 다윗의 권력이 이스라엘 전체로 확장되는 것을 막았기 때문이다.

다윗은 자신의 권위를 완전하게 확립하기 위해 수많은 전투를 치러야 했으며 오랫동안 어떤 승리자도 뚜렷이 드러나지 않았다. 그러던 중 하루는 다윗의 진영과 상대 진영이 기브온 벌판에서 맞붙게 되어 각기 열두 전사가 나와서 대결했다. 그들은 저마다 적의 머리를 잡고 옆구리를 칼로 찔러 쓰러뜨렸다. 그렇게 모두가 죽었다.

16

마침내 다윗의 군대가 승기를 잡았다.
그의 영광이 조금이라도 퇴색하지 않도록 다윗은 여전히 여부스족이 차지하고 있는 예루살렘을 해방하기로 결정했다.
예루살렘 주민들은 난공불락의 도성을 자랑하면서 눈먼 이들과 다리 저는 이들만으로도 다윗의 군대를 무찌를 수 있다고 장담했다. 하지만 다윗은 어렵지 않게 예루살렘을 함락했다. 다윗은 이 승리가 전능하신 하느님이 거둔 승리임을 알고 있었으므로 자신의 군대와 함께 예루살렘으로 들어갈 때 하느님의 궤를 가지고 갔다.
다윗은 하느님께 영광을 돌리고자 황소와 살진 송아지를 잡아 제사를 올렸다. 거룩한 사제의 옷으로 갈아입고 북과 비파와 하프와 심벌즈 소리에 맞추어 춤을 추었다.
거대한 군중이 계약의 궤와 다윗을 맞이하며 환호했다. 다윗은 뿔피리 소리에 맞추어 빙빙 돌았다. 단도의 날처럼 내리꽂히는 햇살 아래서 다윗은 이스라엘의 모든 남녀에게 빵과 고기와 과자를 나눠 주었다.
그리고 모두가 자기 집으로 돌아갔다.

17

그런 뒤에 전투가 연이어 벌어졌다.
우선 필리스티아와 싸워 다윗이 승리를 거두었다. 그다음엔 초바의 임금과 다마스쿠스의 아람인들에 맞서 싸웠다. 다윗이 늘 전투에 직접 나선 것은 아니었다. 그의 군대가 암몬인들에 맞서 싸울 때도 다윗은 예루살렘에 머물면서 나라 안의 여러 일을 처리했다.
하루는 다윗이 궁의 정원을 거닐며 쉬고 있는데, 오후의 금빛 햇살을 받으며 한 여인이 목욕하는 모습이 눈에 띄었다. 몹시도 아름다운 그 모습에 다윗은 숨이 막혀 한동안 움직이지도 못할 지경이었다. 마치 어떤 신비로운 힘이 그를 붙잡아서 다리를 움직이거나 고개도 돌리지 못하게 하며 눈동자조차 다른 곳을 바라보지 못하게 하는 듯했다. 다윗은 오래도록 성벽 뒤에 숨어서 틈새로 그 여인의 몸에 흐르는 물방울과 반짝이는 햇빛을 감탄하며 바라보았다.
다윗은 침소로 돌아와 시종을 통해 그 여인이 우리야의 아내 밧세바임을 알게 되었다.
그녀에게 이미 남편이 있음을 개의치 않고 다윗은 그녀를 궁으로 불러오게 했다. 그리고 그녀가 다시 집으로 돌아갔을 때는 이미 또 다른 하루가 시작되었다.

18

그렇게 여러 밤이 지났다. 그리고 밧세바는 다윗의 아이를 갖게 되었다.

다윗은 망신을 당하고 싶지 않았고, 또한 자신의 아이가 다른 남자의 손에 키워지는 일도 원치 않았다. 그래서 이제는 자신과 잠자리를 계속 같이하는 여인의 남편을 제거하기로 했다.

다윗은 다음번 전투에서 우리야를 전열의 선두에 세워 전장에서 돌아오지 못하게 하라고 장군들에게 명령했고, 실제로 그렇게 되었다.

밧세바는 남편의 죽음을 애도했고 장례 기간이 끝나자 다윗은 그녀를 자기 궁으로 맞아들였다. 모두의 눈에 밧세바는 이미 다윗의 아내가 된 것으로 보였다. 그리고 얼마 지나지 않아 결국 다윗의 아들을 낳았다.

이 모든 일이 하느님의 마음에 들지 않았다. 하느님은 나탄을 부르시어 다윗에 대한 하느님의 분노를 알리게 하셨다.

"어떤 부자가 있었습니다. 그에게는 양이 아주 많았지요. 어느 날 이 부자가 양이라곤 말라빠진 암양 한 마리밖에 없는 가난한 사람을 자기 집에 맞아들이게 되었습니다. 그런데 자기 양을 잡지 않고 그 가난한 사람의 암양을 잡아서 식사를 대접했다면 임금님은 뭐라고 하시겠습니까?"

예언자의 이야기를 들은 다윗은 부자의 이기심에 분노하며 반감을 표시했다. 하지만 나탄은 다윗이 입을 다물게 만들었다.

"임금님이 바로 이 부자입니다. 하느님께서는 임금님에게 힘과 승리와 권력과 부인들과 건강한 아이들을 모두 주셨습니다. 그런데 임금님은 우리야에게 있던 두 가지, 즉 그의 목숨과 아내를 모두 빼앗았습니다. 이 여인이 낳은 아이는 곧 죽으리라는 것만 알아두십시오."

예언자의 말은 그대로 이루어졌다.

19

다윗이 여러 아내를 통해 얻은 여러 자식들 가운데 압살롬이 가장 매력적이었다. 그는 참으로 준수했다. 그에게는 두 필의 백마가 끄는 전차가 있었고 경비대도 있었다. 더욱이 그는 백성의 불평을 귀담아들음으로써 그들로부터 존경받는 법을 알았다. 매일 아침 일찍 일어나, 억울한 이들이 불만을 토로할 수 있도록 법정 문 앞에 서 있었다.

압살롬은 오랫동안 귀를 기울여 한 사람의 이야기를 들은 뒤에 잠시 생각하고 자신의 말로 그 사람의 사정을 정리하곤 했다.

"그러니까 그대의 입장은 정당하다. 그러나 여기서 그대의 이야기를 들어줄 사람이 있을 리 없다. 아! 내가 판관이라면 이 법정에 오는 모든 이에게 합당한 정의로운 판결을 내려줄 텐데!"

얼마간 시간이 흐른 뒤, 압살롬은 억울한 이들의 불만을 더욱 자극하고 그들을 한데 모아 별로 어렵지 않게 자신의 군대를 이루었다. 그런 다음 자신을 이스라엘의 임금으로 선언하고 아버지 다윗에게 전쟁을 선포했다.

아버지 다윗과 아들 압살롬 사이에 수많은 전투가 벌어졌다. 하지만 다윗의 장군들이 더 강했다. 그들은 대부분의 전투에서 승리했고 압살롬의 군대를 쳐부쉈다. 압살롬은 에프라임 숲에서 자신의 백마를 타고 달아나다가 커다란 참나무 가지에 머리가 걸리는 바람에 붙잡혀 포로가 되었다. 압살롬을 수중에 넣은 다윗의 장군들은 그의 심장에 화살을 세 발 쏜 뒤에 비수를 꽂아 그를 죽였다. 그리하여 이제 준수한 압살롬의 모습은 다시 볼 수 없게 되었다.

20

다윗은 죽을 때가 가까워 대부분의 시간을 침상에 누운 채로 보냈다. 젊은 시녀가 헌신적으로 그를 돌봤다. 그녀는 다윗에게 죽과 약을 먹이고 이불을 덮어주어, 늙은 몸의 뼛속까지 스며들어 가실 줄 모르는 추위를 쫓아주었다.

압살롬의 동생 아도니야는 아버지의 기력이 쇠하자 왕좌를 차지하려고 음모를 꾸몄다. 그는 형을 닮아서 체격이 크고 외모가 준수했을 뿐 아니라 전차와 쉰 명의 병사로 구성된 경비대도 가지고 있었다. 아도니야가 이동할 때면 이 경비대 병사들이 앞서 달렸다. 아버지가 그리 오래 살지 못하리라고 확신한 아도니야는 왕위에 오르고자 자신의 지지자들을 불러 모았다. 하지만 그는 밧세바를 고려하지 않았다. 첫 아이가 죽은 뒤 하느님께서는 밧세바를 위로하시려고 또 다른 사내아이를 주셨다. 솔로몬이라 불린 이 아이 또한 이미 장성한 터였다. 그리고 다윗은 마지막 숨을 내쉬면서 솔로몬에게 왕위를 물려주었다.

군중이 아도니야를 임금으로 추대했을 때, 그는 자기가 훌륭한 계략을 세웠다고 생각했다. 하지만 그의 어설픈 술책은 결국 아도니야 자신과 그 측근들의 피를 흘리게 하는 것으로 마무리되었다.

이렇게 해서 머지않아 대왕이라고 불리게 될 솔로몬의 기나긴 치세가 시작되었다.

솔로몬 Salomon 지혜의 왕

하루는 젊은 임금 솔로몬이 기브온에 가서 머물렀다. 한밤중에 솔로몬이 잠들었는데 하느님께서 그에게 나타나 물으셨다.

"지혜? 그것이 네가 원하는 모든 것이냐?"

"네, 그렇습니다. 하느님, 그것이 저의 가장 큰 소원입니다. 힘은 강한 군대를 통해 쉽게 얻어집니다. 재산은 기발한 재주를 통해 쉽게 얻어집니다. 하지만 지혜는 오직 시간이 흘러야만 얻을 수 있습니다. 저는 아직 너무 젊습니다."

다윗에게서 왕좌를 물려받은 지 얼마 되지 않은 솔로몬은 하느님께 이렇게 말씀드렸다.

"네 소원이 나를 영광스럽게 하는구나. 네가 나의 계명과 율법에 순종한다면, 나는 너에게 지혜롭고 슬기로운 마음을 주겠다. 또한 네가 나에게 요구하지 않은 무병장수와 부귀영화까지 더하여 주겠으니, 너와 같은 임금은 이전에도 없었고 앞으로도 없을 것이다."

이 말씀을 마치시고 하느님은 솔로몬의 꿈을 떠나셨다.

솔로몬의 지혜에 대한 명성이 그의 왕국과 그 백성들 사이에 빠르게 퍼져나갔다. 그리하여 사람들은 해결할 수 없는 분쟁이 일면 으레 솔로몬을 찾아와 지혜로운 판결을 요청하게 되었다.

어느 날, 두 여자가 솔로몬의 궁에 찾아왔다. 한 여자는 가슴에 젖먹이 아기를 안고 있었다. 이 여자가 다른 여자를 가리키며 말했다.

"임금님, 저 여자와 제가 같은 집에 살았는데, 우연히도 같은 날 아기를 낳았습니다. 얼마 뒤에, 정말 불행하게도 저 여자의 아기가 밤중에 죽어버렸습니다. 그런데 제가 잠을 자는 동안에 저 여자가 제 옆에서 자고 있던 아기를 데려가고 죽은 아기를 그 자리에 두었습니다. 잠에서 깨어 아기에게 젖을 먹이려다 저는 그 아기가 제가 낳은 아기가 아니라는 것을 단박에 알아보았습니다."

그러자 다른 여자가 울부짖으며 말했습니다.

"아니에요, 그건 사실이 아닙니다. 저 여자는 뱀처럼 거짓말을 하고 있어요! 내 아들은 살아 있고 죽은 건 저 여자의 아들입니다. 죽어서 이 궁의 성벽을 지은 돌덩이처럼 굳어버렸죠."
"아닙니다, 저 말은 다 거짓입니다. 제 아들은 살아 있습니다. 산에서 흘러내리는 시냇물처럼 생생하게 살아 있답니다. 이 여자야, 고통 때문에 눈이 멀었구나. 네 아이는 이제 이 세상에 없단다."
이 말을 들은 두 번째 여자가 첫 번째 여자에게 달려들어 아기를 빼앗으려 했다. 임금은 손을 들어 두 여자를 서로 떼어놓게 했다. 그리고 오랫동안 두 여자를 살펴보고, 여전히 주름 없이 매끈한 자기 얼굴을 쓰다듬으며 깊이 생각했다. 그런 다음 커다란 왕관을 고쳐 쓰고, 키가 2미터에 가까워 거인 같아 보이는 경비대장에게 명령했다.
"그대의 칼로 저 아기를 반으로 갈라 두 여자에게 절반씩 나누어 주어라!"
임금이 이렇게 명령을 내리자마자 임금에게 처음 아뢰었던 여자가 먼저 땅에 무릎을 꿇고 흐느끼며 말했다.
"임금님, 차라리 아기를 저 여자에게 주십시오. 제발 아기를 죽이지만 말아주십시오!"
그러자 다른 여자도 울부짖으며 소리쳤다.
"어림없는 소리! 임금님이 말씀하셨으니 그렇게 해야지! 너랑 나랑 반반씩 갖는 거야!"
솔로몬이 다시 팔을 들었다.
"살아 있는 아기를 첫 번째 여자에게 주어라. 아기를 죽이지 마라. 그녀가 바로 아기의 어머니이기 때문이다. 아기를 죽게 하느니 차라리 살아 있는 아기를 잃는 편이 낫다고 여기는 사람이 그 아기에 생명을 준 사람일 것이다."
이렇게 해서 문제가 해결되었다. 솔로몬의 판결은 지성과 지혜로 가득해서 그의 명성이 이스라엘 왕국의 경계 너머로까지 멀리 퍼져나갔다.

이때부터 사람들이 솔로몬의 이름을 말할 때는 늘 '대왕'이라는 칭호를 붙이게 되었다. 그는 이스라엘이 늘 기다려온 임금인 것 같았다.

솔로몬은 이웃 나라들과 교역을 했다. 온갖 종류의 물건이 거래되었고 이스라엘 민족은 번성했으며 바닷가 모래알처럼 인구가 늘었다.

솔로몬은 삼나무와 구리와 금으로 거대한 성전을 지었다. 성전에 비친 빛이 어찌나 환한지 수천 미터 떨어진 이웃 지방에까지 보일 정도였다. 창조주와 이스라엘 민족이 맺은 계약을 상징하는 계약의 궤가 이 성전 안에 모셔졌다.

솔로몬은 존재하는 모든 것의 이름을 댈 수 있었다. 그는 온 세계의 동물과 식물을 알았고 그것들을 노래했다. 이를 통해 그가 늘 찬양하는 대상은 하느님이었다.

그가 하는 모든 것이 그토록 강렬하게 빛났으므로 그의 명성은 스바의 여왕에게까지 알려졌다.

솔로몬을 찬양하는 말들이 여왕의 부드럽고 섬세한 귓가를 맴돌다가, 귀를 아름답게 꾸민 보석과 귀걸이 사이로 빠져나가 결국엔 그녀의 마음에 이르렀다.

스바의 여왕은 솔로몬의 위대함이 사실인지 헛된 과장인지, 직접 알아보러 가기로 결심했다. 시간과 거리와 바람이 말들을 뒤섞어 그 의미가 왜곡되는 것을 이미 많이 본 터였다.

여왕은 경비를 많이 들여서 여행을 준비했다. 낙타와 코끼리에 안장을 얹고 수많은 보물과 다양한 향신료, 고운 향수와 깊은 바다나 높은 산꼭대기에서만 발견되는 보석들을 실었다.

뿔나팔과 뿔피리 소리가 울려 퍼졌고 사람들이 북을 쳤다.

여왕은 가장 아름다운 장신구로 치장하고, 복잡한 자수가 놓인 옷을 입고, 아주 귀한 향수를 뿌렸다.

그토록 호화로운 행렬이 사막의 모래를 밟고 산을 넘고 암벽을 지나는 모습은 일찍이 본 적이 없었다.

기나긴 여정 끝에 스바의 여왕은 예루살렘의 성문을 지났다.

그 아름다움에 매혹된 군중이 몰려들었다.
솔로몬은 여왕을 자신의 궁으로 맞아들였다.
여왕의 아름다움은 임금의 영혼을 강타하고 그의 가슴 깊은 곳에 짙은 인상을 남겼다.
여왕은 시간과 거리와 바람이 모든 면에서 말들을 뒤섞었음을 깨달았지만, 이는 그녀가 발견한 위대함을 살짝 바꿔놓은 것에 지나지 않았다.
여왕은 가져온 선물들을 솔로몬에게 내주었다.
거기에는 오피르의 금이 있었다.
반짝이는 다이아몬드가 있었다.
눈을 멀게 할 듯 새하얀 상아가 있었다.
몰약과 사향과 유향이 있었다.
사프란 같은 온갖 향료가 있었다.
쓰촨의 흑후추도 있었다.
두 사람은 밖으로 나가지 않고 궁 안에서만 여러 날을 머물렀다.
솔로몬이 지닌 지혜의 깊이를 가늠하려고 스바의 여왕은 수많은 난제로 그를 시험했다.
그녀가 묻는 물음에 솔로몬이 답하지 못한 것은 하나도 없었으며, 그는 오히려 모든 주제를 명확하게 해주었다.
누구도 전혀 알지 못하는 다른 일들에 대해서도 마찬가지였다.
시인들이 노래하는 것은 막지 못할지니.
스바의 여왕과 솔로몬 임금의 사랑 노래.
노래 중의 노래, 아가雅歌.

아가, 노래 중의 노래 chansons

여자

오! 나의 사랑, 나는 날 때부터 당신을 찾아 헤맸으나

오랜 세월 당신을 만나지 못했으니

당신은 거리에도, 광장에도, 도시의 성벽에도 있지 않았어요.

나는 오래도록 내가 마주치는 사람들에게서나 당신 동무들의 입술에서

당신의 이름이 불리는 소리를 들을 수 있기를 바랐으니

오! 이제 일어서서 나를 이끌어주세요, 우리 떠나요, 함께 달려요!

남자

참으로 고운 그대, 그대는 나의 사랑, 내 풀밭의 암사슴!

그대 두 눈은 비둘기라오,

그대 머리채는 길앗산의 비탈을 물결치듯 내리닫는 양떼,

그대 치아는 맑고 차가운 강물을 거스르는 암양들,

그대 입술은 진홍색 명주실,

그대 뺨은 금빛으로 물들어 갈라진 달콤한 석류.

그대 가슴은 변덕스러운 흰 아기노루이니

나는 그 노루를 길들이려 하오.

그대는 내가 기다려온 여인이오,

그대는 골짜기의 백합,

비밀의 정원,

아는 이 없는 샘이라오.

여자

당신의 머리칼은 옅은 순금색,

당신의 눈은 우유에 몸을 적시는 노루,

당신의 뺨은 갓 꺾어 온 풀 내음이 나요.

당신의 다리는 흰 대리석 기둥

당신의 배는 청옥으로 뒤덮인 거대한 상아.

그대는 나의 연인,
오랜 세월 내가 찾아 헤맨 그대여,
오늘 어떤 향기가 나를 사로잡으니, 나는 그것이 당신 이름인 줄을 알아요.
나를 봐요, 나와 함께 가요, 우리 달아나요.

남자
우리의 침대는 푸른 초목의 보석상자,
우리의 이불은 푸른 밀밭,
그리로 개울 하나가 가로지른다오.

여자
나의 연인은 숲속 나무 사이에 선 한 그루 사과나무 같으니
나는 그 그늘로 스며들기를 좋아해요
나의 궁전에서 그 달콤한 열매를 맛보고 싶어요.

남자
나의 머리는 이슬로 덮였다오.
물결치는 나의 머리털에 밤의 물방울이 맺혔으니
내게 열어주오, 나를 들여보내주오.
여인 중에 가장 아름다운 이,
가장 완벽한 존재의
탄생을 지켜본 그 집 안으로.

여자
우리 사랑은 소중한 보물
한 집안의 재산으로도 살 수 없어요.
우리 사랑은 타오르는 불꽃
어떤 강물로도 끌 수 없어요.
당신은 같은 젖을 먹고 자란 형제와 같아
내가 가진 모두를 드릴게요.
당신 잔에 달콤한 포도주를 따를게요.
오! 나의 연인, 어떤 향기가 나를 사로잡으니, 나는 그것이 당신이 이름인 줄을 알아요.
나를 안아요, 나를 데려가요, 우리 떠나요!

솔로몬의 치세는 찬란했다.
하지만 그의 죽음 뒤에 일어난 분란은 그의 영광을 퇴색시켰다.
그에게 있던 여러 아내는 그의 믿음을 빗나가게 했고
과중한 세금과 부역은 백성들의 원성을 샀다.
이 모두가 다툼과 분쟁과 전투로 이어지고
결국 왕국은 둘로 나뉘어
한쪽에는 이스라엘, 다른 쪽에는 유다가 세워졌다.
수많은 임금이 뒤를 이어 왕위에 올랐다.
예로보암, 르하브암, 아비얌,
아사, 바아사, 엘라,
나답, 지므리, 오므리…
그리고 아합 임금의 시대에 이르러 예언자 엘리야가 등장했다.
우리의 이야기는 그로부터 다시 시작한다.

엘리야

먼 옛날 이스라엘 왕국에 음흉한 임금과 잔인한 왕비가 살았다.
임금의 이름은 아합이고, 왕비는 이제벨이라 불렸다. 임금이 왕비를 맞아 결혼한 이후로 왕비는 자신의 아름다움과 재간을 이용해 끊임없이 임금의 믿음을 엇나가게 했다. 그녀는 되풀이해서 말하곤 했다.
"숭배해야 할 신은 바알이에요. 바알만이 유일한 신이라고요!"
바알을 섬겨야 한다는 의지가 너무도 확고했으므로 왕비는 왕국 안의 사제를 모두 살해했다. 백성들에게는 죽음을 면하고 싶다면 이 새로운 신을 경배하라고 강제했다.

먼 옛날 이스라엘 왕국에는 엘리야라는 하느님의 예언자가 있었다. 엘리야는 하느님의 이름으로, 왕궁에 있는 아합 임금을 찾아갔다. 임금은 오래 기다리게 한 뒤에야 엘리야를 맞아들였다. 엘리야는 하느님이 벌을 내리실 테니 이제부터 이스라엘 왕국에 비가 한 방울도 내리지 않을 것이라고 선포했다. 임금은 그제야 엘리야에게 관심을 보였다.
"비가 한 방울도 내리지 않는다?" 아합 임금은 근심이 드리운 표정으로 입을 열었다. 하지만 곧 엘리야를 조롱하듯 농담을 던지며 웃음을 터뜨렸다. "음, 그럼 우리는 포도주를 마시겠네…."
임금은 예언자를 돌려보냈다. 궁정 대신들의 야유가 쏟아졌다.

엘리야는 가뭄을 피하고자 도시에서 멀리 떠나 개울 가까운 곳으로 갔다. 그곳은 물이 무척이나 세차게 흐르고 있어서 물이 마르는 날이 오리라고는 상상하기 어려웠다. 엘리야는 이끼 낀 바위에 둘러싸인 그늘진 곳에 자리를 잡았다. 시원하고 아늑했으며, 원할 때면 언제든 물을 마실 수 있었다. 여기서는 나물을 뜯고 저기서는 열매를 모아서 먹을 것을 마련했다. 제대로 된 식사를 하고 싶을 때는 손가락을 입에 물고 휘파람을 불었다. 그러면 온갖 종류의 새들이 지저귀며 날아와 먹거리를 물어다 주었다.
하지만 하느님께서 이스라엘 왕국을 벌하려 내리신 가뭄 탓에 엘리야의 개울도 차츰 물살이 약해지더니 언젠가부터는 바위 사이로 찔끔찔끔 흐르는 물이 전부가 되었다. 그러다 결국에는 개울 바닥의 돌멩이까지 완전히 말라버렸다. 땅도 모두 갈라져 어떠한 식물도 자라지 못하고 새도 점점 드물어졌다.
엘리야는 먹을 것을 찾아 길을 나섰다. 처음으로 발을 디뎌보는 사막 지방을 가로질러 며칠을 걷다가, 어느 아침에 오두막을 발견하고 그리로 갔다. 가서 보니 한 젊은 여인이 땔감을 줍고 있었다. 검은 옷을 입은 것을 보니 남편이 죽은 지 얼마 되지 않은 과부라는 걸 알 수 있었다. 뜨거운 열기 속에서도 재빨리 일을 해나가는 그녀의 모습에 엘리야는 탄복했다.

먼지를 뒤집어쓴 채 걸어오는 엘리야를 보고 과부는 그가 배고프고 목마르다는 것을 알았다. 과부가 그를 집 안으로 맞아들여, 엘리야는 이제 과부의 어린 아들과 함께, 벼락을 맞아 쓰러진 고목의 둥치 안에서 머물게 되었다.

과부는 곧 엘리야의 시중을 들었다.

"저를 나무라지 마세요. 저에게는 우물이 있으니 물을 드릴 수는 있지만, 먹을 거라고는 기름 조금하고 밀가루 한 줌밖에는 남지 않았습니다. 제가 이 밀가루를 아들을 위해 남겨둔다고 해서 기분 나쁘게 여기지 않으셨으면 해요. 아이가 지금 너무 허약해진 상태거든요."

과부가 이렇게 말하자, 병약하고 숫기가 없어 보이는 아이가 와서 과부의 다리에 매달렸다. 엘리야가 과부에게 일렀다.

"걱정하지 마시오.
기름과 밀가루를 섞어
보기 좋고 맛도 좋은 빵을 구워서 가져오시오.
하늘에서 빗방울이 떨어질 때까지
밀가루 항아리는 절대 비지 않을 것이며
기름 단지는 절대 마르지 않을 것이오."

정말로 엘리야가 과부의 집에 머물며 신세를 지는 동안은 물론, 나중에 그가 떠난 뒤에도 밀가루도 기름도 떨어지지 않았고 그들은 주린 배를 채울 수 있었다.

여러 주가 지나고 엘리야는 다시 왕궁으로 향했다. 가뭄으로 황폐해진 풍경을 보며 며칠을 걸어야 했다. 온 땅이 먼지에 뒤덮인 듯했다. 엘리야는 이 가뭄을 통해 아합과 이제벨이 지난날의 잘못을 뉘우치고 거짓 신에 대한 경배를 멈추었으리라 기대했다. 하지만 하느님이 보내신 시련과 왕국에 닥친 고난에도 임금과 왕비 모두 여전히 완고하게 바알을 찬양하고 바알에게 봉헌하는 새 제단들을 지으라고 명령했다.

이 무분별한 임금과 왕비를 보고 엘리야는 한 가지 제안을 했다. 오랫동안 비가 오지 않아 왕국 전체가 불행에 빠져 있으니 신에게 어린 황소를 제물로 바치면 어떻겠느냐는 것이었다. 그래서 각자 장작을 쌓고 자기 신에게 불을 내려달라고 했을 때 정말로 불이 내려오는 이적이 일어난다면 그가 믿는 신을 참된 신으로 인정하자고 했다. 아합과 이제벨은 확고한 믿음으로 이 제안을 받아들였다. 바알은 가장 강한 신이 아니던가? 임금은 바알을 섬기는 사백 명의 사제를 카르멜산으로 불러 모을 텐데 그곳에서 이 비렁뱅이 같은 엘리야가 그들을 대적할 수 있겠는가? 예정된 날이 되자 이적을 직접 목격하려는 군중이 사방에서 몰려들어 임금이 쌓아 올린 거대한 장작더미를 둘러쌌다. 사백 명의 사제가 여러 차례 기도를 드린 뒤에 깨끗한 어린 황소를 바알에게 바쳤다. 제사 예식이 오랜 시간 계속되었지만 장작에 불은 붙지 않고 파리만 점점 더 많이 꼬여서 제물로 바친 황소가 불결해졌다. 저녁이 되어 사제들이 하나 둘 포기하기 시작하자 이제벨은 불같이 화를 냈다. 어떻게 이럴 수가 있나? 바알은 자기 사제들의 기도를 듣지 않으시는가? 몇 점의 불꽃을 일으키도록 신을 설득하는 데 사백 명이나 되는 사제로도 충분하지 않다는 말인가?

그곳에 있던 사람들 모두가, 심지어 아합 임금마저도, 이제벨의 분노에 몸을 떨었다. 왕비가 화가 나면 얼마든지 끔찍한 일을 저지를 수 있다는 것을 모두 잘 알았기 때문이다. 엘리야가 도착하면서 살벌한 분위기가 잠시나마 해소되었다. 엘리야는 밧줄 끝에 묶인 비쩍 마른 짐승을 한 마리 끌고 와서 잔 나뭇가지를 모아 장작을 쌓았다. 그 모습을 본 왕비는 사악한 즐거움을 느끼며 웃음을 터뜨렸다.

"이게 다 뭔가? 이것이 전능하신 당신 하느님께 바치는 제사란 말인가? 이 잔 나뭇가지들을 가지고 우리를 속이려는 건 아니겠지? 바싹 말라서 뜨거운 입김 한 번만 불어도 불이 붙겠는걸!"

엘리야는 자기 믿음을 더 확실하게 입증해 보이려고 장작더미에 두꺼운 가지들을 얹고 사람들을 시켜 물을 네 항아리나 붓게 했다. 하지만 여전히 이제벨은 그를 사기꾼으로 몰아갔으므로, 엘리야는 같은 과정을 세 번 반복하여 장작더미를 흠뻑 적셨다. 이제벨의 웃음이 군중 속으로도 퍼져나갔다. 다들 왕비의 환심을 사서 그녀의 적이 되지 않으려 했기 때문이기도 하지만, 누구도 이렇게 물에 젖은 장작더미에 불이 붙을 거라고는 생각하지 않았기 때문이기도 했다.

그러나 사람들의 비웃음에도 아랑곳하지 않고 엘리야는 장작으로 만든 제단 앞에 엎드려 기도하기 시작했다. 그를 향한 조롱이 조금씩 줄고 야유도 드물어지더니, 한순간 무거운 정적이 내려앉았다. 엘리야는 다시 일어나 하늘을 향해 고개를 들고 모든 군중이 들을 수 있게 힘찬 목소리로 기도했다.

"불로 물을 덮어주소서!
불꽃으로 저의 장작을 살라주소서!
이 어리석은 이들을 잠잠하게 하소서!
그리고 온 이스라엘 땅에 비를 내려주소서!"

그러자 모든 이가 보는 앞에서 엘리야의 기도가 이루어졌다.

장작에 불이 붙었고 거대한 불길이 하늘로 치솟았다. 아합과 이제벨은 너무 놀라 할 말을 잃었다.

갑자기 번개가 하늘을 갈랐고 천둥이 울리더니 비가 오기 시작했다. 이 이적 앞에서 모두가 땅에 엎드려 절하며 엘리야를 찬양했다. 마치 앞 못 보던 이가 다시 볼 수 있게 된 것처럼, 사람들은 사제들에게 속았음을 깨달았다.

군중은 속았다는 사실에 분통을 터뜨리며 크게 동요하더니 사제들을 잡아 죽이기 시작했다. 아합과 이제벨은 경비병들의 보호를 받아 간신히 목숨을 구할 수 있었다. 그러나 사람들의 복수는 피했을지 모르지만 그들에게 닥칠 하느님의 정의로운 심판은 피할 수 없었다.

몇 달이 지나 다시 전쟁이 일어나자 아합 임금은 군대를 이끌고 전투에 나갔다가 목숨을 잃었다. 그의 군대가 전투 대형을 갖추자 적군의 궁수가 싸움의 시작을 알리려고 화살을 쏘았다. 그런데 궁수가 활을 당긴 힘과 바람의 힘이 절묘하게 결합되어 아합의 군대 너머로 날아온 화살이 평원을 가로질러 보호막 뒤에 서 있던 임금에게로 향했다. 화살은 아합의 흉갑을 가로질러 그의 살과 뼈를 꿰뚫고 마침내 그의 심장을 찔렀다.

이스라엘 사람들은 아합 임금을 무덤에 묻고 개를 풀어 땅에 흐른 피를 핥게 했다. 그 뒤로는 누구도 아합에 대해 이야기하지 않았다.

이제벨 왕비는 몇 년 동안 계속 술책을 부리며 애썼지만, 그녀도 남편보다 나은 결말을 맞지는 못했다. 사람들이 말하기로는 하이에나들이 몰려와서 그녀의 뼈를 씹어 먹었고, 그러고도 남은 시신은 두엄처럼

들에 뿌려졌다고 한다. 그녀의 남편에 대해서도 그러했듯이, 그 뒤로는 누구도 이제벨에 대해 이야기하지 않았다.

그리하여 이 이야기는 끝난 것일까?
죽은 이들을 땅에 묻고 나면
사람들은 모든 것을 잊을 수 있을까?
하지만 눈을 감아도
끔찍한 광경은 늘 눈앞에 펼쳐진다.
그것은 연기처럼 퍼져나가
우리를 불행하게 한다.
잔인한 이제벨은
완전히 제거된 것일까?
그녀의 남은 가족을 생각한다면 그렇지 않았다.
자, 여기 이제벨의 딸 아탈야가 있다.
이제 이스라엘 왕국을 다스리는 것은 아탈야의 아들 아하즈야였다.

아하즈야는 할아버지 아합처럼 온갖 수단을 동원하여 나라 안의 모든 이에게 바알 숭배를 강요했다. 또한 할아버지 아합처럼 전투에 나갔다가 죽었지만 많은 자손을 남겼다.
아들 아하즈야가 죽었다는 소식을 듣고 아탈야는 무력으로 왕좌를 차지했다. 그녀가 경비대를 자기 곁으로 부르고 나팔을 불게 하자 사람들이 그녀에게 왕관을 씌웠다. 이로써 그녀는 여왕이 되었다. 누구도 그녀의 자리를 빼앗지 못하게 하려고 아탈야는 손자들을 하나씩 죽였다. 멀리 있던 사촌들도 칼을 맞고 쓰러져야 했다.
하지만 아하즈야의 누이가 살해될 왕자들 가운데 요아스를 자기 옷 속에 넣고 가슴에 꼭 끌어안아서 구해낼 수 있었다. 아이를 낳지 못한 그녀는 조카들 중에서도 요아스를 가장 사랑해서 늘 그 곁에 머물렀고 자기 아들처럼 대했다.

이후 여섯 해 동안 그녀는 요아스와 함께 하느님의 성전에 숨어 살면서 요아스를 임금의 아들답게 키웠다. 그리고 칠 년째 되는 날 중요한 장군들을 불러 모아놓고 그들 앞에 왕자를 내보였다.
장군들은 맹세를 하고, 관습을 따라 왕의 경비대를 소집해 나팔을 울리며 어린 요아스에게 왕관을 씌운 뒤 그를 왕으로 선포했다.
성전 주위에 모인 군중은 아탈야의 굴레에서 벗어나게 되었다는 사실에 몹시도 기뻐하며 '요아스 임금'을 외쳐댔다. 이 소식을 들은 아탈야는 불같이 화를 내며 성전으로 찾아와 자신의 파면을 막으려 했으나 때는 이미 늦었다. 이스라엘 사람들이 이미 요아스에게 왕관을 씌워준 뒤였다. 아탈야는 그 자리에서 즉시 붙잡혔고, 결국 자신의 손자들처럼 칼에 맞아 죽었다.
군중은 바알의 신전으로 몰려가 제단과 신상을 깨부수고 기둥과 돌을 하나씩 무너뜨렸다. 결국 모래알은 모두 사막으로 돌아가고 남은 것은 먼지뿐이었다.

엘리사의 열두 이적

엘리야는 이제 나이 들어 쇠약해졌음을 느끼고, 젊은 목동 엘리사를 자기 곁에 두었다. 그리고 하느님의 말씀이 온 이스라엘 백성에게 늘 가닿을 수 있도록 마지막 날까지 자신의 비밀을 전수했다.

죽음이 가까이 다가오자 엘리야는 마지막으로 엘리사를 불러 평생 걸치고 다닌 먼지투성이 외투를 물려주었다. 오래되어 낡았고, 여러 번 고쳐 입은 옷으로 색도 모두 바랬다. 제대로 무두질이 되지 않은 탓에 고약한 가죽 냄새까지 진동했다. 엘리사는 엘리야에게 애정을 품고 있었음에도 옷을 받을 때는 손가락 끝으로 집어 들었다. 엘리야는 약해진 목소리로 한숨을 내쉬며 말했다.

"얘야, 네가 실망하는 것도 이해한다. 분명히 근사한 유품을 기대했을 테니 말이다."

엘리사가 대답했다.

"스승님, 저는 이 외투가 스승님께서 지니신 유일한 재산이라는 것을 잘 알고 있습니다. 그러니 스승님께 감사드립니다. 그러나 스승님의 기분을 상하게 하고 싶지는 않지만, 이 외투가 저에게는 너무 큰 것 같습니다."

"그건 걱정하지 말아라, 엘리사. 내가 장담한다. 이 옷은 너에게 꼭 맞게 될 거란다."

말을 마친 엘리야는 손을 들어 엘리사를 축복하고 숨을 거두었다.

외투를 입어본 엘리사는 자기가 처음에 했던 생각이 맞았음을 확신했다. 소매는 무릎까지 내려왔고, 걸어보려 하니 땅에 끌리는 옷자락에 발이 걸렸다.

그래도 매일 아침 외투를 걸치고 강으로 뛰어가 물에 비친 모습을 보면서 옷이 자기에게 잘 어울리는지 살폈다. 처음에는 자기 꼴을 보고 웃음을 참을 수 없었지만, 차츰 외투가 덜 커 보이고 조금씩 몸에 맞춰지는 듯했다. 그리고 마침내 엘리야가 말했던 대로 엘리사에게 딱 맞는 옷이 되었다. 엘리사는 엘리야의 가르침을 기억하고 길을 떠났다. 이스라엘의 온 땅을 가로지르며 하느님의 말씀을 그 백성에게 전하고 이적들을 행했다.

엘리사의 첫 번째 이적

엘리사는 예리코로 가기 위해 요르단강을 건너야 했다. 그런데 요르단강에는 다리가 하나밖에 없었고 엘리사가 있던 곳에서는 너무나 멀었다. 엘리사는 엘리야가 준 외투를 가지고 강물을 내리쳤다. 그러자 강물이 둘로 나뉘었고 엘리사는 강물 사이로 난 길을 걸어 재빨리 건너편에 이를 수 있었다.

엘리사의 두 번째 이적

며칠 뒤 예리코 사람들이 엘리사를 찾아왔다. 그들은 도시에 흐르는 물이 더러워져 마실 수도 없고 밭에 물을 댈 수도 없다며 불평했다.

엘리사는 그릇에 소금을 가득 담아달라고 해서 물이 솟는 곳으로 갔다. 그리고 손끝으로 소금을 조금 집어서 뿌렸다. 그날부터 물이 깨끗해졌고, 예리코의 주민들은 그 물을 충분히 마실 수 있었다. 메말랐던 주변의 땅에서도 밀과 콩과 포도가 풍성하게 열렸다.

엘리사의 세 번째 이적

하루는 엘리사가 베텔 근처를 지나고 있었다. 그런데 베텔에서 나온 아이들이 엘리사에게 돌을 던지며 놀려댔다.

엘리사는 돌아서서 하느님의 이름으로 아이들을 저주했다. 그러자 곰 두 마리가 숲에서 나타나 아이들을 삼켜버렸다.

엘리사의 네 번째 이적

엘리사의 친구가 세상을 떠났다. 과부가 된 친구의 부인을 위로하러 찾아갔더니 그녀는 극도의 가난과 남편이 남긴 빚 때문에 괴로워하고 있었다.

"이제 내게 남은 것이라곤 이 작은 기름병뿐이에요. 그런데 빚쟁이들이 빚을 갚지 않으면 아이들을 데려다가 종으로 팔아버리겠다고 협박을 했어요."

이 말을 듣고 엘리사가 확실하게 말했다.

"부인, 이웃들에게 가서 단지를 빌리되 최대한 많이 빌려 오세요. 부인에게 남아 있는 그 유일한 기름병을 가지고 빌린 단지들에 기름을 채우세요. 그리고 가서 그 기름 단지들을 파세요."

과부는 엘리사가 자신을 놀리는 것이거나 정신이 나간 것이라고 생각했지만, 그래도 남편과의 우정을 생각해서 그가 시키는 대로 했다.

그런데 정말 놀랍게도 그 작은 기름병에서 기름을 따라 붓자 예순 개의 단지가 향기 나는 좋은 기름으로 가득 찼다. 과부는 이 기름 단지들을 내다 팔아서 빚을 모두 갚고 자식들도 구할 수 있었다.

엘리사의 다섯 번째 이적

엘리사가 수넴을 지나는데 한 여인이 엘리사를 집으로 초대하여 융숭하게 대접했다. 그 뒤로 엘리사는 수넴을 지날 때마다 그녀의 집에 들러 식사를 함께 했다. 이 여인은 아들을 낳지 못했는데 남편이 이미 나이가 많이 들었음을 한탄했다. 그러자 엘리사는 그녀가 이듬해에 반드시 사내아이를 낳을 것이라고 약속했다. 그리고 그의 약속은 정말로 이루어졌다. 여인의 배가 점점 둥글고 크게 부풀고 젖가슴도 불어나 몇 달이 지나자 사내아이가 태어났다.

하지만 불행하게도 몇 년이 지난 뒤 이 아이가 아버지를 따라 곡식을 거두러 들에 나갔다가 갑자기 머리가 아프다고 신음하기 시작했다. 아버지는 아들을 데리고 집으로 왔으나 아이는 상태가 더 나빠졌고 결국 어머니의 무릎에서 숨을 거두었다.

아이의 어머니는 사람을 보내어 엘리사를 불러오게 했다. 엘리사가 그 집에 도착하자 그녀는 이렇게 잔혹한 시련을 주었다며 엘리사를 책망했다.

"왜 나를 농락하셨습니까? 이렇게 데려가실 거면 왜 나에게 아들을 주셨습니까? 내게 차라리 아들이 없었더라면, 아들에게 애착을 갖지 않았더라면 좋았을 겁니다."

엘리사는 죽은 아이가 누워 있는 방으로 들어갔다. 그는 아이의 입에 자기 입을 대고, 아이의 눈에 자기 눈을 대고, 아이의 손에 자기 손을 댔다. 그러자 아이에게 차츰 온기가 돌았다. 엘리사가 곧바로 아이를 일으켜 세우자 아이는 마치 누가 한밤중에 깨운 것처럼 눈을 번쩍 떴다. 그리고 거푸 일곱 번이나 재채기하더니 팔을 뻗어 어머니를 안았다. 아이는 살아났다.

엘리사의 여섯 번째 이적

엘리사에게는 게하지라는 시종이 있었다. 예언자를 돌보고 식사를 준비하는 것이 그의 일이었다. 길갈에서 가까운 숲속의 그늘진 빈터에서 게하지가 불을 피우고 솥에 물을 그득 채워 끓이기 시작했다. 그는 숲속에서 나물과 버섯과 야생 포도덩굴을 많이 모아다가 끓는 물에 넣었다. 그렇게 끓인 죽이 제대로 되었는지 맛을 보는 순간 게하지는 독이 들어 있음을 알아챘다. 그러자 엘리사가 와서 몸을 구부려 솥을 들여다보고 밀가루를 손끝으로 집어 죽에다 뿌렸다. 그런 뒤에 두 사람은 아무런 걱정 없이 죽을 나눠 먹을 수 있었다.

엘리사의 일곱 번째 이적

엘리사가 아주 큰 무리의 사람들과 함께 식탁에 앉아 있었다. 그런데 이들을 초대한 주인이 엘리사에게 다가와서 걱정스러운 목소리로 말했다.

"저에게는 보리빵 몇 개밖에 없는데 이 식탁에 앉은 사람을 모두 먹여야 합니다. 게다가 사람들은 지금 매우 배가 고픈 상태입니다. 빵이 모자랄 테니, 이거 아주 큰 망신입니다."

그 말을 들은 엘리사는 주인에게 권고했다.

"걱정하지 말고 손님들에게 그 빵을 나눠 주십시오."

"하지만 빵이 충분하지 않다고 하지 않았습니까. 사람이 백 명이 넘습니다."

"내가 말한 대로 하십시오. 그러면 식사가 모두 끝난 뒤에도 식탁 위에 빵이 남은 걸 보게 될 겁니다."

정말로 그렇게 되었다. 모두가 왕성하게 먹고 떠난 뒤에 보니 여전히 커다란 빵 덩어리가 여러 개 남아 있었다.

엘리사의 여덟 번째 이적

엘리사가 나병에 걸린 아람인 장수 나아만을 고쳐준 일이 있었다. 엘리사는 나아만에게 요르단강에 가서 일곱 번 강물에 몸을 담그라고 시켰다. 나아만이 엘리사의 말대로 일곱 번 강물에 몸을 담그자 나병이 낫고 갓난아기 같은 새 살이 돋았다. 나아만은 감사의 표시로 엘리사에게 많은 돈을 건넸다. 하지만 예언자는 한사코 돈을 거부했다.

"평화로이 가십시오." 엘리사는 만족스럽게 인사를 건넸고 나아만은 귀향길에 올랐다.

하지만 엘리사의 시종 게하지는 가만히 있을 수가 없었다. 그의 주인이 등을 돌리자마자 나아만에게로 달려가 거짓 구실로 돈을 달라고 청했다.

게하지가 돈을 받아 집으로 돌아오자 엘리사는 그를 당황하게 했다.

"내가 거절한 그 돈을 내 이름을 빌려서까지 받을 필요가 있었더냐? 너는 나아만의 돈을 원했고 이제 그것을 가졌다. 하지만 지금부터는 그의 병도 갖게 될 것이다."

그러자 곧 게하지의 몸에 나병이 퍼졌다.

엘리사의 아홉 번째 이적

요르단강 근처에서 나무꾼들이 나무를 베고 있었는데 한 나무꾼의 도끼에서 쇠로 된 날이 떨어져 나가 강물에 빠졌다. 나무꾼은 도끼날을 찾아보았지만 헛수고였다. 그때 엘리사가 그곳을 지나다가 더 이상 일을 할 수 없게 되어 낙심한 남자를 보고 강물에 나뭇가지 하나를 던졌다. 그러자 쇠로 된 도끼날이 강물 위로 떠올랐다.

엘리사의 열 번째 이적

아람인들이 히브리인들에 맞서 전쟁을 벌였으나 모든 공격이 실패했다. 아람인 병사들은 멀리 떨어진 여러 장소에 배치되어 있었지만 엘리사는 마치 그들 곁에 있는 듯 그들의 계획을 모두 들었기 때문이다.

아람인들은 이러한 사실을 알고 엘리사를 잡아 가두기로 결정했다. 엘리사가 방어시설이 별로 없고 경비도 허술한 도탄이라는 작은 도시에 있다는 것을 알게 되었기 때문이다. 그들은 몇몇 병사를 뽑아 별동대를 마련하여 도탄으로 파병했다. 하지만 엘리사는 하느님께 청하여 아람인 병사들에게 현기증이 일게 했다. 그래서 그들은 도탄으로 향하지 않고 사마리아로 가게 되었다. 결국 사마리아에 주둔해 있던 이스라엘 군대가 그들을 덮쳐 포로로 잡아들였다.

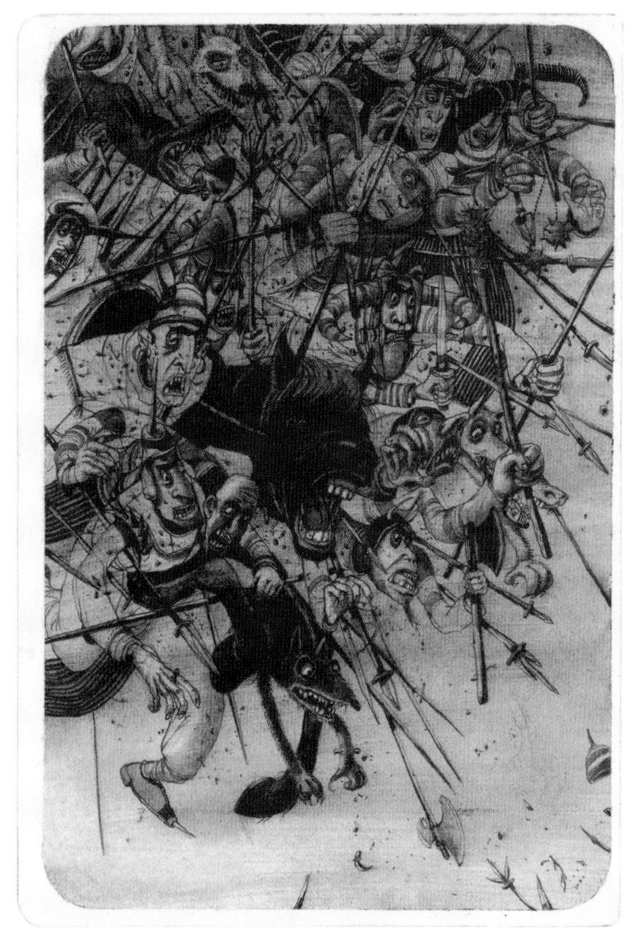

엘리사의 열한 번째 이적

이스라엘이 아람인들에 맞서 싸우고 있었다. 아람인들은 군대를 다시 정렬한 뒤 사마리아를 포위했다. 사마리아 주민들은 열심히 저항했지만 포위는 계속되었고 모두가 굶주려 쇠약해지기 시작했다.

그때 엘리사가 적들의 귀에 수만 대의 전차와 수만 필의 말을 거느린 거대한 군대가 나팔을 불며 다가오는 소리를 듣게 하였다. 아람인들은 그 소리가 진짜인 줄 알고 두려움에 사로잡혀 천막과 무기와 말을 그 자리에 모두 버려두고 목숨을 구하고자 달아나버렸다.

엘리사의 열두 번째 이적

엘리사가 죽자 사람들은 긴 장례식을 치른 뒤에 그를 땅에 묻었다. 어느 날 어떤 여행자들이 엘리사의 무덤에서 그리 멀지 않은 곳을 지나다가 그중 한 사람이 길 위에서 숨을 거두었다. 남은 사람들은 그에게 적당한 묘소를 마련해주길 원했고, 그래서 예언자의 옆자리에 그를 묻어주려 했다.

그런데 무덤 속에 내려놓는 과정에서 공교롭게도 죽은 이의 시신이 예언자의 해골을 건드렸다. 그러자 숨을 거둔 지 이틀이나 지나 이미 차갑게 굳어 있던 시신이 되살아났다.

Rois
열왕기의 결말

하느님은 예후를 새로운 임금으로 지명하셨다.
예후는 아합과 이제벨 집안에 남은 이들을 모두 죽였다.
그리고 바알 신에게 바쳐진 제단들도 모두 파괴했다.
예후가 숨을 거두자 그의 아들이 뒤를 이었다.
그리고 다시 바알 신에게 바치는 제의들이 시작되었다.
그리하여 하느님은 자신의 노여움을 드러내고자 자기 백성을 벌하기로 결심하셨다.
그래서 살만에세르라는 다른 나라 임금이 이스라엘 왕국을 정복했다.
사마리아 주민들은 그 도시에서 쫓겨나 다른 나라로 달아나고
다른 민족이 들어와 그 도시를 차지하였다.

요시아 임금은 모세의 율법서를 복구했다.
참된 믿음을 등지고 멀어진 이들이 많았기 때문이다.
그러나 바빌론 임금 네부카드네자르가 예루살렘을 점령하고
예루살렘의 모든 주민을 바빌론으로 이주시켰다.
그리고 예루살렘 성전의 보물들을 훔쳤다.
마지막 항전을 진압한 네부카드네자르는
예루살렘 전체를 약탈하고 도시를 완전히 파괴했다.
그는 이스라엘의 주민을 모조리 생포하여 바빌론으로 보냈다.
훗날 후손들이 약속의 땅을 되찾기까지는
아주 오랜 시간을 기다려야 했다.

Le livre de l'Exil 유배기

이스라엘 왕국이 몰락한 뒤
많은 이들이 유배되었다.
약속의 땅에서 멀리 떨어진
바빌론으로, 아시리아의 니네베로 끌려갔다.
히브리 민족의 믿음이 시험대에 올랐다.
유배기는 늘 힘있게 생동하는 믿음의 증거다.

에스테르

양아버지 모르도카이와 함께 유배되었던
아름다운 에스테르의 이야기가
광대한 페르시아 제국,
크세르크세스 임금의 궁전에서 펼쳐진다.

크세르크세스 임금이 아름답기로 이름난 와스티 왕비를 폐위한 것은 연회가 계속된 지 187일째 되던 날이었다. 한 해의 절반 가까이 연회를 베풀며 지내던 임금은 갑작스레 왕비를 기억해내곤 손님들 앞에 그녀를 내보이려 고집을 부렸다. 오랫동안 잊힌 채로 있던 것에 기분이 상했던 왕비는 서둘러 나오려 하지 않았다. 화가 난 임금은 왕비를 쫓아냈다.
사람들에게 '뚱보'라고 불린 크세르크세스 임금은 곧 새로운 아내를 찾아야 했다. 임금의 재상 하만은 인도에서 에티오피아까지 사절들을 보내 가장 예쁜 처녀들을 찾아오게 했다. 그리하여 에스테르 또한 양아버지 모르도카이의 곁을 떠나 임금의 궁전으로 들어가야 했다. 모르도카이는 에스테르가 궁에 들어가기 전에 따로 불러서 유다인이라는 사실을 밝히지 말라고 신중하게 당부했다.

다시 새로운 향연이 여러 날 계속되는 동안 뚱보 크세르크세스 임금은 재상이 보여주는 수천 명의 처녀를 살펴보았다. 임금은 오랫동안 결정을 내리지 못하다가 마침내 에스테르를 보게 되었다. 짧은 순간이었지만 그는 먹는 일을 멈추고 그녀를 바라보았다. 그리고 그녀를 아내로 맞기로 결정했다. 이로써 다시 새로운 축제가 열리게 되었다.
아름다운 아내를 찾아준 것에 고마움을 표시하고자 크세르크세스 임금은 하만에게 그가 오랫동안 바란 특혜를 베풀었다. 그건 바로 제국 안에 살고 있는 모든 히브리인의 제거를 허락하는 칙령이었다. 임금은 오래 망설이지 않았다. 그리고 히브리인을 제거하는 일은 또 다른 연회의 계기가 되었다.

모르도카이는 이미 거리에 교수대가 설치되어 있는 것을 보고 즉시 궁으로 달려가 에스테르를 만났다. 그는 왕비에게 저항해야 한다고 강하게 설득하면서 성대한 잔치를 준비하라고 권고했다.

"요령껏 가장 아름답게 꾸미거라. 그리고 잔치 자리에 뚱보 크세르크세스 임금은 물론이고 재상 하만도 반드시 참석하게 해야 한다."

잔치는 완전히 성공적이었다. 217가지 요리가 연이어 나와서 임금을 매혹했으며 그날따라 에스테르는 일찍이 본 적이 없을 정도로 아름다웠다. 이번에는 임금이 왕비에게 감사를 표할 차례였다. 재상에게 하였듯이 왕비에게도 원하는 모든 것을 주겠노라 약속했다.

에스테르는 그 자리에서 자신이 유다인임을 밝히고, 임금이 내린 잘못된 칙령 때문에 자신은 동족과 함께 처형될 것이라고 말했다. 임금은 재상에게 격분했다. 그래서 후식이 나오고 술이 나오고 커피가 식어가는데도 재상을 그 자신이 세운 교수대에 매달게 했다.

그리고 임금은 다시 먹기 시작했다.

정말 기막힌 일이었다!

두 번째 이야기는 메소포타미아에서 펼쳐지는

어린 토빗의 이야기다.

토빗
그리고 사랑에 빠진 마귀

토빗은 니네베에 살았다. 그가 태어났을 때 그의 가족은 니네베에 도착한 지 얼마 되지 않았다. 다른 많은 이들처럼 그의 부모도 아시리아 군대에 의해 이스라엘 왕국에서 쫓겨나 그곳에 정착한 터였다.

토빗은 키가 크고 몸이 호리호리했으며 생김새가 매력적인 소년이었다. 하지만 토빗이 밥을 많이 먹지 않는다고 생각하는 어머니의 눈에는 너무 마른 듯했다. 토빗의 두 눈은 영양의 눈처럼 유순하면서도 밝게 반짝였고, 미소를 지을 때면 수줍어 보이지만 순수하고 솔직한 소년의 모습이 드러났다.

나이 든 토빗의 아버지는 그가 집을 짓고 사는 동네를 넘어 다른 곳에서도 높이 평가받는 사람이었다. 그는 오랫동안 아시리아의 임금 살만에세르를 위해 일했고, 그의 사업은 번창했다. 하지만 그는 운이 좋지 못해 비참한 삶을 사는 사람들을 잊지 않고 도와주었다. 그리고 늘 버릇처럼 말했다.

"가난한 이들에게서 얼굴을 돌리지 말아라. 그러면 하느님께서도 네게서 얼굴을 돌리지 않으실 것이다."

하지만 살만에세르 임금이 죽자 그의 운도 다했다. 궁에서 자리를 잃은 지 며칠 지나지 않아 그는 앞을 보지 못하게 되었고, 이제 그의 가족은 가난에 빠져들었다.

토빗과 그의 부모는 저축한 돈과 이웃들의 너그러운 도움에 의지해 살았다. 하지만 시간이 흐르자 생계를 잇는 일조차 점점 힘들어졌다.

토빗의 아버지는 눈이 멀어 어둠 속에서 살아야 했지만 집안을 지배하고 있는 가난과 비참을 쉽게 간파할 수 있었다. 어느 날 그의 부인이 시장에서 빈손으로 돌아왔을 때 그는 아들을 불러 자신의 옛 동업자 가운데 하나인 가바엘에게 가보라고 일렀다. 예전에 이렇게 나쁜 시절이 올지 모른다는 생각에 상당한 돈을 맡겨두었던 것이다.

아버지는 아들 토빗을 믿었지만, 토빗은 아직 그렇게 책임이 막중한 일을 하기에는 어렸다. 가바엘이 사는 마을은 여러 날을 걸어야 닿을 수 있는 거리에 있었으므로 아버지는 아들과 함께 가고 싶었다. 하지만, 앞을 보지 못하는 자신이 따라간다면 시간만 지체할 게 분명했다. 그래서 아버지는 가바엘의 마을에 이르는 길을 자세하게 설명했다.

그러자 귀를 기울여 듣던 토빗이 물었다. "가바엘이 저를 어떻게 알아볼까요? 제가 아버지의 아들인 줄 그분이 어떻게 알 수 있을까요?"

아버지는 보자기에 싸인 물건을 가져와 토빗 앞에 펼쳐 보였다. 그 안에는 깨진 항아리 반쪽이 들어 있었다.

"다른 반쪽은 가바엘이 가지고 있다. 둘을 맞춰 온전한 항아리가 되면 너를 보낸 사람이 나임을 알게 될 것이다."

토빗은 길을 떠날 채비를 하고 부모에게 인사했다. 아버지는 그를 포옹하고 마지막으로 권했다.

"여기에서 사흘 거리에 있는 내 사촌 라구엘의 집에 들러서 쉬었다 가거라. 라구엘에게 우리의 축복을 전해다오."

토빗은 밤낮으로 걸었다. 강이 보이자 목을 축이고 열을 식히려고 강가에 멈추어 섰다. 더위는 견디기 어려울 정도였고, 온몸은 먼지를 뒤집어썼으며 멍든 두 발은 몹시 아팠다. 그는 가방을 내려놓고 푸른 이끼 위에 앉아서 두 다리를 물속에 담갔다.

꼼짝하지 않고 한동안 그러고 있으려니, 나뭇잎 사이로 비치는 햇살에 긴장이 풀렸다. 물풀이 그의 발을 간지럽혔다. 그런데 근육이 노곤하게 풀어질 때쯤 갑작스럽게 무언가가 엄지발가락을 거세게 물어뜯는 느낌이 들더니, 온몸이 밑으로 강하게 끌어당겨졌다. 토빗은 갈대를 움켜쥐고 매달렸다가 가까스로 물 밖으로 나올 수 있었다. 그는 강둑으로 기어오르고 나서야 방금 자신에게 일어난 일을 이해할 수 있었다. 커다란 물고기 한 마리가 마치 낚시에 걸리듯이 그의 엄지발가락에 걸렸던 것인데, 이 물고기는 여전히 토빗을 놓아줄 생각이 없어 보였다.

토빗은 커다란 돌을 내리쳐서 물고기의 턱을 풀고 아픈 발가락을 빼냈다. 그리고 재빨리 칼을 꺼내 물고기로 식사를 준비하기 시작했다.
"심장이랑 간이랑 쓸개는 간직해두렴. 어쩌면 언젠가 쓸모가 있을 테니까."
토빗이 돌아보니 방금 자기에게 말을 건넨 사람이 가까이 다가와 있었다. 물고기를 손질하느라 낯선 남자가 다가오는 소리조차 전혀 듣지 못했던 것이다. 남자는 혼자였는데 입고 있는 옷이 이상해 보였다. 깃털로 완전히 덮인 윗도리에는 호루라기, 피리, 우레가 여러 개 달려 있었다. 또한 남자는 새장을 여러 개 들고 지고 있었는데 버들가지로 엮은 것도 있고, 쇠창살이나 포도덩굴로 엮은 것도 있었다. 토빗의 시선을 좇던 남자가 다시 말하기 시작했다.
"나는 새사냥꾼이야. 온갖 새를 다 잡는단다. 내 이름은 아자르야라고 해. 불에 태운 물고기의 심장과 간은 악한 영들을 쫓아낸다는 걸 알아두렴. 물고기 쓸개즙으로 만든 고약은 실명한 눈을 고칠 수 있다는 것도."
실명? 이 말이 토빗의 관심을 끌었다. 이 말을 듣자마자 아버지가 생각났기 때문이다. 비록 이 아자르야라는 남자의 말이 쉽게 믿어지지 않았음에도, 토빗은 가지고 다니던 반쪽짜리 항아리에 물고기의 간과 쓸개와 심장을 담았다. 그리고 물고기가 워낙 컸던 만큼 기꺼이 이 낯선 남자를 환대하며 식사를 권했다. 두 사람은 물고기를 맛있게 나누어 먹고 불가에서 잠이 들었다.
이튿날 토빗이 잠에서 깨자 새사냥꾼은 어디론가 가버리고 없었다. 그가 누웠던 자리의 눌린 풀과 희고 기다란 깃털 하나만이 모든 게 꿈이 아니었음을 입증하는 흔적이었다.

이어지는 여정은 피로와 더위 말고는 특별히 어려운 일 없이 진행되었다. 토빗은 여러 차례 상인들이나 다른 여행자 무리와 어울리곤 했다. 그들과 대화를 나누노라면 시간이 덜 길게 느껴졌다. 그렇지만 여정 중반에 아버지의 사촌 라구엘의 마을에 이르렀을 때는 그 집에서 편하게 쉴 수 있다는 생각만으로 미리 즐거워졌다. 토빗은 라구엘을 잘 알지 못했다. 아직 어린아이였을 때 마지막으로 본 것뿐이었다. 다만 유쾌한 한 남자와 다정한 그 집안에 대한 기억이 희미하게 떠올랐다. 그리고 자기 또래의 한 소녀도 기억났다. 소녀는 토빗을 놀리고 귀찮게 하며 시간을 보냈었다.
토빗은 어깨를 으쓱했다. 소녀와 놀았던 것은 이미 오래전 일이었고, 분명히 소녀는 이미 결혼해서 부모님의 집에 살고 있지 않을 터였다.

라구엘은 토빗을 친아들처럼 맞아주었다. 그에게 물과 깨끗한 옷을 가져다주게 하고, 아내에게 식사를 준비하게 했다. 꼬챙이에 꿴 새끼 염소가 불 위에서 구워지는 동안, 토빗은 자기 아버지와 가족에게 닥친 불행을 아버지의 사촌에게 알렸다.

그리고 물었다.
"아저씨는 잘 지내셨나요? 가족들도 별 탈 없으시죠? 그런데 따님이 안 보이네요? 이름이 뭐였지요?"
이 말을 듣자 라구엘의 표정이 싹 바뀌었다. 낯빛이 창백해지더니 한탄하며 머리를 쥐어뜯기 시작했다. 그 모습을 보고 마음이 불편해진 토빗이 서둘러 말했다.
"따님이 하늘나라로 떠난 모양이군요. 제가 몰랐습니다. 마음을 아프게 해드렸다면 용서해주세요."
"죽는 것보다 더한 일이 있었지." 라구엘은 눈물을 흘리며 흐느끼다가 딸꾹질까지 하며 겨우 말을 이었다. "우리 사라는 벌써 일곱 번이나 결혼을 했으니까!"
"일곱 번이라고요?" 토빗은 깜짝 놀랐다. 그와 같은 일은 일찍이 들어본 적도 없었다.
"사라는 일곱 번이나 시집을 갔지만, 그때마다 첫날밤을 제대로 치르기도 전에 남편이 죽었단다."
"어떻게 그런 일이 가능한가요?" 토빗이 소리쳤다. 점점 불안해지는 마음을 어쩔 수 없었다.
"아이고, 아스모대오스라는 마귀가 내 딸에게 반해서 그런 거란다." 라구엘이 신음하듯 이야기했다. "그놈이 쉬지도 않고 사라를 감시하다가 신랑이 침실에 들 때마다 죽게 했지."

라구엘의 아내가 식사 준비를 마치고 음식들을 내오면서 라구엘과 토빗의 대화는 잠시 중단되었다. 사라 역시 어머니를 도와 저녁상을 차렸다.
사라가 방으로 들어왔을 때 토빗이 보인 첫 반응은 뒷걸음질 치는 것이었다. 도대체 어떤 여자가 마귀를 유혹할 수 있단 말인가. 토빗은 그녀의 마법에 사로잡힐까 봐 두려웠다.
하지만 사라가 자리를 잡고 앉자 토빗은 잠시 느꼈던 공포를 모두 잊었다. 사라는 정말 뛰어난 미모의 젊은 여인이었다. 토빗은 밥을 먹는 내내 그녀를 보며 감탄했다. 그녀의 말로 목을 축이고 소박하면서도 우아한 그녀의 몸짓으로 배를 채웠다.

그녀가 인사를 하고 물러갔을 때, 토빗은 시간이 그렇게 흘렀는지 알지 못했고 그날의 피로조차 이미 사라지고 없었다.

"아, 얼마나 아름다운지요!" 토빗은 다시 한번 감탄하며 라구엘에게 말했다. "아저씨의 따님은 사막의 오아시스예요. 그리로 물을 마시러 오는 암사슴이고, 꿀이 가득한 대추야자예요! 오늘 밤 따님의 손을 내게 건네주세요. 사라와 결혼할 수 없다면 저는 죽어버릴 겁니다."

토빗과 그의 아버지에게도 애정을 지니고 있던 라구엘은 가능한 모든 이유를 대며 토빗을 말렸다. 하지만 그 고집을 꺾을 수는 없었다. 결국 토빗과 사라는 그날 밤 부부가 되었다.

밤이 되어 혼인 예식이 모두 끝나고 젊은 부부가 신부의 침실에 들어 첫날밤을 보내게 되었다. 라구엘은 신랑이 죽을 것을 염두에 두고 마당으로 가서 무덤을 팠다. 토빗이라고 해서 앞선 일곱 신랑이 맞아야 했던 운명을 피할 수 있으리라고는 생각할 수가 없었다.

침실에 들어가자 사라는 옷을 벗고 침대에 누워 신랑을 기다렸다. 감격과 걱정이 뒤섞여 마음이 혼란스러웠다. 젊은 신랑은 커튼 뒤에서 들려오는 젊은 신부의 가벼운 숨결에 홀린 듯, 더 이상 다른 생각은 하지도 못한 채 침대로 다가가 그녀를 품에 안았다. 하지만 어두운 한쪽 구석에서는 손에 칼을 든 마귀가 신랑을 죽이려고 가만히 노려보고 있었다.

위험이 도사리고 있다고 생각하지 못한 채 토빗이 옷을 벗어던지려는데 강가에서 주워서 주머니에 넣어둔 아자르야의 깃털이 빠져나왔다. 토빗은 깃털을 보니 그 새사냥꾼이 했던 말이 떠올라, 그를 침대로 불러들이는 사라를 그대로 둔 채, 깨진 항아리 반쪽에서 물고기의 간과 심장을 꺼냈다. 그리고 향을 태우고 있던 숯불 위에 올려놓았다. 그러자 싸울 필요도 없이 그 즉시 마귀가 사라지고, 토빗은 사라에게로 가서 한 몸을 이룰 수 있었다.

토빗의 이야기가 여기에서 끝났다면 이야기를 듣는 사람들도 기뻤을 것이다. 착하고 잘생긴 청년이 사랑에 빠진 마귀를 물리치고 아름다운 아내를 맞이했다는 이야기는 가장 우울한 정신과 가장 성마른 인물도 즐겁게 할 수 있는 법이다.

하지만 토빗의 이야기가 끝나려면 아직 멀었다.

사라와 혼인하고 몇 주가 지난 뒤 토빗은 예정대로 다시 길을 떠나 가바엘의 집에 이르렀다. 아버지가 건네준 깨진 항아리 반쪽을 꺼내 가바엘이 가지고 있던 다른 반쪽과 맞추어 보니 완벽하게 들어맞았다. 그리하여 아버지가 맡겨두었던 돈도 별 어려움 없이 되돌려 받을 수 있었다.

토빗은 젊은 아내를 데리고 니네베로 돌아갔다. 그런데 그의 부모는 아들을 다시 보지 못할 줄 알고 기다리는 일을 포기한 지 오래였다. 토빗이 길을 가다 도적떼를 만나 살해되었을 거라고 믿었던 것이다.
그런데 토빗이 살아 돌아와 아내 사라를 소개하고 돌려받은 돈을 내놓았다. 그 집안이 처한 불행한 상황에서는 실제로 일어나리라 생각하기 어려운 일이었다. 더욱이 토빗이 물고기의 쓸개즙으로 만든 고약을 아버지의 눈에 발랐더니 아버지가 다시 앞을 볼 수 있게 되었다.

기쁨 속에 여러 해가 지났다. 사라는 자식을 많이 낳았다. 토빗의 가족은 이제 이스라엘 왕국에서 멀리 떠나 타향에서 살게 되었다는 고통도 잊은 채 더 나은 삶을 꿈꿀 수 있게 되었다. 이렇게 해서 토빗과 그 가족의 이야기도 끝났다.

아니, 어떻게?
아자르야는?
그 새사냥꾼은 어떻게 되었을까?
아, 잠시 잊고 있었으니, 독자 여러분이 너그러이 양해해주시길…
토빗이 집에 돌아오고 나서 삼 년이 지난 어느 장날에 새사냥꾼이 사람들 사이로 지나가는 것이 보였다. 토빗은 그를 그 자리에서 바로 알아보았다. 아자르야의 우스꽝스러운 옷차림을 알아보지 못하는 건 오히려 불가능한 일이었다. 그래서 얼른 그를 불렀지만 아무리 소리를 질러도 새사냥꾼은 듣지를 못했다.
토빗은 새사냥꾼을 뒤쫓기 시작했다. 커다란 물고기가 토빗의 발가락을 물었던 그날 새사냥꾼이 가르쳐준 모든 것에 대해 감사를 표하고 싶었다. 거리에서 사람들이 몰려드는데도 아자르야는 빠른 걸음으로 잘도 걸어갔다. 그를 따라잡는 일은 보통 어려운 게 아니었다. 하지만 열심히 따라간 끝에 겨우 몇 걸음 거리까지 다가갈 수가 있었다. 그런데 새사냥꾼은 갑자기 왼쪽으로 방향을 틀더니 좁은 골목길로 들어섰다. 토빗은 그 골목이 막다른 골목이라는 것을 알았다. 그래서 얼른 쫓아가 감사의 인사를 전하려고 골목으로 들어서려는데, 마치 수백 마리의 새떼가 날아오르는 것같이 거대한 날갯짓 소리가 들려왔다. 토빗이 골목으로 들어섰을 때는 그곳에 아무도 없었다. 아무리 둘러보아도 새사냥꾼의 흔적은 조금도 찾을 수가 없었다. 다만 희고 긴 깃털 하나가 땅에 떨어져 있을 뿐이었다.

유딧은 배툴리아에 피신하여 살고 있었다.
배툴리아는 아시리아의 왕이 오랫동안 탐내던 도시였다.
네부카드네자르 임금의 공격으로부터 그곳 사람들을 구하기 위해
유딧은 죽음을 두려워하지 않고 위험을 무릅쓴다.

유딧의

기쁨의 옷

사랑에 빠졌던 그때 그 여인

유딧이 더 이상 기쁨의 옷을 입지 않게 된 지 삼 년이 지났다. 유딧의 남편이 한낮에 곡식을 수확하다가 뜨거운 열기를 이기지 못하고 쓰러진 지도 삼 년이 되었다. 그때 이후로 유딧은 검은 옷을 입고 고양이들에 둘러싸인 채 커다란 집 안에서만 숨어 살듯 지냈다. 만나는 사람이라곤 그녀가 상속받은 영지의 관리인과 몇 안 되는 하인들뿐이었다.
유딧은 식사도 잘 하지 않고 사랑했던 사람을 기리며 하루하루를 보냈다. 슬픔에 사로잡힌 그녀는 한때 자신이 얼마나 아름다웠는지도 잊고 살았다. 하지만 고된 하루를 보내고 집으로 돌아올 때 즐거워하던 남편의 모습이라든가, 그녀가 맞아들일 때면 남편의 눈에 어리던 반짝이는 빛, 그의 표정과 몸짓에서 읽을 수 있었던 흥분과 조바심 같은 것들이, 배툴리아의 쓸쓸한 거리에 들어설 때마다 마치 기념품 상자에서 쏟아져 나오듯이 한꺼번에 떠오르곤 했다.
그런 유딧이 오늘은 외출하기 위해 오랫동안 단장을 했다. 이집트 기름을 몸에 바르고, 꽃잎보다 고운 옷감의 옷을 걸치고 땅에 닿을 듯 긴 머리를 늘어뜨렸다. 그리고 머리를 손질하고 향수를 뿌리고 반짝이는 원색의 화려한 너울을 둘렀다. 특히 그녀는 아름다운 눈, 진홍색의 입술 윤곽선, 그리고 가느다란 손목을 강조했다. 등 뒤 바닥에서 또각거리는 소리가 들리면, 한순간 남편이 방으로 들어와 그녀를 안아줄 것만 같았다.
야옹, 고양이 울음소리가 그녀를 몽상에서 깨어나게 했다. 유딧은 고양이를 품에 안고 오래도록 쓰다듬어주었다. 사랑에 빠졌던 그때 그 여인의 모습이 고양이 눈에 비쳐 보였다. 고양이가 가볍게 뛰어오르며 품에서 벗어나자 유딧도 자리에서 일어났다. 그리고 정확히 삼 년 만에 처음으로 집 밖으로 나갔다.

십이만 명의 보병
그리고 만이천 명 이상의 기병

집 밖으로 나오면서 그녀는 자신의 아름다움을 되찾는 것이 기쁨의 옷을 다시 입게 된 근본적인 이유는 아니라는 걸 떠올렸다. 예전처럼 그녀가 지나가자 남자들은 감탄하며 눈을 크게 떴다. 하지만 지금 그녀는 생각했던 것보다 훨씬 더 비참한 상황에 맞닥뜨렸다. 마비된 듯한 군중 속에서 그녀가 마주친 행인들은 얼굴이 홀쭉했고, 얼빠진 남자들과 야윈 아이들밖에 없었다. 여자들은 탄식하며 빵 한 조각이나 물 한 모금을 구걸하고, 비참한 늙은이들은 걷지도 못할 만큼 쇠약해져 땅바닥에 누워 있었다. 팔을 뻗어 음식을 달라고 할 기운도 없는 듯했다.
처음에는 아시리아 군대의 포위 공격에도 이 도시 주민들의 삶이 크게 변하지 않았다. 곳간에는 곡식이 가득했고 샘에서는 물이 늘 풍부하게 솟았다.
네부카드네자르 임금은 홀로페르네스 장군을 사령관으로 임명하고 배툴리아 포위 공격에 대규모 군사를 파병했다. 하지만 홀로페르네스 장군은 여러 차례 거의 포기할 뻔했다. 그에게는 적어도 십이만 명의 보병과 만이천 명 이상의 기병이 있었지만, 배툴리아는 바위산 위에 지어졌고 깊은 골짜기가 주변을 감싸고 있어 어떤 성벽보다도 도시를 잘 방어해주었기 때문이다.
하지만 시간이 흐름에 따라 상황은 홀로페르네스 장군에게 유리해졌다. 배툴리아의 풍성했던 식량도 결국엔 바닥을 드러냈고, 주민들은 이제 배급을 받아야 했다. 특히 아시리아의 군대가 도시로 흘러들던 강물의 방향을 틀어버렸을 때 홀로페르네스는 승리가 멀지 않았음을 알았다.
배툴리아 주민들은 쇠약해졌다. 도시 전체에 남은 물이라곤 몇몇 저수지에 고여서 썩은 물밖에 없었다. 사람들이 물 한 방울을 놓고 서로 싸우는 지경이 되자, 배툴리아의 수장인 우찌야가 원로들을 불러 모았다. 모임은 소란스러웠고 몇 시간 동안 무거운 숙고와 논의가 이어졌다. 그리고 뾰족한 해결책이 없는 상황에서 가능한 많은 생명을 구하는 것이 최선이라는 결론에 이르렀다. 남은 식량과 자원이 다 떨어지는 대로 도시를 적들에게 넘기기로 했다. 그들의 유일한 희망은 하느님께서 그들의 기도를 듣고 그들을 구해주시는 것뿐이었다.

그가 우리를 오늘날의 우리로 만들기 전의 우리

유딧은 우찌야의 궁에 있는 거대한 청동 대문을 지났다. 도시의 유력자들과 경비대장과 사제들이 울부짖으며 소리치고 있었지만 그들의 이야기를 듣는 사람은 아무도 없었다. 우찌야는 그 한가운데 서서 머리를 쥐어뜯으며 탄식하고 기도하고 있었다. 유딧이 신은 샌들이 포석을 깐 바닥 위에서 또각또각 소리를 내고, 그녀가 뿌린 향수에서 사향 냄새가 번지고, 팔에 찬 팔찌들이 댕그랑거리자, 단번에 모든 사람이 그녀를 향해 돌아섰고 한순간에 침묵이 내려앉았다.
유딧이 말하기 시작했다.
"이제 홀로페르네스의 군대가 우리 도시를 함락시키면 우리 민족과 우리 성전과 우리 제단에 무슨 일이 벌어질지 생각해보셨나요?

우리 조상들이 하느님과 맺은 계약과 율법은 사라지고 먼지만 남겠지요. 홀로페르네스가 우리를 오늘날의 우리로 만들기 전의 우리는 사라지고 먼지만이 남겠지요.

여러분은 기도한다고 하면서, 하느님이 여러분에게 갚을 빚이 있다고 여기시리라 믿고 있는 건가요? 여러분은 하느님이 개입하시기를 기다리기만 하고 직접 나서서 싸울 생각은 하지 않는 건가요?"

유딧은 잠시 사람들을 하나씩 응시했다가 이야기를 마무리했다.

"오늘 밤, 도시의 성문을 조금 열어두십시오. 내가 홀로페르네스를 찾아가서 이 도시를 구할 테니까요."

이 말을 끝으로 유딧은 우찌야의 궁을 떠났다.

침묵을 깨고 처음 말을 한 사람은 사제였다.

"그 여자의 말이 맞습니다. 우리가 본래 하느님께 바쳐진 모든 것을 희생할 준비가 되어 있지 않은데 어떻게 하느님께서 우리 기도를 들어주시겠습니까?"

사제의 말을 들은 우찌야가 대꾸했다.

"사제는 각성하시오. 하느님은 우리의 기도를 들으셨습니다. 나는 이 여자가 어떻게 행동할지는 알지 못하지만, 다른 모든 여자보다 아름다운 그녀를 하느님께서 우리에게 보내셨다는 것은 잘 알겠습니다. 그녀의 얼굴과 허리의 곡선을 그리신 분도 하느님이시고, 그녀의 입과 두 눈을 칠하신 분도 하느님이십니다. 또한 우리를 구원하실 분도 하느님이십니다."

유딧은 성문을 지나 곧바로 아시리아 군대의 진영으로 향했다.

진영 입구를 지키는 보초들은 불을 피워놓고 그 곁에서 도박을 하고 있었다. 유딧이 다가오는 것을 보고 처음에는 유령이 나타난 줄 알았다.

"유령이 이렇게 예쁘리라고는 생각도 못 했는데!" 보초병 하나가 소리쳤다.

"네 마누라가 그건 안 가르쳐준 모양이로구나! 네가 유령이랑 잠자리를 같이하는 것보다 저승으로 떠나버릴까 봐 더 걱정이 되었던가 보다!" 다른 보초병 하나가 웃으며 대꾸했다.

그들의 말을 듣고 있던 유딧도 하얀 치아를 드러내며 미소 지었다. 그러자 첫 번째 보초병이 다시 말을 이었다.

"저것 보라고. 밤에는 도깨비불이 반짝인다고 하던데…"

"자네 부인은 입이 붙어 있을 자리에 그을음 가득한 화덕이 붙어 있는가? 아! 이보게, 친구들, 나는 당장 죽더라도 이 도깨비와 결혼하고 싶다네." 두 번째 보초병이 대꾸했다.

이번에는 유딧이 웃음을 터뜨렸다.

"나는 유령도 아니고 도깨비도 아니에요. 이름은 유딧이고 므나쎄의 아내인데, 배툴리아에서 왔습니다. 여러분의 수장인 홀로페르네스 장군을 만나 뵙고 싶습니다."

이 말을 들은 보초병들은 차려 자세를 하듯 똑바로 일어섰다.

"서둘러주세요." 유딧은 계속 미소를 지으면서 숨을 내쉬었다. "정말 중요한 일이 있습니다."

유딧의 아름다움에 감탄하는 다른 병사들의 눈길을 받으며 보초병들은 그녀가 진영을 가로질러 갈 수 있게 안내했다. 그리고 홀로페르네스 장군의 장막

앞에 이르러 방문객이 있음을 알렸다. 보초병들은 유딧이 지나갈 수 있도록 비켜서서 길을 열어주었다. 몇 가지 주의사항을 전해 들은 뒤 그녀는 마침내 아시리아의 장군 앞에 설 수 있었다.
은촛대의 불빛이 천막 안을 밝히고 있었다. 홀로페르네스는 침대에 누워 있었는데, 보석으로 장식된 자줏빛 커튼이 드리워져 있었다. 유딧은 예의를 갖추어 인사하느라 몸을 깊이 숙였다.
이 젊은 여인의 아름다움을 알아본 홀로페르네스 장군은 정신이 혼미해지는 것만 같았다. 그래서 짐짓 심각한 표정을 지으려고 애썼다. 그럼에도 유딧이 장군을 찾아온 이유를 설명하는 동안 그녀의 얼굴과 몸매를 훑어보지 않을 수 없었다. 다만 눈앞에 보이는 것을 실컷 맛보지 못할 뿐이었다. 유딧은 잠시 침묵했다가 짓궂게 그를 살펴보았다. 그녀는 같은 말을 되풀이해야만 했다. 장군은 엄청난 노력을 기울여 집중한 끝에 겨우 그녀가 제안하는 거래를 이해할 수 있었다. 즉 장군이 그녀의 민족을 살려주겠다고만 한다면, 전투에서 병사를 한 명도 잃지 않고 배툴리아에 침입할 수 있는 비밀 통로를 아시리아 군대에 알려주겠다는 것이었다.
유딧이 계속 말을 이어갔다.
"완전한 기습 공격이 이루어져야 합니다. 내일, 아직 여명일 때, 제가 배툴리아의 성벽에 올라갈 겁니다. 배툴리아 주민들이 기도하는 소리가 들리면 장군의 군대에 신호를 보내겠습니다. 그리고 제가 말씀드린 좁은 샛길을 통해 군대를 도성 안으로 안내하겠습니다. 누구도 무장하고 있지 않을 테니, 장군께서 그 사람들을 잡아 포로로 삼으시면 그것으로 모든 게 끝입니다."
"어여쁜 유다의 여인이여, 그대의 계획은 영리하고 참신하구나. 나는 그대가 나의 목을 베어려는 것은 아니길 바란다. 대체 그대는 왜 그대의 민족을 배반하려 하는가? 그래서 그대가 얻는 것은 무엇인가?"
다시 한번 유딧의 얼굴에 커다란 미소가 그려졌다.
"제 이름은 유딧입니다. 그리고 제가 바라는 것은 단 하나, 사람들의 목숨을 구하는 것뿐입니다."
"유딧, 그렇다면 안심해도 좋다. 내가 여기서 약속하겠다. 하지만 그대가 바라는 것이 그것 하나뿐이라는 게 확실한가? 그대가 이토록 아름다우니 나는 그대를 그냥 저 문 사이로 빠져나가도록 둘 수가 없다. 이 전쟁이 끝나기만 하면 나는 온 땅의 임금이신 네부카드네자르께 그대를 데려가려 한다."
"장군의 뜻이 이루어지기를 바랍니다." 유딧이 말을 마쳤다.
그녀는 다시 홀로페르네스 장군 앞에서 허리를 굽혔다.

기쁨의 포도주

홀로페르네스 장군은 다른 장교들과 부관들을 불러오게 하여 그들에게 유딧의 도움을 받아 배툴리아를 침략할 방법을 설명했다. 계획을 설명한 뒤에는 호화

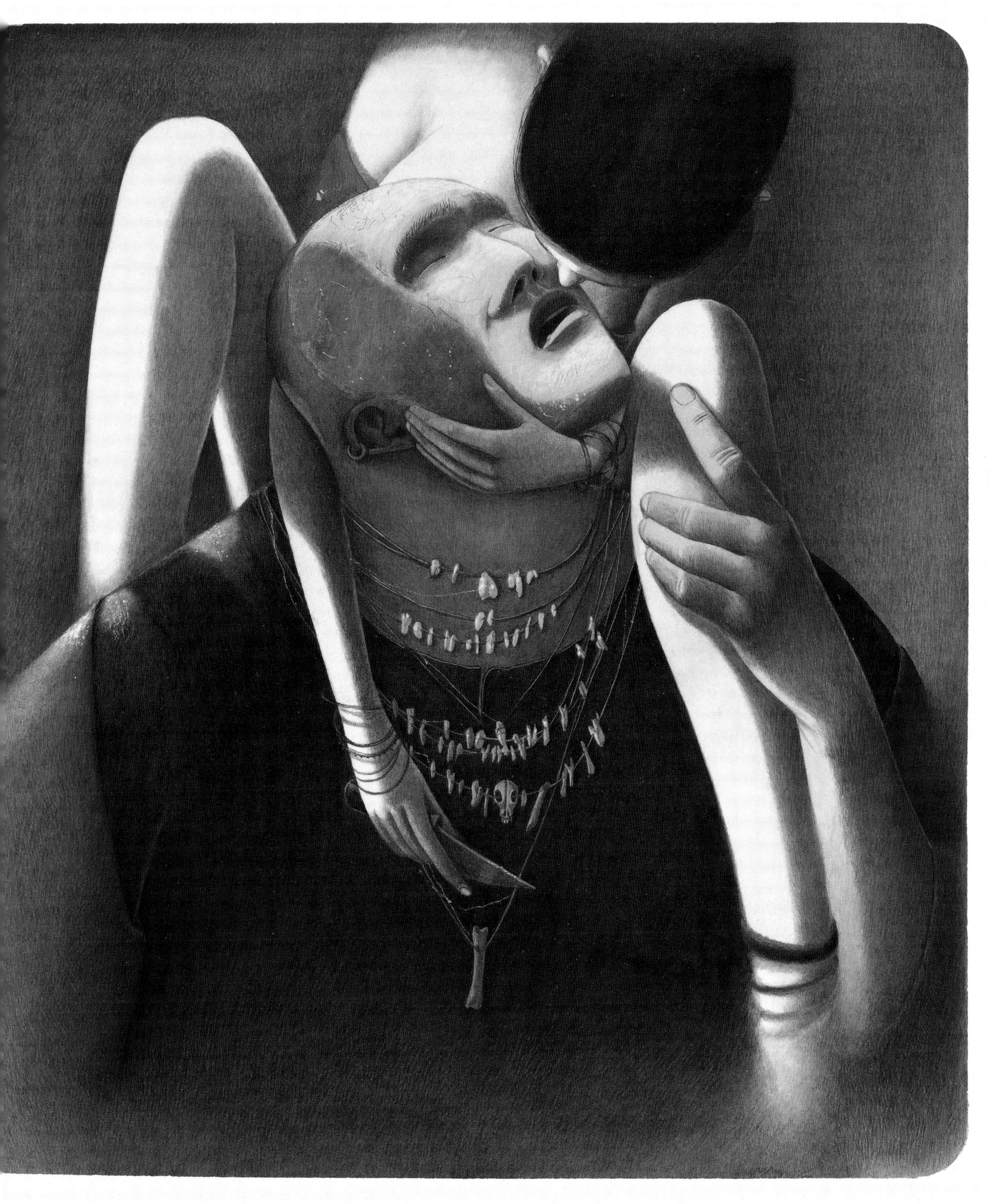

로운 주연을 벌였다. 유딧을 제외하고 모두가 기쁨의 포도주를 맘껏 마셨다. 다들 피곤한 데다가 취기가 올라서 눈꺼풀이 무거워졌을 때 유딧은 홀로 일어나 춤을 추기 시작했다. 그러자 다들 원기를 되찾고 다시 음식을 내오게 해서 먹고 마셨다.

홀로페르네스는 다시 피로가 몰려오는 것이 느껴지자, 유딧만 남기고 모두를 물리쳤다. 이미 한밤중이었고, 장군은 아름다운 이 젊은 여인을 응시했다. 그녀의 가슴에 난 점과 얼굴 양쪽의 귓불, 흑옥 같은 머리채, 고운 두 발까지, 유딧의 기쁨의 옷이 드러내는 것 중에 그가 알아채지 못한 것은 아무것도 없었다. 그는 이제 그녀와 둘만 있게 되었으니 그녀의 너울을 벗겨 그 아래 감춘 것을 드러내 보고 싶었다.

"그대는 내 머리를 텅 비게 만드는구나!" 장군이 끈적한 목소리로 말했다. "이리 와 내 옆에 앉아라."

유딧은 홀로페르네스 장군과 그 부하들이 마시고 취한 기쁨의 포도주를 커다란 잔에 가득 채워 장군에게 내밀었다.

"우리 같이 마셔요!" 그녀는 숨을 크게 내쉬고 춤을 추기 시작했다. 결국 홀로페르네스 장군은 깊은 잠에 빠져들었다. 그녀는 만찬 식탁의 남은 음식들 사이에서 칼을 집어 들고 장군이 누워 잠든 침대로 향했다.

기묘한 검붉은 반점들

새벽에 유딧은 홀로페르네스 장군의 천막에서 빠져나와 배툴리아로 향했다. 전날 저녁에 이미 홀로페르네스의 장교들과 합의가 되었으므로 어떤 병사도 그녀를 검문하지 않았다.

배툴리아로 가는 길에 유딧은 강물이 여울지는 곳을 지나면서 잠시 짐을 내려놓았다. 아시리아 병사들이 방향을 틀어놓은 강물은 이전처럼 활기 있게 흐르지 않았다. 유딧은 망설이지 않고 그곳 강물로 자신을 정화하려 했다. 두르고 있던 여러 겹의 너울을 하나씩 벗어버리고 물속에 온몸을 담갔다.

움직이지 않고 잠시 그대로 머무르며 물의 흐름에 몸을 내맡겼다. 반들반들한 돌멩이 같은 그녀의 몸 위로 시원한 물결이 흘러가고, 물고기들이 그녀의 다리를 가볍게 건드리며 지나갔다. 물의 흐름에 팔찌들이 부딪치며 소리를 냈다. 잠시 뒤에 몸을 닦고 옷을 입은 그녀는 짐을 다시 들고 배툴리아를 향해 걷기 시작했다.

배툴리아 성벽 앞에 이르니 높은 청동 대문이 열렸다. 유딧은 그 문으로 들어가 성벽 뒤로 사라졌다.

아시리아 진영에서는 장교들이 병사들을 모아놓고 홀로페르네스 장군을 기다리고 있었다. 늦게까지 장군이 장막에서 나오지 않았으므로 그의 부관 중 하나가 공격을 개시하기로 했다.

"지난밤을 생각하면 말이야," 그는 한쪽 눈을 찡긋하며 말했다. "장군님이 오늘 도성을 기습할 수 있을 만큼 상태가 좋다고 하면 아마 더 놀랐을 거야."

"그래, 지난밤에 장군님은 자기 장막 안에서 그 성채를 정복하느라 온 힘을 다 쓰셨을 테니까." 다른 장교가 이렇게 대꾸하자 모두가 웃음을 터뜨렸다.

그들은 배툴리아로 이어지는 샛길로 들어섰다. 그런데 길 위에 기묘한 검붉은 반점들이 줄지어 있는 것이 보였다. 일정한 간격으로 찍혀 있는 반점들을 따라가 보니 강가에 진홍색 작은 웅덩이가 있었고 강 건너로 검붉은 반점들이 배툴리아 도성의 성문까지 이어져 있었다.

"그 예쁜 유다인 여자는 어디 있습니까?" 한 병사가 물었다. "여기까지 왔으니 이제 우리가 길을 따라 올라갈 수 있도록 신호를 보내줘야 하는 거 아닙니까?"

그 병사가 말을 다 마치자마자 첫 햇살이 배툴리아의 성벽을 비추었다. 그리고 성벽 사이의 좁은 틈으로 성으로 접근하라는 유딧의 신호가 보였다. 그녀는 가슴에 이상한 보따리 같은 것을 안고 있었는데 강렬한 햇빛 때문에 눈이 부셔서 그것이 무엇인지 제대로 볼 수 없었다. 아시리아 병사들은 성벽에 가까이 접근했다. 그리고 그제야 유딧이 성벽 틈새에 걸어놓은 물건을 알아보았다. 그건 바로 목이 잘려 피를 흘리고 있는 홀로페르네스의 머리였다.

공포에 사로잡힌 아시리아 병사들을 제어할 수 있는 사람은 아무도 없었다. 십이만 명의 보명과 만이천 명의 기병으로 이루어진 네부카드네자르 임금의 군대가 순식간에 사방으로 흩어져버렸다. 어떤 병사들은 산으로 가고 다른 병사들은 바다로 갔으며, 인도와 에티오피아의 경계까지 달아난 이들도 있었다. 어떤 장군도 그들을 다시 불러 모을 수는 없었다.

유딧은 조용히 자기 집으로 돌아갔다.

그녀는 보석과 장신구를 몸에서 떼어냈다.

기쁨의 옷도 벗어서 옷장에 다시 넣어두었다.

그리고 침대에 앉아 깊은 생각에 빠진 채로 고양이들을 오랫동안 쓰다듬었다.

유딧은 이전에 삼 년 동안 했던 것처럼, 다시 정확하게 삼 년 동안 고인이 된 남편 므나쎄를 기렸다.

한 손의 네 손가락처럼 떨어질 수 없는
유명한 개구쟁이 네 친구가 있었다.
이 친구들은 바빌론에서 위업을 이루고
그들의 믿음을 모두에게 입증해 보였다.

다니엘, 미사엘,
아자르야, 하난야의
네 가지 위업

Daniel Misaël Azarias Ananias

첫 번째 위업

아! 사람은 원하는 대로 말할 수 있다.
불행한 암탉 밑에서는
달걀을 찾아도 헛수고일 뿐이라고,
성난 암염소에게서는
젖이 한 방울도 나오지 않는다고,
수탉과 숫염소에게는
달걀이나 젖을 기대할 수조차 없다고!
그럼에도 유배 생활보다
더 슬픈 일은 없다고,
이 도시 저 도시 옮겨 다니는 삶보다
더 비참한 일은 없다고.

바빌론으로 유배된 히브리인들이 많고도 많아,
다니엘과 세 친구도
바빌론의 거리에서 자랐다.
다니엘과 미사엘, 아자르야와 하난야
한 손의 네 손가락처럼 떨어질 수 없어서
넷 중 하나를 마주쳤다면
다른 셋도 멀지 않은 곳에 있기 마련이었다.

활달하고 영리한 네 친구는
온 동네를 돌며 장난을 쳤다.
방앗간 주인들을 속이고 재단사들을 놀리고
아낙네들을 골리고,
당한 사람들을 셀 수도 없었다.
하지만 누군가 주저되는 일이 있거나
골치가 아플 때면
다니엘과 미사엘, 아자르야와 하난야를
찾아오곤 했다.
네 친구는 총명하기로 유명했고
명석하여 칭송이 자자했으니까.

어느 날엔가 네 친구의 명성이 오르고 올라
바빌론 임금에게까지 알려지니
임금은 네 친구를 왕좌 앞에 불러들였다.
"내 옆의 신상을 보라."
임금은 곧바로 이야기를 시작했다.
"이 신상은 높이가 예순 큐빗,
머리에서 발끝까지 모두 순금이다.
신상 앞에 무릎을 꿇고
엎드려 경배하여라.
무엇을 기다리느냐?"

"이 흉측한 신상을 경배하라고요?"
우리의 네 친구가 임금에게 대꾸했다.
"살아 있는 한 절대 그럴 수 없습니다!
허접한 신상 앞에 절하느니
죽는 편이 낫습니다.
가짜 신 앞에 절을 하다니요!"

화가 난 임금은 네 친구를 장작더미에 올리라고 명령했다.
아! 그들은 무릎 꿇기를 원치 않았다.
아! 그들은 엎드려 절하기를 원치 않았다.
임금이 그들을 불태우려 하니
이것이 그들에게 좋은 교훈이 될 것이다!

다니엘과 미사엘, 아자르야와 하난야
우리의 네 친구를 경비병들이 붙잡아다가
타오르는 불꽃 가운데 던져 넣고
그들의 영혼이 올라가
하늘에 닿도록 기다렸다.
그런데
장작이 모두 타고
잔가지 하나 남지 않았는데
임금이 와서 보니
우리의 네 친구가 거기 그대로 있었다.
타오르는 불꽃 속에서도 편안하게,
물살을 거슬러 오르는 연어처럼
어미 젖을 먹는 아기처럼
활기찬 모습으로.
자, 이것이 네 친구의 첫 번째 위업이다.
이제 두 번째 위업 이야기가 곧 이어진다.

두 번째 위업

네 친구의 집에서 멀지 않은 곳에 요야킴이란 사람이 살았는데,
그의 아내 수산나는 갈색 머리의 미인이었다.
네 친구는 그녀를 우러러보았으니,
바빌론의 모든 동네와 모든 거리를 알았어도
그렇게 예쁜 여자는 본 적이 없었다.
여종을 통해 알아보니,
매일 아침 동트기 전
수산나는 정원에서 목욕을 한단다.
그녀의 허리 아래,
그녀의 허벅지 위,
그녀의 가슴 끝을 볼 수 있으리라 기대하며
다니엘과 미사엘, 아자르야와 하난야는
어느 저녁 정원의 담장 위로
고개를 내밀었다.
몇 시간이고 기다린 끝에
태양이 떠올랐을 때,
눈에 들어온 것은 풍성한 젖가슴이 아니라
난데없는 두 늙은이.
정말이지, 나무 뒤에 두 늙은이가 자리 잡고 있었으니
아름다운 수산나가 씻는 모습을 보려는 것이었다.
마침내 그녀가 물속으로 미끄러지듯 들어가자
두 늙은이도 와서 뼈를 적시려 했다.
"등 긁어줄까?"
더 뚱뚱한 늙은이가 물었다.
"뽀뽀해주면 좋을 것 같네. 여기저기 구석구석."
키가 더 큰 늙은이가 답하는데
입속에 이가 하나도 없었다.

두 늙은이가
수산나에게 나쁜 짓을 하지 못하도록
우리의 네 친구
다니엘과 미사엘, 아자르야와 하난야는
소리를 질러
수산나의 이웃과 남편을 불러냈다.

사람들이 도착하자
포위된 두 늙은이와
겨우 옷을 입은 수산나가
송사를 시작했다.
하지만 두 늙은이는
능구렁이처럼 넘어갈 줄을 알고 있으니,
처벌을 피하면서
수산나에게 훈계하려 들었다.
"그 정원에 들어가긴 했지만,
엿보기는 했지만,
악덕이 아니라 미덕으로 그런 것이라네!
남편이 침대에서 자고 있는데,
잠에 푹 빠져
입을 벌리고 정신을 놓고 있는데,
이 방탕한 여자,
그러니까, 이 창녀 같은 여자는
실오라기 하나 걸치지 않고
목욕을 하면서
바지도 입지 않은
젊은 불량배, 무뢰한, 호색한을
맞아들였다니까."

이 거짓된 진술을 듣고
가엾은 수산나는 머리끝에서 발끝까지 온몸이 빨개졌다.
자기 남편만을 사랑해온 수산나는
이러한 비방에 명예를 잃게 되었지만

아무 말도 없이 잠자코
두 늙은이가 자신을 비방하도록 내버려두었다.
별것도 아닌 일 때문에 침대에서 나오기 싫었던 사람들은
두 늙은이의 말을 믿고
이제야 잠에서 확 깨어났다.
수산나는 흐느껴 울기 시작했다.
"바람 피운 여자는 말뚝에 매달자!
방탕한 여자는 찢어버리자!
사람들아 이 여자를 짓밟아라!
이 막돼먹은 여자!"

다니엘은 오직 자기 내면의 용기에 귀 기울이며
분노는 감추고서
수산나를 구해주러 왔다.
하지만 어떻게 이 아름다운 갈색 머리 여인을 도와주면서
자신과 친구들의 비밀은 들키지 않을 수 있을까?
"이리 와보세요!"
다니엘이 부를 때,
두 늙은이는 이미 자리를 뜨려 하고 있었다.
"두 분은 이 아름다운 수산나에게 죄과가 있다고 주장하시고
그 죄과를 직접 지켜보기 위해서
그녀의 정원에 숨어 있었다고
주장하시는 것이지요?
제 말이 맞습니까?"
"그렇지."
뚱뚱한 늙은이가 답했고,
"그래, 바로 저쪽에서."
키 큰 늙은이가 정원의 한 지점을 가리켰는데,
입속에 이가 하나도 없었다.
"숨어 계시던 곳이 정확히 어디였는지 제게 말씀해주시겠습니까?"
다니엘이 두 늙은이에게 따로따로 물었더니,
모두가 더 크게 놀라고 말았다.
호기심 많은 사람들, 구경거리 좋아하는 사람들, 지나가는 사람들이
두 늙은이가 서로 다르게 답하는 것을 들었다.
한 늙은이는 확실한 듯
아카시아나무 아래 숨어 있었다고 했지만
다른 늙은이는 해명하듯
호두나무 뒤에 철저하게 몸을 감추고 있었다고 했다.
이야기는 여기서 끝나지 않았으니,
물론, 당연히 그렇다!
군중이 흥분하면 걷잡을 수 없는 법.
대가를 치러야 하는 것은 이 엉성한 늙은 사기꾼들이었다.
아! 그날 두 늙은이는 남편 있는 부인을 희롱하려다
오히려 호되게 당했다.
말뚝에 매달아야 할 사람은 두 늙은이였고
찢어버려야 할 사람도 두 늙은이였다.
두 늙은이는 이도 안 남았는데
살날도 안 남았는데
낙원 가는 나쁜 지름길을 택했으나
미리 지옥을 보게 됐다.
수산나는 궁지에서 빠져나와 여전히 놀란 채로
목숨을 구해준
다니엘, 미사엘, 아자르야, 하난야
네 친구에게 직접 고맙다고 말하며
감사의 선물로
네 친구의 얼굴에
가볍게 입 맞춰주었다.
이것이 바로 네 친구의 두 번째 위업이다.
이제 세 번째 위업 이야기가 곧 이어진다.

세 번째 위업

정원에서 수산나와 관련된 그 일이 있고
며칠이 지나
바빌론의 임금이
네 친구를 왕좌 앞에 다시 불러서,
임금의 궁전 옆
신전의 비석 위에서
벨 신에게 기도하기를 바랐다.
다니엘과 미사엘, 아자르야와 하난야
네 친구는
짜증이 나고
골치가 아팠다.
또 다른 가짜 신이라니,
모두 없애버려야 했다.
"암양 마흔 마리,
최고급 포도주 여섯 부대,
얼만큼인지도 모를 밀가루,
이 모든 걸 존재하지도 않는 누군가를 위해 써버리다니요!
친애하는 임금님, 제 충고를 잘 들으십시오.
그렇지 않으면 이 식욕 왕성한 우상이 왕국을 거덜 낼 테니까요."
다니엘은 이렇게 말하고 해결책을 제시했다.
"임금님이 말씀하시기로 일단 제사 음식을 바치고 나면
문을 모두 닫고 사제들이 열쇠로 잠가버린다고 하셨지요?
벨 신이 맘껏 음식을 잡수시게 하려고
더 이상 아무도 들어갈 수 없게 막는 거라고 하셨지요?
암양 마흔 마리를 한 번에 먹으려면
정말 엄청난 위장이 있어야 합니다!
포도주 여섯 부대를 마신다면
타고난 술꾼조차
저녁부터 아침까지 계속 마셔대도
전부 다 오줌으로 내보낼 수 없을 겁니다.
제 손목을 걸고 말씀드리는데
이 안에는 임금님을 바보로 알고 속여먹는 누군가가 있습니다!"

그래서 다니엘은 제사 음식을 바치고 나서
신전의 문과 창문을 모두 닫고 잠그기 전에
아주 고운 밀가루를
바닥에 엷게 뿌려놓았다.

몇 시간이 지나
신전 문을 활짝 열었을 때
임금은 몹시도 즐거워하며
기쁨을 감추지 못했다.
놓아둔 음식이
부스러기조차 남지 않았다.
벨 신이 모두 먹었는지
벨 신이 정말 그만한 위장을 가졌는지 의심했다면
이것이야말로 부정할 수 없는 증거이니,
벨 신은 참으로 참된 신이다!
"그런데 밀가루 위에 남은 흔적은
벨 신이 남겨놓은 것일까요?"
다니엘이 신전 바닥을 가리키며 물었다.
하얀 바닥 위에 남은 발자국은
누군가 비밀 통로를 통해 몰래 들어와서
제사 음식을 모두 훔쳐 간 흔적이었다.
임금은 농락당했다는 사실에 불같이 화가 나서
벨 신의 사제들을 모두 불러 모았다.

그리고 검을 휘둘러 이 배신자들을 모두 죽였다.
사람은 원하는 대로 말할 수 있다.
배가 부르면 행복하지만
머리가 어깨 위에 있지 않을 땐
모든 게 헛될 뿐!
자, 이것이 세 번째 위업이다.
이제 네 번째 위업 이야기가 곧 이어진다.

네 번째 위업

바빌론에는 유배된 히브리인도 많았고
숭배되는 가짜 우상들도 많았다.
다니엘과 세 친구는 우상들 때문에
끊임없이 성가신 일들을 겪어야 했다.
이번에는 신성한 뱀이 문제였다.
어리석게도 이 뱀을 숭배하라는 것이었다.
다니엘은 재빠르게
뱀을 잡아 죽였다.
그걸 본 사람들이 크게 화를 냈다.
어떤 재판도 거치지 않은 채 처벌하려고
다니엘을 사자굴에 던져 넣었다.
맹수들이 혀로 이빨을 핥으며
먹음직한 젊은이에게 다가왔다.
하지만 다니엘이 몇 마디 말을 입 밖에 내자
사자들은 금세 어린 양처럼 되었다.
이 일은 한순간에 사람들의 호기심을 자극했다.
다들 믿을 수 없다고 했다.
이런 사자들은 일찍이 본 적이 없었다.
사자들이 물려고 하지 않는 걸 보고
사람들은 귀엽기까지 한 맹수들과 놀려고
사자굴로 내려왔다.
아! 스스로를 너무 영리하다고 생각하는 것은 얼마나 위험한 일인지!
사람들이 사자굴 바닥에 발을 디디자마자 이 큰 고양이들이
호사스러운 잔치를 벌이듯
사람들을 하나씩 집어삼켰다.

우리의 네 친구,
다니엘과 미사엘, 아자르야와 하난야에 대해서는
조금씩 그 흔적을 찾을 수 없게 되었다.
그럼에도 가끔씩
어떤 이들이 네 친구의 훌륭한 위업들에 대해
이야기하는 것이 여기저기서 들리곤 했다.
네 친구가 재미있고 익살스러웠다면
그들의 흔적을 지워지지 않게 지켜야 한다.
악동들이 이기고
장난꾸러기들이 승리하는
이런 이야기들을
귀 기울여 듣고 두 손으로 손뼉 칠 사람이
늘 있으리라는 걸 명심해야 한다.
자, 이것이 네 번째 업적이니,
다른 무엇보다도 이 이야기는 잊지 말아야 한다!

이 이야기는 드넓은 바다를 배경으로
요나와 거대한 물고기의 만남에 대해 말해준다.
어떻게 그런 일이 있을 수 있냐고?
믿지 않는다면 실수하는 것이다.
때로 진실은 감추어져 있으니까.
우리가 전혀 기대하지 않았던 어떤 곳에!

요나 Jonas 그리고 거대한 물고기

요나를 처음 만났던 일을 아직도 아주 잘 기억하고 있다.
우리가 닻을 올리고 타르시스로 출발하기 직전에 요나가 뒤뚱거리는 걸음으로 겨우 배에 올라탔다. 요나는 선장 타보르 삼촌과 뱃삯을 흥정한 뒤에 선창에 자리를 잡고 앉았다. 밤이 오기 전까지는 그의 모습을 다시 볼 수 없었다.
우리의 주된 활동은 물고기잡이였다. 하지만 며칠 동안 바다에 떠 있다가 다른 항구에 기항하면서 승객과 화물을 배에 태우고 싣는 일도 자주 있었다. 돈을 좀 벌기 위해서이기도 하지만 사람들에게 봉사하는 것이기도 했다. 선원으로서 오래 일하는 동안에 나는 수만 명의 여행자와 온갖 화물, 도피 중인 도적과 연인들을 옮겨주었다. 하지만 그런 승객들의 얼굴은 이제 대부분 생각나지 않는다.
그런데 왜 요나만은 잘 기억나는 걸까? 아마 그 뒤에 일어난 일 때문일 테지만, 그날 내가 처음 바다에 나갔기 때문이기도 할 것이다. 나는 열두 살이었고, 아버지가 돌아가신 뒤 삼촌이 나를 데려다가 뱃일을 배우게 했다. 물론 그때 일어난 일은 모두 내 기억에 자세하게 새겨져 있다. 땅에 닿을 만큼 길었던 요나의 긴 수염이며, 거의 비어 있던 배낭, 아주 가벼웠던 그의 옷차림도 모두 기억난다. 그래서 요나는 마지막 순간에야 배에 탈 결심을 했던 것으로 보였다. 선원들은 파란 하늘을 보고 항해가 순조로울 것이라고 말했다. 머리를 어지럽히던 물보라의 냄새, 배 주위를 맴돌던 갈매기들의 울음, 항구를 떠나려던 인부들까지 모두 생각난다.
항해 첫날은 정말 멋있었다. 하늘은 여전히 맑았고 바람도 일정하게 불어와 우리는 5노트가 넘는 빠른 속도로 나아갈 수 있었다. 키를 잡고 있던 삼촌이 그물을 고치던 나에게 여러 차례 그물을 내려두고 자기에게 와서 키를 잡아보라고 했던 기억이 난다. 저녁이 되자 선원들은 모두 행복감에 젖었다. 물고기잡이도 놀라울 만큼 잘되었다. 그런 날이 하루만 더 이어진다면 선창이 가득 찰 것 같았다.

애꾸눈 카바르라고 불리는 나이 든 선원이 있었는데, 우리 할아버지가 선장이던 시절부터 항해한 사람이었다. 그가 갑판 위에 있던 나에게 연륜과 경험을 통해 바다에서 별을 보고 항로를 찾는 법을 설명해주었다. 하지만 그가 여러 별자리를 내게 보여주며 말을 이어가는 동안 하늘이 갑작스레 어두워지고 커다란 먹구름이 몰려와 별을 가렸다. 우리는 삽시간에 깜깜한 어둠 속에 빠져들었다.

애꾸눈 카바르는 말없이 잠자코 있다가, 다른 선원들과 마찬가지로 두려움에 떨며 우리 머리 위에서 일기 시작한 폭풍을 지켜보았다. 나는 마치 거대한 괴물이 우리를 집어삼키려고 하는 듯한 느낌을 받았다.

배가 사방으로 요동치기 시작하자 애꾸눈 카바르는 기도를 시작했고 다른 선원들도 대부분 따라서 기도했다. 배에서 출신지가 다르고 종교가 다른 사람들이 뒤섞여 서로 다른 신을 부르며 이해할 수 없는 언어로 기도하는 모습은 분위기를 더욱 숨 막히게 했다.

수많은 기도와 탄원에도 폭풍우는 더욱 심해지기만 했다. 끔찍한 돌풍이 불어닥치자 돛이 뽑혀 나가고 중심 돛대가 지푸라기처럼 휘어졌다. 선원들의 눈에서는 불안과 공포밖에 보이지 않았다.

애꾸눈 카바르는 뱃전으로 나가, 마치 수평선 너머에 구원이 있다는 듯이 뱃머리에 매달렸다. 그리고 다시 조심스럽게 선원들에게 돌아와 넘어지지 않게 안간힘을 쓰면서 고함쳤다.

"이번 폭풍은 상상을 뛰어넘는 권능의 신이 보낸 것이다. 이 배에 탄 누군가가 신의 저주를 불러왔다. 그놈을 찾아내야 한다. 신께서 그놈을 내어놓으라고 하시니, 신을 만족시켜드려야 한다. 안 그랬다가는 우리 모두 바다에 빠져 죽고 말 것이다!"

카르바는 주머니에서 오래된 상아 주사위를 꺼냈다.

"운명이 그 죄인을 가리킬 것이다…" 주사위를 던지며 카바르가 말했다.

폭풍이 거세게 몰아치고 있었지만, 모두가 갑판 위로 굴러가는 주사위를 주의 깊게 지켜보았다. 순간순간 벼락이 내리치며 새하얀 빛을 뿜어냈다. 주사위는 더러운 널빤지 위를 오래 굴러갔다. 사람들이 주사위가 멈추어 선원 중 한 사람을 가리킬 거라고 생각한 바로 그 순간, 배가 출렁이면서 주사위가 방향을 바꿔 다시 굴렀다. 그리고 사다리를 타고 굴러떨어져 선창에서 멈추었다.

"그 여행자다!" 여러 선원이 한꺼번에 소리를 지르며 서둘러 요나를 찾으러 내려갔다. 그때까지 모두가 요나에 대해서는 잊고 있었던 것이다. 요나는 배 밑바닥에서 잠들어 있었다. 상황이 그렇게 극적이지만 않았다면, 잠에서 깨어 바다가 출렁이고 파도가 점점 더 높아지고 있음을 깨달은 그의 깜짝 놀란 표정을 보고 나는 틀림없이 웃음을 터뜨렸을 것이다.

요나가 보여준 태도는 배 안에 있던 모두를 놀라게 했다. 그는 운명이 자신을 가리켰다는 사실에 이의를 제기하려 하지 않았다. 그의 신이 이 폭풍을 일으켰으며, 그 신의 분노가 요나 자신을 향했다는 것이 요나에게는 의심할 수 없는 사실이었다. 사실 그의 신은 그에게 한 가지 임무를 맡겼었다. 니네베라는 도시에 가서 그 주민들에게 신께서 그들의 부도덕한 행위를 보시고 그들을 모두 벌하려 하신다는 소식을 알리게 하셨던 것이다.

"저를 이해해주십시오." 요나가 잘못을 실토하며 말했다. "나는 그런 나쁜 소식을 전하는 사람이 되고 싶지 않았습니다. 그래서 니네베에 가지 않고 여러분과 함께 이 배를 타고서 정반대 방향으로 떠나려 했던 것입니다."

"그러니까 당신은 당신의 신이 내린 저주를 함께 몰고 온 것이로군!" 카바르가 말을 보탰다.

“하지만 걱정하지 마십시오. 내가 곧 그 저주를 없앨 테니까요. 나는 어떻게 해야 그분의 분노를 가라앉힐 수 있는지 알고 있습니다.” 요나가 차분하게 대답했다.
그때 우리 눈앞에서 믿을 수 없이 놀라운 일이 벌어졌다. 요나가 갑판의 난간을 성큼 뛰어넘더니 바다를 향해 몸을 던졌다.
나는 평생토록 그때 그 모습을 잊지 못할 것 같다. 바람에 휘날리던 요나의 수염과 옷자락, 요동치는 바다로 뛰어들기 직전에 요나의 얼굴에 떠오르던, 소심하고 난처해 보이던 그 표정까지 모두 나의 기억 속에 고스란히 남아 있다.

요나는 차가운 회색 바닷물에서 오랫동안 허우적거렸다. 파도가 덮쳐와 그를 바닷속 깊이 끌고 갔으리라고 생각될 때마다 다시 물 위로 떠오르곤 했다. 하지만 다시 파도가 크게 일어 우리가 마지막이라고 생각했을 때, 그의 등 뒤로 거대한 물고기가 나타나 아가리를 크게 벌리고 그를 집어삼키려고 했다.
“그의 영혼을 위해 기도합시다!” 카바르가 소리쳤지만, 한마디 말을 꺼낼 시간도 없이 어마어마하게 커다란 물고기의 아가리가 불쌍한 요나를 덮치더니 철커덕 닫혀버렸다.
그와 거의 동시에 바람이 멈추고 비가 그쳤다. 몇 시간이 지나자 햇살마저 밝게 빛났다. 마치 아무 일도 없었다는 듯이 하늘이 맑게 개었다.
“요나의 신이 이제 기분이 나아졌나 보군.” 애꾸눈 카바르가 말을 덧붙였지만 그것이 그날 그 일에 대해 입 밖으로 낸 마지막 말이었다. 그 일로 우리는 모두 공포에 사로잡혔고 마치 모든 게 그저 악몽이었던 것처럼 굴었다.

요나 이야기를 다시 듣게 된 것은 내가 이 극적인 일화를 기억 속 깊은 곳에 묻어두고 몇 년이 지난 뒤였다.
그곳이 어디였는지는 정확히 기억나지는 않지만, 분명히 우리가 잡은 물고기와 싣고 간 물건들을 팔기 위해 정박하곤 했던 여러 항구 가운데 한 곳이었을 것이다. 바다에서 며칠을 보낸 뒤라 나는 배에서 내려 거리를 걷고 있었다. 한 여관 앞을 지나는데 특이한 옷을 입은 한 무리의 상인들이 눈에 들어왔다. 그들은 자루를 기워 대강 이어붙인 끔찍한 옷을 입고 있었다. 하지만 그런 외모와 달리 음식은 푸짐하게 차려두고 마음껏 먹고 있었다.

호기심이 동한 나는 어디 사람들인지 알고 싶어서 그들에게 다가갔다. 그들이 내게 설명하기를, 자기들은 니네베에서 왔는데 그곳에서는 모두가 이런 이상한 옷을 입는다고 했다.

“이런 옷을 입게 된 지도 삼 년이 됐지. 요나가 우리 도시에 왔을 때부터 시작되었으니까.” 상인들 중 한 사람이 말했다.

“그래, 예언자 요나. 땅에 닿을 만큼 길게 수염을 기른 괴짜였지.” 궁금해하는 내 얼굴을 보고 다른 상인이 말했다.

상인들은 계속 식사를 하면서도, 내가 질문을 던지자 일어났던 일을 모두 설명해주었다.

“요나는 우리에게 와서 자신의 하느님이 우리를 벌하실 거라고 선포했어. 우리의 부도덕한 행실 때문에 천벌이 닥칠 거라는 이야기였지.”

“처음에는 누구도 그 말을 대수롭게 여기지 않았어. 요나를 미친 사람이라고 생각하기도 했지. 요나는 거대한 물고기가 자기를 삼켰다가 사흘 뒤에 이곳에다가 뱉어놓았다는 이야기를 했으니까.”

“요나한테서는 생선 비린내가 심하게 났어. 자네 같은 선원보다 더 심했지.”

나는 약간 난처해져서 몸을 움찔했다. 내게 배어든 바다 냄새를 배에서는 의식할 수가 없었다. 오직 육지에 내렸을 때만 종종 이렇게 난처한 상황에 처하곤 했다.

“어쨌든 우리 임금님이 요나를 만난 거야. 요나가 임금님에게 뭐라고 말했는지는 정확히 모르겠지만, 임금님은 요나의 하느님이 내리실 심판을 피하기 위해 우리 모두가 참회해야 한다고 결정하셨지.”

“여러 날 동안 먹지도 마라, 마시지도 마라…”

“…특히 입던 옷을 불에 던져버리고 자루를 가져다 옷을 해 입어야 했어. 우리가 보통 화물을 담아 나를 때 쓰던 자루 말이야.”

“아무튼 분명한 건, 그렇게 해서 우리 도시는 벌을 면하고 살아남았다는 거지.”

상인들이 설명을 이어가는 것을 보니 분명 내가 더 알고 싶다는 표정을 지은 모양이었다.

"벌을 면하게 해준 그 사람을 존경하는 의미에서, 우리는 여전히 자루로 만든 옷만 입고 다니지. 그리고 이제는 이 옷이 다른 옷보다 더 나쁘게 느껴지지도 않거든. 때로는 눈속임을 하는 사람들이 있긴 해. 특히 여자들이 그렇지! 여자들은 아름다운 무늬가 있는 옷감이나 비단으로 만든 자루를 쓰는 거야. 그렇게 해서 규칙을 어기지 않으면서도 고운 옷감으로 재단한 옷을 입을 수 있는 거지."
상인들은 한껏 웃더니 조금 뒤에 다시 덧붙여 말했다.
"가장 우스웠던 건 역시 요나의 반응이었어. 임금이 그에게 감사를 표하고자 엄청난 양의 금을 선물하려 했지만, 요나는 초 몇 자루와 약간의 식량만 요구했어. 그리고 며칠 뒤에 사라져버렸지."

다시 나는 그 이야기를 잊고 지냈다. 사람들이 나를 미친 사람으로 여길까 봐 누구에게도 이 이야기를 해야겠다는 엄두조차 나지 않았다. 그럼에도 분명한 사실은, 폭풍이 몰아치던 그 밤에 다른 선원들과 마찬가지로 나 역시 거대한 물고기가 아가리를 벌려 요나를 집어삼키던 광경을 똑똑히 보았다는 것이었다. 살아 나온다는 것은 불가능했다. 물고기가 요나를 토해냈다 해도 요나 혼자서 바닷가에 이른다는 것은 말도 안 되었다. 그날 배에 타고 있던 우리도 전속력으로 항해했지만 육지에 닿는 데는 하루가 더 걸렸다. 그래, 정말로 그 이야기는 말이 되지 않았다. 내가 이해할 수 없는 뭔가가 있겠지만, 제대로 설명되지 않았다.

내 삶의 대부분은 바다에서 펼쳐졌다.
나는 행복도 많이 겪고 불행도 많이 겪었다. 여러 사람의 죽음을 마주했지만 늘 운명은 나를 지켜주었다. 나는 늘 주머니 속에 상아 주사위를 지니고 다녔다. 애꾸눈 카바르가 나이가 들어서 더 이상 바다에 나갈 수 없게 되자 나에게 준 것이었다. 무언가 궁금해질 때마다, 내가 내놓은 물음에 답을 찾을 수 없을 때마다, 망망대해에서 두 방향을 놓고 망설일 때마다, 혹은 선원들 사이에서 일어난 논쟁의 결론을 내려야 할 때마다, 그 폭풍우 치던 밤에 카바르가 했던 것처럼 나도 주사위를 굴렸다.

마지막으로 바다에 나갔을 때도 나는 주사위를 지니고 있었다.

그 마지막 항해도 나는 아주 잘 기억하고 있다. 첫 항해와 비슷하게 마지막 항해 또한 내 기억 속에 깊이 새겨진 탓이다. 바다는 무척 고요했다. 우리는 물고기잡이를 나갔다가 며칠 만에 돌아오는 중이었는데, 망을 보던 선원이 수평선을 가리켰다.

처음에는 거기에 무엇이 있는지 정확하게 보이지 않았다. 우리는 커다란 파도가 우리를 향해 다가오고 있다고 생각했던 것 같다. 그런데 바로 그 순간 나는 공포에 질려 비명을 지르고 말았다. 그건 내가 아직 어렸을 때 보았던, 요나를 삼킨 바로 그 물고기였다.

물고기가 점점 더 가까이 다가옴에 따라 내 심장도 빠르게 뛰기 시작했다.

그 짐승은 배 아래를 여러 번 지나갔다. 나는 그놈이 우리 배를 뒤집으려 한다고 생각했다. 내 할아버지의 소유였던 이 배가 침몰하는 것을 보느니 차라리 죽는 편이 나았다! 나는 주머니에서 단도를 꺼내 갑판에서 던질 준비를 했다. 칼로 그놈을 맞혀서 우리를 물속으로 빠뜨리지 못하게 할 셈이었다. 그런데 긴장했던 탓에 제대로 물고기를 겨누지 못했고, 공교롭게도 카바르의 주사위를 주머니에서 흘리고 말았다. 주사위는 갑판 위를 데굴데굴 구르기 시작하더니, 절대 멈추지 않을 것처럼 한참을 굴러갔다. 배가 움직이면서 주사위는 좌현으로 움직였다가 우현으로 움직였다. 그러다 갑자기 갑판의 난간을 넘어가 바닷물 속으로 떨어졌다. 내가 몸을 내밀어 주사위가 빠진 쪽을 보면서 내 서툰 실수를 탓하고 있는데, 그 바다 괴물이 입을 크게 벌린 채 솟구치더니 주사위를 삼켜버렸다. 그러고는 곧바로 바다 깊숙이 사라졌다. 어쩌면 사람들은 내가 미쳤거나, 나이가 들어 정신이 나갔거나, 아니면 너무 오랜 세월 바다에 머물렀다고 생각할지 모르겠다. 하지만 나는 맹세할 수 있다. 바로 그 괴물의 아가리 깊은 곳에서 반짝이는 불빛을 나는 보았다.

희미한 촛불 같은 빛.

그리고 춤을 추는 그림자.

수염이 허공에 흩날리는 남자의 그림자.

돌을 부술 수 있는 것은 아무것도 없을까?
그럼 바위는 영원히 그곳에 있는 것일까?
욥이 겪은 불행 이야기는
그의 믿음에 비하면 바위는 그저 먼지일 뿐임을 보여준다.

욥

지상의 여기저기를 돌아다니다 다시 천상에 올라온 사탄이 하느님을 만났다. 사탄이 말했다.
"오랫동안 인간이란 존재를 살펴보았습니다. 이제는 제가 틀렸을지 모른다는 걱정 따위 하지 않고 감히 확실하게 말씀드릴 수 있습니다. 이 세상에 인간보다 더 사악한 피조물은 없습니다. 그들이 하는 모든 일은, 몸짓 하나하나부터 가장 작은 행위에 이르기까지, 오직 자기 이익을 위한 것입니다."

하느님이 사탄에게 대답하셨다.
"그렇게 생각하느냐? 사람들이 누군가를 사랑하거나 존경하는 것에 대해서는 뭐라고 할 테냐? 이런 감정들이야말로 인간이 자기 이익과 상관없는 사랑을 할 수 있다는 증거가 아니겠느냐?"

이번엔 사탄이 대꾸했다.
"정말 그럴까요? 말씀하신 그 감정들이라는 것도 오히려 제 이론을 확증하는 증거일 뿐입니다. 인간은 하느님 당신께 기도하고 당신이 주신 계명들을 지킵니다. 그런데 그건 그런 처신에 대한 대가를 기대하기 때문입니다. 인간에게 하느님 당신이 중요하다고 믿지 마십시오. 다시 한번 말씀드리지만, 인간에게는 자기 자신만 중요할 뿐입니다."

사탄은 하느님을 완벽히 설득하기 위해 한 인간을 시험해보겠다고 제안했다.
"하느님 당신이 창조하신 피조물의 연약함을 저는 확신하고 있으므로, 연약하고 절개도 없는 사람을 택하기보다는 매우 강직한 사람을 선택할 것을 제안하는 바입니다. 자, 어떻게 하시겠습니까? 도전을 받아들일 준비가 되셨습니까?"

하느님은 잠시 생각한 뒤에 사탄의 제안을 받아들이셨다. 그리고 시험해볼 사람으로 욥을 선택하셨다. 그는 하느님이 아는 가장 정직한 사람 중 하나였기 때문이다. 그는 훌륭한 미덕을 갖춘 사람이었다. 유복한 사람이었지만 불의와 부정을 증오하는 사람이기도 했다. 더욱이 가난한 이들을 절대 잊지 않고 언제나 도와주었다.

하느님은 사탄에게 욥을 시험하기 위해 원하는 방식대로 그를 괴롭힐 권한을 허락하시면서도 그의 신체를 상하게 해서는 절대 안 된다는 조건을 다셨다. 사탄은 한순간도 지체하지 않고, 곧바로 욥이 사는 곳을 향해 하늘에서 불벼락을 내렸다. 큰불이 났고 불쌍한 욥은 자신의 재산과 명성을 이루었던 가축 천 마리를 잃었다. 전에는 모든 것을 가졌지만 이제는 아무것도 남지 않게 되었다. 하지만 사탄의 기대와는 정반대로 욥은 뜨거운 잿더미 위에 무릎을 꿇고 여전히 하느님의 권능을 찬양했다.

'욥이 그렇게 괴로워하지 않는 것은 그에게 자식이 열 명이나 있어서 자식들의 도움에 의지할 수 있음을 알기 때문일 거야.' 사탄은 이렇게 생각했다. 그리고 한 번에 한 명씩 욥의 자식들을 죽이기 시작했다. 이제 욥은 정말 깊은 슬픔에 빠져 커다란 고통을 느꼈다. 그는 자기 옷을 찢으며 울부짖었다. 하지만 이러한 불행을 겪으면서도 하느님에게서 돌아서겠다는 생각은 한순간도 하지 않았다. 열 명의 자식을 땅에 묻을 때도 욥은 무릎을 꿇고 하느님께 기도하는 것을 절대 잊지 않았다.

"아직도 네 이론이 근거가 있다고 믿느냐?" 하느님께서 분통이 난 사탄을 보고 물으셨다. "너에게 나의 선한 의도를 드러내 보이고자, 내가 너에게 허락하지 않고 남겨두었던 것을 이제 허락하겠다. 가서 네가 원하는 대로 욥을 괴롭혀보아라. 욥의 신체에 고통을 안겨주어도 좋다. 네가 그에게서 빼앗을 수 없는 것은 내가 그에게 준 가장 소중한 것, 즉 그의 목숨뿐이다."
이번에도 사탄은 한순간도 지체하지 않고 끔찍한 질병으로 욥을 강타했다. 욥은 무엇을 하든 끔찍한 가려움을 끝없이 겪어야 했다. 저녁부터 아침까지 계속해서 몸을 긁어댔으며, 고통을 달랠 수 있다는 헛된 생각에 모래에다 몸을 비비고, 돌에 문지르다가, 심지어는 깨진 유리 조각을 사용하기도 했다.
끝없는 고통으로 몸부림치는 욥을 보면서 사탄은 그보다 더 즐거울 수가 없었다. 욥이 하느님을 저버리는 것은 이제 시간문제였다. 해가 지기 전에 욥은 하느님을 저주하게 될 것이다.
하지만 괴로움이 점점 더 심해지는 상황에서도 욥은 한순간도 창조주 하느님에 대한 사랑을 단념하지 않았다. 사탄은 그런 욥을 정말 이해할 수가 없었다. 단언컨대, 사탄에게 머리카락이 있었다면 틀림없이 모두 쥐어뜯었을 것이다.

이어지는 며칠 동안 사탄은 새로운 시험들을 생각해냈다. 그리고 지체하지 않고 욥의 아내를 이용해

서 그의 마음을 흔들어놓기로 했다. 극심한 불행이 남편에게 닥친 것을 보고 욥의 아내는 조금의 의심도 없이, 돌려서 말하지도 않고, 하느님이 욥을 버린 것이라고 말했다. 오로지 고통과 비극을 가져다 준 믿음을 지키는 것이 대체 무슨 소용이란 말인가? 아내의 말은 일리가 있었다. 하지만 욥은 그 말을 듣지 않았다. 다만 손짓 한 번으로 아내를 물리치고 다시 기도하기 시작했다.

그때 가장 친한 욥의 세 친구가 찾아왔다. 욥이 옷도 걸치지 못하고 피부는 여기저기 뜯겨나간 채로 고통에 짓눌려 땅바닥에 앉아 있는 것을 보고 세 친구는 우선 울기 시작했다. 그러고 나서는 한 명씩 돌아가면서, 잘못한 것이 있으면 어서 고백하고 용서를 구하라고 욥을 구슬렸다. 사실 그들은 욥이 이렇게 큰 고통을 받는 것은 그만큼 큰 죄를 지었기 때문이라고 생각하지 않을 수가 없었다.

이 모든 친구들의 말에 욥이 무어라 답할 수 있었을까? 욥은 입으로나 마음으로나 죄를 짓지 않았다. 욥은 조언을 해주어서 고맙다고 하고는 다시 기도를 시작했다. 그는 전과 다름없이, 자신이 하느님께 버림받았다거나 죄를 지었으리라는 이유로 하느님을 저주할 생각은 하지 않았다.

사탄은 화가 나서 내기를 포기했다. 그는 이제 알았다. 목숨을 빼앗는다 해도 욥은 믿음을 버리지 않을 터였다. 이렇게 해서 사탄은 다시 천둥과 번개를 일으키며 지상의 여기저기, 이쪽저쪽을 돌아다니기 시작했다.
하느님은 구름에서 나와 욥을 찾아가셨다. 그리고 극심한 불행을 견디면서도 하느님을 전혀 의심하지 않고 한순간도 믿음을 저버리지 않았던 욥을 칭찬하셨다.
하느님은 이전에 욥이 누렸던 부를 돌려주셨다. 금과 은을 주시고, 암양 만사천 마리와 낙타 육천 마리, 소 천 쌍, 암탕나귀 천 마리도 주셨다. 욥은 다시 열 명의 자식을 얻었다. 아들이 일곱, 딸이 셋이었다. 이들은 나라 안에서 가장 멋지고 아름다웠다. 그리하여 욥은 천수를 누리다가 백 살이 넘어서야 영원한 잠에 들었다.

un nouveau testament 신약 새 약속

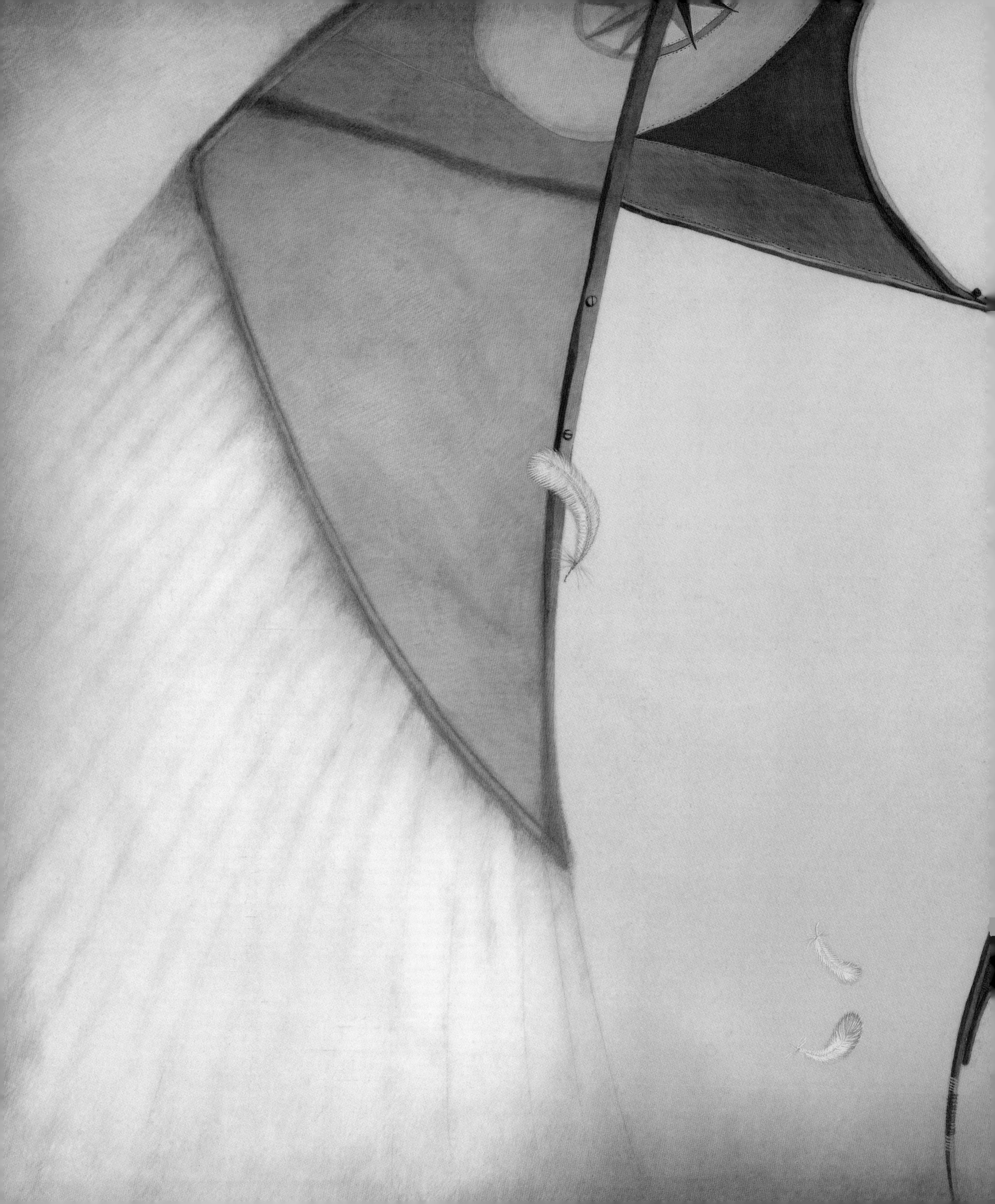

인간새

파란 하늘에서 인간새가 기다란 날개를 펼친다.
한참 동안 바람을 타고 날면서 커다란 원을 그린다.
이따금 구름 속으로 사라졌다가 조금 떨어진 곳에서 다시 나타나곤 한다.
광활한 하늘에서 거의 움직임이 없는 듯 균형을 잡고 있더니
마침내 날개를 등 뒤로 접고 땅을 향해 돌진한다.
속도에 도취해, 숨을 참고 눈을 감는다.
공기가 피부를 스치고, 윤기 나는 깃털을 스친다.
다시 눈을 뜨니, 조금 전에 작게만 보이던 모든 것이 이제는 훨씬 더 크게 눈에 들어온다.
이제 빠르게 다리를 내뻗고, 깃털을 푸드덕거리는 소리와 함께 땅에 발을 딛는다.

인간새 앞에 한 어린 처녀가 깜짝 놀라 얼어붙은 듯이 서 있다.
그녀는 인간새가 하늘에서 빙빙 돌며 날고 있는 것을 보았지만, 그냥 솔개일 거라고 생각했다.
가축들 위에서 날아다니다가 외떨어진 어린 양이 있으면 발톱으로 채어가려는 줄 알았다.
그러고선 자갈투성이 길을 따라 걸으면서 꽃을 따 모으는 일에 몰두하느라 새는 잊고 있었다.
전에는 한 번도 본 적 없는 꽃이었다.
줄기가 가늘고 길었다.
꽃잎은 하얬다.
자개의 흰색.
진주와 눈물 그 사이의 색.

이제 어린 처녀는 인간새를 마주하고 있었다.
얼굴에는 미소를 띠었지만 몸짓은 정지되었다.
인간새는 그녀를 부드러운 시선으로 천천히 살펴보았다.
햇살처럼 빛나는 가느다란 금빛 귀걸이가 어깨 위로 드리워져 있었다.
하얀 솜털이 흩어져 있는 말간 피부는 조금씩 반점이 있는 기다란 깃털에 자리를 내어주었다.
너무 놀란 그녀는 들고 있던 꽃다발을 떨어뜨렸다.

신선한 꽃들이 먼지투성이 길 위로 떨어졌다.
인간새는 몸을 굽혀 꽃들을 다시 모아 마리아에게 건넸다.
마리아는 여전히 몸이 굳어 조금도 움직일 수가 없었다.

그녀는 이제 막 어린아이 티를 벗은 어린 처녀였다.
인근에 있는 작은 도시 나자렛에 살았다.
가족들이 그녀를 요셉과 약혼시킨 지 얼마 되지 않았다.

"두려워하지 말아요." 인간새가 말했다.
"나는 아주 큰 소식을 알려주려고 왔으니까요.
얼마 뒤에 당신은 배가 점점 부푸는 것을 느끼게 될 겁니다.
그리고 다시 얼마 뒤에 아기를 낳을 거예요.
갓난아기의 이름은 예수라고 해야 합니다.
이제 내 말을 잘 들어요. 당신이 낳을 이 아이는 장차 하느님의 아들이 될 겁니다.
이 지상에 있는 하느님의 아들."

"하지만 어떻게…?" 마리아가 중얼거렸다. "이날까지 나는 남자를 전혀 알지 못했는데요."

"마리아, 하느님께는 불가능한 것이 없다는 걸 알아야 합니다.
이제 오늘부터는 아무것도 걱정하지 않아도 괜찮아요.
하느님께서 마리아를 그분 그림자 아래 두실 테니까요."
인간새는 다시 미소를 띠고 그녀를 응시했다.
그리고 흰 꽃들을 그녀에게 건넸다. 그녀의 두 손에.
그러고 나서 힘차게 뛰어오르며 날개를 펼쳤다.
그는 이렇게 날아가버렸다.

인간새가 하늘의 작은 점으로 보이게 되자 마리아는 꽃다발을 다시 모았다.
그녀가 느낀 것이 무엇인지 명확하게 말하기가 어려웠다.
그녀는 무서움에 떨고 있는 게 분명했다.
인간새가 나타난 일이 무섭기도 했지만, 요셉과 부모님이 어떻게 생각하실지 걱정이었다.
당연히 그들은 다른 사람의 아이를 가졌다는 이유로 그녀를 버릴 것이다.
하지만 그녀는 거기에 머물러 있었다.
그리고 인간새가 구름 속으로 들어가는 모습을 지켜보았다.
그녀는 거기에 머물러 있었다. 꽃다발을 손에 쥐고 미소를 지으면서.
그녀는 열다섯 살도 되지 않았다.
그녀는 가까스로 유년기를 벗어나 있었다.
그리고 그녀는 배 속에 하느님의 아기를 배고 있었다.

여행

가쁜 숨을 몰아쉬며 마리아는 요셉을 바라보았다. 요셉은 여행을 함께할 나귀를 준비시키고 있었다. 배가 무거워 어설프게 움직일 수밖에 없었지만 마리아는 할 수 있는 대로 요셉을 도와 여행을 준비했다. 이미 산달이 가까웠다. 그러니까 인간새와 만났던 날로부터 여덟 달이 지난 것이다.

인간새가 다녀가고 나서 마리아는 곧바로 요셉을 찾아갔다. 고개를 떨군 채 떨리는 목소리로 자신이 아이를 갖게 되리라는 사실을 요셉에게 알렸다. 그리고 그가 아이의 아버지가 아니라는 사실도 감추지 않았다.

"요셉…" 마리아가 다시 말을 시작했을 때 요셉은 그녀가 말을 끝맺도록 두지 않았다.

"쉿…" 요셉은 입술에 손가락을 가져다 댔다. 마리아가 조금 진정되자 요셉이 말을 이었다.

"나도 알아요. 이미 알고 있었어요. 그분이 내게 와서 알려주었지요."

마리아가 깜짝 놀란 기색을 보이자 요셉이 덧붙여 말했다.

"전능하신 하느님께서 알려주셨어요. 그분이 무엇을 하시려는지. 마리아, 당신이 배 속에 가진 아기는 하느님의 아들이에요. 우리가 그 아이에게 주어야 할 이름은 예수이고요."

요셉은 율법과 전통이 허락하는 한에서 가장 빠르게 마리아를 아내로 맞아들였다. 그리고 그녀의 배 속에 있는 아이가 자신의 아이인 양 그녀와 함께 조심스레 처신했다. 약간의 원망이나 조금의 질투도 없이.

지난 몇 달은 정말 빠르게 지나갔다. 마리아가 요셉의 집으로 옮겨 와 적응하고 출산 준비를 하느라 정신이 없었다. 하루하루 시간이 지날수록 두 사람은 서로를 더 알게 되었고, 서로에게 더 어울리게 되었다.

그러던 중에 새로운 소식이 전해졌다. 이미 수년 전에 군대를 동원해 팔레스타인을 점령한 로마인들이 주민 수를 파악하기 위해 인구조사를 시행하기로 결정했다는 것이었다. 모든 사람이 태어난 고향으로 가서 당국에 신고해야 한다는 칙령이 선포되었다. 요셉의 출생지는 베들레헴이었다. 나자렛에서 베들레헴까지는 거리가 멀었다. 무엇보다 지금 마리아의 상태로는 움직이기 힘든 거리였다. 하지만 달리 선택의 여지가 없었다. 요셉은 마리아를 혼자 두고 갈 수도 없었고, 로마인들이 내린 명령을 어기는 것 또한 생각할 수 없었다. 그래서 두 사람은 체념하고 함께 여행을 떠나기로 했다.

희미한 빛이 지평선 위로 살짝 새어 나왔다.
금세 날이 밝았다.
요셉은 마리아를 나귀에 태우고 출발했다.
멀리서 개 짖는 소리가 들렸다.

두 사람은 갈릴래아를 가로질렀다.
사마리아를 지났다.
마침내 유다 지방 베들레헴에 이르렀다.
얼굴은 햇볕에 그을리고 옷은 사막의 먼지와 하천의 진흙으로 뒤덮인 채, 두 사람은 쉴 수 있는 거처를 찾기 시작했다.
하지만 불행하게도 도시 전체를 뒤졌으나 그들이 머물 수 있는 곳은 한 곳도 찾을 수 없었다. 여관들은 손님들로 꽉 찼고, 대상들의 숙소도 인구조사 때문에 여행 중인 가족들로 붐볐다. 가장 좁은 거리조차 묵을 곳을 찾지 못한 여행자들로 북적였다. 아이들이 여기저기 뛰어다니며 소리를 질러댔고, 낙타들이 작은 골목마저 막고 있었다. 여기저기서 지치고 격앙된 사람들이 먹을 것과 마실 것을 권하는 상인들과 뒤섞였고, 정신이 산만해진 사람들의 지갑을 노리는 도둑들이 그 사이를 비집고 돌아다녔다.
요셉은 이 복잡한 틈바구니에서 어떻게든 앞으로 나아가면서 마리아를 지켜보았다. 그녀는 몹시 지쳐 보였다. 전보다 배가 훨씬 불러 있었다. 여행하는 동안 마리아가 불평하거나 신음하는 일은 전혀 없었지만, 요셉은 해산이 임박했음을 알 수 있었다. 그는 나귀의 굴레를 단단히 잡고 점점 늘어만 가는 군중을 거슬러 움직이기 시작했다. 그렇게 해서 두 사람은 다시 성벽을 통과하여 도시 바깥으로 빠져나왔다.

두 사람은 비좁은 길을 따라 언덕으로 향했다.
구불구불한 길을 따라 계속 걷다 보니 시끄러운 베들레헴의 소음이 그저 헛된 풍문처럼 느껴지는 곳에까지 이르렀다.
두 사람은 개울가에서 잠시 가던 길을 멈추었다. 마리아도 나귀에서 내려 오랜만에 땅에 발을 디뎠다.

해가 사라지고 지대가 낮은 평야에서는 도시의 불빛들이 물에 비친 별처럼 보였다.
요셉은 산에서 바위틈으로 움푹 들어간 작은 동굴을 발견했다. 보통 목동들이 축사로 사용하는 곳이었다. 동굴 안쪽을 세심하게 청소한 뒤 신선한 짚을 모아 와서 잠자리를 만들었다. 그리고 불을 지펴 저녁을 준비했다.
요셉이 바삐 움직이는 동안 마리아는 개울로 내려갔다.
이미 어두웠으므로 그녀는 옷을 벗고 초록색 물속으로 미끄러져 들어갔다.
마치 투명한 겉옷처럼 서늘함이 몸을 감쌌다.
팔다리가 스르륵 풀리고 호흡도 점점 더 느려졌다.
밤이었지만 물 위로 떠오르는 듯한 자기 배를 볼 수 있었다.
희고 둥근 커다란 배.
하늘의 달 같구나.
그런 생각에 슬쩍 웃음이 났다.

마리아는 물을 주르륵 흘리며 물 밖으로 나왔다.
강변에 널린 하얀 조약돌을 조심스레 밟으며 걸었다.
돌 위에 찍힌 그녀의 발자국은 이내 사라졌다.
마리아는 요셉이 짚으로 마련해놓은 잠자리에 들었다.
멀리서, 아주 멀리에서, 목동들의 노랫소리가 들려왔다.

별

인간새가 밤하늘 높이 날고 있었다. 너무 높아서 땅에서는 고개를 젖히고 눈을 크게 뜬 채 하늘을 바라보아도 잘 보이지 않았다.
바람이 머리를 쓸어 넘기자 인간새의 얼굴이 일그러졌다.
모든 깃털을 빽빽하게 죄어 공기가 빠져나가지 않게 막았다.
가능한 한 오랫동안 그렇게 유지하다가 다시 모든 근육을 움직이고 가장 작은 힘줄까지 동원해 날개를 치며 떠오르는 더운 공기의 새로운 흐름을 찾아 더 멀리, 더 높이까지 날아올랐다.

인간새는 밤새 동쪽을 향해 날았다.
아래로는 불빛이 거의 보이지 않았다. 이따금 궁전에서 타오르는 횃불이나 목동들이 피운 모닥불이 보이기도 했고, 빵 굽는 화덕에서 새어 나오는 불빛도 희미하게 보였다.
그 밖에는 어둠뿐이었다.

인간새는 눈을 감고 날았다.
날개를 활짝 펼쳤다.
주변 공기에서 향신료 냄새가 났다.
바위에서 나온 건조하고 농축된 진액.
계피, 육두구, 그리고 큰 도시에서 쓰이는 여러 가지 용액.
짐승을 태울 때 나오는, 머리를 아프게 하는 연기.
땅과 인간에게서 나와 뒤섞인 냄새들.

인간새는 아주 멀리 날아갔다. 너무 멀어서 가장 높은 산꼭대기에 올라 눈을 크게 뜨고 본다 해도 누구의 시선도 닿을 수 없는 곳에 이르러서야 닿을 곳에 닿았음을 알았다.
인간새는 창문을 통과해 호화로운 집 안으로 들어갔다.
그곳에는 페르시아의 위대한 점성가 멜키오르가 살고 있었다.
그는 책을 읽듯이 하늘을 읽을 수 있는 이였다.
온 세상 임금들이 그에게 찾아와 자신의 운명을 물었다.

방에는 두꺼운 직물과 어두운 금색으로 물들인 가죽으로 만든 커튼이 드리워졌고, 이 현자는 편안히 잠들어 있었다.
인간새가 멜키오르에게 다가갔다. 그는 손가락으로 늙은 현자의 눈꺼풀을 부드럽게 들어 올렸다. 그러고는 다시 미끄러지듯 창문을 통과하여 날아올랐다.

멜키오르는 처음엔 꿈을 꾼 줄 알았다.
평상시와 달리 어떤 불빛에 이끌려, 눈을 비비며 창문으로 다가갔다.
하늘에 그때까지 관찰할 수 있었던 그 어떤 별보다 더 예쁘고 더 밝게 빛나는 별 하나가 보였다. 그는 그 별의 의미를 즉시 이해했다.
서둘러 하인들을 깨우고, 동이 트기 전에 떠날 채비를 했다. 저 별을 따라가야만 했다.

인간새는 인도까지 날아가 점성가 가스파르가 사는 궁전에 들렀다. 그리고 큰 대양을 건너 점성가 발타사르가 사는 아프리카에 이르렀다. 멜키오르와 마찬가지로 발타사르 역시 하늘에 새로운 별이 나타났음을 발견했다. 마치 오랫동안 이 신호를 기다렸다는 듯이, 그 또한 하인들을 깨워 말과 낙타와 코끼리를 준비시키고, 할 수 있는 한 빨리 여행길에 올랐다.

이제 인간새는 다시 베들레헴으로 돌아왔다.
마리아와 요셉이 머무는 동굴에서 멀지 않은 곳에 모닥불을 피워놓고 그 곁에 누워 있는 목동들이 보였다. 밤이지만 날씨가 무척이나 온화했기 때문에 가축들을 우리에 들이지 않았던 것이다. 목동들은 서로 이런저런 이야기도 나누고 이따금 노래도 부르고 있었다. 그때 인간새가 목동들 앞에 나타나 하느님의 아들이 태어났다는 소식을 알렸다.
처음에는 목동들도 꿈을 꾸는 줄 알았다. 어떤 목동은 자기가 마신 포도주에 독이 들었던 것이 아닐까 의심하기도 했다. 하느님의 아들이라니? 그것도 짐승들을 모아놓곤 하는 동굴에서 태어났다니?
하지만 인간새가 하는 말은 그들의 가슴 깊이까지 파고들었다. 목동들은 가축들을 버려두고 즉시 그 동굴을 향했다.

그들이 동굴 근처에 이르렀을 때 첫 여명이 짚으로 만든 잠자리에 비쳐 들었다. 요셉과 마리아는 선잠이 든 채로 누워 있었다. 그리고 두 사람의 몸이 이루는 둥근 원 가운데 아기가 누워서 몸을 떨고 있었다. 이 아기가 하느님의 아들이었다.
목동들은 무릎을 꿇었다.
아기와 부모를 깨우지 않게 조심스레 낮은 목소리로 속삭이듯 기도했다.

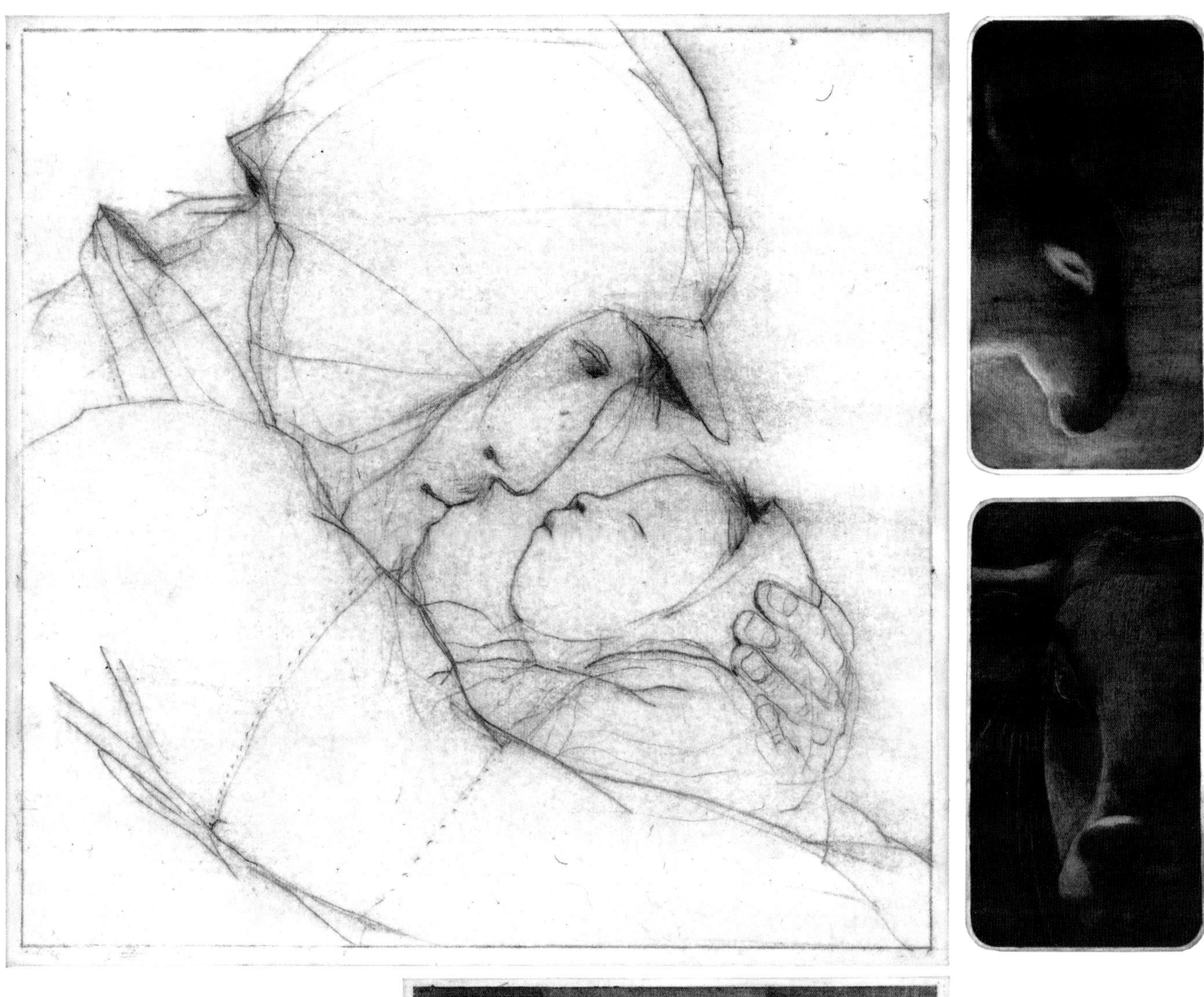

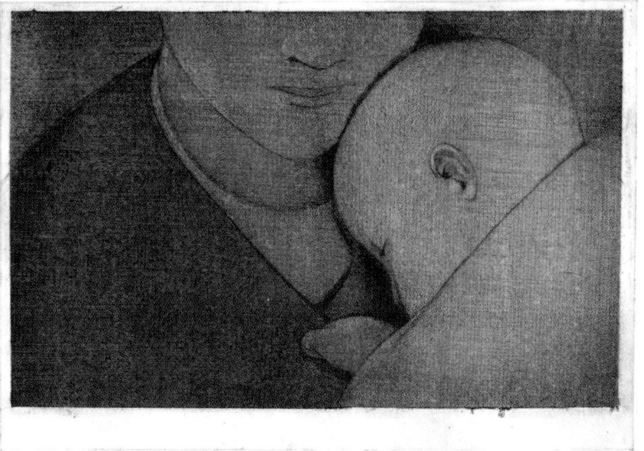

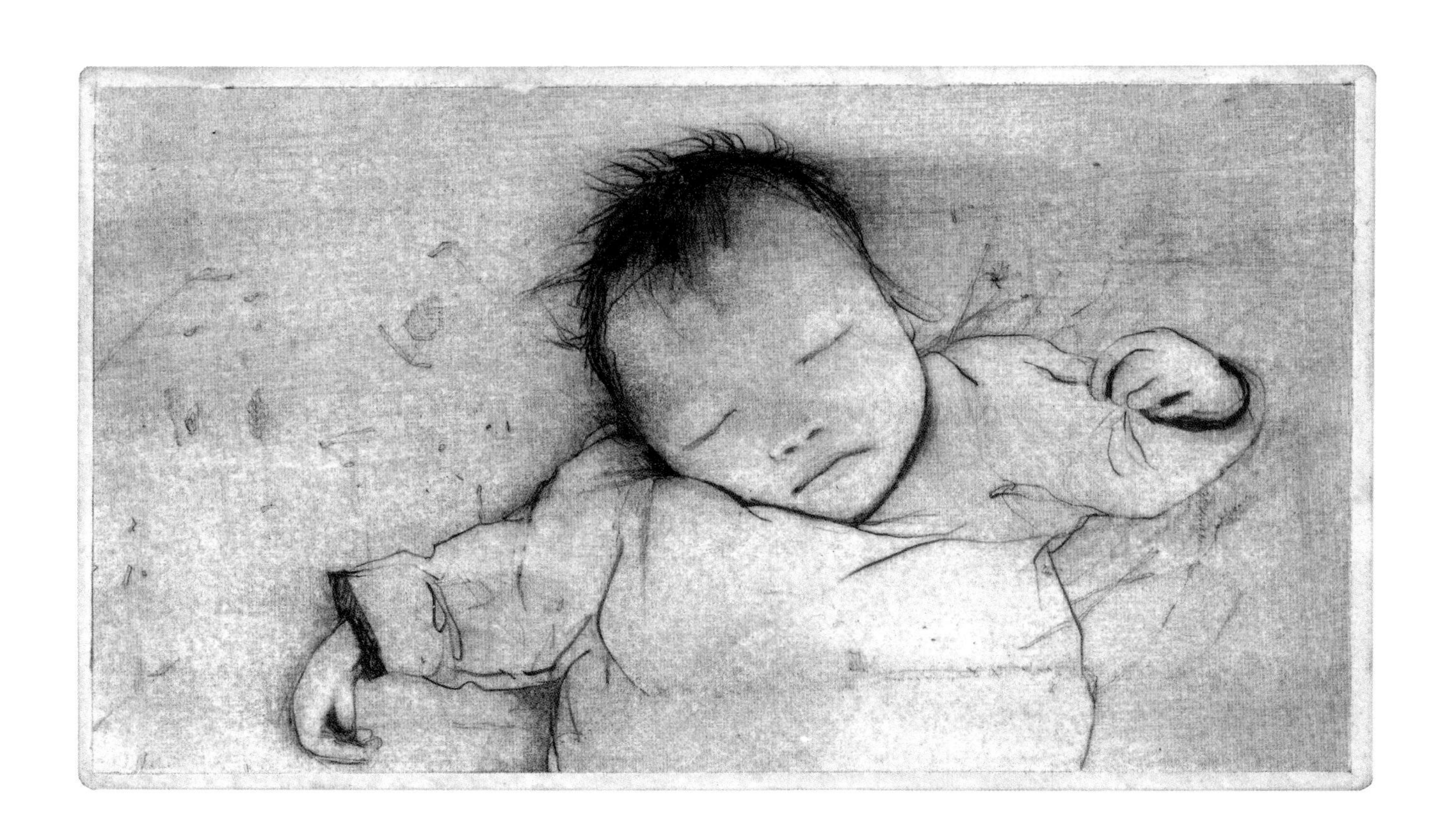

폭군

사마르칸트에서 멀지 않은 곳에 이르러 점성가 멜키오르는 가스파르와 만났다. 이전에 만난 적은 없었지만 서로의 명성은 이미 잘 알고 있었다. 그들은 예를 갖추어 인사를 나눈 다음 일행들까지 모아 함께 여행하기로 했다. 밤이 오면 하느님의 아들에게 그들을 인도해주리라 믿으면서 새로운 별을 따라갔다. 아라비아 사막을 다 건너왔을 때 그들은 발타사르와 만나게 되었다. 발타사르는 코끼리를 타고 있었고, 앞뒤로 대규모 호위대가 늘어서 있었다. 세 점성가는 오랜 시간 서로 의견을 나눈 끝에 일행을 모두 합하여 함께 여행하기로 했다.

그들이 예루살렘에 이르렀을 때 그들의 도착 자체가 큰 사건이 되었다. 그렇게 성대한 행렬이 예루살렘 성문을 통과하는 것은 매우 드문 일이었다. 거리에 모여든 군중은 행렬 양편에 서서, 왕자처럼 차려입은 세 사람과 그들의 앞뒤로 늘어선 하인들과 멋진 동물들을 보고 감탄했다.

군중의 함성이 대단했기에 헤로데 임금의 궁전에서도 들릴 지경이었다. 로마인들에 의해 왕좌에 앉게 된 헤로데 임금은 백성들로부터 미움을 받았다. 백성들은 그의 잔인함과 비열함을 두려워했다. 그는 무슨 짓이든 저지를 수 있는 사람이었다. 그가 권력을 지키기 위해 부인과 두 아들을 망설임 없이 죽였다는 사실을 모두가 알고 있었다. 공식적인 그의 칭호는 헤로데 대왕이었다.

하지만 모두가 그를 다르게 불렀다.

'흡혈귀 헤로데'.

'유다의 식인 괴물'.

또는 '피의 임금'.

세 점성가가 도성 안에 들어왔다는 말을 듣고 호기심이 동한 헤로데는 그들을 궁전에 초대했다. 그들이 들어올 때 임금은 나팔과 피리를 불게 했다.

"동방의 위대한 점성가들께서 나의 왕국에 오시다니요? 분명히 뭔가 아주 중요한 사건이 있었나 보군요. 그러니 여러분이 나에게까지 오셨겠지요." 헤로데는 무성의하게 고개를 기울이며 말했다.

"우리는 히브리인들의 임금을 경배하러 왔습니다." 발타사르가 근엄한 목소리로 답했다.

"여러분이 나를 경배하러 오셨다니 크나큰 영광입니다." 헤로데가 얼굴을 붉히며 말했다.

"아, 오해하신 것 같군요. 우리가 찾는 분은 임금님이 아니라 하느님의 아들이십니다." 이번에는 가스파르가 답했다.

"지금 무슨 말을 하는 건가요?" 금세 하얗게 변한 얼굴로 헤로데 임금이 물었다. "나 말고 다른 임금이 있다는 말인가요? 나야말로 히브리인들의 유일한 임금이란 말이오!"

이번에는 멜키오르가 말하기 시작했다. 멜키오르는 그들이 하늘의 별자리들 사이에서 새로운 별이 나타난 것을 보았으며, 그것은 곧 하느님의 아들이 이 땅에 오셨음을 의미하는 것이라고 설명했다. 또한 그분은 히브리인들의 새 임금이기도 하다는 것을 이야기했다.

이제껏 임금이 되기 위해 사람들을 배신하고 축출하고 죽이며 살아온 헤로데는 점성가들이 알려준 사실에 속이 부글부글 끓었다. 그의 오만과 야망에는 끝이 없었지만, 그는 선홍빛 뱀만큼이나 영리해서 먹잇감을 물어뜯기 전에는 자신을 감출 줄 알았다.

"친애하는 점성가님들, 나에게 정말 놀라운 소식을 알려주셨군요! 나와 같은 사람도 새 임금을 경배하고 싶어 한다는 걸 이해하실 테지요! 새 임금을 찾게 되면 어디로 가야 만나볼 수 있는지 나에게도 반드시 알려주시오."

다시 세 점성가는 예를 갖춰 인사한 다음, 밤을 기다려 길을 떠났다.

며칠 뒤 점성가들은 베들레헴에 당도했다. 그들은 우선 궁전이나 화려한 저택을 찾아보았지만, 별은 그들을 동굴 앞으로 이끌었다. 처음에 그들은 길을 잘못 든 줄 알고 왔던 길을 되돌아가려고 했다. 하지만 여러 달 동안 계속해서 따라왔던 그 별이 완전히 움직임을 멈추고 동굴 위 하늘에 그대로 머물러 있었다.

동방의 위대한 점성가 멜키오르, 발타사르, 가스파르는 동굴 안으로 들어갔다. 신선한 건초와 풀과 젖 냄새가 요셉이 태우고 있는 포도덩굴 냄새와 뒤섞여 있었다. 양 몇 마리와 소 한 마리가 나귀와 함께 있었고, 모닥불 덕분에 동굴 안은 충분히 따뜻했다.

점성가들은 인간새가 일러준 대로 하느님의 아들 예수를 한참 동안 경배했다. 멜키오르는 나이가 많았지만 바위에 무릎을 꿇고 머리를 흙바닥에 댄 채로 오랫동안 머물렀다.

그런 뒤에 점성가들은 새 임금에게 합당한 선물을 내놓았다.

멜키오르는 황금을.

가스파르는 유향을.

발타사르는 몰약을.

세 점성가가 떠나기 전, 인간새가 꿈속으로 찾아와 경고했다. 어떤 경우라도 예수가 어디 있는지를 밝혀서는 안 된다. 만약 예수가 있는 곳이 알려진다면, 왕좌를 잃을까 두려운 헤로데가 예수를 찾아 죽일 것이기 때문이다. 이렇게 해서, 잠에서 깬 점성가들은 돌아가는 길에 예루살렘을 거치지 않고 더 북쪽에 있는 도시로 가서 배를 타기로 했다.

헤로데는 점성가들에게 속은 것을 알고 증오와 질투에 사로잡혀, 호위병을 이끌고 직접 점성가들을 찾아 나섰다.

점성가들이 탄 배가 이미 출항했음을 알게 된 헤로데는 열 배나 더 화를 냈다. 그는 해안에 정박 중인 모든 배를 불태우라고 명령했다. 항구에는 며칠이나 불길이 솟았고 잔불도 여러 날 계속되었다.
하지만 헤로데의 분노는 가실 줄 몰랐다. 누군가가 나타나 자기를 물리치고 왕위를 차지하리라는 생각이 그를 미치게 했다. 헤로데는 점성가들이 베들레헴에 들렀다는 사실을 알아내고 그곳에서 최근 이 년간 아기가 태어난 적이 있는 집들을 모두 표시하게 했다. 그리고 병사들을 보내어 그 아이들을 모두 죽였다. 아기 엄마들의 고통이 너무도 커서 비명과 울음소리가 오래도록 멀리에서도 들렸다.
이날 이후로 왕국 어디에서도 헤로데의 이름을 입 밖에 내는 사람이 없었다. 부득이 그의 이름을 불러야 할 때는 '아기들의 살해자', '유아들의 학살자'라고 불렀다.

항구에서 배들이 불타고 베들레헴에서 아기 엄마들이 울부짖을 때, 요셉은 나귀 등에 마리아와 예수를 태우고 가파른 길을 따라 빠르게 걷고 있었다. 먹을 음식도 없고 마실 물도 없이 세 식구는 그날 아침 곧바로 베들레헴을 떠난 터였다.
한밤중에 요셉은 무서운 꿈을 꾸었다. 손에 커다란 검을 든 병사들이 아기를 붙잡아 목을 베는 꿈이었다. 꿈속에서는 피도 흐르지 않았고 고통도 느껴지지 않았다. 잠에서 깨었을 때는 아기 예수의 옹알이 소리가 그를 안심시켰다. 아기는 누워서 자기 발을 손으로 치며 놀고 있었다.
"나쁜 꿈을 꾸었을 뿐이야." 처음엔 이렇게 혼잣말을 했다.
하지만 불을 다시 지피려고 일어났을 때, 그들의 잠자리 가장자리에 기다란 깃털 하나가 놓여 있는 걸 보았다. 옅은 반점이 있는 기다란 깃털.
요셉은 그 즉시 자신이 해야 할 일을 알았다. 마리아를 깨우고 얼마 안 되는 짐을 꾸렸다. 동굴에 그들이 머물렀던 흔적을 꼼꼼하게 지웠다. 그리고 곧장 길을 떠났다.

며칠 동안 마을과 도시를 피해 시골길로만 천천히 걸었다. 헤로데가 그들의 종적을 찾지 못하도록, 사람 사는 곳이 나오면 몸을 숨겼다. 길고도 지루한 들길을 계속 걸어가자 사막이 나왔고 바싹 마른 바위투성이 산길이 이어졌다. 그리고 마침내 이집트에 이르렀다. 지치고 야윈 모습으로.
마리아는 젖먹이를 꼭 안고 있었다.
기쁘고 감사한 마음에 눈물이 흘렀다.
결국 그들은 위기에서 벗어났다.

다른 아이들과 다를 것 없는 아이

다른 아이들과 다를 것 없는 아이.
몇 년 동안 그녀는 다른 엄마들과 다를 것 없는 엄마가 되려고 애를 썼다. 다른 엄마들처럼 아이를 품에 안았고, 다른 엄마들처럼 아기가 처음 걸음을 뗀 때와 처음 말을 한 때를 기념했다. 그리고 다른 엄마들처럼 아이가 열이 심할 때나 심하게 넘어졌을 때, 다른 아이와 싸웠을 때는 걱정했다.
요셉 또한 평범한 아버지처럼 행동했다. 아이에게 모세의 율법을 가르쳤다. 아이에게 강한 힘과 따뜻한 정을 보여주었다. 헤로데 임금이 죽은 뒤, 목숨을 잃을 걱정을 하지 않고 나자렛으로 돌아갈 수 있게 되었을 때는 아이에게 목수의 기본기와 감각을 전수하기 시작했다.

마리아는 마치 어제 일처럼 이집트에서 고향으로 돌아오던 일을 기억했다.
조상들의 땅을 밟았던 그들의 발.
언덕 사이에서 밝게 빛나던 하얀 집들.
정원의 푸른 잔디.
마편초, 회향, 쿠민의 향.
그리고 요셉과 요셉의 어깨에서 목말을 타던 아이. "저기를 보렴. 저게 화덕이란다. 마을 사람들이 저기에서 빵을 굽지. 저기 밀밭이 보이고, 그 너머에는 올리브나무들이 있는데 가지가 휘었구나. 또 저기에는 우물이 있단다. 사람들이 맑고 시원한 물을 긷는 곳이지. 아, 그리고 저기 있는 게 우리 집이란다."
석회로 벽을 하얗게 칠한 집. 커다란 작업실이 딸린 집.
요셉이 손수 지은 집.
다른 집들과 다를 것 없는 집.
그들의 집.
그런데 이제 그 아이는 더 이상 아이가 아니라 어른이 다 되었다.
마리아는 기억을 떠올렸다.
거리를 맨발로 뛰어다니던 다른 아이들이 질러대던 소리에 섞여 있던 아이의 고함소리.

축일 저녁이면 사촌들과 함께 맨바닥에 깔아놓은 거적에 누워서 놀다가 잠들던 아이의 웃음소리.

직접 제작하기 전에 복잡한 구조를 미리 모래 위에 그려놓았을 때 보이던 아이의 긍지.
다른 아이들과 다를 것 없는 아이. 그녀는 지금 지붕의 용마루까지 들보를 나르는 아이의 팽팽한 근육을 보면서 생각했다.
이제 청년이 된 아이. 이제 아가씨들이 몰래 곁눈질하지만, 아가씨들에게 말을 건넬 때면 얼굴이 붉어지곤 하는 청년.
다른 아이들과 다를 것 없는 아이.

아주 어렸을 때부터 아이는 혼자서 가파른 길을 따라 바위산으로 향하곤 했다. 가시덤불에 쓸려서 다리에 상처가 나는 것 따위는 아랑곳하지 않고 산을 올랐다. 그리고 그곳에 앉아서, 대기가 맑은 날이면 멀리서 반짝이는 갈릴래아호수를 보려는 듯 시선을 줄곧 지평선으로 향했다. 아이는 그렇게 먼 곳을 향한 채 몇 시간이고 앉아 있을 수 있었다. 처음에 마리아는 걱정이 되어 몰래 따라가 아이를 살펴보았다. 아이는 마치 갑자기 떠오른 생각에 몰두하듯 눈썹을 찡그리곤 했다. 어쩌면 바람이나 햇살 때문에 거북해졌던 것인지도 모른다. 때로는 아이의 입술이 움직이는 것을 보기도 했다. 거의 알아보기 어려운 움직임이었지만, 혼자서 몇 시간이고 떠들어대는 마을의 미친 사람에게서는 볼 수 없는 그런 움직임이었다.
해가 지평선으로 내려오기 시작하면 아이는 일어서서 기지개를 켰다. 오래 앉아 있어 저리는 근육을 풀어주려는 것 같았다. 그리고 다시 가파른 길을 따라 집으로 돌아오는 길에 아이는 가시덤불에 긁혀서 흘러내리다 말라버린 핏자국을 침을 묻혀 지웠다.
다른 아이들과 다를 것 없는 아이.

파스카 축제, 즉 유월절을 지내기 위해 세 식구가 예루살렘으로 향하는 순례객 대열에 합류한 적이 있었다. 그때 아이는 열두 살이었다. 예루살렘에는 수많은 군중이 모여들었고 기도하기 위해 대성전에 들어가는 것 자체가 무척 어려울 지경이었다.

예루살렘에 머무는 동안 마리아는 아이를 잃어버릴까 봐 정말로 걱정이 되어 하루에도 열 번이고 백 번이고 아이의 얼굴과 짙은 곱슬머리를 찾았고, 하루에도 열 번이고 백 번이고 아이의 빛나는 눈길과 마주치지 않으면 불안해서 견딜 수 없었다.

하지만 모든 일이 잘 진행되었다. 기도와 예식을 마친 뒤 세 식구는 이제 예루살렘을 떠나 고향으로 돌아가는 행렬에 합류했다. 마리아는 처음으로 아이에게 무슨 일이 벌어질지도 모른다는 생각을 버렸다. 그리고 예루살렘 성문을 지날 때는 아이가 다른 아이들과 놀고 있으려니 하면서 안심했다. 저녁이 되어 귀향 행렬이 잠시 멈추었을 때, 그녀는 아이를 열 번이고 백 번이고 찾아보았다. 하지만 짙은 곱슬머리의 흔적은 어디에서도 보이지 않았다. 여행자 무리를 거슬러 올라가면서 아이를 아는 모든 이에게 물었으나 헛수고였다. 마리아는 정신을 놓고 쓰러질 것만 같았다.
"요셉." 그녀가 중얼거리듯 남편을 불렀다. 요셉은 아내를 부축하고 다시 예루살렘으로 돌아가기로 했다.
두 사람은 밤새 길을 걸었다. 바스락거리는 작은 소리조차 그들의 불안을 더했다. 새벽 여명에 마침내 다시 예루살렘에 이르렀다.
사흘. 꼬박 사흘 동안 아이를 찾아다녔다. 모든 거리와 모든 골목을 뛰어다니며, 구경하는 사람들이며 장사하는 사람들에게 모두 물어보았다.
모든 게 헛일 같을 때도 있었지만 마리아는 백 번씩, 천 번씩 같은 질문을 했다. 그때 어떤 늙은이가 숙이고 있던 고개를 들었다. 그가 아이를 보았다고 했다. 그래, 그는 어린 사내아이를 기억했다. 밝고 부드러운 눈빛을 가진 아이가 부모 없이 홀로 있던 것을 기억했다. 아이를 본 것은 대성전에서였다. 늙은이는 손가락으로 성전의 정문을 가리켰다.
마리아와 요셉은 아직도 그곳에 수천 명씩 몰려 있는 신자들을 떼밀며 여러 방을 가로질렀다. 머리를 어지럽게 하는 향 냄새 속에서 마리아는 한쪽 구석에서 웅크리고 있을 아들의 모습을 상상했다. 성전 울타리 안에서 비바람을 피하면서 구걸하는 거지들처럼 말이다.
하지만 이 방에서 저 방으로 옮겨 다니며 아무리 살펴보아도 아이가 보이지 않았다. 요셉이 기운을 북돋워주었음에도 마리아는 점점 희망을 잃고 있었다. 수만 명의 신자 사이에서 아이를 찾는다는 건 불가능해 보였다. 마리아는 다시 다리가 떨리기 시작했다.
"요셉." 그녀가 다시 한번 중얼거리듯 남편을 불렀다.

요셉이 마리아의 팔을 잡았다. 두 사람은 방 가운데 있는 한 무리의 사람들을 향했다. 현자들과 학자들과 사제들이 원을 이루고 있었다. 요셉이 계속 아내를 이끌고 다가가자 모여 있던 사람들은 어깨를 서로 밀치면서 두 사람에게 자리를 만들어주었다. 그 가운데 한 노인이 질문을 던졌다. 마리아는 전혀 이해할 수 없는 질문이었다. 그녀가 잠시 사람들을 둘러보는데, 아무리 많은 목소리 중에서도 단번에 알아챌 수 있는 목소리가 들려왔다. 이건 꿈이 아닐까? 지금 질문에 답하고 있는 저 목소리가 정말 아들의 목소리라는 게 가능한 일일까?

아이가 이 학자들 틈에서 뭘 하고 있단 말인가? 더욱이 어떻게 저리 많은 걸 알고 있단 말인가? 마리아는 아들이 거기에 있을 리 없다고 생각하면서도 의혹을 없애버리고 싶어서 사람들 사이를 비집고 들어가 살펴보았다. 그런데 그곳에, 그녀의 눈앞에, 사람들 한가운데 짙은 곱슬머리에 부드럽고 밝은 눈빛의 아이가 책상다리하고 바닥에 앉아 있었다. 조금 성가시다는 듯 아이는 어머니에게 짧게 손짓하더니 침착한 목소리로 질문에 대한 답을 마무리했다.

그리고 자리에서 일어나 부모에게로 왔다. 세 사람이 서로를 얼싸안았다.

사제들이 성전을 떠나며 마리아와 요셉에게 와서 아들이 지닌 지성과 지혜를 칭찬했다. 그런 모습은 일찍이 본 적이 없었다! 상상이나 할 수 있는 일인가? 지난 사흘 동안 사제들과 박사들이 돌아가며 아이에게 질문하고 아이의 답을 들었다니.

'아직 어린아이일 뿐이잖아.' 마리아는 이렇게 생각하면서 아이의 팔을 잡았다. 아이를 다시 찾아서 너무도 기뻤지만, 그렇다고 아이를 혼내지 않을 수는 없었다. 아이는 엄마의 걱정을 이해한다는 듯이 오랫동안 아무 말을 하지 않았다. 그리고 마침내 엄마의 품에서 빠져나왔다. 거칠지는 않았지만 단호한 몸짓이었다.

세 사람이 다시 예루살렘 거리에 들어섰을 때 아이는 눈을 찌르는 머리카락을 빠르게 쓸어 넘기면서 물었다.

"왜 그렇게 나를 찾았나요?"

그리고 손가락으로 성전을 가리키면서 말했다.

"내가 있어야 할 자리는 저곳, 내 아버지의 집이라는 것을 모르시겠어요?"

고향으로 돌아가는 길에 아이는 줄곧 부모보다 앞서 걸어갔다. 눈빛은 어둡고 한마디 말이 없었다.

세 사람은 그 사흘간의 일을 다시 이야기하지 않았다.
마리아에게 아이는 여전히 다른 아이들과 다를 것 없는 아이로 남아 있었다.
그리고 여러 날이 오고 또 사라졌다.
기쁨과 고통.
탄생.
죽음.
축제.
장례.

그러던 어느 날, 요셉이 아내의 머리에서 흰머리를 보았다.
두 사람 모두 웃음을 터뜨렸다. 요셉은 수염이 하얗게 센 지 이미 오래였다.
더 시간이 지난 뒤에, 마리아는 혼자 자기 손을 들여다보았다.
오랜 세월 열심히 일해온 두 손.
아들이 찾아와 떠나겠다고 말했을 때도 그녀는 놀라지 않았다.
아들은 마리아와 요셉의 집을 떠났고, 그들의 마을을 떠났다.
"엄마는 나를 아시잖아요, 그렇지요?" 아들이 다정하게 물었다.
물론 그녀는 아들을 잘 알고 있었고, 또한 다시 아들을 품에 안게 되리라는 것도 알고 있었다. 이제 엄마는 너무 작아졌고 아들은 너무 커버렸다.
그는 어깨에 배낭을 고쳐 메고 다시 한번 돌아서서 손을 흔들었다.
그의 부드러운 두 눈이 강렬하게 빛났다.
바람이 그의 짙은 머리를 헝클었다.
"돌아올게요." 그가 외쳤다.

마리아는 오랫동안 아들을 바라보았다.
그가 한 점이 되어 지평선 너머로 사라질 때까지.
다른 아이들과 다를 것 없는 아이.
예수.
나자렛 예수.

굽은 길을 펴는 사람

어깨에 배낭을 메고 귀 뒤에 대팻밥을 달고 있는 모습은 누가 보아도 그의 직업이 목수라는 것을 알아차리고 그에게 일을 맡기게 하기에 충분했다. 예수는 그런 모습으로 요한을 찾아갔다.

예수가 이전에 요한을 만난 적이 있었던가?

"요한은 내 사촌언니 엘리사벳의 아들이란다." 마리아가 그에게 일러준 일이 있었다.

그가 기억하고 있었을까?

그래, 엘리사벳. 어릴 적에, 얼굴에 주름이 가득하고 머리가 하얀 엘리사벳을 처음 보았을 때는 요한의 할머니인 줄 알았다. 아들을 낳았을 때 엘리사벳은 이미 나이가 많았고, 본래 아이를 낳을 수 없었는데 하느님의 뜻으로 엄마가 될 수 있었다고 마리아가 설명해준 것은 조금 더 시간이 흐른 뒤였다.

예수는 엘리사벳을 기억했다. 하지만 요한은 기억나지 않았다. 전혀 기억이 없는 것은 아니라 해도 거의 기억이 없었다.

그러나 기억한다고 해서 무엇이 달라졌겠는가? 세월이 흘렀고 두 사람 모두 이제 어른이 되었는데.

아무튼 그는 요한을 쉽게 찾아낼 수 있음을 알고 있었다.

사람들이 말하길, 요한은 집을 떠나 사막에 살고 있다고 했다.

모두와 떨어져서.

혼자.

요한은 낙타털로 만든 겉옷 하나만 걸치고 있다고도 했다. 머리도 자르지 않고 수염도 깎지 않은 지 이미 오래되었다고도 했다.

그리고 음식으로는 수풀에서 따 모을 수 있는 열매들이랑 야생 벌꿀을 먹고, 메뚜기를 구워 먹는다고도 했다.

걸어가면서 예수는 요한이 보내는 날들을 상상했다. 사막의 모래를 유일한 거처로 삼고 홀로 지내는 삶이란 어떠한 것인지 궁금했다. 밤이면 불빛이라곤 하늘의 별밖에 없는 삶이란 어떤 것일까.

예수는 여러 날에 걸쳐 요르단강을 따라 내려갔다. 그리고 베타니아를 향해 가는 대상 행렬에 합류했다. 강을 건너려는 사람들은 모두 이 도시로 가야 했다. 강물의 깊이와 폭이 모두 줄어서 건너기가 수월한 일종의 건널목이 형성되었기 때문이다. 사람들의 무리에는 메소포타미아나 아라비아로 가는 상인과 여행자가 많았다. 또한 일거리를 찾는 장인도 있었고 걸인과 도둑도 있어서 지갑을 잃어버리는 일도 드물지 않았다.

예수는 그 도시에서 요한을 찾을 수 있을 거라고 생각했다.

곁에서 걷고 있던 부자 상인이 예수에게 말해주었는데, 요한을 만나기 위해 사방에서 사람들이 몰려온다는 것이었다.

"요르단은 물론이고 온 유다 지방에서 온다고. 예루살렘에서 오는 사람들도 있지."

"요한이 바로 그 메시아라고 하던데요! 그가 정말로 하느님께서 보낸 바로 그 사람일까요?" 그들 곁에서 걸어가던 한 부인이 물었다.

대화가 중단되는 걸 언짢아하며 상인이 대꾸했다.

"절대 그렇지 않아요. 사제들이 이미 와서 요한에게 물었는데, 요한 자신이 확답했다니까요. 자기는 메시아가 아니다. 자기는 다만 메시아가 오실 것을 준비하는 사람이다. 사막에서 외치는 소리이며, 더 이상 열매를 맺지 않는 나무의 가지들을 꺾는 자이고, 굽은 길을 펴서 덜 고생스럽게 만드는 자이다."

"아, 그래서 자기를 찾아온 사람들을 요르단강 강물에 빠뜨리는 겁니까?"

"그렇지요. 사람들의 과오를 씻어내기 위해서랍니다. 그래서 요한을 세례자라고도 부르는 거지요. 세례자 요한이라고 말입니다."

며칠 뒤 대상의 행렬이 베타니아에 가까이 이르렀을 때 예수는 요르단강의 건널목을 어렵지 않게 찾을 수 있었다. 바로 그곳에서 요한이 사람들에게 세례를 주고 있었다. 많은 이들이 서로 밀치면서 서둘러 강을 건너고 있었다.
까치발로 일어서서 보니 갈대 사이에 있는 요한을 알아볼 수 있었다. 물은 그의 가슴까지 닿았고 그의 수염은 머리카락과 마찬가지로 물 위에 떠 있었다.
요한은 품에 안고 있던 남자를 물속에 집어넣었다. 무척 다정하면서도 결연하게 행동했다. 남자가 물 밖으로 머리를 내밀자 요한은 모두가 들을 수 있을 만큼 큰 목소리로 그에게 말했다.
"이제 가시오! 옷이 두 벌 있다면 한 벌은 옷이 없는 사람에게 주시오."
다음은 젊은 여자 차례였다. 그녀는 물풀을 가로질러 물속으로 미끄러지듯 들어갔다. 요한은 남자에게 했던 것처럼 여자에게도 세례를 주었다. 그리고 이렇게 말했다.
"그대가 배부르다면 먹지 못해 배고픈 이에게 남은 빵을 주시오."

예수는 강변에서 몇 걸음 더 앞으로 나아갔다.
자신이 세례받을 차례가 되자 물속으로 완전히 들어가서 요한에게 다가갔다.
그런데 요한은 예수를 보고 깜짝 놀라며 행동을 멈추었다.
"당신이군요!" 요한은 마치 예수를 기다리고 있었다는 듯이 말했다. "당신을 필요로 하는 사람은 나인데, 당신이 나에게로 왔습니까? 나에게 세례를 베풀어주십시오." 요한은 예수 앞에 머리를 숙였다.

주변에 모여 있던 사람들은 무슨 일이 벌어지고 있는지 전혀 이해할 수가 없었다. 세례자 요한이 그 앞에서 머리를 숙인 이 젊은이가 도대체 누구인지 서로 물을 따름이었다.
그러나 예수는 요한에게 고개를 들게 했다.
"처음부터 그대가 하던 대로 합시다. 아무것도 바꾸지 맙시다."
이번에는 예수가 머리를 숙였다.
요한은 벅차오르는 감정을 느끼며 예수를 품에 안고 물속에 집어넣었다.
예수가 다시 머리를 물 밖으로 내밀었을 때, 눈부시게 빛나는 태양이 요르단강에 수많은 섬광을 비추었다.
군중은 이제 말을 잃었다. 흰 새가 그들의 머리 위로 날아가는 것이 보였다.
흰 새는 무언가 불확실한 듯 오랫동안 공중에서 원을 그리며 돌았다. 그러다 날개를 활짝 펼치더니 미끄러지듯 날아가 예수의 어깨 위에 내려앉았다.
그곳은 사막이었으므로 사람들은 미세한 모래알들이 얼굴을 때리자 바람이 일었음을 알았다.
예수는 조심스레 손을 내밀어 새의 매끈하고 하얀 깃털을 쓰다듬었다.
그리고 손가락을 뻗어 새의 다리에 가늘고 고르게 나 있는 줄을 따라, 그 단단하면서도 섬세한 홈을 어루만졌다.
군중은 이제 다시 말을 하기 시작했다. 웅얼거리는 듯한 그들의 이야기 속에서 같은 말이 계속 새어 나왔다. 이 사람이 메시아다, 이 사람은 하느님의 아들이다!
예수가 물에서 나오자 흰 새도 하늘로 날아올랐다.
작은 점이 되어 보이지 않게 될 때까지, 새파란 하늘에서 사라져버릴 때까지 사람들은 사막을 향해 날아가는 새를 오래도록 바라보았다.
이튿날, 살인적인 열기 속에서 예수는 요한을 남겨두고 베타니아를 떠났다. 그리고 전날 흰 새가 날아간 방향을 향해 나아갔다.

사막

모래가 그의 침대였다.
밤이면 추위를 막아주는 이불이 되었다.
별들이 불면의 밤을 밝혀주었다.
그리고 들짐승들이 동반자가 되어주었다.

그는 사십 일 동안 사막에 머물렀다.
홀로, 아무것도 먹지 않았다.
그는 걸었다.
목이 너무 말라와서 갈증을 조금이라도 덜어보려고 바위를 핥았다.
배고픔을 잊어보려고 입안에 돌멩이를 밀어 넣기도 했다.

하루는 사막여우가 그를 따라왔다.
이따금 그가 걸음을 멈출 때면 영양이 다가와 주둥이를 그에게 비벼대곤 했다.
밤에 그를 둘러싸는 것은 모래벼룩.
거미.
귀뚜라미.
흰개미였다.
여전히 뜨거운 모래 위에 몸을 누이면 온갖 소리가 들렸다.
씹는 소리, 부수는 소리, 으르렁거리는 소리.
문지르는 소리, 기어가는 소리, 포효하는 소리.
흙을 파는 소리, 울부짖는 소리, 밤새가 우는 소리.
각각의 모든 소리가, 가장 작은 진동조차도, 그의 귀에 닿았다.
그리고 저녁이면 새로운 멜로디로 그를 재워주었다.
때로 바람이 섞여들면 그 단조로운 선율도 또 다른 지평선 너머로 사라지곤 했다.
마치 도둑이 훔쳐 가기라도 하듯이.
때로 달이 빛나면 각각의 소리가 더욱 강해지고 반향도 더욱 커지는 듯했다.

때로 돌들이 모래를 대체하면 음표가 질서도 없이 이어졌다.
마흔 번의 밤을 보내는 동안 그는 윙윙거리고 웅성대는 이 세상의 소리를 들었다.
세상은 그에게 자신의 비밀을 웅얼거리고 있었다.

마흔한 번째 되는 밤, 그 목소리가 들려왔다.
그는 모래언덕의 움푹한 곳에 누워 있었다.
돌을 베고서.
메뚜기의 선율.
개미들의 교향악.
저 멀리 종달새의 노래.
그리고 아무 소리도 나지 않았다.
아무것도.
침묵이 내려앉았다.
완전한 침묵.
차갑고 나쁜 바람이 불었다.
별빛이 꺼졌다.
어둠 속에서 그 목소리가 울렸다. 혼자서 수십만 명을 공포에 떨게 할 수 있는 그 목소리. 악마의 목소리.
"사십 일 동안 아무것도 먹지 않았다고? 아무것도 삼키지 않았다고? 입안에 아무것도 넣지 않았다고?"

악마가 말을 하자마자 예수의 배가 꾸르륵 소리를 냈다. 마치 어떤 괴물이 배 속에 들어앉아 지난 사십 일 동안 빼앗겼던 모든 것을 돌려달라고 요구하는 것만 같았다.
그가 베고 누웠던 돌들이 둥그런 빵으로 변했다. 겉이 바삭하고 황금빛이 도는 빵. 갓 구워져 나온 듯 따뜻한 빵.
예수는 손을 내밀어 빵을 집으려 했지만 빵에 손이 닿는 순간 깨달았다.
그건 그저 돌덩이였다. 먼지를 뒤집어쓴 돌덩이.

예수가 실망하는 모습을 보고 악마는 웃음을 터뜨렸다.
"실망했나? 위장이 텅 비었다고 울부짖는 모양이지? 하지만 네 친척 요한이 여기저기서 이야기하고 다니는 것처럼 네가 정말 하느님의 아들이라면 이 돌들을 빵이 되게 해서 맘껏 먹으면 될 텐데!"

예수는 다시 일어섰다. 손에는 땅에서 주운 돌덩이 하나가 쥐여 있었다.
그는 돌덩이를 멀리 던져버렸다.
그것만으로도 고통스러웠다.
몸은 휘청거렸고, 머리는 어지러웠다.
하지만 다시 다른 돌덩이들을 집어 던지기를 계속했다.

"지금 뭘 하는 거지?" 악마가 당황해서 물었다. "배고프지 않아?"
"그래, 배가 고프다. 하지만 사람을 배불리 먹이는 것은 다른 무엇보다도 하느님의 말씀이다." 예수가 답했다. 그리고 등을 돌려 모래 위에 앉았다.
그러자 악마는 예수를 어둠과 혼돈 속으로 던져 넣었다.
짧은 순간에 강렬한 추위가 예수를 사로잡았다.
그의 머리에 폭풍보다 강력한 입김이 불어닥쳤다.
그리고 눈을 멀게 할 것 같은 불빛이 비쳤다.
악마는 놀랍게도 한순간에 예수를 데려다가 예루살렘 성전 꼭대기에 두었다.
예수가 내려다보니 두 발이 까마득한 허공에 떠 있었다.
악마가 예수의 주위를 돌며 말했다.
"자, 뛰어내려보라고! 네가 하느님의 아들이라면 뭐가 두렵겠어? 네가 뛰어내리자마자, 땅바닥에 부딪혀 부서지지 않도록 하느님이 너를 붙잡아주실 텐데 말이야."
현기증이 일 만큼 높았고, 허공에 빨려드는 듯한 느낌도 들었지만, 예수는 어깨를 으쓱해 보일 뿐이었다.
"왜 헛되이 하느님을 시험해야 하지? 왜 이런 식으로 하느님을 귀찮게 해야 하지? 너는 하느님께서 해야 할 더 중요한 일들이 있다는 걸 모르나?"

예수가 말을 다 마치기가 무섭게 악마는 그를 다시 어둠과 혼돈 속에 몰아넣었다.
또다시 강렬한 추위가 예수를 파고들었다.
그리고 폭풍보다 강력한 입김이 얼굴에 불어닥쳤다.
이어서 눈을 멀게 할 것 같은 불빛이 비쳤다.
예수가 다시 눈을 떠 보니 세상에서 가장 높은 산꼭대기에 와 있었다.
공기가 맑고 신선했다.
주변을 둘러보니 온 세상이 다 보였다.
들과 초원.
호수와 바다.
성과 궁전.
금과 보물.
"자, 이것들이 세상에 있는 가장 아름다운 것들이다." 악마가 말했다.
예수가 온 세상 모든 왕국의 부를 보고, 그가 누릴 수 있는 권력과 영광을 충분히 생각해 볼 수 있게 한 뒤에, 악마는 말을 이었다.
"이 모든 것, 들과 초원, 호수와 바다, 성과 궁전, 금과 보물이 모두 네 것이 될 것이다. 다만…"
악마는 마지막 단어를 길게 끌며 잠시 말을 멈추었다.
"… 다만 내 발아래 엎드려 절을 한다면!"

예수의 얼굴에 미소가 어렸다.
"네 발아래 엎드려 절을 하라고? 나는 오직 하느님 앞에서만 엎드려 절할 뿐이다. 이제 나는 네가 나를 찾았던 그곳으로 돌아가련다."
그러자 악마는 마지막으로 예수를 어둠과 혼돈 속에 몰아넣었다.
잠시 뒤에 예수는 악마가 그를 찾아왔던 모래언덕의 움푹한 곳에 누워 있었다.
사막여우가 모래 위에 엎드린 채 주둥이를 앞발에 얹고서 그를 쳐다보고 있었다.
예수가 달빛에 적응하는 잠깐 사이에 악마는 가버렸다.
모래 위로 길게 흔적을 남기며 멀어지는, 비늘로 덮인 악마의 꼬리가 눈에 띄었다.
이제 악마는 어둠과 혼돈 속으로 사라졌다.
마치 전혀 존재하지도 않았던 것처럼.

푸른 시간

그는 베드로라고 불렸다.
예전에는 시몬이라고 불렸지만, 순식간에 모든 게 변했고 그는 베드로가 되었다.
왜 베드로일까? 아마도 그가 물고기를 잡으러 가면서 물에 자기 배를 띄우기 전에 주운 돌멩이 때문일 것이다. 아버지와 할아버지가 그랬던 것처럼 그 역시 주머니에 넣어두었던 돌멩이 세 개. 그날 해가 떠오를 때 자기 형제 안드레아와 함께 배를 뭍으로 끌어올리고는 화가 나서 던졌던 돌멩이 세 개.

저녁이 되자, 두 사람은 돛을 올리고 너른 호수로 나갔다. 수평선 너머의 태양이 부드러운 햇살로 호수 기슭을 적셨다. 멀리서 아이들이 외치는 소리와 양들의 울음소리가 들렸다. 베드로가 좋아하는 시간이었다. 한낮의 열기에 달아오른 피부를 물보라가 식혀주고 저녁의 미풍으로 빠르게 배를 몰아 어장에 금세 닿을 수가 있었다. 이 시간은 그물을 가득 채워 돌아오리라는 희망으로 가득했다.
마치 수천 개의 깨진 거울 조각처럼 물이 반짝였다. 마지막 잔광이 하늘에서 사라지자 너른 호수의 푸른빛이 하늘과 섞여들었다. 두 형제가 좋아하는 시간이었다. 마을에서 멀어지고, 일상의 근심으로부터도 멀어지는 시간이었다. 이 시간은 마음 안에 행복하고 자유로운 기분을 불러일으켰다. 두 형제는 이 시간을 '푸른 시간'이라 불렀다.
밤이 찾아왔다. 별이 총총한 아름다운 밤하늘 아래 그물을 던졌다. 처음에 다른 어부들이 오가는 자리에서는 불안 따위는 전혀 느끼지 않았다. 하지만 뭍에서 점점 멀어지는데도 그물이 계속 절망적일 만큼 비어 있으니 걱정되기 시작했다. 그리고 밤새 이리저리 배를 몰았지만, 물고기를 한 마리도 잡지 못한 채 카파르나움으로 돌아와야 했을 때는 마음이 어둡고 무거웠다. 예전부터 두 형제의 가족은 호수에 의지해 살았다. 고기잡이가 잘되지 않을 때도 있었지만, 이렇게 한 마리도 못 잡는 일은 없었다. 물고기가 없으면 그들은 어떻게 살아가야 할까?

집으로 돌아가는 길에 시몬은 화가 나서 돌멩이 세 개를 던졌다.
예수가 그들을 찾아온 것도 바로 그때였다. 예수는 어슴푸레한 빛에서 걸어 나와 시몬이 던진 돌멩이들을 주웠다.
그리고 두 형제에게 다가와 말을 건넸다.
"첫 번째 돌은 위험을 멀리하는 것.
두 번째 돌은 물고기를 많이 잡는 것.
세 번째 돌은 하느님의 자비에 감사드리는 것이지요."
예수는 돌멩이 세 개를 다시 시몬의 손에 쥐여주었다.
그리고 덧붙여 말했다.
"베드로, 이제 다시 배를 타고 나가, 깊은 곳에서 물고기를 잡아보세요."
지난밤에 고생한 탓에 몹시 지쳐 있었지만 안드레아와 시몬 두 형제는 다시 배를 물에 띄우고 돛을 올렸다. 그리고 처음 보는 이 남자와 함께 너른 호수로 나왔다.

바람이 아주 빠르게 그들을 호수 한가운데로 데려다주었다.
지난밤 호수에는 물고기가 하나도 없는 듯했는데, 이번에는 거대한 농어떼와 잉어떼가 투명한 물살에 그대로 비쳐 보였다. 그 사이에는 송어와 은어도 많이 섞여 있었다. 날이 완전히 밝자 물고기들의 하얀 배와 반짝이는 비늘이 은빛 물결을 비추었다.
두 형제는 그물을 던지기가 무섭게 다시 끌어올려야 했다. 삽시간에 배가 물고기로 가득 차서 그 무게 때문에 뒤집힐 것 같았다. 멀리에서 제베대오의 아들인 야고보와 요한의 배가 지나는 것을 보고 신호를 보내 가까이 다가오게 하여 다음번에 잡은 물고기를 그 배에 실었다. 그리하여 두 배가 가득 찰 때까지 물고기를 잡았다. 물고기를 한 마리만 더 실어도 배가 호수 바닥으로 가라앉을 지경이었다.
그들이 뭍으로 돌아오자 마을 사람들이 호숫가로 몰려나왔다. 카파르나움에서 이렇게 많은 물고기는 일찍이 본 적이 없었다.

그들은 수고해서 잡은 물고기를 팔고, 남은 몇 마리를 불에 구워서 함께 식사를 했다.
처음에는 예수가 함께 있기도 하거니와 너무 배가 고프기도 해서, 네 청년은 말없이 먹기만 했다. 그러다 야고보가 기적 같았던 물고기잡이 이야기를 시작하자 다시 화기애애한 분위기가 돌아왔다. 모두가 동시에 이야기를 시작했다. 모두가 부산스러운 아이들마냥 별것도 아닌 말에 웃음을 터뜨렸다. 다른 사람이 말을 받았고, 또 다른 사람이 그 말을 끊었다가 다시 이야기가 이어지곤 했다.
예수는 음식을 먹으면서 그들의 이야기를 들었다. 예수의 미소와 강렬한 눈빛이 다른 네 사람의 흥을 더 북돋워주었다. 식사가 끝나자 안드레아가 배낭에서 무화과 몇 개를 꺼내 놓았다. 모두가 부드럽고 달콤한 과육을 맛보는 동안 잠시 침묵이 내려앉았다.
이번에 침묵을 깬 것은 요한이었다.
"나자렛에서 오셨다는데, 맞습니까?
치유자라고 하던데, 정말 그런가요? 끔찍한 병에 걸렸던 아이를 고쳐주셨다던데요?
또 어떤 사람들이 그러던데, 당신은 하느님께서 보내신 분이라고, 모두가 기다리고 있는 그 유명한 메시아라고요, 그 말이 모두 사실인가요?"
요한은 예수가 대답할 틈도 없이 질문을 연달아 늘어놓았다.
그가 숨이 가빠서 질문을 잠시 멈추었을 때 예수가 간단하게 말했다.
"말한 모든 것이 사실입니다. 나는 사람들에게 기쁜 소식을 알리려고 왔어요."
"기쁜 소식이요? 어떤 소식 말입니까?" 안드레아가 궁금해하며 물었다.
"기쁜 소식이란 이러합니다. 사람들이 마침내 행복하게, 하느님의 율법을 따라 행복하게 살게 되는 때가 왔다는 것이지요!"
네 청년에게 자신의 말이 잘 스며들도록 잠시 기다렸다가 예수가 말을 이었다.
"그리고 여러분도 나와 함께 다니며 이 기쁜 소식을 우리의 모든 형제자매에게 알릴 것입니다."
"우리의 형제자매라니요? 나에게 형제라고는 여기 요한밖에 없는데요."
야고보가 어리둥절한 표정으로 말했다.
예수가 미소를 지으며 대답했다.
"내 말을 오해했군요. 이제부터는 하느님의 말씀을 듣는 모든 이가 당신의 형제이고 자매입니다. 하느님의 말씀을 실천하는 사람은 모두 새로운 가족을 이루는 것입니다."
"하지만 왜 우리가 함께하기를 원하는 건가요?" 이번에는 시몬이 물었다. "그렇게 하는 게 무슨 소용이 있을까요? 우리는 치유 능력이 있는 것도 아니고 말을 잘하는 것도 아닙니다. 우리는 그저 어부일 뿐이니까요! 우리가 할 줄 아는 것이라고는 물에 그물을 던졌다가 다시 끌어올리고, 바람과 물결을 따라 배를 모는 것뿐입니다!"

"걱정하지 마세요." 예수가 대답했다. "이제 여러분은 물고기가 아니라 사람을 낚는 어부가 될 겁니다. 그리고 여러분이 낚은 사람들은 모두 여러분 덕분에 구원받을 것입니다. 그들은 하느님의 말씀을 들을 수 있을 테니까요."

잠시 침묵이 내려앉자 네 청년은 예수의 말을 곰곰이 다시 생각해보았다.

"해가 좀 기울 때까지 쉬도록 하지요. 그런 다음 사람들에게 이 기쁜 소식을 알리기 위해 길을 떠납시다, 나의 형제 여러분."

그들은 일어나 자기 물건들을 챙겨서 산악지방으로 구불구불 이어지는 길을 따라 올라갔다. 등 뒤에서 카파르나움 시내가 점점 더 작아져서 마지막에는 장난감처럼 보이게 되었다.

"아시죠, 내 이름은 베드로가 아닙니다." 예수와 나란히 걷고 있던 시몬이 갑작스레 말을 꺼냈다. "내가 세상을 처음 본 날 아버지가 내게 주신 이름은 시몬입니다!"

예수는 웃기 시작했다. 하지만 그의 웃음은 마음을 상하게 하는 모욕적인 웃음은 전혀 아니었다. 그건 어른이 어린아이의 말을 듣고 재미있게 느낄 때 짓는 웃음이었다.

"내가 베드로라고 부르는 것은 그 이름이 돌을 뜻하기 때문이에요. 돌은 아주 단단한 것이지요. 사람들은 돌을 가지고 집을 짓고요. 나중에 베드로도 돌을 가지고 아주 훌륭한 집을 지을 겁니다. 바로 그 집에서 지금 우리가 전하러 가고 있는 이 기쁜 소식을 알리게 될 테고요."

베드로는 잠시 예수와 나란히 걸었다. 그러다가 길이 더 좁아지자 예수의 뒤에서 따라 걷기 시작했다.

허공에 커다란 풍뎅이들이 날고 있었다. 가끔 그중 한 마리가 붕붕거리며 그들의 머리나 수염 속으로 날아들었다.

멀리에서 태양이 호수 뒤로 넘어가기 시작했다.

아래쪽에서는 양들의 울음소리와 밤이 오기 전에 양들을 불러 모으는 목동들의 외침이 들렸다.

푸른 시간이었다.

푸른 시간이었고, 모두가 꿈과 희망과 자유에 이끌려 걷고 있었다.

혼인잔치

어느 집에서 혼인잔치가 열리고 있었다. 집이 정원을 둘러싼 형태로 지어져 정원은 바깥에서 보이지 않았다. 하얀 벽에도 창문이 드물게 나 있었다. 집이 퍽 작아 보였기 때문에 사람들은 아침부터 서둘러 몰려든 손님들이 들어갈 자리가 있을지 염려했다.

하인들은 물과 포도주가 담긴 항아리와 음식을 나르고 있었다.

요리사들은 양손에 각각 깃털을 뽑은 닭 다섯 마리를 들었다.

푸주한들은 두꺼운 천으로 감싼 고깃덩어리를 끌고 가거나 어린 양을 통째로 어깨에 메고 다녔다.

제빵사들과 그 조수들은 크고 둥근 빵 덩어리를 작은 마차 바퀴처럼 굴려댔다.

제과 장인들이 제각기 무화과, 피스타치오, 꿀을 넣어 만든 과자들을 커다란 쟁반에 담아 들고 있었다.

짐꾼들은 차, 향신료, 민트를 날랐다.

신랑과 신부의 가족들은 서로 뒤섞여 집 안 여기저기에 흩어져 있었다.

신부는 집 안쪽 깊숙한 방에 있었다.

신부 곁에는 자매들이 있었는데, 동생은 일정한 동작으로 신부의 머리를 빗기고, 언니는 신부에게 수놓인 드레스를 입혔다.

복도에는 물결이 일정하게 밀려오듯이 이제 도착한 손님들이 계속해서 밀려들었다. 왁자지껄한 틈바구니에서 사람들은 자기 목소리를 들리게 하느라 더 크게 떠들었다.

악사들은 예식이 시작할 때를 대비해서 각자 자기 악기를 조율하고 있었다. 한 사람은 류트를 튕기고, 한 사람은 피리를 불고, 한 사람은 북을 쳤다.

신랑의 아버지는 땀이 맺힌 붉은 얼굴로 자기 집에서 열리는 잔치를 주관하고 있었다.

손에 선물을 든 친구들, 이웃들, 먼 친척들이 방금 도착했다.

그리고 마리아도 와 있었다.

아들 예수도 어머니를 만나러 그곳에 와 있었다.
모든 이에게 베드로라고 불리는 시몬도 예수를 따라 그곳에 와 있었다.
안드레아.
요한.
야고보도 와 있었다.
새로 합류한 필립보.
바르톨로메오.
토마스.
그리고 부유한 세리였으나 모든 것을 버리고 그들을 따른 마태오도 와 있었다.

이윽고 예식이 시작되었고 악사들이 연주를 시작했다.
정원으로 난 작은 통로에는 마을의 유력자들이 와 있었다. 그들은 서로 밀쳐대는 군중 때문에 짜증을 냈다.
마을의 바보는 평소에 자기를 피하던 사람들에게 다가서고 있었다.
태양이 밝게 빛났고, 사람들이 차려입은 옷들이 반짝였다.
고양이들은 고기 굽는 냄새에 이끌려 왔지만 사람들의 발에 밟힐까 봐 무서워 주저하고 있었다.
도마뱀들은 평소와 다른 활기에 산만해져서 담장 사이에 숨어 있었다.
이 모든 이가 상인의 아들과 양피지 장인의 딸의 혼인을 축하하려고 카나에 모여 있었다.

정원 가운데에는 몇 그루의 나무가 있어 시원하면서도 온화한 그늘을 드리웠다.
땅에는 손님들의 눈을 즐겁게 하고 신혼부부의 영예를 드러내고자 시종들이 수천 송이의 꽃을 흩뿌려놓았다.

이윽고 머리를 땋아 올린 신부가 맨발로 정원에 들어섰다. 그녀는 방금 피어나 취할 듯한 향기를 사방으로 퍼뜨리는 장미와 자스민, 라일락과 아카시아, 아네모네와 맨드라미와 목련, 온갖 꽃들을 밟고 걸어왔다.

여자들이 노래하기 시작했다.

아이들은 무슨 일이 일어나는지 더 잘 보려고 나뭇가지에 올라가 앉았다.

손님들은 모두 신랑신부의 식사가 마침내 시작할 수 있도록 제각기 자리를 잡고 있었다.

하인들이 음식을 날라 오자 손님들은 주변 사람들과 함께 먹는 즐거움 때문이기도 했지만 무척 배가 고팠기 때문에 허겁지겁 먹어댔다.

레몬즙을 뿌리고 허브를 넣어 요리한, 살이 무지갯빛으로 빛나는 생선 요리.

그릴에 구운 고기와 양념에 절인 채소.

흰 빵과 신선한 치즈.

향을 넣은 꿀과 설탕에 졸인 무화과.

갈증을 풀어주는 포도주. 한낮의 열기와 주고받은 대화가 손님들의 목구멍을 건조하게 만들었기 때문에 시종들은 포도주를 양껏 따라주었다.

식사 도중에 화기애애한 분위기가 한창 무르익었을 때, 하인들과 요리사들이 서로 다투기 시작했다. 이 묽은 포도주가 항아리 바닥에 한 방울도 남지 않았던 것이다.

하인들과 요리사들은 서로에게 그 책임을 미루려 했다.

신랑의 아버지가 한탄했다. 자기 집안과 아들에게 구두쇠라는 낙인이 찍혀 수치를 당하게 되리라는 걸 알았기 때문이다.

마리아는 하인들이 동요하고 혼주인 신랑의 아버지가 불안해하는 것을 지켜보았다. 하인들이 가져오는 포도주가 점점 더 묽어지고, 그래서 점점 더 물맛이 나고 있었다. 마리아는 몸을 기울여 아들의 귀에 대고 몇 마디 말을 속삭였다.

조금 멀리 떨어진 곳에서 신부가 색색의 꽃들에 둘러싸여 있었다.

신부의 곁에는 방금 그녀와 혼인한 젊은 청년이 서 있었다. 신랑의 얼굴에는 아직도 솜털이 보송했다. 서로 사랑하는 두 사람은 이렇게 많은 사람의 이목이 자신들에게 집중되는 것에 적잖이 긴장했다. 두 사람은 가까이 다가서다가 서로의 몸이 닿자 진주 같은 잇속을 드러내며 웃었다.

맞은편에서 그들을 바라보던 예수는 이 혼인잔치를 망쳐놓을 불행이 다가오고 있음을 알았다. 그는 자리에서 일어나 부엌으로 가서 하인들을 만났다. 그리고 아주 간단하게, 빈 항아리에 깊은 우물에서 길어 온 신선하고 맑은 물을 채우라고 시켰다. 하인들은 영문을 몰라 어리둥절했지만 예수가 시키는 대로 했다. 그리고 떨리는 손으로 항아리를 가져다 손님들의 잔에 따랐을 때 붉은 포도주가 흘러나오는 것을 볼 수 있었다.

그리고 손님들은 이렇게 맛있는 포도주를 대접해준 데 대해 혼주를 칭찬했다.

모두 잔을 들어 올려 신랑과 신부가 행복하고 번창하기를 빌어주었다.

그렇게 그날 하루가 다 가고 손님들이 돌아가기 시작했을 때, 신랑의 아버지는 감사의 인사를 하려고 예수를 찾아다녔다.

하지만 예수는 이 첫 번째 기적을 일으킨 뒤 곧바로 가버렸다.

잘 살펴보았더라면 그가 자기 친구들과 함께 마을을 떠나는 것을 보았을 것이다.

그는 갈릴래아의 길을 따라 떠났다.

이 길 위에서 이제 막 모든 일이 시작되고 있었다.

경이

남자가 오는 게 보이기도 전에 그의 소리가 먼저 들렸다.
처음에는 누구도 알아채지 못했고 고개를 들지 않았다.
떨림에 지나지 않는 미세한 소리.
고치에서 나오는 나비.
날개를 비비는 메뚜기.
다리를 펼치는 거미.
하지만 소리는 차츰 커지더니 모두가 귀를 쫑긋 세우게 했다.
바람에 부푼 돛.
짐을 가득 싣고 굴러가는 수레의 바퀴.
더욱 가깝게 들려오자, 어떤 짐승의 울음소리처럼 들렸다.
—나귀의 울음소리.
전장 위로 날아다니며 짖어대는 까마귀 울음소리—
모두가 작은 언덕에 가려서 보이지 않는 길 쪽을 쳐다보았다. 앞으로 보게 될 광경이 무엇인지 이미 알고 있었지만, 시선을 돌릴 수도 없었다.
남자가 언덕을 돌아 나타나자, 어떤 장애물도 막을 수 없게 된 그 소리는 일찍이 들어본 적 없을 만큼 강력해졌다.
비웃는 소리 같기도 했다.
울부짖는 소리 같기도 했다.

남자는 다리를 절면서 다가왔다. 한 손에는 지팡이를 짚고, 다른 손으로는 딱따기를 들고 있었다. 딱따기 소리 때문에 그가 오고 있다는 것을 미리 알 수 있었다. 얼굴은 찢어진 더러운 천으로 가렸다. 머리에는 챙이 넓은 모자를 썼다. 여기저기 상처 난 몸을 누더기로 겨우 가리고 있었다.
남자는 친구들에 둘러싸인 예수를 알아보고는 언덕 위에서 갑작스레 멈춰 섰다.
“나는 나병환자입니다!” 쉬어버린 거친 목소리로 그가 소리쳤다. “나병환자라고요!”
남자는 빠르게 딱따기로 소리를 냈다.
그 모습을 본 요한과 야고보는 순간적으로 역겨움이 일어 예수의 소매를 잡아끌었다.

"멀리 떨어집시다. 그냥 빨리 지나가게 두세요."
베드로와 토마스, 그리고 나머지 사람들은 이미 멀찍이 물러나 있었다. 하지만 예수는 길 한 가운데 그대로 남았다. 마치 나병환자가 병에 걸리지 않은 사람에게 접근하는 것을 금하는 율법을 무시하는 듯 보였다.
"나병환자, 나병환자라고요!" 남자가 다시 소리치며 딱따기로 소리를 냈다.
하지만 남자가 아무리 열심히 딱딱 소리를 내도 예수는 물러서지 않았다. 놀라서 어쩔 줄 몰라 하는 친구들 앞에서 오히려 예수는 감염의 위험을 무릅쓰고 그 나병환자에게 다가가 얼굴을 마주했다.
남자의 손은 병 때문에 온전치 못했다. 찢어진 겉옷 사이로 보이는 몸의 이곳저곳에는 피부가 벗겨져 있었다.
다른 사람이 자신에게 다가오는 것이 익숙하지 않았던 남자는 당황하여 몸을 떨기 시작했다. 딱따기를 쥔 손을 멈추고, 이제까지 사람들을 달아나게 했던 "나병환자"라는 말을 웅얼거릴 뿐이었다.
주위의 경고에 신경 쓰지 않고 예수는 남자와 얼굴을 마주하고 서 있었다. 요한과 야고보와 다른 친구들이 만류할 사이도 없이 예수는 병든 남자의 얼굴을 덮은 더러운 너울을 들추었다. 남자의 입은 일그러졌고, 눈꺼풀은 아예 없었으며, 코는 거의 사라졌다.
이 광경 앞에서 예수의 친구들은 뒷걸음질 쳤다. 베드로는 쓰러지려는 마태오를 부축했다.
예수는 남자 주변에 맴돌던 파리들을 쫓았다. 그리고 남자에게 손을 내밀어 얼굴을 쓰다듬었다. 천천히, 마치 연고를 바르듯, 찢어지고 뜯긴 병자의 피부를 손가락과 손바닥으로 어루만졌다.
어루만지기를 마쳤을 때 예수가 말했다. "이제 당신은 깨끗합니다. 갓난아기처럼 깨끗합니다."
남자는 잠시 꼼짝도 할 수 없었다. 말이 나오지도 않았고 몸이 떨리지도 않았다.
남자의 주변에 적막이 흘렀다.
돌멩이 하나 발에 차여 움직이지 않았다.
풀잎 하나 바람에 일렁이지 않았다.
나비 한 마리 날개를 펼치지 않았다.

남자가 모자를 벗고 너울까지 벗자, 그 광경을 목격한 사람들의 입에서 감탄과 경악의 탄성이 새어 나왔다. 남자가 아직 붕대가 감겨 있는 손가락으로 너덜너덜한 병든 피부 조각들을 떼어내자 매끈하고 잘생긴 얼굴이 드러났다. 코는 본래 모습을 되찾았고 입술은 깔끔하고 부드러운 곡선을 그렸다. 눈꺼풀이 다시 덮인 눈에서는 눈물이 흘렀다.

"내 손… 내 코…"

남자는 예수 앞에 무릎을 꿇었다.

"고맙습니다, 정말 고맙습니다!" 북받치는 감정을 억누르며 남자가 여러 번 말했다. 온몸을 더듬어보았지만, 병의 흔적조차 모두 사라지고 없었다.

남자는 열 번이고, 백 번이고, 천 번이고 감사하다고 말했다.

바르톨로메오가 남자에게 씻을 물을 떠다 주었다.

마태오는 남자에게 새 옷을 내주었다.

그리고 다른 사람들은 남아 있던 빵을 모아 왔다.

식사하는 동안에도 남자는 몇 번이고 얼굴을 만져보았다. 질리지도 않는 듯 팔과 다리를 쓰다듬고, 처음 보는 것처럼 손가락을 살폈다. 그리고 웃기 시작했다. 한 번 웃음이 터지자 멈출 수가 없었다. 모두가 남자의 기쁨을 나누었다.

헤어질 시간이 되자 남자는 몇 번이나 예수를 포옹했다.

요한과 베드로와 다른 이들도 껴안고 인사를 나누었다.

그리고 입술에 미소를 머금은 채 돌아가, 자신에게 일어난 경이를 사람들에게 알렸다.

그 뒤로 며칠 동안 남자의 모자와 딱따기는 길 위에 그대로 남아 있었다.

그러다 바람에, 혹은 빗물에, 쓸려 사라졌다.

몇 주가 지나는 동안 예수는 많은 경이를 일으켰다.

카파르나움에서는 열병 난 아이를 구했다.

불치병에 걸린 늙은 여인을 낫게 했다.

한 남자의 몸에 숨어 있던 마귀를 쫓았다.

몸이 마비된 사람을 다시 걷게 했다.

수만 명의 병든 이들과 호기심 많은 이들이 이적에 이끌려 카파르나움으로 찾아왔다.

예수를 둘러싸고 믿을 수 없을 만큼 많은 이야기가 돌았다. 예수가 주술사라고 하는 이들도 있었고 마술사라고 하는 이들도 있었다. 약속의 땅을 지배하고 있는 로마인들을 쫓아낼 해방자라고 말하는 이들도 있었다. 혹은 하느님의 말씀을 전할 임무를 띤 메시아라고도 했다. 이 모두를 겸한 사람이라고 말하기도 했다. 모두가 예수와 가까워지길 원했다. 치유를 원하는 이들도 있었고, 그에 관한 이야기들을 확인하려는 이들도 있었으며, 단지 호기심을 채우려는 이들도 있었다.

이 모든 소란이 당국의 심기를 건드렸다. 바리사이* 같은 많은 종교인이 예수에 대해 들려오는 소식들에 짜증을 냈다. 그들은 메시아로 여겨지는 이 예수라는 자가 누구인지, 그의 비결은 무엇인지, 그런 이적들을 행하기 위해 그가 무슨 마법을 쓰는 것인지 서로 물었다. 그런데 그가 기도하는 날인 안식일에 어떤 사람을 고쳐주었다는 사실까지 알게 되자, 그들은 그가 신성모독자라고 선포했다. 그리고 결정적으로 그를 죄인으로 정죄했다.

"왜 며칠 기다렸다가 그 사람을 치유해주지 않았습니까? 손이 말라버려 쓰지 못한 지 이미 오래되었는데요." 요한이 물었다. 다른 친구들과 마찬가지로 그 역시 불안했다. 그는 바리사이들이 두려웠다. 그들의 권력으로 예수를 감옥에 가둘 수도 있다는 것을 알았기 때문이다.
"내가 그 사람을 고쳐주기 전에 하루를 더 기다렸어야 한다는 말인가요? 그를 다시 보지 못해서 죽을 때까지 고생하도록 내버려두어야 할지도 모르는 위험을 무릅써야 했단 말인가요? 요한, 그렇게 생각하는 거예요?"
"제가 하려는 말은 그게 아닙니다. 아시다시피, 그 사람을 고쳐줌으로써 바리사이들을 거스르게 되었잖아요. 그들 말에 따르면 이 사람을 안식일에 고쳐준 것은 율법에 어긋나는 일이었어요."
"내가 한 가지만 말할게요…" 예수는 이렇게 이야기를 시작했다가 다른 친구들도 다가와 이야기를 들을 수 있도록 잠깐 시간을 두었다.
이제 예수의 일행에는 요한, 베드로, 야고보, 안드레아가 있었고, 이들보다 조금 늦게 합류한 필립보, 바르톨로메오, 토마스, 마태오가 있었다. 그리고 타대오와 또 다른 야고보가 있었고, 열혈당원 시몬, 유다 이스카리옷이 있었다. 늦게 온 이들도 먼저 온 이들처럼 이전의 삶을 버리고 예수와 함께하기로 한 사람들이었다. 이제 예수를 둘러싼 일행은 모두 열둘이 되었다. 이들은 그의 믿음을 얻었고, 그의 가르침을 따랐으며 하느님께서 그들에게 전하시는 새 율법을 발견했다. 그들은 열기를 피해 어느 집 옥상에 자리를 잡았다. 그리고 바닥에 거적을 깔고 비스듬히 누웠다. 여러 개의 등불을 밝혔고, 밤이 되자 이따금 모기가 타다닥 불타는 소리가 들리곤 했다.

* 기원전 2세기에서 기원후 1세기까지 유대교 안에는 신학적 입장과 실천적 방식을 달리하는 여러 분파가 존재했다. 성전의 사제들을 중심으로 하여 제의를 중시하며 가장 보수적인 신학을 추구했던 사두가이들이 있었고, 사두가이와 대립하고 경쟁하며 제의보다 율법을 중시하고 율법의 세밀한 해석과 엄격한 실천을 강조한 바리사이들이 있었다. 유대인 사회의 지배층이었던 이들과 달리 세속으로부터 떨어져 나가 광야에서 신비적 영성을 추구하며 금욕적 공동체 생활을 실천했던 소수의 에세네파가 있었고, 다른 한편으로는 로마의 지배를 받는 상황에서 유다 민족의 독립을 적극적으로 쟁취하려던 열혈당이 있었다. 신약성경의 네 복음서를 보면 예수는 형식적인 제의와 율법 준수가 오히려 인간을 억압한다는 사실을 비판하면서 진정한 하느님 사랑과 이웃 사랑의 실천을 강조한다는 점에서 기득권 세력인 사두가이 및 바리사이와 대립했다. 서기 70년에 열혈당의 반란이 로마에 의해 제압되면서 예루살렘 도성과 성전이 파괴되고 유대인 디아스포라가 형성되면서 이후 유대교는 바리사이 랍비들과 그들의 회당(시나고그)을 중심으로 완전히 재편되어 오늘에 이른다.

"가진 것이라곤 암양 한 마리밖에 없는 목동이 있었습니다. 그런데 그 암양이 하필 안식일에 구덩이에 빠졌습니다. 그러면 목동은 암양을 포기해야 할까요? 바리사이들이 안식일에는 아무 일도 하지 말아야 한다고 정해놓았으니, 목동은 암양이 고통스러워하도록 내버려두고 자신도 양젖을 영영 먹지 못하게 되도록 가만히 있어야 할까요?"
"물론 아닙니다." 요한이 답했다. "그러면 목동은 전 재산을 잃게 될 테니까요."
다른 이들도 고개를 끄덕이며 동의했다.
예수가 이어서 말했다.
"그럼, 여러분의 말을 따르자면, 그리고 바리사이들의 말을 따르자면, 사람보다 암양이 더 중요하다는 게 되지 않을까요? 하지만 사람 한 명이 천 마리의 암양보다 더 소중하지 않은가요? 하느님께서 계약을 맺은 것은 사람과 맺은 것이 아니겠습니까? 하느님이 사람의 조상 아브라함과 모세와 계약을 맺지 않으셨나요?"
아무도 대꾸하지 않았으므로 예수가 계속 말했다.
"나는 안식일에 좋은 일을 하지 말라고 금하는 율법과는 아무런 관련이 없습니다. 신음하는 사람의 고통을 덜어주지 말라고 하는 율법도 나는 필요하지 않습니다. 나는 인간의 율법에는 관심이 없습니다. 내게는 오직 하나의 율법, 곧 하느님의 율법만이 중요합니다."

그들은 밤늦게까지 서로 토론하며 시간을 보냈다. 그리고 별들이 그날의 운행을 마칠 때쯤 잠이 들었다.
예수는 오랫동안 잠들지 못한 채로 누워 있었다.
그는 자신이 이루어야 할 일이 얼마나 크고 어려운지 생각했다.
그는 자신이 덜어주고 싶은 그 모든 고통에 대해 생각했다.
그는 자신이 더 이상 이곳에 있지 않을 때 이 친구들이 하느님의 말씀을 전할 수 있도록 그들에게 가르쳐주어야 할 그 모든 것에 대해 생각했다.
그는 그날이 다가오고 있음을 알았다.
그래도 잠이 오지 않아 예수는 자신이 일으킨 경이들을 생각했다.
예수는 불행에 빠진 이에게 손을 얹어 그를 사로잡고 있던 악을 쫓아버린 그 순간을 정확히 떠올려보았다. 날고 있는 파리를 잡듯이 재빠른 동작으로 악을 끄집어냈다. 그렇게 하고 나자, 아주 짧은 순간 거대한 열기가 그에게 몰려들었다.
이 지극히 행복했던 순간에 대한 기억을 떠올리며 마침내 예수도 잠이 들었다.
이튿날, 그는 새로이 시작할 것이었다.

DAMAS
Tarse
Lystres
Apasa
Neapolis
Thessalonique
Pozzuoli
Vapincum
Montebelgardi
Argentoratum

marionnet

BAILE

Lieder

WUNDERBAR

MARAVIGLIOSI

rtistiques

oRTAL

Ballett

Nasereth
Ein Kerem
Cana
Bethsaïde
Tiberiade
Kinneret
Naïn
Capharnaüm
Kerazen
Sebaste

VIA DI SALEM
CAPHARNAUM

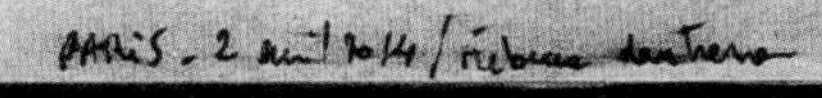

춤

카파르나움에서 예수를 보기 위해 모여든 군중 속에는 온갖 사람들이 다 있었다. 예수를 하느님께서 보낸 사람으로 믿는 남자들과 여자들도 있었고, 치유를 기대하는 병자들과 불구자들도 있었다. 횃불에 이끌리는 모기떼처럼 수많은 사람이 몰려왔다. 구걸하는 사람들, 점을 치는 사람들, 부적을 파는 사람들, 신기한 동물을 보여주는 사람들, 광대들과 곡예사들, 게다가 온갖 모리배, 강도, 도둑, 협잡꾼이 매일같이 점점 더 많이 모여들었다.

그날은 곰 곡예사가 광장을 차지했다. 그는 사슬에 묶어놓은 곰을 보여주고 돈을 받아 크게 한몫을 챙기는 중이었다. 예수는 베드로, 마태오와 함께 그 지역 유지의 집에 가고 있었다. 그의 딸의 병세가 위중했다. 그런데 그들이 군중 사이를 지날 때 한 어릿광대가 외치는 소리가 들려 걸음을 멈추었다. 군중 속으로 들어가서 보니 조수의 어깨 위에 앉은 난쟁이가 군중을 향해 장광설을 늘어놓고 있었다.

"오세요, 오세요, 가까이 오세요, 와서 내가 들려드리는 이야기를 들어보세요. 어서 와서 들어보세요. 헤로데 임금이 세례자 요한에게 안겨준 그 비극적인 운명을 알게 될 테니까요!"

난쟁이는 조수의 어깨에서 벌떡 일어서더니 공중제비를 두 바퀴 돌면서 땅으로 내려왔다. 그리고 연이어 앞으로 구르고 재주를 넘어서 커다란 천막 입구에 이르더니 그곳에서 다시 장광설을 이어갔다.

"오세요, 오세요, 가까이 오세요, 갈릴래아 남자들, 갈릴래아 여자들.
오세요, 오세요, 주머니에서 몇 셰켈만 꺼내보세요.
그 유명한 세례자 요한의 운명.
그 슬프고도 잔혹한 이야기를 알게 될 테니까요!"

베드로와 마태오가 가던 길을 다시 가려 하자 예수가 그들을 잡았다.
"잠깐 있어봅시다. 친척 형인 요한의 소식을 듣지 못한 지 오래되었거든요."
"하지만 저 광대들의 이야기는 다 쓸데없는 거예요." 베드로가 놀랍다는 듯이 말했다. 예수가 이런 광대놀이에 관심을 보일 줄은 몰랐던 것이다.
"베드로, 진리가 어디에 있는지 아나요? 하느님이 우리에게 말씀하시기 위해 쓰시는 길을 베드로는 모두 알고 있나요?" 예수가 되물었다.

마태오가 돈주머니에서 동전을 꺼내 세 개를 세어서 입구에 냈고, 세 사람 모두 난쟁이의 천막 안으로 들어갔다. 어슴푸레한 천막 안에서 세 사람은 좁고 긴 의자에 자리를 잡고 앉았다. 자리가 모두 차자 횃불이 밝혀졌다. 북이 세 번 울리고 모두가 조용해졌다. 흔들리는 불빛 아래 축소된 헤로데의 궁전이 등장하고 이야기가 시작되었다. 보이지는 않았지만 아까 그 난쟁이의 목소리라는 걸 금방 알아챌 수 있었다.

"헤로데 임금은 궁전에서 지내기가 심심했습니다. 지겨웠지요…
너무 지겹고 심심해서 아내를 갈아치우기로 마음먹었답니다."

보이지 않는 손들이 실에 연결된 인형들을 조종했다. 키가 한 자쯤 되는 인형들은 이런저런 재료들을 얼기설기 붙여 만든 것들이었다. 그럼에도 사람들은 헤로데 임금과 그에게서 버림받은 왕비를 쉽게 알아보았다.

"내가 왜 저렇게 추해진 여자랑 계속 같이 살아야 하지?
내가 이래 봬도 갈릴래아의 임금인데, 어림도 없지!
자, 이제 바꿀 때가 되었다. 저런 못생긴 여자는 이제 치워버려야지!"

관객들이 웃기도 하고 야유를 보내기도 하는 가운데 헤로데의 왕비가 사라졌다.

"누가 나를 물리지 않게 사랑해줄 수 있을까?
누가 나의 기나긴 밤을 흥겹게 만들어줄 수 있을까?
아! 조카 헤로디아와 결혼하면 어떨까?
헤로디아 역시 빌어먹을 악당 같던데."

난쟁이는 각 인물의 목소리를 흉내 내며 이야기를 이어갔다.

"분명한 사실은, 모두가 알다시피, 우리 왕국 안에서는
누가 되었든 자기 고모나 이모, 누이나 조카와
결혼하는 것이 금지되었다는 것입니다.
돈을 내놓는다 해도 금지된 건 금지된 겁니다.
자기가 가진 세스테르티우스 은화를 모두 내놓아도 소용없습니다.
하지만 성난 헤로데 임금을 누가 감히 말리겠습니까?

아무도 못 말립니다. 임금의 아버지도 어머니도 못 할 일입니다.
자기에게 조금이라도 반대하는 사람이 있다면
임금은 가차 없이 가혹하게 짓밟아버리니까요.
그런데, 정말 아무도 반대하지 못할까요?
그 추잡스러운 결혼을 비판할 용기 있는 사람이 아무도 없었을까요?
바로 세례자 요한이 있었습니다!
예수 그리스도가 오셨음을 사방에 알리고 다니던 그 사람 말입니다!"

바로 이 지점에서 새로운 인형이 등장했다. 진짜 세례자 요한처럼 바닥에 닿을 만큼 길게 수염을 기르고 낙타털로 된 단벌옷을 입었다. 요한은 용감하게 헤로데를 마주했다.

"임금님은 본인이 임금이라고 해서
무슨 짓이든 할 수 있다고 생각하시는 겁니까?
조카와 결혼하는 것이 율법으로 금지되어 있음을 모르시는 겁니까?
이 모든 일을 하면서도 하느님을 생각해보시지 않으셨습니까?
하느님께서는 해도 되는 일과 해서는 안 될 일을 말씀해주시지 않았습니까?"

헤로데를 역겨워하는 관객들이 요한의 도전에 열광했다. 헤로데 인형이 요한에게 대꾸할 때는 야유를 보내는 사람들도 있었다.

"그대처럼 흉측한 이가 어떻게 감히 나를 대적하는가?
어찌 그렇게 오만하게 나를 반대하는가?
나는 반박당하는 것을 몹시도 싫어하고
나는 내 방식대로 행동하기를 좋아하지.
이 무엄한 자를 잡아다 지하 감옥에 가두어라.
사슬에 묶어두고, 빵과 물만 주어라!"

병사들이 와서 세례자 요한을 붙잡았다. 예수 주변에 있던 관객들이 화를 내며 야유를 퍼부었다. 어떤 이들은 닫히는 무대 막을 향해 해바라기씨를 던지기도 했다.

잠시 후에 다시 막이 열렸을 때는 배경이 달라져 있었다. 헤로데와 헤로디아는 성대한 연회를 열고 옆으로 길게 누워 있었다.

헤로디아 "사랑하는 나의 남편, 헤로데 임금님, 얼마 만에 누리는 평온한 밤인지요!
당신이 누더기나 걸친 그 더러운 인간을 가두어버린 뒤로 세상이 다 조용해졌답니다.
자, 여기 감사의 표시로 제가 진하게 입맞춤해드릴게요!"

헤로데 "아! 내 사랑, 나의 기쁨,
내가 아직도 조금은 불안하다는 걸 알아주시오.
만약에 그 인간을 정말로 하느님이 보내신 거라면,
나는 죽어서 지옥에 가야 하지 않겠소?"

헤로디아 "남자들은 가끔 바보가 된다니까요!
자, 보세요. 마음의 걱정을 덜고 싶다면
다른 무엇보다도 좋은 구경거리를 하나 보는 게 낫답니다!
하나, 둘, 셋, 음악!"

아름다운 선율이 흘러들었다. 북 장단에 맞춰 한 여인이 춤을 추며 등장했다. 몸의 움직임이 모두 완벽하게 음악과 맞아들어가며, 여인은 점점 더 우아하게 움직였다. 그러자 관객들이 손뼉을 치며 박자를 맞추었다. 마침내 춤이 끝나자 모두가 갈채를 보냈다. 춤을 춘 여인은 여전히 숨을 몰아쉬며 헤로데 임금에게 인사했다. 임금은 거의 넋이 나가 있었다.

"오! 이 얼마나 신선하고 얼마나 아름다웠던가!
오! 홀린 듯이 행복하구나!
내가 아끼고 아끼는 살로메,
너는 참으로 헤로디아의 딸답다.
네가 춤으로 나를 감탄하게 하였으니
너에게 상을 내리려 한다.
무엇을 원하느냐?
보석이냐? 패물이냐? 금이냐?
내 왕국의 반쪽이냐? 그 어떤 보물이냐?
한마디만 하거라. 그러면 무엇이든 주겠다.
내일이면 너는 아주 부자가 되어 있을 것이다."

살로메가 기둥 뒤에서 무슨 선물을 골라야 할지 자기 어머니에게 묻는 동안, 잠시 완전한 침묵이 내려앉았다. 마침내 살로메가 헤로데 임금에게 다가갔다.

"나의 임금님, 갈릴래아에는 임금님께 필적하는 영광이 없습니다.
임금님은 제게 큰 영예를 베풀어주십니다!
제가 감히 임금님의 부와 보물을 원할 수 있겠습니까?
저는 그저 춤추는 여자일 뿐, 여신처럼 고상한 여인도 아닌데요.
그래서 저는 임금님께서 소소한 선물 하나만 주시기를 바랄 뿐입니다.
지금 임금님의 감옥에는 한 사내가 갇혀 있습니다. 독방에서 썩어가고 있지요.
이 남자는 엄혹한 형벌을 받아 마땅합니다.
저의 어머니와 임금님의 혼인을 막으려 했으니까요.
임금님, 저는 임금님께서 지체하지 마시고 그자의 목을 자르게 하시기를 청합니다!"

이 말을 듣고 그 자리에 있던 이들이 모두 자리에서 일어나 공포의 비명을 질렀다! 어떻게 저리도 끔찍한 일을 요청할 수 있단 말인가? 세례자 요한은 진실을 말했을 뿐이다. 완전한 침묵 속에서 인형극은 다시 이어졌다. 살로메는 이제 어머니 곁에 앉아서 세례자 요한이 처형되기를 기다리고 있었다. 그리고 불쌍한 세례자 요한의 피 묻은 머리를 쟁반에 담아 가져오는 장면이 이어졌다. 하지만 인형극은 더 이상 계속될 수 없었다.
관객들이 그 같은 불의에 분노하며 들고일어나, 소리를 지르며 손에 잡히는 것은 무엇이든 집어 던지기 시작했다. 그들의 분노가 어찌나 강렬했던지 난쟁이와 그의 극단이 서둘러 인형들과 무대장치들을 챙기지 않았더라면 사람들이 남김없이 부숴버릴 뻔했다.
난쟁이는 군중에 쫓겨서 최대한 빨리 노새에 짐을 싣고 어디론가 사라져버렸다. 아이들이 사라지는 그의 등 뒤에서 조롱하며 돌멩이를 던졌다. 베드로와 마태오까지도 성난 군중과 함께했다.
난쟁이와 그의 극단이 급하게 달아나는 바람에 천막은 그대로 남겨졌다. 이제 군중은 이 극장을 무너뜨리려 했다. 천장과 벽을 이루던 천들이 갈가리 찢어졌고, 천을 고정했던 올리브나무 말뚝은 모두 부러졌다.
천막 극장의 내부는 금세 텅 비었다. 남은 사람은 예수밖에 없었다.
그는 두 손에 얼굴을 묻은 채로 미동도 없이 가만히 앉아 있었다.
멀리서 그를 본 사람들은 기도하고 있거나 깊은 생각에 몰두하고 있는 줄 알았다.
하지만 그는 울고 있었다.
그는 친척 형의 죽음을 애도했다.
무엇도 그의 울음을 멈출 수 없을 것 같았다.

요한의 기록

고통의 가면
어두운 눈
바닥 모를 우물 같은 우울
슬픔
모래와 먼지 위에 요한이 하나씩 획을 그어 글을 썼다.
세례자 요한의 죽음 이후 예수가 겪은 고뇌를 이야기하는 말을 손가락이나 나뭇가지로 땅바닥에 적었다. 정성껏 세심하게 썼지만 오가는 사람들이 밟고 지나가자 말은 사라졌다. 그래서 요한은 막대기를 물과 흙에 담갔다. 그 후 벽에 칠해진 흰 석회 위에 여러 날 동안 글을 썼다.
귀먹은 이의 귀와 말 못 하는 이의 입에 그가 손가락을 대자
귀먹은 이가 다시 듣고 말 못 하는 이가 다시 말했다
그는 모두가 죽었다고 한 야이로의 열두 살 된 딸을 낫게 했다
소녀는 다시 예쁜 얼굴로 미소 지었다
눈먼 이의 눈에 손가락을 대자 눈먼 이가 보았다
일어설 수 없던 이를 일으키자 다시 걸었다
하지만 어느 밤, 비바람이 몰아쳐 빗물이 벽을 따라 흘러내리자 요한이 석회 위에 쓴 글은 모두 지워졌다.

그들을 환대해주던 집이 있었는데, 그 집 문간에 마리아 막달레나라는 여인이 몇 번이고 찾아와서 서 있곤 했다. 짙은 화장을 한 여인에게서는 향수 냄새가 진하게 풍겼다. 여인은 여러 겹으로 두른 너울 사이로 보이는 벗은 몸을 바닥에 쓸릴 만큼 긴 머리카락으로 감추고 있었다.
여인의 오빠 라자로가 몹시 아팠기에 여인은 예수가 오빠를 구해주기를 바랐다. 번번이 거절당했지만, 여인은 지칠 줄 모르고 다시 찾아왔다. 마침내 여인이 집 안으로 들어오게 되었을 때 요한은 무화과나무 이파리에 글을 썼다.

불타는 듯한 머리카락
석고 같은 피부
이집트의 파랑과 공작석의 초록이 뒤섞인 눈동자
검게 칠한 속눈썹
여인의 두 발에서 발찌가 쨍그랑 소리를 냈다. 인사를 하자 머리카락이 흩어지며 짧은 순간 여인의 다리가 드러났다.
흰 대리석
한 마리 비둘기
여러 갈래 냇물 같은
가늘고 푸른 핏줄
꿀을 떨어뜨린 듯한
갈색 반점들
여인은 예수의 발아래 무너지듯 주저앉았다.
눈물로 예수의 발을 적시고
머리채로 예수의 발을 닦고
입술로 예수의 발에 입 맞추고
향유로 예수의 발을 덮었다

예수는 여인을 일으키며 오빠 라자로를 구해주겠노라 약속했다.
마리아 막달레나는 머리를 움직여 무거운 머리채를 추슬렀다. 엷은 미소가 여인의 얼굴에서 빛났다. 예수도 미소 지었다. 어두운 구름이 멀어졌다. 여인의 가슴에서도 슬픔이 사라졌다.
잠자리에 들기 전, 요한은 무화과나무 이파리들을 모아놓고 날아가지 않게 돌멩이를 올려두었다. 하지만 다음 날 일어나보니 세찬 바람에 돌멩이도 날아가고, 이파리들은 길이며 들이며 풀밭과 산으로 흩어졌다.

예수는 카파르나움으로 그를 찾아온 수만 명의 사람에게 가르침을 주어야겠다고 결심하고 도시를 내려다보는 높은 산에 올랐다. 요한은 막대기도 무화과나무 이파리도 가져가지 않았다. 다만 망치와 끌을 사용해서 예수가 하는 말을 산허리의 바위에 새겼다.

행복하여라 가난한 사람들, 하느님 나라가 그들의 것입니다

행복하여라 고통을 견디는 사람들, 그들은 즐거워질 것입니다

행복하여라 정의를 꿈꾸는 사람들, 그들은 충족될 것입니다

예수의 말이 그에게 다다를 때마다 요한은 바위를 깎았고 돌조각이 사방으로 튀었다.

여러분은 세상의 소금

세상의 빛입니다

예수의 말에 끌이 박자를 맞추고 있었다. 예수가 하느님께 드릴 기도를 가르치고 있을 때 요한은 잠시 쉬며 이마에 흐르는 땀을 닦았다. 바위에 기대어 예수의 말을 듣고 있는데 단단히 고정되어 있지 않던 바위가 요한의 무게 때문에 조금씩 움직이기 시작했다. 처음엔 가볍게 떨리기만 하는 것 같았지만 나중에는 바위 밑의 흙이 떨어져 나가고 바위 전체가 크게 기울면서 경사면을 따라 점점 더 빠르게 굴러내렸다. 다행히도 사람들은 다급하게 바위를 피할 수 있었지만, 이제 최고 속도에 달한 바위는 산 옆구리에서 한 번 튕기고 나서 다시 빠르게 산 아래로 굴러갔다. 요한은 여전히 땀에 흠뻑 젖은 채로 굴러내리는 바위를 끝까지 따라갔다. 바위는 마지막으로 한 번 튕겨 오르더니 호수로 떨어졌다. 요한이 새긴 글도 바위와 함께 호수 속에 잠기고 말았다. 바위가 남긴 것이라고는 호수 표면의 흰 거품뿐이었다.

예수는 군중에게 말하기를 마치고 친구들에게로 돌아서서 그를 찾아 이곳까지 온 모든 이들에게 먹일 것이 있는지 물어보았다.

“사람들이 적어도 오천 명은 됩니다.” 토마스가 말했다. “그런데 우리에게는 빵 일곱 개밖에 없습니다. 이걸로는 기껏해야 열다섯 명밖에 먹이지 못할 겁니다. 그것도 식욕이 별로 없는 사람으로요.”

“물고기 두 마리가 더 있긴 합니다.” 베드로가 덧붙여 말했다.

토마스가 어깨를 으쓱해 보이며 덧붙였다. "그럼 스무 명은 먹겠군요!"
"이 사람들은 내 말을 들으려고 멀리에서 왔습니다. 그런데 대부분은 먹을 것을 챙겨 오지 못했네요." 예수가 난처한 목소리로 말했다.
잠시 생각하더니 예수가 결정을 내렸다.
"베드로, 토마스, 시몬, 유다, 안드레아, 타대오, 빵 일곱 개와 물고기 두 마리를 나누어서 바구니에 담아요. 그리고 사람들에게 나누어 주세요."
예수는 손을 저으며 친구들의 반대를 막았다.
"큰 야고보와 작은 야고보, 바르톨로메오, 마태오, 마티아, 요한도 바구니를 들고 가서 남은 것들을 모으세요. 땅에 떨어진 빵 부스러기와 생선 가시도 모두 담아 오세요."
새로운 경이
우리가 모은 빵 부스러기와 생선 가시 대신에
우리 열두 친구는 빵과 물고기를 꺼내어
풀밭에 자리 잡고 앉은 수천 명에게 나누어 주었다
모두가 배불리 먹었을 때도 바구니에는 여전히 물고기와 빵이 남았다
빵 일곱 개와 물고기 두 마리가 남았다
이번에 요한은 한 상인이 주고 간 양피지 위에 일어난 일을 기록했다. 알렉산드리아의 잉크로 한 글자 한 글자 정성스레 적었다.
밤이 내리자 예수는 일행을 먼저 보내고 홀로 산으로 돌아가 기도했다.
베드로와 야고보와 다른 이들은 배에서 밤을 보내려고 호수로 내려갔다. 요한은 그제야 글쓰기를 마쳤다. 잉크가 빨리 마르도록 양피지 위로 입김을 불었다. 그러고 나서 양피지를 둥글게 말고 골풀 줄기로 묶어서 겉옷과 허리띠 사이에 끼워 넣었다. 요한은 빠른 걸음으로 걸어가고 있을 친구들을 따라잡기 위해 달리기 시작했는데, 느슨하게 끼어 있던 양피지 두루마리가 빠져나가 풀이 우거진 비탈에 떨어졌다. 하지만 두루마리가 없어진 걸 깨달은 것은 이미 호숫가에서 배에 올라탄 다음이었다. 이미 배는 돛을 펼치고 닻을 끌어올리고는 수평선을 향해 미끄러지듯 나아가고 있었다.
요한은 그물을 고치는 데 쓰는 칼을 찾아 들었다. 그리고 뱃머리에 한 단어를 새겼다.
바보

물 위에서

아무것도 닮지 않았다. 그것은 그가 이미 알고 있는 어떤 것도 닮지 않았다.
어린 시절부터 그는 많은 곳을 다녔다. 포석이 깔린 길이나 풀이 무성한 초원. 길이 끊긴 곳의 자갈들과 외양간의 짚더미. 산에서는 단단하고 미끄러운 바위를 기어올랐다. 커다란 나무 밑에 자라는 부드러운 초록 이끼를 밟았다. 갑판에서 미끄러지고, 들판의 진창에 빠지기도 했다. 불꽃에 입은 화상, 한낮의 모래에 덴 상처, 한겨울 얼음으로 생긴 동상을 알았다. 포도주를 만들려고 포도를 으깰 때 느껴지는 신선함. 발에 바르는 기름의 향내. 상처를 치유하는 발삼의 향기. 모기에 물린 자국과 그보다 더 심한 벌에게 쏘인 자국. 쐐기풀을 태우는 불, 개울과 냇물의 서늘함, 어린 시절 쓰다듬어주던 엄마의 손길, 샌들 끈을 묶어주던 아빠의 단단한 손. 양털의 간지러운 촉감이나, 다리에 몸을 비비는 고양이의 부드러움, 혹은 떠도는 개에게 물린 자국. 오래 걸은 뒤의 열기. 목욕이 주는 상쾌함, 휴식이 주는 안정. 그는 이 모두를 경험으로 알았다. 또한 앞으로 알게 될 것이 많다는 것도 알았고 최악의 일은 아직 벌어지지 않았다는 것도 알았다. 맞아서 멍든 상처와 채찍에 찢긴 상처. 살에 박혀오는 금속 조각. 그럼에도 바로 이 순간에는 두려움을 잊었다. 그는 자신을 적대자로 보는 바리사이들의 증오를 잊었다. 헤로데의 증오도. 그가 반란을 일으키리라고 믿는 로마인들의 증오도.
그는 이 모두를 잊었다.

호수 위로 밤이 내리고 서늘한 밤공기가 그의 겉옷으로 스며들었다.
한 줄기 바람이 머리칼을 흩날렸다.
달이 물을 비추자 발아래로 흰 물고기들이 보였다. 바위 표면에서 운모가 반짝이고 물풀이 천천히 움직였다.
처음에는 가까스로 용기를 내 앞으로 나아갔다. 다음엔 걸음을 좀 더 멀리 떼었고 이제는 걸음마를 막 배운 아기의 환희를 느끼며 발을 옮겼다. 속도를 냈다가 늦췄다가 한쪽 옆으로 갔다가 다른 쪽 옆으로 움직였다. 그러다 곤들매기를 건드리고 물거미를 쫓다가, 별 그림자를 뛰어넘고 또 뛰어넘었다. 마치 하늘이 물 위에 그려놓은 길을 따라가듯이.

그가 기뻐서 소리치자 그 소리가 호수 표면에서 튀어 올랐다. 그가 노래 부르자 노래가 호수 이곳저곳에서 다시 울렸다. 그는 달리고, 미끄러지고, 돌고, 넘어졌다. 매번 넘어져도 물 때문에 아프지 않았다. 그는 숨이 가빠 헐떡이면서도 멈추지 않았고, 방향을 바꿀 때만 아주 잠깐 정지했다. 정말 믿기지 않는 특별한 감각이었다. 이런 감각을 아는 사람은 자기뿐이라는 것을 그는 알았다.
그는 물 위를 걷는 유일한 사람이었다.
유일하고 처음인 사람.
유일하고 마지막인 사람.
온 세상에서 유일한 사람.

오래도록 방향을 바꾸고 또 바꾸며 물 위를 걷고 나서야 그는 친구들이 탄 작은 배를 알아보았다. 돛은 느슨하게 풀려 있고 등불 하나 켜져 있지 않은 걸 보니 모두 잠들어 있음을 알 수 있었다. 그렇지만 막상 배에 다가가며 들어보니 우물거리는 듯한 기도 소리와 귀신을 쫓으려는 탄원 소리가 들렸다. 그는 배에서 몇 걸음 떨어진 곳에서 그들에게 손짓했다. 그런데 그걸 보고 친구들은 안심하기는커녕 공포에 사로잡혔다. 비명이 들렸고, 그들 중 몇몇은 난리를 치며 갑판에서 떠났다. 갑판에 남아 있던 이들이라고 해서 더 용감한 기운이 있었던 것도 아니다. 다만 그들은 두려움에 몸이 마비되어 움직일 수 없었을 뿐이다.
"무서워하지 말아요. 나예요!" 예수가 말했다.
"아, 도깨비가 온 줄…" 베드로가 확신할 수 없는 목소리로 말했다.
"유령, 유령이다!" 안드레아도 말했다.
"우리를 저승으로 끌고 가려고 지하에서 올라왔군!" 베드로가 다시 말했다. "물러가라!"
"보세요, 나를 못 알아본다고요? 나예요, 예수. 자, 잠깐 기다려봐요. 내가 더 가까이 갈 테니. 그럼 나를 알아볼 수 있을 거예요."

다시 배 안의 모든 사람이 공포에 사로잡혔다. 재빠른 이들은 선창으로 내려가고 나머지는

Rēbk – Paris – le 19 mai 2014

그물 뒤에 숨었다. 베드로는 어디에 숨어야 할지 몰라 돛대를 기어올랐다.

예수는 친구들이 진정할 때까지 기다렸다가 베드로를 불렀다.

"베드로, 어떻게 나를 알아보지 못하지요? 기억을 떠올려봐요, 나예요, 내가 베드로라는 이름을 주었잖아요. 전에는 사람들이 모두 시몬이라고 불렀는데."

이 말이 효과를 발휘했다. 몇몇 사람의 고개가 배 밖으로 나오는 것이 보였다.

예수는 계속해서 배에 탄 친구들에게 말했다. 함께 지내며 겪은 일들을 상기시켜주었다.

잠시 시간이 흐른 뒤에 베드로가 대답했다.

"정말, 내게 이름을 준 예수가 맞는군요. 당신이 이런 이적을 행할 수 있다는 걸 알고 있어요."

그는 호수를 가리켰다가 다시 이어서 말했다.

"하지만 이 이적은 물속 깊은 데서 올라온 마귀들도 일으킬 수 있습니다. 당신이 우리를 속이려고 우리 친구 예수의 모습을 뒤집어쓴 마귀가 아니라는 걸 누가 알겠어요?"

다른 이들도 베드로 뒤에 숨어서 그 말에 동의했다.

잠시 뒤에 베드로가 다시 말을 이었다.

"만약 당신이 정말 예수라면, 나도 당신과 같이 물 위를 걷게 해봐요." 베드로가 어둠 속에 반짝이는 자기 앞의 호수를 바라보았다.

"물 위를 걷고 싶은 건가요? 그래요? 좋아요, 그럼 이리 오세요." 예수가 두 팔을 벌리고 대답했다.

베드로는 다른 친구들이 말리는데도 갑판의 난간을 넘어섰다. 그리고 잠시 멈추었다가 과감하게 발을 내려놓았다.

베드로와 예수가 이야기를 나누는 동안 바람이 일고 커다란 구름이 하늘을 검게 물들이더니 파도가 치기 시작했다. 호수의 검은빛은 이제 마음을 끄는 매력을 잃었다. 잡고 있던 난간을 놓았을 때 베드로는 구렁 속으로 빠져드는 것만 같았다.

하지만 베드로는 놀랍게도 물 위에 첫발을 내디뎠다. 그는 물속으로 가라앉지 않았다.

아, 이럴 수가!

다시 한 발을 내디뎌보았다.

아, 이럴 수가!

이제 베드로는 예수를 향해 앞으로 나아가기 시작했다. 그런데 그때 저 멀리에서 다가올 폭풍을 알리는 섬광이 비쳤고, 그 순간 예수의 하얀 겉옷이 마치 밝은 인광처럼 빛나는 게 보였다. 한순간에 베드로는 벼랑 위에 걸린 낡은 다리처럼 무너져 내리면서 어두운 물 속으로 빠져들었다. 비명을 지를 사이도 없이 호수가 그를 집어삼켰다.

배에서도 다른 친구들이 공포의 비명을 질렀다. 어떤 이들은 베드로를 구하려고 그물을 던지기도 했다. 하지만 예수가 먼저 몸을 기울여 친구에게 손을 내밀었다. 예수는 베드로의 팔 밑으로 두 손을 넣어 그를 끌어올린 뒤, 배로 가서 다른 친구들이 그를 들어서 배에 태울 수 있게 받쳐주었다.

“왜 의심했나요?” 담요를 두르고 있는 베드로에게 예수가 물었다. 그는 호수를 가리키면서 말을 이었다.

“의심하지 않았다면 여전히 물 위에서 뛰어다니고 있을 텐데.”

베드로는 뭐라 답해야 할지 알 수 없었다.

그리고 다른 친구들과 마찬가지로 무슨 생각을 해야 할지 알 수 없었다.

예수는 누구일까?

베드로의 형제처럼, 친구들처럼, 다른 모든 사람처럼 베드로도 정말로 그를 알지 못한 채로 그를 따랐다. 모든 것이 너무 빨리 지나갔다. 물고기를 많이 잡은 기적이 있었다. 아내와 아이들과 친구들을 모두 버려두고 예수를 따랐다. 예수야말로 그의 새 가족이었기 때문이다. 예수는 사람들을 구원하기 위해 그들을 필요로 했다. 예수가 일으킨 경이들, 예수가 선포한 말들, 이 모두가 뒤섞였다. 그런데 예수를 따랐고 모든 것을 버렸기 때문에 물에 빠져 죽을 뻔했다. 이것이 그가 바랐던 것일까? 이 남자를 위해 모든 것을 희생하는 것? 사람들은 예수를 가리켜 사람의 아들이라고 말하지만, 어쩌면 예수는 그의 죽음을 바라는 마귀일지도 몰랐다.

밤이 깊었으므로 모두 다시 누워 잠을 청했다. 모두 말없이 고요했지만, 다른 친구들도 마음속으로 묻고 있음을 베드로는 알았다. 평소와 달리 누구도 예수 옆에 눕지 않았다. 다들 상당한 거리를 두고 다른 쪽에 몰려 있었기 때문에 배가 한쪽으로 기울 위험마저 있어 보였다.

누구도 잠들지 못했다. 조금 전에 일어났던 사건 때문만은 아니었다. 멀리서부터 폭풍이 다가와 이제는 배가 사방으로 흔들리고 있었다. 번개가 내려치기 시작하자 모두 폭풍이 시작되었음을 알아차렸다. 안드레아와 요한은 돛이 찢어지는 것을 막기 위해 재빨리 돛대에서 떼어냈다. 그사이에 야고보는 배가 뒤집히지 않도록 파도의 움직임을 살폈다. 잠시 뒤에 엄청나게 높은 파도가 몰려왔고 배가 이십 큐빗은 솟아올랐다. 모두 민첩하고 능숙하게 움직였지만, 번쩍이는 번개와 으르릉대는 천둥 아래서 상상할 수 없을 만큼 거칠게 솟아오른 거대한 파도를 피하지 못했다. 파도는 갑판을 덮치면서 돛대를 부숴버렸다. 선체에 물이 빠르게 들어차서 아무리 퍼내도 소용이 없었다. 이제 난파되는 것은 시간문제였다. 뱃머리에 기대어 몸을 웅크리고 잠이 든 예수는 마치 닥쳐온 위험에 무관심한 듯 보였다. 다들 몸이 물에 흠뻑 젖었는데 예수의 겉옷에는 겨우 몇 방울 튀었을 뿐이었다. 물웅덩이 사이를 지나 베드로가 예수를 깨우러 왔다.

"지금 어떻게 잠을 잘 수가 있어요? 우리가 다 물에 빠져 죽을 상황이라고요!"

예수는 하품하면서 길게 기지개를 켰다. 배가 몹시 흔들리는데도 전혀 불편하지 않다는 듯, 그는 자리에서 일어나 하늘을 향해 팔을 뻗었다. 폭풍이 몰아쳐서 누구도 예수가 하는 말을 듣지 못했다. 그저 그의 입술이 움직이는 것만 분명하게 보일 따름이었다. 그는 마치 바람과 천둥을 향해 말하는 듯했다.

마법처럼 폭풍이 멀어졌다. 파도와 구름도 물러갔다. 비가 그치고, 잠시 뒤엔 배가 다시 거울처럼 잔잔한 호수 위에 떠 있었다. 모두가 배 안을 정리하고 젖은 옷을 말렸다. 먹을 것을 찾아보니 약간의 올리브와 소금에 절인 생선, 전날 남은 빵과 포도주 한 병이 있었다. 다들 담요로 몸을 감쌌다. 이제는 모두가 예수 가까이에 둘러앉았다. 다시 한번 예수가 경이를 일으킨 것이다. 그는 몇 마디 말로 친구들이 난파당해 익사하지 않도록 구해냈다.

"희망이야말로 여러분의 유일한 재산입니다." 그가 말했다. "절대 포기해서는 안 되는 단 하나, 그것이 바로 희망입니다."

"모든 것을 잃은 것 같은 때조차도 그런가요?" 마태오가 물었다.

"특별히 모든 것을 잃은 듯 보일 때야말로 희망을 버려서는 안 됩니다. 나를 믿지 않는다면 모든 것을 잃게 될 겁니다. 하지만 믿음을 지키면 모든 것이 가능합니다. 베드로가 그랬던 것처럼 믿음을 버리면 호수의 깊은 물속으로 빠지는 겁니다."

밤이 다 지나도록 그들은 계속 이야기를 나누었다.

처음과 같은 열정으로.

수평선에 해가 떠오를 때가 되어서야 모두 잠이 들었다.

예수는 남아 있는 돛을 끌어올리고 배를 물가로 몰았다.

그는 잠든 친구들을 몇 번이고 돌아보았다.

그는 가까운 친구들에 둘러싸여 있고 자기 혼자 깨어 있는 이 순간을 사랑했다.

새로운 하루가 시작되었다.

예수는 아직 더 이루어야 할 모든 일을 생각했다. 자기도 모르게 눈썹이 찡그려졌다.

"내게 힘을 주십시오." 그는 몇 번이고 중얼거렸다.

이제 아침 햇살이 부드럽게 그를 감싸주었다.

그는 다시 한번 친구들을 돌아보았다.

행복했다.

다른 남자를 사랑한 여자

돌로 된 마음

뾰족한 돌

마을 어귀에서 아이들이 부르는 노래가 어른어른 들려왔다. 아이들이 돌멩이를 모아서 자루에 담고 있었다. 자루가 빨리 무거워졌기 때문에 아이들은 모여서 함께 날랐다.

예수와 친구들은 마리아 막달레나의 오빠 라자로를 보러 베타니아에 왔다가 그 광경을 보고 잠시 가던 길을 멈추었다.

돌로 된 마음

뾰족한 돌…

“돌을 채집하는 것도 아닐 테고, 정말 이상하군요!” 작은 야고보가 놀라서 말했다. “저렇게 모아들여서 무엇에 쓰려는지 궁금한데요.”

아무도 대꾸하지 않았으므로, 처음 보는 광경에 흥미를 느낀 그가 계속 말을 이었다.

“어쨌든, 저걸 끓이면 아주 소화하기 어려운 잡탕 수프가 되겠는걸요.”

야고보가 웃음을 터뜨렸지만, 주변 사람들은 모두 심각한 표정을 짓고 있었다.

그는 자기가 어리석은 말을 한 것인가 염려되었다.

날아가는 돌

죽이는 돌!

“야고보는 아직 나이가 젊어서 전혀 모르는 모양이군요.” 마태오가 설명하기 시작했다.

“아내가 자기 남편이 아니라 다른 남자를 사랑했을 때 사람들이 아내에게 벌을 주지요.”

“네? 그런데 그게 이 아이들하고 무슨 상관인가요?”

“무슨 상관이냐고요? 아주 간단합니다. 남편 말고 다른 남자와 사랑을 나눈 여자는 사형에 처하죠. 그 여자를 죽이려고 사람들이 돌을 던진단 말입니다. 뼈가 부러지고 머리가 깨져서 죽을 때까지.”

“어떻게 그토록 잔인할 수가! 그래서 저 아이들이 돌을 던질 거라는 건가요?”

“아니요. 저기 보이는 아이들은 돈을 좀 벌어보려는 거예요. 자기가 직접 허리를 굽혀가며 돌을 줍기 싫어하는 사람들한테 돈을 받고 돌멩이를 팔거든요.”

“정말 끔찍하군요! 정말 끔찍한 죽음이에요.”

"너무 걱정하지는 말아요." 토마스가 냉소를 머금고 말했다. "이 율법은 여자들한테만 적용되니까요."
"아, 그래요? 그럼 부정한 남자들은 어떻게 되나요?"
"부정한 남자라고요?" 토마스가 어깨를 으쓱해 보이며 말했다. "율법에는 부정한 남자에 관한 규정은 하나도 없답니다."

이렇게 이야기가 오가는 중에도 예수는 잠자코 있었다. 이 잔혹한 관습에 반대하는 베드로는 이 마을에 들어가지 말고 길을 돌아서 가자고 말했다. 나머지 사람들이 모두 베드로의 의견에 찬성했다. 하지만 너무나 놀랍게도 예수만은 여자가 처형당하는 현장을 지켜보자고 했다. 더욱 놀라운 것은, 아이들을 따라 마을의 중심으로 향하는 길에 예수가 날카로운 돌멩이 하나를 샀다는 사실이었다.
돌로 된 마음
뾰족한 돌
날아가는 돌
죽이는 돌!

사람들이 북적북적 광장에 모여들었다. 아이들이 자루에 든 돌을 파는 동안 어른들은 앞자리를 차지하려고 남자든 여자든 서로 밀쳐대고 있었다. 삽시간에 광장이 사람들로 가득 찼다. 군중 속에는 예수를 아는 사람들도 많았다. 예수가 행한 이적과 경이에 대한 소문이 온 나라에 이미 퍼진 터였다. 사람들은 예수가 지나갈 수 있게 뒤로 물러서며 길을 내주었다. 예수가 처형 현장에 있다는 사실이 사람들을 더욱 흥분하게 했다. 저 사람이 병자들을 치료하지 않았던가? 여기저기에서 사람들이 떠들어대기 시작했다. 예수가 눈먼 이를 다시 보게 했다고, 나병환자를 낫게 했다고. 심지어 예수는 하느님이 지상에 내려보내신 분이라고 말하는 이들도 있었다.
바리사이들만 예수가 그 자리에 온 것을 싫어했다. 그들 또한 예수의 명성을 익히 들어 알고 있었지만, 하느님이 그를 보내신 것이라고는 생각하지 않았다. 잘 봐줘도 그는 권력을 찬탈하려는 자였고, 나쁘게 보자면 마귀였다. 그가 조상들의 율법을 존중하지 않고, 오히려 율법을 비판하며 시간을 보내고 있다는 것이 그 증거였다.

갑자기 함성이 일더니 광장에 욕설이 쏟아졌다. 완전히 겁에 질린 여자를 여러 사람이 끌고 왔다. 그들이 지나가자 군중이 고래고래 소리를 질러댔다. 여자에게 침을 뱉는 사

람들도 있었다. 이제 그들은 여자를 길 위에 버려두었다. 벌벌 떨고 있는 여자는 이미 죽은 것이나 다름없었다.

예수는 맨 앞줄에 앉아 아무 말도 하지 않고 잠자코 있었다. 바리사이 가운데 한 사람이 앞으로 나와 여자의 죄를 읊었다. 그리고 마지막으로 그녀에게 선고했다.
"남편이 아닌 다른 남자를 사랑하였으므로, 투석에 의한 사형을 선고한다."
바리사이가 말을 마치자 함성이 일었다. 하지만 군중이 돌을 던지기 전에 바리사이가 손을 들어 침묵을 요구했다. 그 자리에 있는 예수를 보니 한 가지 아이디어가 떠올랐던 것이다. 이 사기꾼을 꼼짝 못 하게 하고, 그가 조상들의 율법을 존중하지 않는다는 사실을 만천하에 드러낼 절호의 기회가 아닌가. 바리사이가 예수를 향해 돌아섰다.
"당신은 자신이 전능하신 하느님이 파견하신 자라고 주장하는데, 이 선고에 동의합니까? 당신은 죄지은 사람들을 용서해야 하고, 하늘나라는 회개하는 이들의 것이라고 여기저기서 말하고 있다지요. 하지만 모세의 율법은 그 자체로 확정적이어서 어떠한 논의도 허용하지 않습니다. 따라서 이 여자는 죽어야 합니다."
입을 꾹 다물고 있던 예수에게 모든 시선이 향했다. 그는 잠시 말없이 있다가, 겁에 질린 여자에게 다가갔다. 친구들과 마을 사람들의 눈앞에서 예수는 조금 전에 아이에게서 샀던 돌멩이를 꺼내 들었다.
그 돌멩이는 상당히 무게가 나가는 것이었다. 더구나 옆구리가 날카롭게 튀어나와 있어서 마치 단도처럼 보였다. 던질 준비를 하려는 듯이 예수는 돌멩이를 손에서 몇 번 던져 올렸다 받았다. 그리고 숨죽인 군중을 향해 돌아섰다.
"이제까지 전혀 죄짓지 않은 사람이 나와서 첫 돌을 던지십시오!"
예수는 손에 쥐고 있던 돌을 땅바닥에 놓고 물러섰다.
몇 초 동안 시간이 멈춘 것 같았다.
처음으로 여자가 고개를 들었다. 어리둥절한 채로 여자는 예수가 놓은 돌멩이를 쳐다보았다.
한 노인이 앞으로 나오더니 예수 곁에 돌멩이를 떨어뜨렸다.
다른 사람이 나와서 또 돌멩이를 떨어뜨렸다. 다른 사람, 또 다른 사람…
그리하여 남자든 여자든 모두가 줄지어 나와서 돌멩이를 버렸다. 마침내 여자 앞에는 커다란 돌무더기만 남게 되었다.
바리사이들은 화를 내며 물러갔다.

"당신도 처벌을 피하지 못할 거요." 그들이 예수를 위협했다. "옛 율법을 존중하지 않는 자가 벌을 받지 않을 수는 없으니까. 예루살렘의 최고회의에서 이미 당신에게 유죄를 선고했다는 것을 알아두시오. 방금 여기서 있었던 일이 당신의 처지를 호전시키지는 못한다는 사실도."

친구들이 바리사이들에게 맞서 예수를 옹호하려고 애를 쓰는 동안 그는 여자에게 다가가 일어설 수 있게 도와주었다.

"당신을 비난하던 사람들은 어디로 갔습니까? 당신을 단죄하려는 사람이 한 사람이라도 남아 있습니까?"

"아니요. 아무도 없습니다. 모두 떠났어요." 여자가 눈물을 닦고 대답했다. 얼굴에 겨우 미소를 지어 보였다.

"나도 당신을 단죄하지 않습니다." 예수도 미소 지으며 말했다. "자, 이제 가십시오."

여자가 떠나자 토마스와 요한이 예수에게 다가왔다. 한 상인이 베타니아에서 와 있었다. 마리아 막달레나가 장례를 치르고 있다고 했다. 그녀의 오빠 라자로가 이미 죽은 것이었다.

"우리가 너무 늦었습니다." 토마스가 말했다. "이제 우리가 베타니아에 가더라도 아무 소용이 없게 되었습니다."

"그렇네요." 요한이 덧붙여 말했다. "이제 라자로가 죽었으니 그를 위해 더 이상 해줄 게 없습니다."

예수는 우물로 가서 물을 길었다.

목을 축인 다음 친구들에게 말했다.

"가죽 부대에 물을 채우세요. 그리고 다들 물을 마셔두세요. 아직 갈 길이 멉니다."

"이 시간에 카파르나움으로 출발하려는 겁니까? 별로 좋은 생각이 아니에요. 여기서 밤을 보내고 내일 출발하도록 하지요."

"누가 카파르나움에 간다고 했나요? 우리는 베타니아에 갈 겁니다. 나는 마리아 막달레나에게 오빠를 낫게 해주겠다고 약속했으니까요."

"하지만… 라자로는 이미 죽었는데…" 토마스가 말했다.

예수는 벌써 그의 말을 듣고 있지 않았다. 그가 성큼 걸음을 내디뎠다. 베드로, 요한, 야고보, 그리고 다른 모든 친구가 그를 따라나섰다.

잠시 후 토마스가 어깨를 으쓱하며 말했다.

"이것 봐요, 나도 같이 가요!"

토마스는 친구들을 따라잡기 위해 달리기 시작했다.

흰 그림자

흰 그림자.

마리아 막달레나는 무덤 바닥에서 희미한 빛이 어른거리는 것을 보고 다리에 힘이 풀렸다. 옆에 있던 언니 마르타가 바싹 다가와 그녀를 부축해주었다.

흰 그림자.

예수가 무덤 앞에 서 있었다.

마리아 막달레나가 카파르나움에서 만났던 예수의 친구들은 멀찌막이 물러나 있었다.

예수를 찾아갔던 그녀를 그들은 무시했었다.

그녀가 죄인이기 때문이었다. 먹고사느라 돈 몇 푼을 받고 사랑을 팔았다. 오빠 라자로는 늘 그녀가 기댈 수 있던 유일한 존재였다. 그녀는 오빠를 살리고자, 자신이 용서받을 수 있다는 희망을 안고 감히 예수 앞에 섰다. 오빠를 포기하는 일은 절대 있을 수 없었다. 그녀가 해온 일, 올바르지 못한 생활, 부당하게 벌어들인 돈, 그 모든 것에도 불구하고, 예수는 그녀를 받아주었다.

그리고 약속했다.

그녀의 오빠를 병에서 구해주겠노라고.

흰 그림자.

베타니아에 돌아왔을 때 라자로는 생각했던 것보다 더 상태가 심각해져 있었다. 마르타가 오빠를 돌보고 있었고 마리아 막달레나도 서둘러 언니를 도왔다. 시간이 흐를수록 오빠는 더 쇠약해졌지만, 그녀는 예수의 약속을 다시 기억했다. 매일 아침 그녀는 희망에 가득 차서, 마을 전체를 내려다보고 서 있는 커다란 삼나무에 올라 기다렸다. 그녀는 어린 시절부터 그 커다란 나무 꼭대기까지 기어올라 편안히 머물곤 했다. 그곳에서 멀리 지평선을 바라보다가 큰길로 들어오는 여행자들이 보이면 가슴이 뛰었다. 그러면 나무둥치를 꼭 잡고 최대한 빨리 미끄러지듯 땅으로 내려와 쏜살같이 마을 길을 달렸다. 하지만 매번 똑같이 실망하고 말았다. 집으로 돌아와 오빠를 살펴보면 병은 더 심해져 있었다.

라자로가 죽던 날에도 마리아 막달레나는 나무에 올랐다. 이번에는 큰길 쪽을 보지 않았다. 나뭇가지 사이에 웅크리고 앉아서 울었다. 오빠는 이제 없었고, 약속은 지켜지지 않았다. 그는 오겠다고 했다. 와서 오빠를 낫게 해주겠다고 했다. 그녀는 그를 믿었다. 열이 너무 올라 라자로가 위독해지고 고통이 너무 심해 헛소리를 할 때도 그녀는 그 약속에 대한 믿음을 놓지 않았다. 언니와 함께 오빠의 시신을 마지막으로 단장할 때도, 시신에 흰 붕대를 감고 기다란 수의를 입힐 때도, 그녀는 희망을 잃지 않았다. 발소리가 들릴 때마다, 대문이 열릴 때마다 그가 왔다고 믿고 고개를 들었다.
장례식이 모두 끝나고 나서야 자신이 속은 걸지도 모른다는 생각이 들었다. 또다시 눈이 멀었던 것일까. 한 번의 눈길, 한 번의 미소 때문에. 그 역시 다른 모든 남자와 같았던 것일까? 그 또한 처음 사랑했던 그 남자와 다르지 않았던 것일까? 결혼을 약속하고서 그녀를 버렸던 그 남자처럼 그 역시 약속을 저버린 것일까? 자기 가족의 명예를 위해 그녀를 억지로 떠나게 했던 그 남자처럼? 그날도 마리아 막달레나는 나무에 올라 울었다.

흰 그림자.
사람들이 라자로의 시신을 지하 묘소로 옮기고, 망자를 위한 기도문을 읊고서 큰 돌을 굴려 동굴 입구를 막았다. 슬픔이 그녀의 눈물을 모두 가져가버렸을 때에야 그가 도착했다. 돌로 포장된 좁다란 길에서, 뜨겁게 내리쬐는 햇살을 받으며 그가 그녀를 찾아왔다. 그녀는 오빠 라자로가 어떻게 죽었는지 그에게 이야기했다. 라자로의 입이 바싹 마르고 두 눈에서 빛이 사라지고 생명이 떠났다고.
예수는 무덤을 직접 보겠다고 했다. 마리아 막달레나는 그의 친구들과 언니 마르타와 함께 예수를 동굴 앞으로 인도했다. 동굴에 이르자 예수는 간단하게 말했다.
"돌을 치워요.
돌을 치우라고요."
예수가 여러 번 같은 말을 되풀이하자, 처음에는 모두가 질겁했지만, 결국 그의 친구들이 돌을 굴려 동굴 입구가 다시 드러났다.

흰 그림자.
눈부신 햇살에 박쥐들이 소스라치게 놀라며 흩어져 날아갔다. 조금씩 눈이 어둠에 익숙해졌다. 그녀의 앞쪽으로 암벽 사이에 좁은 길이 나 있었다. 마치 지하세계의 구불구불한 검은 내장을 따라 내려가는 듯했다.
마음 깊은 곳에서는 장작이 다 타버린 뒤 사그라든 불씨처럼 그녀의 믿음도 거의 꺼져버리기는 했지만, 마리아 막달레나는 예수의 약속이 이루어지리라는 기대를 단념하지 않았다. 오빠의 무덤 입구를 열고 그 앞에 서 있자니, 얼어붙은 입김이 나와 재 속에 숨은 잉걸불 같은 희망을 다시 살렸다. 희미한 흰 그림자가 너울거렸다. 너울거리더니 점점 커졌다. 그리고 점점 다가오더니 바위 사이의 통로에서 사람 형체를 이루었다. 그녀는 소리를 지르지 않을 수 없었다. 그건 공포의 비명이 아니라 희망의 외침이었다.
그녀 앞에, 그녀의 언니 앞에, 예수와 그 친구들 앞에, 여전히 붕대로 감긴 시신이 햇빛을 가리려고 손을 얼굴에 올리고 서 있었다. 저승에서 돌아온 라자로. 흰 그림자.

마리아 막달레나가 가장 먼저 나서서 오빠를 끌어안았다. 그리고 다른 사람들도 모두 그를 감싸 안았다. 행복의 탄성이 여기저기서 터져 나왔고 마을 사람들이 몰려와 그의 생환을 축하했다. 사람들은 그를 안고, 그에게 축하 인사를 하고, 그를 만져보려 했다.
마리아 막달레나는 사람들 속에서 예수를 찾아보았다. 예수는 저만치 떨어져서 미소를 지으며 그녀를 바라보고 있었다.
두 사람의 눈이 마주치고 그녀 또한 그에게 미소를 지어 보였다.
그녀의 마음에 감사가 넘쳤다.
그는 약속을 지켰다.

밤이 되자 그녀는 그의 손을 잡고 이끌었다.
"자, 여기예요."

"정말 내가 저 높이까지 기어오르기를 바라는 건가요?"
"내가 먼저 오를 테니 나를 따라 올라와요."
그는 그녀를 뒤따르며 그녀가 잡았던 곳을 잡고 그녀가 디뎠던 가지에 발을 디뎠다.
"자, 다 왔어요." 그녀가 미소 지으며 말했다.
두 사람은 나무 몸통에 기대앉아 잠시 아무런 말 없이 나뭇잎을 스치는 바람 소리를 들었다.
"정말 가야 하나요?"
그는 미소 띤 얼굴로 고개를 끄덕이더니 멀리 지평선을 가리켰다.
"내일 우리는 예루살렘으로 떠날 거예요."
"예루살렘으로요? 하지만 바리사이들이 당신을 해치우기로 맹세했다는 것을 알고 있잖아요. 바리사이들은 당신이 우리 조상들의 율법을 존중하지 않는다고 말하는걸요. 당신이 예루살렘에 가면 그네들은 당신이 사람들을 동원해서 반란을 일으킬 거라고 로마인들에게 말할 거예요. 그렇게 해서 로마인들이 당신을 체포하도록 만들 거라고요."
그녀는 잠시 말을 멈추었다가 애원하기 시작했다.
"가지 말아요…"
그는 다시 고개를 저었다.
그녀는 그가 이미 마음을 굳혔음을 알았지만, 애원하지 않을 수 없었다.
"가지 말아요…"
"나는 예루살렘에 가야 해요. 그래야만 해요."
그때 그녀는 처음으로 그의 눈에 어리는 두려움을 보았다.
"나는 여기 있어요." 그녀가 말했다. "내가 늘 여기 있을게요. 약속해요."
그녀가 그의 어깨에 머리를 기댔다. 두 사람은 서로에게 가만히 몸을 기대고 머물렀다. 해가 저물고 새날이 밝아올 때까지.

되찾은 말들

베드로가 가장 먼저 도착해서 이미 자리를 잡고 앉아 있다. 방 안은 텅 비어 있어 발소리가 울리고 말하는 목소리가 잘 들린다. 멀리서 축제를 준비하는 도시의 소음이 어렴풋이 들려온다. 파스카 축제 날이다. 수만 명의 신자가 예루살렘에 모였다.

베드로는 친구들과 이 도시에 도착했던 때를 떠올린다. 마치 엊그제 일인 것만 같다. 라자로의 생환 이후 쏟아지는 함성과 갈채 속에 다시 시작된 여행. 예수에게 인사하려고 몰려들던 사람들. 한 마을에서 갓난아기를 하늘로 쳐들었던 여인. 부모님의 다리 사이로 빠져나와 예수에게 자기 팽이를 건네준 사내아이. 도시의 외곽에서, 손가락질하고 땅에 침을 뱉으면서 그들을 저주하던 바리사이.

그리고 마침내 예루살렘 도성의 성문. 예수를 환영하는 사람들이 그가 가는 길에 펼쳐놓던 외투와 종려 가지와 수만 송이 꽃들.

감사.

기쁨.

승리.

그런데 어떻게 모든 것이 이토록 빨리 변할 수 있었을까? 어쩌다 그들은 파스카 축일을 비밀 장소에서 숨어서 지내야만 하게 되었을까?

이런저런 생각에 빠져 있느라 베드로는 문을 세 번 두드리고 나지막하게 속삭이는 목소리를 듣지 못한다. 야고보와 안드레아가 방 안으로 들어오는 것을 보고 베드로는 불안한 듯 몸을 떤다. 베드로 곁에 자리를 잡기 전에 두 사람은 집 뒤편에 있는 정원을 보고 감탄한다. 타임, 샐비어, 레몬의 향기가 풍겨 온다.

야고보와 안드레아는 예수가 갑작스럽게 대중의 눈 밖에 난 까닭을 나름대로 설명한다. 그들은 모든 것이 성전에서 시작되었다고 확신한다. 사제들은 자기들의 수입이 위협을 받게 되자 두려움을 느꼈다. 그날 예수와 친구들은 제사에 바칠 짐승들로 북적이는 통로를 재빨리 가로질러 성전에 도착했다. 거대한 건물 내부는 비둘기, 양, 소가 울어대는 소리에 장사꾼들의 고함이 뒤섞여 북새통을 이루었다. 상인들이 기도를 방해하는 것은 있을 수 없는 일이라고 생각한 예수는 분노했다. 상인들이 떠나기를 거부하자 예수는 화가 나서 괴력을 쏟아내며 새장을 발로 차 넘어뜨렸다. 분노의 고함과 소의 울음과 새들의 날갯짓 소리가 뒤섞이며 큰 소동이 벌어졌다. 잠깐 사이에 새장에서 풀려난 수만 마리 비둘기가 하늘로 날아올라 성전 꼭대기 주변에서 흰 구름을 이루었다. 장사꾼들이 비둘기를 다시 잡아들이려고 사방으로 달려가자 예수는 소와 양을 풀어주었다. 엎질러진 단지에서 우유가 쏟아져 나오듯이 예루살렘의 도로 위로 소와 양이 떼를 지어 퍼져 나갔다.

야고보와 안드레아가 이야기를 나누는 사이에 마태오, 토마스, 타대오가 들어온다. 먼저 온 두 사람의 이야기를 방해하지 않으려고 나중에 온 세 사람은 조금 떨어져서 자리를 잡지만 두 친구가 무슨 이야기를 하고 있는지 금세 알아차리고 대화에 합류한다. 그들이 보기에 사태에 책임을 져야 할 사람들은 바리사이들이다. 그들은 성전에서 있었던 일을 이용해 사제들과 상인들을 자기 편으로 끌어들였다. 그들은 예수가 백성을 속이는 거짓말쟁이이며 전통을 존중하지도 않는다는 소문을 예루살렘 전체에 퍼뜨렸다. 타대오가 듣기로는, 바리사이들이 예수를 죽이리라 다짐했지만 그들에게는 예수를 체포할 권리도 없고 심판할 권리도 없으니 로마인들에게 가서 예수가 로마인들을 몰아내고 유다 지방을 다스리려 한다고 이야기했다는 것이다. 이렇게 해서 바리사이들은 로마인들이 예수를 알아서 처리해주길 기대하고 있었다. 모두가 알다시피, 로마인들에게 잡힌다면 예수는 죽음을 각오해야 했다.
이런 어두운 전망 때문에 모두가 긴 침묵에 빠져든다. 하지만 시몬, 큰 야고보, 필립보, 바르톨로메오가 도착하면서 침묵은 곧 깨진다. 이들은 서로 다시 만나기 위해 택한 방법 때문에 모두 흥분해 있다. 그들은 처음엔 위험을 의식하지 못하고 구불구불한 길을 가로지르며 다른 친구들이 일러준 대로 물동이를 왼쪽 어깨에 진 남자를 따라갔다. 그러다 사람들 눈에 띄면 안 된다는 걱정이 커지면서 공모자 같은 얼굴들을 하고 여기까지 오게 되었다. 문을 세 번 두드린 뒤에 전날부터 외워둔 암호를 속삭이자 문이 열렸고 이 커다란 방이 나타났으며 방 안에는 식탁이 차려져 있었다.

야고보와 시몬과 필립보는 마태오 곁으로 간다. 이제 더 이상 자리가 충분하지 않아서 불편해진 바르톨로메오는 식탁의 다른 쪽에 가서 자리를 잡는다. 음식들이 차려진다. 생선과 회향 냄새가 방 안에 퍼진다. 긴 하루였고, 이제 배에서 꾸르륵 소리가 난다. 하인들이

식탁 위에 향료를 넣은 포도주와 커다란 빵과 쓴 나물을 차려놓는다.
이번에는 요한이 도착한다. 요한은 베드로 옆에 자리를 잡는다. 다시 만나게 된 것이 반가워서 베드로는 요한에게 이야기를 시작한다. 하지만 요한에게는 베드로의 이야기가 들리지 않는다. 그는 잉크가 잔뜩 묻은 자신의 손가락을 내려다본다. 이 마지막 날들에 자신이 쓴 모든 글을 다시 생각해본다. 그가 날아가버렸다고, 지워졌다고, 쓸려버렸다고 생각한 그 말들. 그가 되찾아 정성스레 쓰고 그 위에 입김을 불어 말렸던 그 말들. 그는 잉크가 잔뜩 묻은 자신의 손가락을 내려다본다. 그는 파피루스와 양피지를 둘둘 말아 보자기로 싸서 잠시 항아리 바닥에 숨겨두려 생각한다. 베드로의 말은 귀에 들어오지 않는다. 요한은 여전히 손가락을 내려다보며 자신의 글을 숨길 장소를 생각한다. 아무도 알아낼 수 없을 비밀 장소. 나무 둥치 안. 금고 안. 아니면 구덩이를 파고 땅속 깊숙이.
요한은 손가락을 내려다본다. 그러느라 숨을 헐떡이며 유다가 도착한 것을 알아차리지 못한다. 유다는 안드레아를 옆으로 밀어내고 그 자리에 들어가 앉는다. 그는 가득 찬 돈주머니를 만지작거리고 있다. 그 돈주머니가 어디에서 났는지 묻는 친구들의 물음을 대충 얼버무리며 회피한다.
마침내 예수가 왔다. 그가 와서 곁에 앉자 요한은 마지막으로 손가락을 내려다본 뒤 그의 말에 귀 기울이려고 눈을 감는다. 그의 입에서 나오는 말을 하나도 놓치지 않고 서둘러 양피지나 파피루스 위에 빠르게 적어내려갈 것이다.
예수가 이야기를 시작했다.
엄숙함.
슬픔.
희망.
그리고 모두가 함께 음식을 나눈다.
그들의 마지막 식사라고 그가 말한다.

요한은 고개를 숙이고 눈을 감은 채로 모든 것을 듣고 있다.
머릿속에서 글자가 말을 이루는 것이 보인다.
모든 것을 이야기하기 위해 그가 쓸 말들.
그가 다시 눈을 뜨자 이미 밤이다. 식탁에 남은 이는 그밖에 없다. 모두 예수를 따라 정원으로 나갔다. 등잔불이 꺼졌다.
불꽃이 가물거리던 등잔 하나 남아 있지 않다.

다른 이들을 따라나서기 전에 마지막으로, 일어난 일들을 전하기 위해 그가 사용할 말들을 읊조려본다.

그와 함께한 우리의 마지막 식사
예수가 말한다
오늘 밤 로마 병사들이 그를 잡으러 올 것이다
이 식탁에 같이 앉은 우리 중 한 사람이 그를 고발했다
서른 데나리온을 받고 그를 넘겼다
예수는 빵과 포도주를 우리에게 나누어 준다
그가 말한다
이 포도주는 나의 피다
이 빵은 나의 몸이다
그가 말한다
그가 죽은 뒤에는
우리가 그 말씀을 어디든지 전해야 한다
손으로
입으로
세상 저 반대편까지
그는 자신의 죽음이 이미 가까이 와 있음을 안다

등잔의 불꽃이 꺼지고 요한은 친구들에게 합류하려고 자리에서 일어선다.
성문을 지나 올리브나무로 둘러싸인 동산으로 간다.
이미 이슬이 내린 풀밭을 밟고 지난다.
불편해진 샌들을 고쳐 신는다.
마음에 슬픔이 스미는 것이 느껴지고 눈에서 눈물이 넘친다. 예수의 말들이 강력하게 다시 떠오른다. 그는 예수가 말한 것, 예수가 예고한 것이 당도하리라는 것을 안다.
배반.
고통.
죽음.
그리고 그는 자신이 아무것도 잊지 않으리라는 것을 안다.
아무것도 날아가버리지 않고, 아무것도 지워지지 않을 것이다.
마치 이 말들이 오래전부터 새겨져 있던 것처럼, 나중에 펜을 잡았을 때는 그저 이 말들을 옮겨 적기만 할 것이다.

올리브나무 동산에서

이제 그는 혼자다.
완전히 혼자다.
모두가 그의 곁에서 잠들어 있다. 그를 절대 버리지 않으리라 맹세했던 베드로조차 그를 지켜준다며 찾아낸 녹슨 칼을 품에 안은 채 올리브나무 둥치에 기대앉아 잠들었다. 오래된 칼로 무장한 야고보도 칼을 떨어뜨리고 풀밭에 누워서 입을 크게 벌린 채로 선잠이 들었다.
요한은 머리를 가슴팍에 떨구고 잠들어 있다. 긴장한 듯 움찔거리는 것을 보니 그의 불안이 느껴진다. 잠을 자면서도 요한은 빠르게 중얼거린다. 알아들을 수 없는 단어들, 꼬리도 없고 머리도 없는 문장들. 예수는 그의 이마와 관자놀이를 오랫동안 쓸어준다. 마치 아픈 아이를 달래듯이.
요한이 잠잠해지자, 그를 깨우지 않으려고 예수는 조용히 그의 머리를 들고 둥글게 만 마대로 받쳐준다. 그리고 일어나, 나무 그늘을 벗어나려고 몇 걸음을 내디딘다. 조금 더 멀리에서 잠든 타대오의 코골이 소리가 들린다. 없는 사람은 유다뿐이다. 그는 식사가 끝났을 때 홀로 빠져나갔다.

그는 혼자다.
완전히 혼자다.
오늘 밤엔 혼자 되는 것이 두려워서 몇 번이고 친구들을 깨워 자기와 함께 해달라고 부탁하려 했다.
하지만 결국 포기하고 말았다.
이미 결정된 것을 두고 싸우는 것이 무슨 소용이 있을까?
처음부터 그는 일어날 일들을 알고 있었다.
사람들이 그를 어떻게 체포할지.
그가 어떻게 재판을 받을지.
또 그가 어떻게 죽을지.

그의 머리 위로 수만 개의 별이 하늘을 비추고 있다. 갑자기 별빛이 너무 맑게 보여 손을 내밀면 별들을 잡을 수 있겠다는 생각이 든다.

하지만 손에 잡히는 것은 허공일 뿐이다. 그의 두 손이 떨리기 시작한다.

그는 혼자다.

완전히 혼자다.

숨쉬기가 어렵다.

엄청난 무게가 가슴을 짓누른다.

목구멍이 조여오고 호흡이 가빠진다. 머리가 빙글빙글 돌기 시작한다.

숨이 차다.

그는 밤 속으로 몇 걸음을 내디딘다. 하지만 그를 사로잡은 번민이 놓아주지 않는다.

숨을 고르게 쉬려고 애써보지만 심장이 제멋대로 뛰면서 식은땀이 온몸에 흐른다.

다시 어둠 속으로 나아간다.

어디로 가야 하나?

온통 밤이다.

그리고 그는 혼자다.

발을 어디에 두어야 할지 모르는 채로 다리를 뻗는다.

그는 걷고, 걷고, 걷는다.

나뭇가지 하나가 갑작스레 그의 얼굴을 때린다. 그제야 그는 다른 방향으로 걸음을 옮긴다.

"나의 하느님." 그가 별을 향해 고개를 든다.

"나의 하느님." 그가 무릎을 꿇는다.

"나의 하느님." 그가 흐느낀다.

"나의 하느님."

차츰, 그를 짓누르던 무게가 조금 가벼워진다.
숨도 고르게 쉬어진다.
두려움도 천천히 멀어진다.
멀리서 병사들이 다가온다.
그가 몸을 일으킨다.
그는 자신이 이루어야 할 일을 알고 있다.
그는 더 이상 혼자가 아니다.
그는 더 이상 두렵지 않다.

병사들은 조심스레 다가오다가 멈추어 서더니 양날 검으로 방패를 두드리며 예수와 잠들어 있는 그의 친구들을 둘러싼다.
병사들은 거칠게 모두를 한곳으로 모으면서 아직 잠자는 자들을 서슴없이 두들겨 깨운다. 야고보는 칼을 주워 들 시간이 없다. 그러나 베드로에게서 칼을 빼앗기란 쉽지 않다. 마구잡이로 칼을 휘두르는 탓에 병사들은 그를 제압하지 못한다. 병사들이 그를 둘러싸지만 베드로는 뜻밖의 재빠른 동작으로 병사 한 명의 귀를 벤다. 귀가 잘린 동료의 복수를 하겠다고 더 많은 병사가 베드로를 공격한다. 예수가 중간에 끼어들어 말리지 않았다면 그들은 분명히 베드로를 죽였을 것이다. 백인대장의 명령으로 잠깐의 소란이 끝나고 병사들의 칼도 칼집으로 들어간다.
예수는 다른 병사들이 정렬하는 사이에 부상당한 병사를 고쳐준다. 바로 그때 유다가 바리사이 한 명을 대동하고, 숨어 있던 어두운 그늘에서 나온다. 그리고 아무 일도 없었다는 듯 무리 안으로 들어온다. 예수에게 다가가 그를 껴안고 볼에 입을 맞춘다.

그때부터 모든 일이 빠르게 진행된다.

병사들은 예수를 붙잡고 묶는다. 당황한 그의 친구들은 흩어져 동산으로 사라진다.
베드로도 달아나다가 재빨리 다시 돌아와 병사들을 따라간다. 그들은 예루살렘의 거리를 가로질러 체포한 예수를 끌고 가고 있다. 베드로는 계속 병사들의 뒤를 쫓으면서 벽을 따라 걷고 문가에 몸을 감춘다. 병사들이 담장으로 둘러싸인 커다란 건물 안으로 들어가자 그의 심장이 죄어온다. 그의 친구가 감옥 바닥에 던져져 있다.
베드로는 주저하다가 조심스레 다가간다. 건물 안뜰은 사람들이 자유로이 들고나는 듯 보인다. 사람들이 안뜰 가운데 모닥불 주위에 둘러서 있다. 병사들도 있고 간수들도 있지만 구경꾼들도 있고 파스카 축제 때문에 예루살렘에 왔다가 묵을 곳을 찾지 못한 순례객들도 있다.
베드로는 눈에 띄지 않게 무리 속으로 들어가 사람들의 말을 엿듣는다.
한 병사가 예수를 체포한 일을 이야기하고 있다.
베드로는 사람들이 자기를 알아볼까 두려워 뒤로 물러나 얼굴을 어둠 속에 숨긴다.
그 병사가 사람들이 보이는 관심에 흥분해서 허풍을 섞어가며 자세한 이야기를 이어간다.
하지만 베드로가 조금 더 멀리 가려고 할 때 병사가 그를 알아보고 말한다.
"당신도 자기를 하느님의 아들이라고 주장하는 예수의 친구 아닌가?" 병사는 손에 들고 있던 창을 다시 똑바로 세운다.
"아니, 아니에요." 베드로가 머뭇거리며 대답한다. "다른 사람하고 헷갈리신 모양이네요. 나는 그 예수라는 사람과 아무 관련도 없습니다."
"그래, 그래, 내가 당신을 봤는걸. 예수를 체포할 때 당신이 우리 병사 하나를 칼로 베었잖아."
"아니, 아닙니다. 정말 사람을 잘못 보신 거예요." 베드로가 어쩔 줄 몰라 한다. "나는 당신이 말하는 예수라는 사람을 알지도 못한다고요."
"나를 바보로 아는 모양이군! 내가 당신 얼굴을 봐서 안다니까. 우리 로마인에 대항해서

봉기하게 사람들을 부추기려던 그놈과 한패잖아."
"아니요." 베드로는 다시 같은 말을 되풀이할 뿐이다. "나는 정말 그 사람을 모릅니다."
그곳에 있던 사람들의 무리가 그를 잡으려 하자 베드로는 재빨리 달아난다. 한참을 달리다 보니 어느 순간부터 뒤에서 쫓아오는 소리가 들리지 않는다. 베드로는 이쪽 길에서 저쪽 길로 오가면서 뒤쫓던 사람들을 떨쳐낸다.
그는 계속 달리고 또 달리다가 더 이상 달릴 수가 없게 되어서야 멈춰 선다. 지친 나머지 근처 골목의 제일 끝에 있는 집의 헛간으로 숨어든다.

머리 위에서 수탉이 울어대는 소리에 베드로는 소스라치며 잠에서 깨어났다.
베드로가 쫓으려고 하니, 닭이 부리로 쪼면서 똥을 쌌다. 그리고 거만한 눈빛을 하고 고개를 쑥 빼더니 다시 크게 울었다.
이번에는 베드로가 벌떡 일어섰다. 옷자락을 끌어당겨 얼굴을 닦고 주변을 둘러보았다. 지난밤에 몸을 숨겼던 헛간 안으로 새벽 여명이 희미하게 들어왔다. 주변에선 여러 마리 암탉이 꼬꼬꼬꼬 수다를 떨고 있었다.
수탉이 세 번째로 울어대자, 베드로는 밤을 보냈던 헛간에서 나와 아직 사람들이 다니지 않는 거리로 나왔다. 샘물로 세수를 하니 날이 밝고 길에도 사람들이 다니기 시작했다. 베드로는 왔던 길을 더듬어 다시 돌아가려 했다.
그는 자신을 믿을 수 없었다. 예수를 지켜주겠다고 맹세했지만, 예수가 그를 가장 필요로 한 순간에는 겁쟁이처럼 달아나고 말았다. 더욱이 여러 차례 예수를 모른다고 대답하고 닭장에 몸을 숨기기까지 했다.

이제 어쩐다?
또 무슨 일이 일어나려는지?
불안해진 그는 새로운 소식을 들을 수 있을까 해서 거리로 다시 나가보았다.
베드로는 마지막 식사 때 빵과 포도주를 나누면서 예수가 했던 말을 선명하게 기억했다.
후회에 번민이 더해졌다.
다시 발걸음을 재촉해보았지만, 도시 중심을 향해 갈수록 파스카 축제를 지내러 온 사람들이 많아져서 길이 더욱 북적거렸다. 예수에 대한 소식을 들을 수 있다는 희망으로 성전에 다가가자 한 사람이 고함치는 소리가 들렸다. 그는 멀리까지 자기 목소리가 들리도록 높지막이 올라서서 크게 외쳐댔다.

"들어보세요, 들어보세요, 들어보세요!
들어보세요, 예루살렘과 갈릴래아와 유다의 주민 여러분!
들어보세요, 부유한 상인들, 신체 건강한 이들, 고통스러운 영혼들, 신앙이 없는 이들,
들어보세요, 용감한 이들, 가난한 이들, 귀먹고 말 못 하는 이들,
들어보세요, 유다의 위대한 총독이시며 티베리우스 황제의 대리인이신 본시오 빌라도의 판결입니다.
공공의 질서를 해치고 반란을 선동하고 왕위를 찬탈하려 한 혐의로, 요셉과 마리아의 아들 나자렛 예수는 단죄받고 십자가에 달릴 것입니다.
이것이 확정된 판결입니다.
예루살렘과 갈릴래아와 유다의 주민 여러분!"

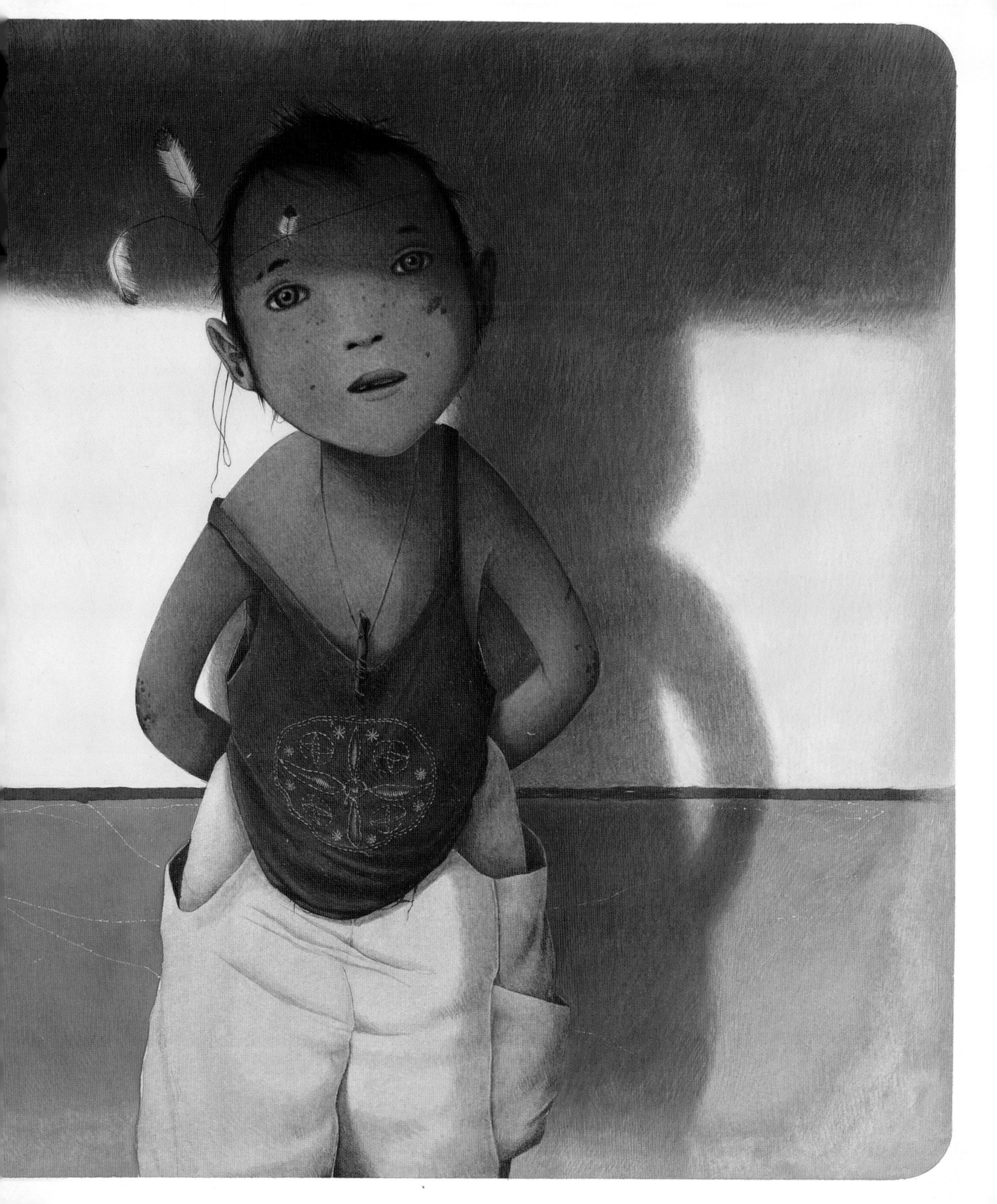

해골산

마리아를 찾아온 것은 요한이었다.
그의 눈빛을 보고 마리아는 즉시 모든 것을 알아차렸다.
그녀는 무슨 일이 벌어질지 알고 있었다.
예수가 태어난 이후로 저녁에 잠을 청할 때면 이 순간이 떠오르지 않은 날이 없었다.
때는 밤이다. 아니, 낮인지도 모르겠다.
누군가 문을 두드린다.
힘겹게 눈을 들어 그녀를 본다.
입을 열어 말을 하려다가 돌이켜 다시 생각한다.
그 눈, 그 입은, 그녀를 보기도 전에, 그녀에게 말하기도 전에, 단검처럼 그녀를 찢는다.
예수가 태어난 이후로 매일 저녁이면 그녀는 이 순간이 너무 빨리 오지 않게 해달라고 기도했다.
온 마음과 온 영혼을 다해서.
하지만 그날이 이렇게 와버렸다.

마리아가 예루살렘에서 파스카 축제를 지내리라는 걸 알고 있던 요한은 즉각 그녀를 찾아갔다.
문을 두드렸다.
힘겹게 눈을 들어 그녀를 보았다.
입을 열어 말을 하려다가 돌이켜 다시 생각했다.
그리고 잠시 후 겨우 몇 마디 말을 꺼냈을 때 그녀는 이미 무너지고 갈가리 찢겨 있었다.
하느님이 그녀에게 주신 그 아들이 잡혀갔다.
그녀의 아들이 죽게 되었다.

선잠을 자게 했던 꿈에서처럼 그녀는 요한과 함께 거대한 군중 속으로 뛰어들었다. 곳곳에서 고함과 욕설과 아우성이 들렸다. 먼지가 일어 도시 전체를 더러운 너울처럼 덮었다. 요한은 여러 번 예수를 가리켰지만, 그녀의 눈에는 그가 들어오지 않는다.
"저기 있어요" 그가 말하지만, 군중이 끊임없이 두 사람을 밀어대는 바람에 노력은 헛수고가 되었다. 폭풍에 휩쓸린 조각배처럼 그녀는 저항하기를 포기하고 군중에 떠밀려 움직이도록 몸을 내맡겼다.
그녀는 눈을 감았다. 다시 눈을 떴을 때는 모든 것이 사라진 다음일 것이다. 사람들. 고함. 증오. 먼지가 다시 일고 예수를 처형 장소로 끌고 가던 병사들도 주둔지로 돌아가 있을 것이다.
그곳엔 그녀의 아들만 남을 것이다.
그는 그녀가 알고 있는 그 미소를 지으며 그녀에게 다가올 것이다.
어린아이였을 적에 그는 무릎의 살갗이 벗겨진 채로 집에 돌아와 미소 지으며 말했다.
"걱정하지 말아요, 엄마. 걱정하지 말아요."

난파된 배의 잔해처럼 군중에 떠밀려 마리아와 요한은 서로 멀어졌다.
그녀가 눈을 감았다 뜨자 아들이 겨우 몇 걸음 앞에 넘어져 있었다. 하지만 미소는 사라졌고, 병사들은 창으로 그를 난폭하게 다루었다. 병사 하나가 가시나무와 덩굴로 만든 왕관을 아들의 머리에 씌워놓았다. 머리에서 나는 피가 눈물과 뒤섞여 뺨으로 흘러내렸다.
마리아는 팔을 뻗어보았지만, 형리가 도시의 성문으로 아들을 서둘러 끌고 갔다.
다시 군중이 몰려들었다.
다시 고함과 욕설과 아우성이 더욱 심해졌다.
그녀는 여러 번 그 저주받은 장소의 이름을 사람들이 입 밖에 내는 것을 들었다.

골고타.
해골산.
그녀는 이제 더 이상 희망이 없다는 것을 알았다.
그녀는 원하는 만큼 몇 번이고 눈을 감을 수도 있고 다시 뜰 수도 있고 또 그렇게 다시 시작할 수도 있었지만, 평생 머릿속을 떠나지 않던 그 꿈을 쫓아버릴 수 없게 되었다. 그 꿈이 이제 현실이 되었으니까.
그들은 그를 십자가에 달았다.
그녀의 아들.
예수.

온종일 하늘에는 구름이 두껍게 쌓였다. 누구도 별다른 주의를 기울이지 않는 사이에 폭풍이 몰아칠 준비를 하고 있었다. 숨 막히게 하는 열기 때문에 사람들은 신선한 공기를 찾아 도성 밖으로 앞다투어 나갔다. 예루살렘 도성 앞으로 길게 이어진 비탈길에는 산책하는 사람들이 많았다. 그들 대부분은 해골산 위에 세워진 십자가에는 별로 관심이 없었다. 대개 그 죽음의 장소를 피하려고 길을 돌아가곤 했다. 십자가에 달린 사람들은 오랫동안 고통을 겪은 뒤에야 숨을 거두었기 때문이다. 다만 예루살렘에 처음 온 몇몇 순례객만 그곳에 다가갔다가 그곳이 어떤 곳인지를 알아차리고는 발걸음을 돌리고 아이들을 멀리 떨어뜨려놓곤 했다.
조금 뒤에 빗방울이 떨어지자 사람들은 서둘러서 도성 안으로 들어가기 시작했다. 아들의 유해를 쫓아가는 이 비통한 어머니에게는 아무도 주의를 기울이지 않았다.
구름이 아주 많아져서 하늘이 늦은 저녁처럼 어두워졌다. 흰 새 한 마리가 높이 날아오르더니 오랫동안 하늘을 가로질렀지만 아무도 보지 못했다. 조금 전에는 천둥이 너무 심하게 쳐서 땅이 흔들리는 듯했다. 사람들은 도성으로 서둘러 들어가면서 폭풍 때문에 축제를 망치게 되었다고 투덜거렸다.

그의 등을 내리치는 가느다란 가죽 채찍
그를 내리누르는 십자가의 무게
숨 막히는 더위, 구타, 실신
해골산
골고타
그의 살에 박히는 못
그의 찢어진 옷을 두고 내기하는 병사들
우리에게 와서 같은 말을 되풀이하는 마리아 막달레나
내 약속 내 약속 내 약속
마리아가 그녀를 가슴에 안고 긴 머리카락을 쓸어줄 때까지
내 약속 내 약속 내 약속
점점 더 약해지는
그의 외침
그의 외침
그의 외침
이어지는 죽음
무덤으로 옮겨지는 그의 시신
그리고 끝

요한은 글을 적은 양피지에 입김을 불어 잉크를 말린다. 그리고 양피지를 말아서 보자기로 싼다.
그리고 얼굴을 팔에 파묻고 운다.

Paris , le 23 avril

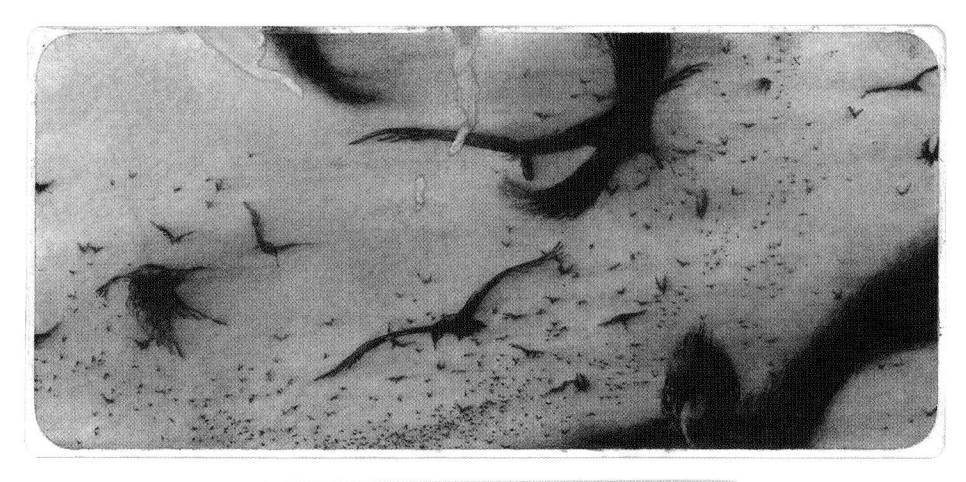

열린 문

그녀는 해 뜨기 전에 일어났다.
우느라 잠을 충분히 잘 수 없었던 탓에 눈은 빨갛고 긴 머리는 아무렇게나 헝클어져 있었다. 그런 상태로 바로 집에서 나와 희붐한 어둠 속으로 걸어 들어갔다. 포석 깔린 길이 축축하게 젖어 있는 것을 느끼면서 그녀는 자신이 맨발이라는 사실을 깨달았다. 밤의 미풍이 그녀의 옷을 부풀리자 그녀는 부르르 몸을 떨었다. 왜 그런지 알지 못하지만, 그녀는 묘지를 향해 걸음을 서둘렀다. 철문이 삐거덕 열리며 밤의 침묵을 갈랐다.
그녀가 작은 길을 걸어 앞으로 나아가는 동안에 올빼미 한 마리가 울면서 지나갔다.
조약돌이 발에 닿는 느낌에 깜짝 놀랐다. 미끄럽고 차가웠다. 발가락 사이에 돌멩이가 미끄러져 들어오는 느낌이 좋았다. 발로 밟을 때 나는 소리도 좋았다. 자박자박, 자박자박.
그녀가 지나치는 돌무덤들에 그 소리가 부딪혀 울렸다. 자박자박, 자박자박.
그녀는 자신의 발소리와 그 울림이 만들어내는 리듬 때문에 거의 무감해진 상태로 걷고 있었다. 그런데 갑자기 여러 사람의 발소리가 그 리듬을 깨는 바람에 멍한 상태에서 빠져나올 수밖에 없었다. 멀리서 두 그림자가 아주 빠르게 길을 내려오더니 피할 새도 없이 그녀와 마주쳤다. 도망치는 이들은 무덤지기였다. 그녀는 그들을 붙잡고서 무엇 때문에 그렇게 겁에 질렸느냐고 묻고 싶었으나 얼른 사이프러스나무 뒤에 가서 숨었다. 여자 혼자 한밤중에 산발을 한 채 맨발로 걷고 있는 걸 보면 그들이 무슨 생각을 하겠는가?
멀리서 철문이 다시 삐거덕 소리를 냈다.
그녀도 다시 걷기 시작했다. 이번에는 훨씬 더 주의를 기울였다.
이제는 잠이 완전히 달아났다.
자박자박 자박자박
무슨 일이 일어났다.
자박자박 자박자박
무언가 범상치 않은 것.
자박자박 자박자박
한밤중에 그녀를 깨워 여기까지 오게 한 것.
자박자박 자박자박

예수의 무덤 앞에 이르러서야 그녀는 깨달았다.
무덤 입구를 막아놓았던 돌이 굴려지고 안으로 들어가는 통로와 문이 활짝 열려 있었다.
다시 올빼미가 울었다.
마리아 막달레나는 움직일 수 없었다. 처음 든 생각은 무덤지기들처럼 도망가야 한다는 것이었지만 무언가 훨씬 강한 것이 그녀를 붙잡았다.
그녀는 깊이 숨을 내쉬고 무덤 안에 들어가보기로 했다.
앞에는 온통 어둠뿐이었다.
어디에 발을 디뎌야 할지 보이지도 않았지만 몇 발짝 앞으로 나가보았다. 손가락 끝에 느껴지는 것은 축축한 바위뿐이었다.
갑자기, 정신을 어리둥절하게 할 만큼 큰 굉음이 들리면서 무언지 알 수 없는 것이 어둠 속에서 그녀의 머리채를 잡았다. 그녀는 소리를 지르려 했지만, 소리가 입 밖으로 나오기 전에 그것이 머리를 놓아주었다. 뒤를 돌아보고 나서야 마리아 막달레나는 별것 아닌 것에 놀랐음을 깨달았다. 그녀가 들어오는 바람에 놀란 것이 틀림없는 몇 마리 하얀 새들이 날개를 치며 무덤에서 빠져나갔던 것이다.
너무 놀라서 꺾인 다리로 앞을 더듬으면서 그녀는 다시 앞으로 나아갔다.
멀리서 다시 올빼미 우는 소리가 다시 들려왔지만 무덤의 두꺼운 벽 때문에 희미하게 들렸다.
그녀는 계속 앞으로 나아갔다. 이제 앞쪽에 희미한 불빛이 보였기 때문에 조금 더 빨리 나아갈 수 있었다. 그 불빛에 이끌려 그녀는 속도를 냈고 몇 걸음 더 나아가고 보니 벌써 무덤 한가운데 이르렀다.
그녀는 무덤 안을 비추는 빛에 다가갔다. 바깥에서는 이제 떠오른 태양의 첫 햇살이 무덤 외벽을 어루만졌고, 가느다란 빛의 그물이 울퉁불퉁한 바위 사이로 길을 내고 있었다. 마리아 막달레나는 어둠에 익숙해진 눈으로 주변을 찬찬히 살펴보았다. 무언가 잘못되었다는 것을 깨닫는 데는 별로 긴 시간이 필요하지 않았다. 그녀는 확실해질 때까지 몇 번 더 무덤 안을 돌아보았다. 예수의 무덤은 비어 있었다. 누군가 그의 시신을 가져간 것이다.

그녀는 충격에서 빠져나올 수 없었다

왜냐하면 밖에서는

자박자박 자박자박

누군가 무덤 가까이 지나가고 있었다

자박자박 자박자박

그녀는 통로의 바위벽에 부딪히지 않게 피하면서 걸음을 재촉했다

자박자박 자박자박

바깥에서 발소리가 멀어지는 것 같았다

자박자박 자박자박

마침내 그녀는 무덤에서 빠져나왔다

자박자박 자박자박

조금 더 멀리에서, 한 남자가 멀어져가고 있었다

자박자박 자박자박

그녀는 남자가 정원사라고 생각했다

자박자박 자박자박

"도대체 예수의 시신을 어떻게 한 건가요?" 그녀가 소리쳤다

자박자박 자박자박

하지만 남자는 대답하지 않고 계속 걸어갔다

자박자박 자박자박

"도대체…" 그녀는 다시 말을 하려 했지만 말을 모두 마칠 수가 없었다

남자가 뒤돌아보았다

미소 짓고 있는 남자는

예수,

나자렛 예수였다

길 위에서

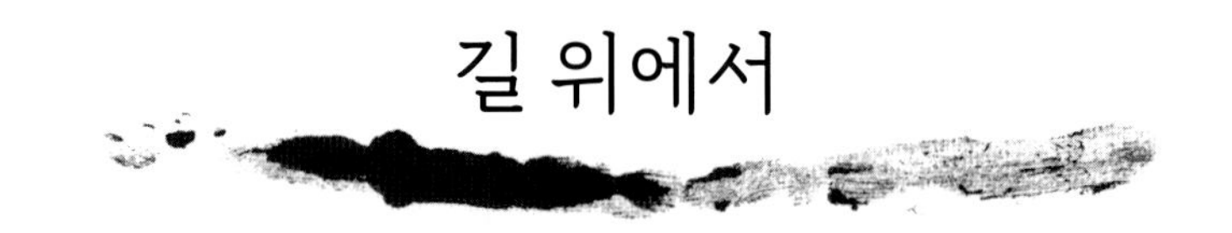

그들은 그녀가 정신이 나갔다고 생각했다.

바르톨로메오와 타대오는 그들이 숨어 있던 집에서 그녀를 쫓아내려 했다.

말을 하지 못하게 된 베드로는 동의한다는 듯이 고개를 끄덕일 뿐이었다.

"지금 그가 살아 있다고 말하는 거요? 그럼 증거를 대보란 말입니다!" 토마스가 거칠게 소리를 질렀다.

요한은 그녀의 어깨를 잡고 다른 친구들에게서 멀리 떨어뜨려놓았다. 그리고 마치 그녀가 아픈 사람인 듯 어깨에 이불을 둘러주었다. 그녀는 요한의 팔에서 빠져나가며, 고뇌 속에 빠져 있도록 그들을 내버려두었다.

"여러분도 보게 될 거예요." 이렇게 말하고 그녀는 떠났다.

그리고 그들도 보았다.

믿지 않았던 것을 보게 되었다.

예수가 그들을 찾아온 것이다.

그는 베드로를 찾았다. 그러자 베드로는 곧바로 다시 말을 했다.

그는 요한을 찾았다. 그러자 요한은 이 새로운 이적을 서둘러 기록했다.

그는 안드레아, 야고보, 필립보를 찾았다.

그리고 마태오, 타대오, 바르톨로메오.

그리고 큰 야고보.

그리고 시몬.

그리고 토마스는 그가 정말 예수인지 확인하려고 그의 상처에 손을 대보기까지 했다

예수가 볼 수 없었던 단 한 사람은 유다였다. 그는 죽었기 때문이다. 나무에 목맨 채로 발견되었다. 그의 발아래에는 예수를 넘겨주고 받은 돈주머니가 떨어져 있었다.

그들은 모두 예수가 살아 있음을 보았다. 마리아 막달레나가 알려준 그대로였다.

그리고 아이들처럼 모두가 예수 주위에 모여들었다.

이전에 그랬던 것처럼.

예수가 그들에게 이야기했고 그들은 들었다.

예수가 그들에게 이야기했고 그들은 깨달았다.

이번에도 모두 버려두고 가야 했다.
이번에도 떠나야 했다. 하지만 이번에는 각자가 다른 방향으로 이 드넓은 세계를 가로지르는 것이었다.
그들은 예수가 한 말을 전하고, 예수가 치유해준 사람들과 행한 경이들을 이야기해야 한다.
그들은 사람들이 그를 어떻게 사랑했고, 또 어떻게 죽였으며, 그가 어떻게 다시 살아났는지 말해야 한다.
그들은 바람이 퍼뜨리는 씨앗이 되어야 하고, 물살에 흘러가는 나뭇잎이어야 하며, 폭풍에 흩어지는 모래알이어야 한다.
그들의 영이 준비되었을 때, 어떠한 위험에도 길에서 벗어나지 않으리라 느껴졌을 때, 예수는 마지막으로 그들에게 입을 맞추고 사라졌다.
그들이 주변을 둘러보며 찾아보려 했지만 이제 그는 거기에 있지 않았다.
그들은 더 이상 그를 보지 못했지만 그들의 마음은 그의 말씀으로 가득했다.

이른 시간이다.
아침 안개가 조금씩 사라지고 새파란 하늘이 드러난다.
예루살렘 성문 앞에서 그들은 다시 만났다. 모두 위대한 출발에 대한 기대로 마음이 한껏 부풀어 있었다. 다들 챙겨야 할 것들을 그럭저럭 챙겨서 왔다. 대부분은 봇짐을 지고 있었다. 어떤 이들은 가죽으로 만든 배낭을 멨고, 다른 이들은 가는 끈을 엮어 고기잡이 그물처럼 만든 보따리를 들었다.
요한이 배낭이랑 흙을 구워 만든 커다란 항아리를 가지고 왔을 때 모두 웃음을 터뜨렸다.
저렇게 짐이 많아서야 어떻게 걸어가겠다는 말인가?

헤어져야 할 시간이 되었다. 출발이 늦어지면 너무 더워서 걸을 수 없을 것이다.
서로를 오래도록 안았고, 마지막으로 입을 맞추었다.

야고보와 시몬은 울었고, 그래서 토마스는 마음이 조금 어색해졌다.

작별 인사를 하려고 배웅 나온 마리아 막달레나와 라자로에게도 인사했다. 두 남매도 떠날 것이었다. 저 멀리 바다 건너편에 닻을 내릴 배를 기다리고 있었다. 그곳은 너무 추워서 때로는 물이 돌처럼 단단해지곤 한단다.

마침내 한 사람씩 떠나갔다. 모두가 각기 다른 길을 택해 다른 방향으로 나아갔다.
간혹 서로 돌아보며 손짓했다.
그러다 서로가 아주 작은 점으로만 보였고 이내 지평선으로 사라졌다.

이제는 요한만 남았다.
요한은 마리아 막달레나를 꼭 끌어안고 입을 맞추었다.
그리고 무거운 항아리를 끌고 길 위에 섰다.
그가 가려고 계획한 곳에 도착하기까지는 며칠이 걸렸다.
그곳은 평야를 내려다보며 우뚝 서 있는 바위산이었다.
산을 오르는 것은 쉽지 않았지만, 긴 노력 끝에 마침내 아래쪽 길에서는 보이지 않는 동굴에 이르렀다. 동굴에서는 거대한 계곡 전체가 내려다보였고 그 계곡의 끝에는 어렴풋이 예루살렘이 보였다.
그는 확신했다. 이곳이야말로 안전하다.
다시 숨을 고르게 쉴 수 있게 되자 요한은 배낭에서 곱게 무두질한 가죽과 어두운 잉크병과 기러기 깃털을 칼로 깎아서 만든 펜을 꺼냈다. 그리고 최근 며칠 동안 있었던 일들을 써 내려갔다. 그는 마리아 막달레나와의 마지막 포옹과 적갈색 별들이 별자리를 이루는 그녀의 피부에 대해서도 쓰려 했다가 생각을 바꾸었다. 이 기억만은 혼자 간직하기로 한 것이다.

잉크가 마르자 요한은 가죽을 말아서 보자기로 싼 다음 항아리에 넣었다. 이미 항아리 안에는 다른 두루마리들이 들어 있었다. 친구 예수의 말과 삶을 기록한 두루마리들이었다. 그는 항아리를 다시 잘 닫고 동굴의 안쪽 깊숙한 곳으로 끌고 갔다. 돌들을 치우고 적당한 크기로 움푹 들어간 자리를 만든 다음, 항아리를 넣고 다시 돌로 덮어서 사람들 눈에 띄지 않게 했다. 그리고 바위 위에 십자가 표시를 해두었다.
그는 짐을 챙기고 마지막으로 동굴 안을 둘러본 다음 다시 길을 떠났다. 그는 확신했다. 아무도 그의 말을 듣거나 믿으려 하지 않는다 해도, 언젠가 죽음이 그를 침묵시킨다 해도, 언젠가 사람들이 자신이 쓴 글을 찾아낼 것이다.
그렇다면 누구도 이 이야기를 잊지 않을 것이다.
예수,
나자렛 예수의 이야기.

저녁이 될 때까지 평야를 걸어가는 요한의 실루엣이 보였다.
때때로 그의 머리 위로 새 한 마리가 날았고 이따금 새의 그림자가 요한을 덮어주었다.
그리고 해가 붉게 물들자 그는 먼지구름 속으로 사라졌다.
광활한 하늘에는 이제 그 새만 남아서 날개를 치고 있었다.

옮긴이의 글

성경, 언제나 다시 쓰이는 이야기

성경은 다른 무엇이기 이전에 수많은 이야기의 묶음이다. 성경은 그리스도교 경전이지만, 그리스도교의 가르침을 추상적이고 선언적인 언어로 정리해놓은 교리서가 아니다. 성경을 읽을 때마다 새삼 놀라게 되는 것은 신과 인간이라는 거대한 담론이 아주 구체적인 개인들의 삶을 통해 이야기된다는 사실이다. 태초부터 하느님은 인류라는 보편적 존재를 만든 것이 아니라 아담이라는 한 사람을 흙으로 빚어서 만들었고, 세상이라는 추상적 공간에 두지 않고 에덴동산이라는 구체적 장소에서 살게 했다. 세상을 휩쓴 대홍수 이야기는 노아와 그 가족을 통해 전해지고, 이스라엘 민족의 시작은 아브라함이라는 한 유목민 가부장을 통해 이루어지며, 히브리 노예들의 이집트 탈출이라는 대역사는 모세의 파란만장한 삶으로 전개된다. 이어지는 여러 민족과 왕국의 역사 또한 왕과 왕비는 물론, 예언자, 과부, 상인, 청년 등등 아주 다양하고 구체적인 개인들의 이야기를 통해 전달된다. 그리고 그 안에는 사람이 살아가며 겪는 희로애락의 온갖 단면이 투영되어 있다. 금지된 열매를 따 먹은 아담과 하와, 형을 속여 장자권을 빼앗은 야곱, 사랑하는 여인에게 배신당한 삼손, 지혜로운 임금 솔로몬, 목숨을 걸고 민족을 지켜야 했던 에스테르, 하느님의 말씀을 거역했다가 물고기에게 잡아먹힌 요나, 기적을 행하는 엘리사, 이유 없는 재난과 고통에 울부짖는 욥에 이르기까지, 이들의 경험은 모두 낱낱의 재미난 옛날이야기처럼 들리면서도, 한편으로는 인간 보편의 실존이라는 문제를 깊숙이 고찰하고 재현하는 문학 작품으로서 우리에게 다가온다. 이러한 구약성경의 맥락을 거쳐 우리는 신약성경, 곧 예수의 이야기에 이른다. 그리스도교는 인류의 구원이 하느님의 아들이라고 하는 이 개별적이고 구체적인 한 인간의 삶과 죽음, 그리고 부활을 통해 이루어진다고 말한다. 궁극의 보편이며 추상인 신 또한 구체적이고 개별적인 인간들의 이야기를 통해 전해지다가, 마침내는 신 자신이 한 인간이 되었다는 것이다. 그리고 우리에게 남은 것은 그의 이야기들이다.

작가 필리프 르셰르메이에르는 이러한 성경의 이야기들을 선별하고, 각각의 이야기에 새로운 언어와 형식을 부여해 다시 쓰는 작업을 진행했다. 그 결과로 탄생한 이 책은 무척이나 흥미롭고 아름답다. 사실 성경이 오늘날과 같은 형태로 고착된 역사는 그리 길지 않다. 어찌 보면 성경은 언제나 다시 쓰이는 책이었다. 문명의 시작부터 여러 세대에 걸쳐 입으로 전해지던 서로 다른 연원의 개별적인 이야기들이 글로 기록되었고, 다시 이 글들을 모아 엮는 과정에도 오랜 시간이 걸렸다. 각각의 이야기에는 그에 맞는 다양한 문체와 형식이 적용되었다. 독특하게도 이스라엘 민족은 기나긴 역사 속에서 흩어지고 모이기를 반복한 탓에 사용하는 언어가 몇 차례 바뀌었고, 그러하기에 성경 또한 다시 쓰고 새로 엮는 작업을 거쳐야 했다. 하지만 근세 이후 성경이 경전으로 고착되고, 성경 연구가 원문의 형태를 밝히는 데 치중함으로써 이러한 다시 쓰기 작업은 중단되었다. 그러나 그러한 연구가 계속될수록 밝혀지는 것은 성경은 늘 다시 쓰이는 책이었다는 사실이다. 그런 맥락에서 르셰르메이에르의 작업은 박제된 성경을 문학적으로 다시 살려내는 것이라 말할 수 있겠다. 그는 자신이 선별한 이야기들의 기본 뼈대를 유지하면서도 새로운 화자의 목소리를 통해 이야기를 다시 말하기도 하고, 희곡이나 시 같은 새로운 문학 장르로 고쳐 쓰기도 하면서 또 하나의 성경을 창조했다.

화가 도트르메르 역시 다시 쓰인 성경의 이야기에서 장면을 선별하고 이미지를 재창조함으로써 기존에 볼 수 없었던 독특하고 아름다운 삽화를 완성했다. 이 그림들은 동화적이고 몽환적인 아름다움을 갖추었고, 원시적이거나 고전적인 듯하면서도 현대적인 스타일 속에 아프리카나 아시아적인 모티프들을 섞어 넣어 알 수 없는 깊이를 담고 묘한 매력을 뿜어낸다. 출판사로부터 번역할 책을 처음 받았을 때, 갈색과 초록이 감도는 옅은 하늘색 바탕에 주로 붉은색으로 그려진 인간새의 모습을 보고 무척이나 신비로운 충격을 받았다. 어딘가 아메리카 원주민 같고, 새이면서 동시에 연이나 글라이더 같은 모습을 한 가브리엘 천사의 모습은 화가의 독창성은 물론, 새로 쓰인 이 성경의 독특함을 고스란히 드러내고 있다. 사실 오늘날 우리가 일반적으로 떠올리는 천사의 모습이 본래 히브리인들이 생각했던 것과 상당히 다르고 그리스 문화의 영향을 받아 형성된 것임을 고려한다면, 오히려 도트르메르가 창조해낸 천사의 모습은 박제되어 있던 천사 이미지를 새로이 살려낸 것이라 할 수 있겠다. 책 곳곳에 실린 그녀의 그림은 그 자체로 우리에게 깊고 세밀한 이야기를 들려준다. 글을 읽은 뒤에, 혹은 글을 읽지 않더라도, 그림을 하나씩 오래도록 응시하며 생각하는 것만으로 훌륭한 '독서'가 될 것 같다.

다른 언어로 쓰인 책을 우리말로 옮기는 일은 언제나 지난한 작업이다. 이번 책을 번역하는 일도 어려웠고, 생각보다 오랜 시간이 걸렸다. 이미 잘 알고 있는 이야기들이라고 생각했지만, 작가가 새롭게 비틀거나 변화를 준 부분을 정확히 잡아내는 일은 쉽지 않았다. 또한 각각의 이야기마다 다르게 시도되는 형식과 문체와 어조의 차이를 살려 독자들에게 전달하고자 애썼으나 그것이 잘 느껴질는지 염려스럽기도 하다. 하지만 이렇게 '아름다운' 책을 번역하는 경험은 흔치 않은 것이어서 그 과정이 고되지만은 않았다. 특히 성경의 역사가 오랜 세월 번역이라는 문제와 함께 진행되어왔다는 사실을 생각하면, 프랑스어로 다시 쓰인 성경을 한국어로 옮기는 나의 작업 또한 새로운—그러나 아주 오래된—지평에서 의미를 얻는 듯해서 기뻤다. 독자들 또한 그렇게 다시 쓰이고 엮인 이 이야기들을 다시 읽음으로써 또 하나의 성경을 갖게 되었으면 하는 바람이 있다. 신자인 독자에게라면 그것은 자기 신앙을 새로이 하고 더 깊게 하는 일이 될 테고, 신자가 아닌 독자에게라면 성경에 대한 '교양'을 쌓는 단순한 과정을 넘어 신과 인간이 만들어내는 개별 이야기들을 통해 인간 실존과 구원에 대한 성찰의 깊고 넓은 한 통로를 발견하는 일이 될 것이다.

감사의 글

발레리 퀴사게에게 감사드린다. 어느 날 식사를 끝냈을 때, 그녀는 내가 쓰고 싶은 글 중에 가장 말도 안 되는 글이 있다면 어떤 것이냐고 물었고, 나는 "성경"이라고 답했다. 그녀는 "좋아요, 어디 두고 봅시다"라고 대꾸했다. 그렇게 해서 이 모든 것이 시작되었다. 브리지트 르블랑에게도 감사드린다. 그녀는 불타는 열정으로 이 프로젝트에 함께했고, 이 책이 예외적일 만큼 특별한 책이 되도록 살펴주었다. 마지막으로, 아스트리드 르셰르메이에르에게도 고마움을 전한다. 내 삶의 동반자이며 내 작품의 첫 독자이기도 한 그녀는 이 글을 여러 번 다시 읽고 참을성 있게 조언해주었다.

_필리프 르셰르메이에르

이 예외적일 만큼 특별한 작업이 실현되는 과정에 소중한 도움을 주신 모든 분께 이 자리를 빌려 감사드린다. 특별히 미리암 블랑, 엘리즈 쿠르투아, 솔렌 라방, 나탈리 마르퀴스, 에디 피렐, 비르지니 바사르퀴지니, 프랑시스 베르들레에게 감사의 인사를 전한다.

_편집자

작가 소개

지은이 | 필리프 르셰르메이에르Philippe Lechermeier

프랑스 스트라스부르에서 태어났다. 대학에서 문학과 역사를 공부하고 교사로 재직했다. 어린 딸들을 위해 쓴 동화책이 크게 주목받으면서 2003년부터 작가로서 본격적인 활동을 시작했다.

대표작 《바이블une bible》은 성경의 주요 장면들을 모티브로 하여 새롭게 재구성한 책으로 희곡, 시, 우화, 노래, 아포리즘 등 다양한 문학적 코드를 사용한 문체 실험이 돋보인다. 그 밖에 《잊혔거나 알려지지 않은 공주 백과사전Princesses oubliées ou inconnus》과 《오두막집 씨앗Graines de Cabanes》에서는 백과사전이라는 장르를, 《엄지 동자의 비밀 일기Journal secret du petit Poucet》에서는 친근한 일기를, 《펜과 붓으로 쓴 편지들Lettres à plumes et à poils》에서는 편지글을 새롭게 재해석했다. 그의 글은 시적 감수성과 유머 감각, 독창성이 뛰어나다고 평가받는다. 《별과의 약속La promesse aux étoiles》, 《엘라의 목소리La Voix d'Ella》 등 수십 권의 작품을 통해 대중성과 문학성을 동시에 인정받으며 세계적인 작가 반열에 올랐다. 다수의 작품이 전 세계 20여 개 국가에서 번역, 출간되었다.

그린이 | 레베카 도트르메르Rébecca Dautremer

프랑스에서 태어나 파리 국립고등장식미술학교에서 공부했다. 《잊혔거나 알려지지 않은 공주 백과사전》, 《레베카의 작은 극장Le petit théâtre de Rébecca》, 《연인L'amoureux》 등이 많은 사랑을 받아 오늘날 프랑스에서 가장 주목받는 그림책 작가로 꼽힌다. 2004년에는 우수한 어린이책에 수여하는 '소르시에르 상prix sorcieres'을 받았다. 그린 책으로 《자코미누스Les riches heures de Jacominus Gainsborough》, 《케리티, 이야기가 있는 집Kerity La Maison Des Contes》 등이 있으며, 《바이블》은 《잊혔거나 알려지지 않은 공주 백과사전》과 《엄지 동자의 비밀 일기》에 이어 필리프 르셰르메이에르와의 세 번째 공동작업이다.

옮긴이 | 전경훈

서울대학교에서 불문학을 공부했다. 젊은 시절에는 미얀마와 튀니지에서 일했다. 한동안 가톨릭교회의 수도자로 살았고 철학과 신학을 공부했다. 지금은 영어와 프랑스어로 쓰인 다양한 책을 우리말로 옮기는 일을 한다. 옮긴 책으로는 《레비와 프티의 바이블 스토리》, 《20세기 이데올로기》, 《페미사이드》, 《가톨리시즘》, 《농경의 배신》 등이 있다.

찾아보기

ㅁ

ㅇ

ㅈ

ㅊ

ㅋ

ㅌ

ㅍ

ㅎ

차례

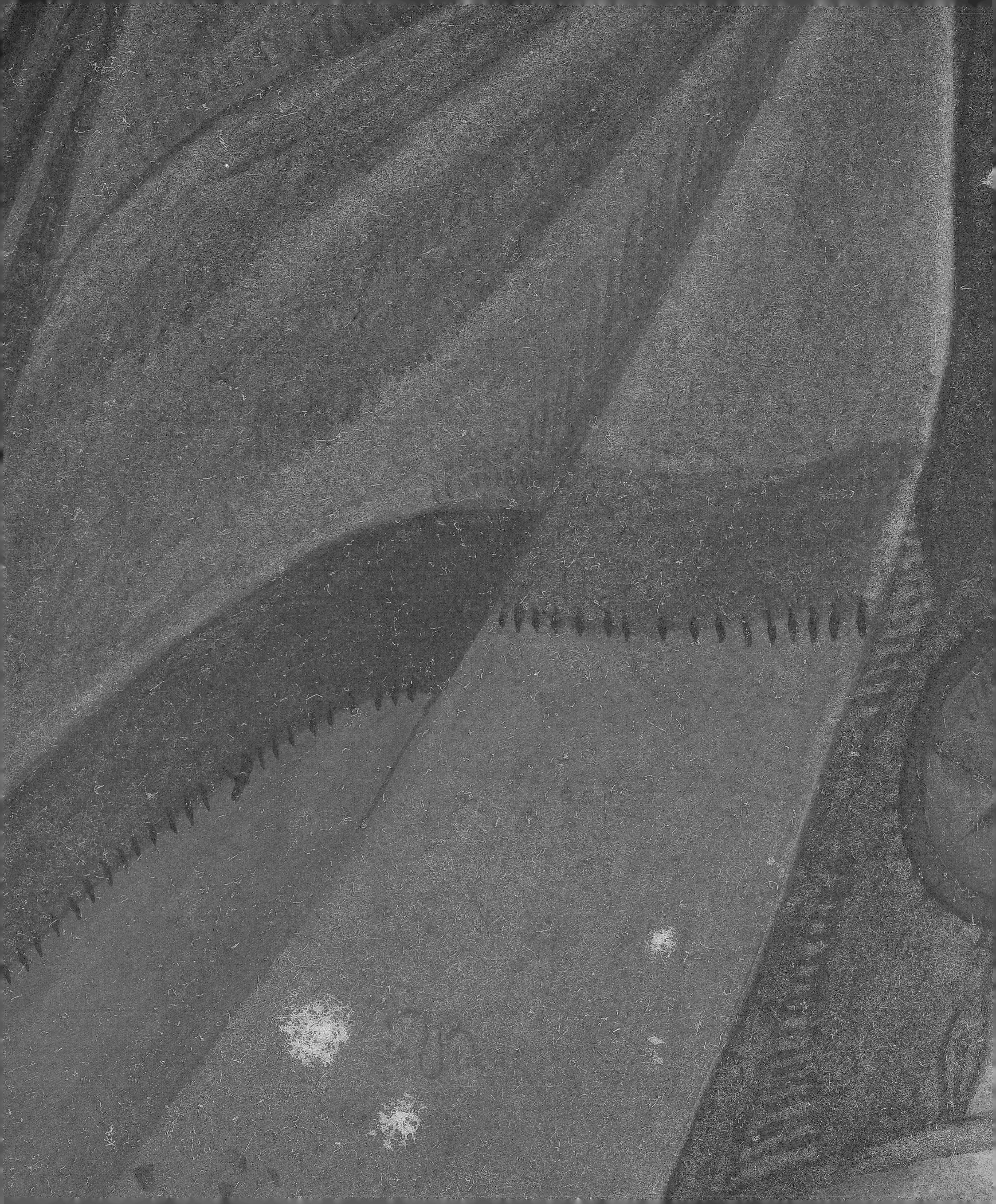